Der Sohn ist ein talentierter Komponist. Er lebt in jenem Stadtviertel, das so viele junge Künstler anzieht. Man kennt sich, arbeitet zusammen, feiert, trinkt, liebt. Der Vater, selbst auf seine Weise mit Kultur befasst, hatte den Jungen damals verlassen. Doch so viele Ehen und Kinder auch nachkommen, er hängt an seinem Ältesten, interessiert sich für dessen Werdegang. Und als der Sohn sich nun anschickt, Karriere zu machen, steht der Vater wieder vor der Tür. Fortan umkreisen sich die beiden in ihrem Haus wahrer Lügen. Schockierend konsequent begibt sich Uwe Kolbe in seinem Roman auf die Suche nach Antworten: Moral, was ist das? Pflicht, wo hört sie auf? Scham, wer fühlt sie?

Uwe Kolbe, 1957 in Ostberlin geboren, übersiedelte 1988 nach Hamburg, wo er heute, nach Jahren in Tübingen und Berlin, wieder lebt. Seit 2007 war er mehrfach als »poet in residence« in den USA. Für seine Arbeit wurde er u. a. mit dem Stipendium der Villa Massimo, dem Preis der Literaturhäuser und zuletzt mit dem Heinrich-Mann-Preis und dem Lyrikpreis Meran ausgezeichnet. Im S. Fischer Verlag erschien 2012 der Gedichtband ›Lietzenlieder‹.

Weitere Informationen, auch zu E-Book-Ausgaben, finden Sie bei
www.fischerverlage.de

Uwe Kolbe

DIE LÜGE

Roman

FISCHER Taschenbuch

Erschienen bei FISCHER Taschenbuch
Frankfurt am Main, April 2015

© S. Fischer Verlag GmbH, Frankfurt am Main 2014
Druck und Bindung: CPI books GmbH, Leck
Printed in Germany
ISBN 978-3-596-18842-0

Die Eigentümlichkeit des Klanges nämlich,
welche wir mit dem Namen der Leerheit *belegen,*
entsteht, wenn die Obertöne verhältnismäßig zu stark
gegen den Grundton sind.

Hermann von Helmholtz

dort drüben bracht ich meine jugend auf den grund
und gattete mich mit dem schatten meines vaters

Wolfgang Hilbig

1

Die Geschichte ist mehrfach erzählt worden. Als ich darauf kam, dass auch ich sie erzählen müsste, obwohl sie dem alten Muster gehorcht und ich kein Erzähler bin, war das kein besonders schöner Moment. Ich war Mitte zwanzig, und die Geschichte stand vor der Tür als ein mittelgroßer Mann. Er roch aus schmalem Mund nach Zigaretten, und ihm fehlte ein Schneidezahn. Er war doppelt so alt wie ich. Das fiel mir natürlich nicht gleich ein, als ich ihn erstaunt begrüßte und hereinbat. Aber ich konnte es leicht nachrechnen, weil ich sein Geburtsjahr wusste. Er war mein Vater.

Dass die Geschichte meine eigene ist, macht das Erzählen nicht einfacher. Immerhin muss ich nichts erfinden. Damals lebte ich als freier Komponist. Drei Jahre zuvor hatte ich die erste große Uraufführung eines eigenen Stücks erlebt. Obwohl E-Musik, machte es Furore und brachte meinen Namen in die Öffentlichkeit. Später gab mir Sebastian Kreisler, den ich schon als Schüler bewundert und früh kennengelernt hatte, die Ehre, mich zu seinem Meisterschüler an der Akademie der Künste zu ernennen. Von dem daran geknüpften Stipendium und ein paar Aufträgen lebte ich auskömmlich.

Mein Vater legte nicht einmal die Lederjacke ab. Er habe in der Stadt zu tun und in der Zeitung gelesen, ich hätte abends ein Konzert. Ob ich ihm eine Karte zurücklegen könnte. Ich lachte: »So voll wird es schon nicht werden.« Aber ich versprach es und nuschelte noch, was das für ein schöner Zufall wäre. Schon war er wieder weg. Der Zufall war nicht schön. Ich hatte im Leben wenig von meinem Vater gehört und gesehen. Es war nicht koscher, wenn er so hereinschneite und auf günstige Gelegenheit machte. Doch der Reihe nach oder, anders gesagt, einer der möglichen Reihen.

Mit vierzehn Jahren wollte ich Biochemiker werden. Das stand fest. Mich faszinierten Prozesse, die naturgemäß jeden Tag um uns herum stattfinden, auch in uns selbst, ohne dass wir sie beeinflussen können. Ich sage nur: Proteinbiosynthese. Ich sehe noch heute vor mir, wie einfach die Vorstellungen damals waren, wie überhaupt die populäre Form der Wissenschaft, mit der ich mich im Wesentlichen allein lesend befasste, zum klaren Schema neigte. In dem Fall stand mir der Reißverschluss des Genoms vor Augen, wie er sich öffnete für die Synthese komplementärer Einfachstränge, die nicht verdrillt waren wie das originale Erbgut und als offene Matrix für die Aminosäuren dienten, aus denen später Eiweiße gebaut wurden. Es schien mir ein sehr einleuchtender und harmonischer Vorgang zu sein. Jedenfalls habe ich ihn so in Erinnerung. Ich schlage während des Erzählens nicht nach. Dazu habe ich keine Zeit. Was in der Blattzelle vor sich geht bei der Photosynthese! Las ich darüber, wurde ich selbst ein aufgeladenes Mitochondrium, prall von Lebensenergie. Alles war erleuchtet. Das kam mir in der Schule zugute. Die Schulbücher der Naturwissenschaften sagten mir selten viel Neues, wenn sie im September frisch auf dem Tisch lagen, außer in jenem Bereich, der die schönen Vorstellungen umwandelte in schöne Mathematik. Deren Idiom war mir irgendwann abhandengekommen. Ich fühle noch heute den Abschied von der Mathematik wie einen Schmerz, der mich genau in der Zeit, aufs siebzehnte Lebensjahr, zu Anfang der elften Klasse der Erweiterten Oberschule traf. Vielleicht zum Ersatz begegnete ich zur selben Zeit dem Sound, meiner eigenen Auffassung von Musik.

Auf dem Weg zur Schule überquerte ich die Stolpische Straße. Es war dieselbe, die auf dem Richtungsschild der Straßenbahn der Linie 3 stand, wenn sie aus der Revaler Straße, vom Bahnhof Warschauer Straße wegfuhr. Hier vor der Bösebrücke war die andere Endhaltestelle. Oft stand ein schmutzigeierschalenfarbener Triebwagen mit einem ebenso betrüblichen Anhänger an der Betriebshaltestelle, wenn ich halb acht hier entlangging, schnell, die Haare im Wind. Ich verlangsamte den Schritt. Der Fahrer setzte das rumpelnde Ding wieder in Bewegung nach einer tonlosen Version des Abfahrtsignals, einem kurzen Aufleuchten der runden roten Lampen neben den Türen. Es sah aus, als nähme die Bahn den Weg in die Kleingartenanlage hinein. Sie fuhr aber in die Wendeschleife, die hinter ein paar Büschen und einem Transformatorenhäuschen verborgen lag. Das war der Moment. Ich blieb auf dem Plattenweg stehen, auf dem ich allmorgendlich die Schrebergartenkolonie Feuchte Senke durchqueren musste. Erst hörte ich das Schleifen unter dem Rumpeln der Straßenbahn. Dann trat ein feiner Ton dazu und verstummte wieder. Nach kurzem erneutem Schleifton ein Zweiklang, ungefähr eine Sexte. Der Grundton blieb stehen mit hörbarem Geräusch Metall auf Metall, erlosch kurz, kam wieder. Nun wurde aus dem Stahl Silber, nun schwang sich ein hoher Ton obenauf, stand in leichter Schwankung, krönte den schönen Dreiklang. Schleifen, fast Verstummen, Rumpeln des Anhängers, das letzte Viertel für den Triebwagen, Rollen der Räder, Glissando beider Schienenstränge in uneinheitlichem Intervall. Scharen von Obertönen. Der rumpelnde Wagen mit seinem anderen Gewicht gab das Echo, hinterdreinschlenkernde Koda. Schließlich nur noch das halbblaute Aufjaulen der Elektromotoren, die anzogen. Jetzt hatte ich es eilig. Mit dem unwillkürlichen Lächeln, das mir die Mundwinkel hochzog, kam ich gut voran. Zwanzig Minuten später, im halbdunklen Treppenhaus der Schule, nahm ich drei der Granitstufen auf einmal. Die undeutliche Person am Geländer, die ich fast übersehen hatte, war Direktor Kahlberg. Er wendete mir sein sauertöpfisches Gesicht zu: »Zu spät, Einzweck. Kein' Zweck mehr. Es ist schon fünf Minuten nach acht. Sie haben es wieder einmal geschafft.« Unwillkürlich blieb ich stehen. Natürlich hatte er mich mit dem Kalauer angeredet. Natürlich war ich zu spät. Ich wollte weiter. Kahlberg schaute an meinen Jeans herunter. Auf den Knien die Kunstlederflicken hatten es ihm angetan. Ich hatte sie höchstpersönlich draufgesetzt und war durchaus stolz darauf. Bis kurz darunter waren die Hosenbeine hochgekrempelt, und ich trug Sandalen. »Sie wissen, dass wir nichts gegen Jeans haben«, fing er doch wieder an. »Wenn sie gepflegt sind, sauber.

Mit diesen hier will ich Sie nicht noch einmal in meiner Schule sehen. Haben Sie mich verstanden?« Mir stieg das Rot in die Wangen, aber ich brummte »Okay.« Ich stapfte ins Klassenzimmer hoch, nahm das Hallo der anderen Schüler entgegen, saß die verbleibenden vierzig Minuten ab, entschuldigte mich bei der Lehrerin, die die nächste Stunde halten sollte, mir sei schlecht, und verließ rasch die Schule.

Um elf stand ich mit meinem Felleisen in Oranienburg an der Fernstraße. Das Felleisen hatte ich vom Sperrmüll. Die Bezeichnung, meinte ich, passte dazu, weil seine Deckklappe aus braunweißem Kalbfell war. Es handelte sich um einen Tornister aus dem Ersten Weltkrieg. Das Ziel meiner Tramptour hatte ich spontan gewählt. Die Adresse hatte ich einem verschlissenen Briefcouvert entnommen. Ich hatte seit drei Jahren keinen Kontakt zu meinem Vater. Auf einem Blatt aus einem Schulblock stand groß mein Ziel: Seeburg. Nach einer halben Stunde hielt jemand, der bis Neuruppin wollte. Es ließ sich gut an. Am frühen Abend stieg ich aus einem Lkw mit offener Ladefläche, einem alten H6. Ich hätte seinem ruhigen Sechszylinder gern weiter gelauscht, gehüllt in den Geruch von Diesel, Öl, Leder und Zigarettenrauch in der Kabine. Der Fahrer setzte mich direkt unterhalb des Neubaugebiets Flegel ab. Mein Vater wohnte, wie vorher schon in Neustadt am See und davor auf dem Dorf, in einem Neubau. Ich klingelte an der Haustür bei dem einzigen Schild mit zwei Namen. Der Summer ging. Im Treppenhaus roch es nach Neubau. Im zweiten Stock rechts ging eine Tür auf. »He, guten Tag, komm herein, du bist Harry, stimmt's?«, so begrüßte mich die Frau mit dem schmalen Gesicht und dem lose aufgesteckten Haar. Gleich rief sie »Hinrich, komm mal!« in die Wohnung hinein, und mein Vater stand vor mir, die unregelmäßigen, rauchgelben Zähne unterm Schnauzbart, der Blick aus grauen Augen über Krähenfüßen. Keine Nachfrage, wie ich so mitten in der Schulwoche hierherkäme und warum. Es gab Abendbrot. Die beiden Töchter der Frau, von denen ich aus dem alten Brief wusste, waren gleich aus dem Kinderzimmer gekommen, zwei Striche in der Landschaft. Sie nahmen mich in Augenschein und fanden den Hippiestiefbruder, wie ich mich selbst einführte, interessant. Man scherzte und kicherte. Ich berichtete lang und breit davon, wie ich per Anhalter bis nach Seeburg gelangt war. Der Ruch von Abenteuer hing an mir. Es gefiel meinem Vater, das konnte ich sehen. Er war so, wie ich ihn von der letzten Begegnung her in Erinnerung hatte. Die Bewegungen fahrig, immer einen Tick zu hektisch für einen Erwachsenen. Es war nicht angenehm, darin eine Ähnlichkeit zu erkennen. Die Töchter gingen bald ins Bett. Renate, seit kurzem, wie ich erfuhr, mit meinem Vater verheiratet, zog sich gegen zehn Uhr zurück, nicht ohne uns eine zweite Flasche Wein auf den Tisch zu stellen. Der Siebzehnjährige registrierte die Diskretion und fand sie angenehm. Wir wendeten uns tatsächlich einander zu, mein Vater und ich, und begannen ein Gespräch. Etwas wie ein Gespräch. Er stellte Fragen, und ich antwortete, redete, mäanderte im Reden herum, wie es meine Art war, wenn ich gefragt wurde. Dort, wo ich herkam, bei meinem Stiefvater und meiner Mutter, da war von meinen Angelegenheiten nicht viel die Rede. Da hielt ich sie in meinem Zimmer zurück, in meinen Papieren, bei denen ich zum Glück nicht gestört wurde. Weshalb hier auf dem Flegel in Seeburg eine Schleuse sich öffnete: Von der Schule ging es, von meiner Freundin, nach der er gleich genauer fragte, nach ihrem Herkommen, den Eltern. Ich konnte mit ihrem fußballernden Stiefvater aufwarten, mit dem mich eine starke Feindschaft verband, mit ihrer adretten Primaballerinamutter, deren erster Ehe mit einem bekannten Dirigenten Rebekka entstammte. Aufhorchen meines Vaters. Der Name des Dirigenten sagte ihm etwas. Nun legte ich los damit, dass ich selbst begonnen hatte, Musik zu schreiben, zu komponieren. Er war begeistert. Ich erzählte von meinen ersten Erfolgen, von der Bekanntschaft mit Kreisler. Das interessierte ihn erst recht. Aus mir sprudelte heraus, wie es dazu gekommen war, überhaupt alles. Nach meinem ersten öffentlichen Auftritt im Rahmen einer Vorstellung junger Komponisten im Zentralhaus hatte mich einer der Teilnehmer angesprochen, der hieß Leon. Er hatte mit einer Sängerin eigene Lieder aufgeführt. Was er mir bei dieser ersten Begegnung mitgab, ging so: »Hör bloß auf. Das nimmt ein schlimmes Ende. So hat es bei mir auch einmal angefangen.« Er war schon erwachsen. Und er meinte das natürlich als Kompliment. Es war ein richtiger Adelsschlag. Ich redete immer lauter auf meinen Vater ein: »Ich war dann zwei-, dreimal bei ihm zu Hause. Er wohnt nicht weit weg. Wir haben uns Sachen vorgespielt und auch Kompositionen und Entwürfe gegenseitig gezeigt und besprochen. Eines Tages sagte er, ein Freund wolle mich kennenlernen. Dem hätte er etwas von mir gezeigt. Als ich hinkam, saß Kreisler bei ihm. Der große, alte Mann.« Mein Vater wollte, dass ich dessen Reaktion auf mich genauer beschrieb, und wollte auch wissen, wie er meine Arbeiten fand. »Na ja, er ist Mitte fünfzig, nicht mehr so dick wie auf früheren Fotos. War, soweit ich weiß, mal Alkoholiker. Seine Zusammenarbeit mit Heiner Alt, seine Arbeiten für das Theater überhaupt, seine letzte Oper, die nach der Uraufführung abgesetzt worden ist. Das treibt uns um, meine Freunde und mich, auf dem Schulhof. Die Interessierten, meine engeren Freunde sind alle Fans. Er hat mir nur ein paar Fragen gestellt, wie lange ich schon komponierte, was meine Eltern dazu sagten, so etwas. Zu den Sachen selbst hat er nur gesagt, sie gefallen ihm und er will was für Leon, meinen Freund, und mich tun, dass wir einem breiteren Publikum bekannt würden. Über die Akademie.« Auf die abgesetzte Oper hin regte sich etwas bei meinem Vater, er wusste davon. Er hielte das auch für keine gute Entscheidung. Man hätte mit Kreisler »anders reden sollen«, fand er: »Diese Holzköpfe wissen nicht, wie man mit Künstlern umgehen muss. In der Sache haben sie recht.« Ich fuhr auf: »In welcher Sache? Die Oper ist ein Gleichnis auf den Kalten Krieg und die Erstarrung der Verhältnisse auf beiden Seiten. Das Science-Fiction-Milieu hält Kreisler selbst nur für eine Krücke. Darüber haben wir gesprochen. Aber er weiß, dass es insbesondere bei seinen jüngeren Fans ankommt. Ich finde, das sollte bei uns zu diskutieren sein und nicht einfach verboten.« »Verboten? Was heißt verboten?«, regte sich nun mein Vater auf. »Schließlich ist eins klar, nämlich wer die Macht im Lande hat. Es kann nicht einfach jeder, nur weil seine sogenannten Fans es gut finden, die Grundlagen des Staates angreifen.« Ich wurde lauter: »Die Macht also. Du meinst die Einheitspartei, dass die Einheitspartei die Macht hat. Das sagt mein bisschen Marxismus aber anders. Die Macht haben doch hier die Arbeiter, nicht wahr? Die Einheitspartei ist nur ein Organ, das die Interessen der Arbeiter vertritt. Wenn die Einheitspartei sich über die Klasse erhebt, liegt sie schief. Nicht nur das, sie missbraucht ihre Macht. Ihre Macht ist dann die einer Clique, und nichts sonst. Und darum geht es eben in dem Libretto von Kreisler.« »Was ihr so redet, du und deinesgleichen. Ihr wisst ja nichts. Du wärst unter den alten Verhältnissen nicht an der Oberschule, also am Gymnasium. Wenn wir nicht die Macht übernommen hätten, würden hier ringsum weiter die Junker herrschen.« Ich schaltete ab, während wir schärfer wurden, mitten im Streit. Das Wort »Klischee« sagte ich noch und dass wir das Jahr Soundso schrieben, nicht mehr die fünfziger Jahre. Dass zum Glück die Verhältnisse andere wären. Dass der Ismus stabil sei und dass man doch auf der Basis offen sein und die Zensur aufheben könnte. Er konterte: »Zensur wofür und gegen wen? Wir lassen doch alles zu, fast alles, wenn es nicht dem Gegner in die Hände spielt, wenn es nicht die alten Verhältnisse, die faschistischen, wiederherstellen will.« So redete er. Ich redete auch. Er redete wieder. Wir redeten durcheinander. Wir schrien uns an. Ich vergaß, noch während wir schnauzten, worum es ging. Wir hatten den Wein ausgetrunken und stellten die Gläser hart ab. Schließlich stöhnte er, dass wir doch beide vom selben Kaliber seien, dass er genau sehe, wen er da zurückgelassen habe: »Ich hätte um dich kämpfen müssen.« Was für ein Spruch, dachte ich. Er zeigte mir, wo ich schlafen könnte. Seine Frau hatte die Liege in einem kleinen Zimmer bezogen. Ich war gut durchgeglüht und schlief sofort ein. Am nächsten Morgen saßen wir schweigend über einem Frühstück, das er in seiner zittrigen, nervösen Art auftrug. Er schrieb noch einen Brief an die Schule auf der Schreibmaschine, in dem er um Verständnis für den jungen Mann bat. Seine Formulierung: den jungen Mann. Er adressierte das Blatt an liebe Genossen und unterzeichnete es in seiner geschwungenen Schrift mit Genosse H. Einzweck. Am Bahnhof kaufte er mir eine Fahrkarte, drückte mir einen Geldschein in die Hand, und wir umarmten uns.

Nach einer Nacht zu Hause holte ich am Nachmittag Rebekka von der Tippsenschule ab. Es war ein liebes Wort: Tippsenschule. Wir lachten. Sie wurde dort zur Stenotypistin und Phonotypistin ausgebildet. Ich sagte auch diese beiden Wörter sehr gerne, immer wieder. Nach Augenschein bei Schulschluss lernte sie dort mit tausend anderen Mädchen gemeinsam genau das, was draufstand. Die Berufsschule stand in einer verworrenen Gegend der Stadt. Achtzig, neunzig Jahre alt, war das Gebäude ein gewaltiger, historistischer Trumm. Ich meinte bei derart von Kohle, Staub, Wetter und Ruß nachgedunkelten Gebäuden immer, sie wären von den Weltkriegen angeschwärzt, von großen, durch die Stadt jagenden Bränden. Unweit rosteten genietete Stahlbrücken über halb gepflasterten, halb sandigen Straßen. Ein alter Was-

16

serturm stand, teerschwarz wie von Dachpappe umwickelt, auf einer Aufschüttung. Schienenstränge wirkten wie aufgelassen. Ab und zu ratterten die stumpfgelbroten Züge darüber. Stadtbahnsteige zeugten mit ihrer Ausdehnung von früheren Ansprüchen. Jetzt wehte hier vierundzwanzig Stunden lang der eisige Ostwind, gab es Verspätungen, Warten beim Umsteigen, Warten beim Pendelverkehr, Warten von Menschen mit grauen Gesichtern. Wir fuhren rasch weg, vier Stationen mit der Stadtbahn Richtung Mitte, zu dem kahlen, aber belebteren Zentralplatz. Wir warfen die Sandalen fort und tanzten und spritzten herum im flachen Wasser des Brunnens, den alle nur die Nuttenbrosche nannten. Dann liefen wir lange durch die Stadt, in das Quartier hinauf, wo wir bei denen wohnten, von denen wir der Einfachheit halber sagten, sie seien unsere Eltern. Wir gingen Arm in Arm, knutschten einander durch die Welt, lachten. Bei Rebekkas Eltern gab es für mich kein Sein. Darum gingen wir wie immer zu mir, schliefen miteinander in meinem Zimmer, durch dessen Fenster das Zwielicht vom Hinterhof drang. Unser Bett war meine Doppelliege, Teil der sogenannten Aussteuer, mit der meine Mutter in ihre erste Ehe gegangen war, schwedisches Stahlrohrdesign mit braunen Polstern. Unser einziges Problem war, dass Rebekka immer zur selben Zeit pünktlich zu Hause sein musste. Außer gelegentlichen, lange vorher bei ihrer Mutter und ihrem Stiefvater anzumeldenden Ausnahmen hatte sie um neun Uhr abends anzutreten. Sie war sechzehn. Ich empörte mich jeden Tag, jeden Abend. So führte der Weg von mir zu ihr über die Brücke von Trauer, Ohnmacht und Wut. Es war eine Fußgängerbrücke, eine hellgrau angestrichene Stahlkonstruktion über der Schneise, in der unter uns die Stadtbahn, Schnellzüge und Güterzüge rollten. Da standen wir auch heute wieder. Sahen den Vollmond über den Brandmauern steil aufragender Hinterhäuser. Sahen kein Helles unter dem Mond. Schenkten uns den dahinwehenden Wolkenfetzen. Schauten beleuchteten Stadtbahnzügen zu, die einander entgegenfuhren und dicht aneinander vorbeiglitten, so dicht, dass der Spalt zwischen ihnen gefährlich aussah. Und das Zucken eines elektrischen Blitzes vom Stromabnehmer. Ich brachte Rebekka vor die Tür des Hauses in ihrer Straße. Ich heulte den Mond an. Ich ging unseren Weg allein zurück. Und heulte den Mond an.

Bald darauf kam eine Einladung mit der Post. In vier Wochen, zu Anfang der Sommerferien, könnte ich nach Schloss Ludwigsbaum kommen, um dort mit anderen jungen Komponisten an einem Seminar teilzunehmen. Leiten würden es Reiner Wolfsberg, der Schüler von Hanns Eisler, und Georg Jung, der Elektroniker. Als besonderer Gast war der alte Paul Dessau angekündigt. Das alles war erstaunlich. Es trug selbstverständlich den Stempel der Jugendverwaltung der Einheitspartei, trotzdem konnte ich es nicht ignorieren. Von diesen Seminaren hatte ich schon gehört, wollte ganz sicher daran teilnehmen. Es war die erste offizielle Anerkennung meiner Arbeiten nach dem Auftritt im Zentralhaus. Ich dachte mir, dass mein Vater da irgendwie die Finger im Spiel haben könnte. Das gab der Einladung einen Beigeschmack. Sie kam auch so kurzfristig. Das Schloss lag unweit von Seeburg, in seinem Einflussbereich. Doch tat ich es ab. Und wenn schon, dachte ich, wenn schon, es ist eine ganz offizielle Sache. Ist ja nicht einfach so sein Einheitsparteizeug, ist ja dieses bekannte Seminar, das sie mit guten Leuten zweijährlich dort abhalten. Gute Leute. Workshops. Arbeit mit ausübenden Musikern. Probezeit. Anleitung durch namhafte Meister. Ich schrieb gleich eine Postkarte, dass ich gern teilnehmen werde.

Mein Stiefvater gratulierte. Meine Eltern streckten das Geld für die Fahrkarte und Taschengeld für die Woche vor. Sie gaben mir so viel mit, wie mein Vater Alimente für mich zahlte. Die Woche verging wie im Flug. Singstimmen, Instrumente, Geräte zur Schallerzeugung und zu dessen Manipulation beherrschten das Schloss, seine Nebengebäude, den Park. Dort gab es auch eine große Bühne für das Abschlusskonzert. Und ein Publikum, das haute mich um. Die Sonne schien die ganze Zeit auf alles herab. Wir saßen in kleiner oder größerer Runde sooft es ging draußen, schleppten Tonbandgeräte auf die Terrassen oder saßen auf dem Rasen, in den Pausen sowieso, in denen die Gespräche nicht abrissen, im Grünen, und konzentrierten uns auf Tonreihen, auf Grenzen der Tonalität, auf formale Fragen, von denen ich noch nie gehört hatte. Namen und Beispiele ließen mir die Ohren und den Kopf schwirren: Saint-Saëns, Satie, Strawinsky, Messiaen. Manche Namen wurden geraunt, sozusagen gehandelt: Charles Ives, John Cage, Steve Reich. Ich hatte von serieller Musik bislang nur gehört, in Budapest. Wo ging diese Reise hin? Wirklich dahin, wo mein eigner diffuser Anfang, wo meine Sehnsucht nach dem Sound intuitiv schon lag, wo ich zu suchen begonnen hatte und eben fündig zu werden begann – so war mein intensives Gefühl. Ich nahm mir meins, den Sound des Ganzen, vergaß die Details, wunderte mich nur still, was mein Vater mit alldem zu tun hatte. Der gab hier ein Blättchen heraus, eine Seminarpostille. Das Ding hieß doch wirklich »Die rote Note«. Vielfach sah ich ihn übers Gelände hasten ohne ersichtlichen Grund. Einmal liefen wir direkt ineinander, und er klagte, er müsste allein bis in die Nacht hinein redigieren, sogar die Artikel selbst schreiben, wo er doch kein Fachmann sei. Jemand nahm mich beiseite und flüsterte mir, was er und andere davon hielten. Ich konnte das nicht gut abwehren, wollte es auch nicht. Ich betonte, wie früh sich meine Eltern hatten scheiden lassen. Ich nickte zu den Vermutungen. Er wäre ein überzeugter Genosse, im Kulturbereich unterwegs, Theater, Kabarett, Liedermacher, so etwas, sagte ich. Mehr wusste ich ja nicht. Er war im Auftrag hier, das konnte man sehen. Eine andere Erklärung gab es nicht. Die Einheitspartei, ihre Unterorganisation für alles, was dort unsere Jugend genannt wurde, womit aus dem Wort ein fremdes, ein Unwort geworden war, notorisch mit dem Mehrzahlpronomen davor, sie richtete das Seminar vornherum aus. Doch durch die Person meines leiblichen Vaters war offensichtlich auch die staatliche Überwachungsbehörde vor Ort. Ich legte es als Vermutung ad acta. Das alles war für mich nur mäßig interessant. Was die an uns sogenannten angehenden Komponisten fanden, was da zu observieren war, fragten wir uns untereinander. Mein Vater tat mir leid. Ich sah ihn Sinnloses tun, von dem ich nicht

20

genau wusste, was es war. In diese losen Blätter, die vom Mittag an beim Essen auslagen, schaute jeder nur hinein, um zu prüfen, ob der eigene Name drinstand, und bestätigt zu finden, wie wenig die Texte und sogar die angeblichen Interviews mit den eigenen Absichten zu tun hatten. Einzig die Notationen stimmten. Das waren ja auch Fotokopien. Wo stand eigentlich das Gerät dafür? Ansonsten handelte es sich um eine Art Schülerzeitung, die größtenteils hergestellt wurde von einem erwachsenen Mann mit hagerem, ausgemergeltem Gesicht, ruhelosen Augen und gehetztem Gang. Ich hatte Mitleid.

Am Tag der Rückkehr strahlte mich meine Mutter an. Ein junger, gutaussehender, gutangezogener Mann wäre hier gewesen für mich. »Was wollte er denn?«, fragte ich. »Er war von der Stadt, von der Kultur. Er wird sich wieder melden. Sie wollen dich fördern«, antwortete sie begeistert. »Von was für einer Kultur? Vom Stadtbezirk?« »Nein, vom, wie heißt das?, vom Magistrat von Berlin.« »Interessant«, meinte ich und zog mich in mein Zimmer zurück. Wie kam das? Ging es jetzt richtig los mit der Förderung von allen Seiten? Schon zwei Tage später, Dienstag der Woche darauf, hatte er wieder bei meiner Mutter vor der Tür gestanden, irgendwann am Tag, und sie hatte ihm gesagt, wann ich meistens da wäre. Es irritierte mich. Zugleich war ich gespannt. Sie hatte nun eine Zeit mit ihm ausgemacht. Am Donnerstagnachmittag stand er dann in der Tür. Jemand, den ich »smart« nannte. Ein glatter Typ. Ja, vom Magistrat käme er, Abteilung Kultur. Ich bat ihn herein, wir saßen über Eck am Tisch in der Mitte meines großen Zimmers. Es war ein früherer Esstisch, der mit

seiner Größe für alles taugte. Meistens stand er ausgezogen da. Dann bot er die doppelte Fläche. Die lag voller
Zettel und Bücher. Jetzt hatte ich ihn abgeräumt. Das ver-
schlissene, bucklige, ausgeblichene Furnier wirkte kahl
und unschön. Der Typ auf dem alten Stuhl am alten Tisch,
sein helles Hemd leuchtete unterm Sakko hervor. Ich saß
gespannt da, auf gute Nachrichten aus. Sie hätten von mir
gehört. Mein Name sei genannt worden. Aha. Sie hätten
vom Zentralhaus Informationen bekommen über einige
Talente. Aha. Ich komponierte also. Ja, hm, ja. Ob ich ihm
etwas zeigte, damit er sich ein Bild machen könne. Hm,
ja. Ich kramte die Klemmmappe mit Abschriften hervor,
die ich in Ludwigsbaum dabeigehabt hatte. Die taugte
wegen Änderungen und Anstreichungen nicht mehr so
viel. Ich suchte eine Weile und fand ein paar einzelne Bögen. Er nahm sie in die Hand, klappte die größeren, gefalteten auf und zu, ohne eigentlich darauf zu schauen,
aber stellte ununterbrochen Fragen. Ob ich noch andere
junge Künstler kennen würde. Wie ich denn so meine
Freizeit verbrächte. Mit wem. Wo. Ich antwortete zögerlich, schließlich einsilbig. Mir fiel nichts ein, das besonders wäre, das etwas zur Sache beitragen könnte. Außerdem wartete ich darauf, dass er in die Arbeiten schaute
und etwas dazu sagte. Abteilung Kultur. Sie würden doch
keinen Trottel schicken. Er merkte es immerhin. So schnell
könne er nichts sagen. Ob er das mitnehmen dürfe. Er
würde es gern einem Experten zeigen. Das sei er nicht.
Er wäre der Mann für den ersten Kontakt. Er würde mir
auch auf einen Zettel eine Quittung schreiben. Wäre
nicht nötig, erwiderte ich, nur sicher wiederbringen. Es

dauere nicht lange, meinte er, ein bis zwei Wochen. Er käme dann wieder vorbei. Hm, ja, gut, sagte ich, und weg war er mit ein paar kleinen Kompositionen, mit meinen Soundfragmenten.

Ich ging langsam ins Zimmer zurück. Darin stand das Licht, sommers wie winters dasselbe Licht, ob nun grün eingefärbt oder nicht, abends wie morgens dasselbe, mäßig hell oder mäßig dunkel, und das Nachtgrau jenseits von Schwarz gab seins dazu. Meine Stimmungen folgten dem. Sie waren laut von draußen her, wenn ich hereinstürmte, und wurden hier aus dem Flug heraus gedämpft. Der heiße Kopf kühlte ab von Fingern und Fußspitzen her. Was wird daraus werden?, fragte ich mich, ein bisschen begeistert, ein bisschen gebremst zugleich. Ob daraus was wird? Was wollen die von mir? Was kann der Magistrat, Abteilung Kultur? Sind sie diejenigen, die zu sein sie vorgeben? – Am nächsten Tag traf ich Alex und Thorsten, zwei Freunde. Wir bildeten ein Gelegenheitstrio mit Blues Harp, Gitarre und Klavier zu Sessions, bei denen wir Blues und Rock spielten, auch unsere Lieblingssongs der Beatles, der Doors, der Stones. Alles nach dem Gehör. Treffpunkt war bei Thorsten, in dessen schmalem Zimmer ein altes, allzeit gut gestimmtes Bechsteinklavier stand. Erst erzählte ich atemlos von Ludwigsbaum. In einem einzigen Schwall. Sie bremsten mich kaum, sie waren es ja gewohnt. Irgendwann kam ich auf den Magistrat, Abteilung Kultur. Alex bemerkte in seinem starken Einheimisch: »Det is die Firma, pass uff!« Ich erzählte von der seltsamen Rolle, die mein leiblicher Vater bei dem Jugendseminar dort gespielt hatte. Ich mochte den offiziellen Namen der Veranstaltung nicht aussprechen, betonte aber, wie wenig es real mit unseren Vorurteilen zu tun hätte einerseits, andererseits aber spielte eben doch »mein Alter«, der in Seeburg das Zentralhaus der Kultur leitete, dort eine Rolle. Bisher hatten beide Freunde nur gewusst, dass ich mit einem Stiefvater lebte. In unserer Klasse waren es fünf von fünfundzwanzig, die geschiedene Eltern hatten. Während ich erzählte, ging mir irgendwie die Luft aus. Ich ertastete auf dem Klavier ein paar Blue Notes, gab ihnen Akkorde, ging ein wenig über den Südstaatenbaumwollacker und machte schließlich einen Boogie draus. Meine Partner legten auch los. Bald war unsere Stimmung wie gewohnt. Im Nu wippte und zuckte und schwitzte alles. Schließlich freuten wir uns auf die Cola aus dem Kühlschrank, schmissen uns auf bequemere Sitzmöbel und redeten noch ein wenig über unsere musikalischen Helden, über Filme und was wir mit unseren Freundinnen in den Ferien unternehmen würden, zu sechst. Alex wusste, dass sie zwei surrealistische Stummfilme mit dem jungen Dalí im Studiokino zeigten. Er würde uns Bescheid sagen.

Auf dem Weg nach Hause dachte ich wieder an den Magistrat, Abteilung Kultur. Es ließ mich nicht los. Schließlich gab ich mich der Hoffnung hin, es bedeutete etwas, ließ mich davon anfeuern. Etwas bewegte sich. Ich ging durch die klingende Nacht, unter dem Wind hin, der die Bäume zauste, neben dem Hall der eignen Schritte her, nahm das Rumpeln und Schleifen der letzten Straßenbahn mit, zwei besoffene Stimmen am Stadtbahnhof, gicksend, freundlich. Es baute sich etwas auf. Mehr Lust als Unlust zwischen den Mietskasernen. Ich holte meine Blues Harp heraus und dehnte in einer Tordurchfahrt Töne. Ich spielte mich laut über den Bersarinplatz. Zu Hause schlief zum Glück schon alles. Ich setzte mich an den Tisch und skizzierte ein Stück, genauer einen Zirkel von Stücken, der mehrere Sphären zusammenführen würde zu einer Raummusik, zu Domen von Klang, jeder eine eigene Konfession, untereinander korrespondierend. Ich sah Räume und Farben und darin aufklingende Wörter, lateinische, griechische, hebräische, die ich mir ausdachte, wie ich überhaupt Sprachen mit nie dagewesenem Klang erfand, flirrende Muster, ganz Schmerz und ganz Liebe, Aufgehen in Welt. Was für eine hochtrabende Nacht das war. Ich nahm das Ganze mit in den Traum.

Im Aufwachen setzte es sich fort. Ich sah gigantische Soundcluster vor mir. Irgendwann brachte meine Mutter ein paar Scheiben belegte Brote und einen Pfefferminztee herein. Später rumorte sie draußen mit dem Staubsauger. Ich ging ans Fenster und inhalierte zum Ausgleich den Spatzentumult. Nun wischte sie hörbar, an die Scheuerleisten anstoßend, den Flur. Ich hielt mir die Ohren zu und schaute auf das Blatt vor mir. Sie stand in der Tür. »Es ist alles so klebrig hier«, sagte sie. »Man kann so nicht leben«, sagte sie. Ich redete sanft auf sie ein: »Zeig es mir. Wo klebt es hier? Komm, zeig es mir genau.« Ein Blick in die Stube erwies die übliche Akkuratesse von Sofa, Rauchtisch mit Drehaschenbecher auf dem Tischläufer, Fernsehgerät und den hellen Falten der bodenlangen Stores vor der Tür zum Balkon. Ganz abgesehen von der Tapete mit den silbrigen Streifen, die noch kein halbes

25

Jahr alt war. Alles passte zur Beletage. Ich führte sie nach vorne in die Küche. Die sah aus wie geleckt. Das alte, makellose Linoleum glänzte. Auf dem Tisch am Fenster lag ein weißes Deckchen, darauf stand der kleine Porzellanleuchter von einer Wochenendreise nach Meißen. Links auf der hellen Arbeitsfläche der Küchenanbauwand stand die dicke Kaffeekanne mit dem Blumendekor, in der den Sommer über kalter Malzkaffee bereitgehalten wurde. Nach der Schule nahm ich gewohnheitsmäßig einen kräftigen Schluck daraus, setze die Tülle an und sog das Getränk mit seinem namenlosen Geschmack tief in mich hinein. »Sauber, siehst du? Alles sauber. Sehr sauber sogar. Du kannst das. Ich glaube, du bist perfekt. Du könntest noch einen Haushalt oder zwei zusätzlich versorgen. So gut bist du.« Ich umarmte sie und stapfte zurück in mein Zimmer. Kaum versuchte ich mich zu konzentrieren, stand sie wieder da. Sie rieb die Finger aneinander. Rings um die Nägel war schon alles blutig, weil sie mit den Daumennägeln ohne Unterlass die Spitzen der Finger traktierte. Ich führte sie wieder aus dem Zimmer, empfahl ihr, den Fernseher anzumachen und schloss die Tür hinter mir ab. Sie rumorte. Sie klopfte an meine Zimmertür. Ich schrie, sie sollte mich in Ruhe lassen. Minuten später schloss ich hastig die Tür auf, suchte sie, fand sie in der Küche auf dem Stuhl kauernd, nahm sie in den Arm, bat sie um Verzeihung. »Es wird alles gut, wir bekommen das hin«, sagte ich, ohne im Moment zu wissen, was genau und wie genau. »Wir müssen mit Vati reden, gleich, wenn er kommt, er muss das verstehen.«

Als mein Stiefvater von der Arbeit kam, saßen wir noch

26

immer und redeten. Was zu reden war. Im Kreis. Es ging ja schon Tage so. Meine Mutter war krank. Ich sagte, es ist eine Depression. Ihr Mann sah das anders. Es würde vorübergehen, es. Das seien Stimmungen, die kämen und gingen. Ruhe, das brauchte sie, Ruhe. Ich hielt dagegen, empfahl, einen Arzt aufzusuchen. Wir vertagten das. Die warme Abendmahlzeit gab es immer schon um fünf, wenn er von der Arbeit in der Gaskokerei nach Hause kam. Wir aßen schweigend.

Wir räumten den Tisch ab in schweigender Dreierprozession Richtung Küche. Einer die Teller, das Essbesteck, das Töpfchen mit Resten der hellen Soße und einer zurückgebliebenen Kaper darin, sieben Meter Flur hin, mit leeren Händen zurück. Einer die große Schüssel mit Krümeln von Kartoffeln und Petersilie und die Schale mit Resten vom Schokoladenpudding und den Krug mit gelbem Rand von der Vanillesoße darin, sieben Meter hin, ohne etwas zurück. Meine Mutter folgte als Letzte mit den Kompottschalen und den drei Teelöffeln, sieben Meter hin, mit nichts in den Händen zurück. Die beiden setzten sich wie gewohnt, er in den Sessel, sie auf das Sofa. Anders als sonst wurde der Fernseher nicht eingeschaltet. Ich stand unschlüssig in der Tür. »Ich muss noch …« Nach ein paar Minuten müßigen Stehens und Aufundabgehens in meinem Zimmer kehrte ich zurück in die Wohnstube. Meine Mutter sprach davon, wie schmutzig alles sei und dass ihr das über den Kopf wachse. Er hielt dagegen, wie schön alles sei. Er sagte, er freue sich, dass er ein so schönes Zuhause habe. Sie sei eine Frau, auf die er sich verlassen könne, eine gute Hausfrau jetzt, wo sie gerade nicht arbeiten ging, weil sie das zusammen beschlossen hatten, weil sie auch so hinkämen mit dem Geld. Das gefalle ihm, wenn er nach Hause kommen und es einfach so genießen könnte. Sie unterhielten sich sonst über das Essen, das Fernsehprogramm, das Wetter, die Verwandten und die Ausflugsziele fürs Wochenende, die sich in gewisser Regelmäßigkeit abwechselten. Wir hatten kein Auto. Wir bewegten uns mit Straßenbahnen und Stadtbahnen durch die Stadt. Wir hatten schon jeden Pendelverkehr und jeden überfüllten Schienenersatzbus kennengelernt. Es gab bestimmte Routen für die Ausflüge. Es war überschaubar. Das meiste mochte ich, wenn ich auch die letzten zwei Jahre kaum noch dabei war. Zuletzt hatte ich das Paddelboot übernommen, das in Spindlersfeld im Bootshaus lag. Damit waren wir, solange ich noch vorn in der Spitze Platz fand mit meinen Beinen, auf Spree und Dahme unterwegs gewesen. Ich hatte mich aber nicht um das Boot gekümmert. Letzten Sommer war ich mal dort gewesen und zum Seddinsee gepaddelt, hatte gebadet, kaum der Rede wert. Diesen Sommer noch nicht einmal das. Keiner meiner Freunde hatte richtig Lust dazu. Mit Rebekka war ich auch eher anders unterwegs, weiter draußen, außerhalb der Stadt, im Wald, am Rande der Rieselfelder, auf den Mais- und Kornfeldern im Norden der Stadt, mit Freunden, mit Instrumenten, mit einem Picknick, zu Fuß. Oft aber ohne alles, nur wir zwei, tanzend auf der Oberfläche der Welt. Ich stand andächtig in der Stubentür. Wie diejenigen, die ich meine Eltern nannte, jetzt miteinander sprachen, hatte ich noch nie erlebt. Sie taten es weder gleichzeitig noch aneinander vor-

28

bei, sie schimpften nicht. Vor allem redete meine Mutter nicht endlos auf ihren Mann ein, wie es die Regel war, und er musste sich nicht erst kleinlaut, dann immer lauter gegen ihre Anwürfe zur Wehr setzen. Er sprach gut über sie, vor allem sprach er sie direkt an. Er sah ihr in das Gesicht dabei, was ihm sonst schwerfiel. Sie tauschten sich über die Umstände aus, unter denen sie lebten. Sie schauten sich in ihrem Leben um. Wenn auch, was sie sah, nicht dem entsprach, was er sah. Ich war mir der Kostbarkeit des Augenblicks bewusst. Der Mann meiner Mutter, mein Stiefvater, verstand noch nicht, dass seine Frau krank war, aber er drückte ohne Wenn und Aber seine Liebe aus. Und sie ihre Abhängigkeit von ihm. Und ihre Hilflosigkeit. Ich setzte mich auf den Stuhl, der vor dem Rauchtisch stand. Ich war zu jung, das lange schweigend auszuhalten. Als seine Rede schließlich wieder darauf hinauslief, dass alles schon gut würde, wenn sie nur ordentlich Pausen einlegte und sich ausruhte, sagte ich: »Aber wenn das nicht reicht? Wenn sie da nicht rauskommt, wenn sie es eben nicht kann? Wenn sie Hilfe braucht, um den Teufelskreis zu verlassen?« Er schnauzte mich an, was ich überhaupt mitzureden hätte, minderjährig, wie ich sei. »Das ist eine Sache zwischen deiner Mutter und mir, die dich nichts angeht. Kennst dich wohl im Leben aus?« Es war nach Mitternacht, aber ich blieb sitzen. Ich sah genau, wie er unsere Familie davor schützen wollte, seine Frau, sich selbst, nämlich vor allem davor, was die Leute sagen würden. Er sprach es nicht aus. Aber ich wusste, dass es ihm unangenehm, ja unheimlich war, dass seine Frau für verrückt gehalten werden könnte, dass sie in die Klapsmühle gebracht würde, dass es dann alle wüssten. Seine drei Cousinen besonders, die sich schon damals echauffiert hatten, als er eine Geschiedene mit Kind anbrachte. Sie hatten sich im Laufe der Jahre beruhigt, sich auf einen dauernd ironischen Tonfall gegenüber meiner Mutter zurückgezogen, den offenbar nur ich geringschätzig und oft auch gemein fand. Ich versuchte, ihm die Vorurteile auszureden, von denen er gar nichts gesagt hatte: »Es ist doch keine Schande. Wer ist nicht alles krank? Manche haben Krebs, manche haben einen Unfall. Viele müssen ins Krankenhaus. Es ist nicht gerade ein Schnupfen, aber doch auch kein Wahnsinn. Es ist eine Gemütskrankheit. Die Gefühle sind durcheinander. Das braucht eben, denke ich, doch einen Arzt und dass sie eine Weile weg ist, raus aus dem Alltag, aus dem allem hier.« »Was ist denn das alles hier?«, fragte er unwirsch. »Ich meine ihre Arbeit vorher. Die Arbeit in der Werkzeugmacherei, den Schiet.« Ich wollte nicht über sie in der dritten Person reden und sprach sie an: »Die Anstrengung dort, der Krach der Fräsen, die schlechte Luft. Kann sogar sein, dass es danach nicht so toll ist, nur den Haushalt zu haben. Kann es eine Unterforderung sein, dass du nun immerzu noch mehr machen willst, weil du wieder Hausfrau bist?« »Ja. Kann sein«, kam es zögerlich von ihr. »Das ist doch ganz normal, Haushalt, Hausfrau, das ist doch normal. Ist die Wohnung zu groß? Sind wir zu viele? Einmal am Tag warm essen, das geht doch«, stellte mein Stiefvater fest. Am Wochenende kochte oft er. Seit die Fünftagewoche eingeführt worden war und er sonnabends nicht mehr arbeiten musste, liebte ich besonders die kleinen Speisen, die er da zubereitete, mit einer gewissen ihm eigenen Pedanterie, aber guter Laune in der Küche, während ich am Tisch dabeisaß und auf Kartoffelpuffer oder Eierkuchen wartete. »Darum geht es doch nicht«, sagte ich. »Es geht ja nicht darum, wie es wirklich ist. Wenn du krank bist, siehst du die Welt anders. Die Wohnung ist schön, und ich denke auch, dass die Arbeit zu schaffen ist. Das sieht man ja gerade jetzt. Du hast alles so schön geputzt, es glänzt alles, fast zu sehr.« Wir Männer lachten, die Angesprochene zuckte nur kurz, wie im Schmerz, mit den Mundwinkeln. »Aber es geht schon zu lange. Es ist so wie eine Spirale, immer wieder von vorn, oder?« Meine Mutter bewegte langsam und halb ihren Kopf von oben nach unten. Mein Stiefvater schwieg. Wir saßen in der Sackgasse. Ich beschloss, einen Arzt zu finden.

Am Morgen schaute ich in das Telefonbuch, das in dem Schränkchen im Flur lag, obwohl wir kein Telefon besaßen. Darin fand ich einen Nervenarzt. Ich fragte meine Mutter, ob sie mit mir dorthin gehen würde. Sie widersprach nicht, sie nickte nur wieder halb und zog sich die Jacke über. Sie war ganz still. Wir gingen zunächst denselben Weg, den ich fast jeden Tag mit Rebekka nahm, von der Schönholzer Straße in die Ibsenstraße, wie über einen flachen Hügel, dessen Scheitelpunkt die Fußgängerbrücke bildete, darin eingegraben die Schneise des ehemaligen Nordrings. Links von uns der Stadtbahnhof Leninallee. Wir passierten das düstere Umspannwerk, dessen dunkle, burgartige Klinkerarchitektur mir seit Kindertagen unheimlich war. Manchmal seufzte meine Mutter,

31

während sie tapfer ausschritt. Nach mehr als der halben Strecke, beim Friedensfahrtstadion hängte sie sich nicht mehr bei mir ein, ging selbständig. Wir nahmen das Treiben um den Stadtbahnhof Thälmannplatz nicht wahr, nicht die Straßenbahnen, nicht die Leute an den Ampeln, die Schlange an der Currywurstbude unter dem Hochbahnviadukt. Wir bogen in die Thälmannstraße ein und waren angekommen. In mir staute sich die Geschichte meiner Mutter, soweit ich sie bezeugen konnte, jene, die vor ihrer zweiten Hochzeit lag, die der Einsamkeit von Mutter und Kind. Die Anekdoten, die ich von ihr kannte, die sie gern wiederholte, von ihrem Leben davor, in denen ihr eigener Vater auftrat oder die böse Stiefmutter oder die Pflegeeltern in der Zeit der Evakuierung, wie sie es nannte, die kamen mir auch hoch, laut, deftig, böse. Und Erinnerungen an die Zeit mit meinem Vater, soweit sie nicht tabu waren in dem neuen Leben, trugen Farben auf sich. Nur unsere kurze zweisame Geschichte, die Zeit, in der ich als Sechsjähriger der Mann an ihrer Seite war, die blieb unter dem Schleier. Der Arzt gab ihr ein Rezept und eine Überweisung zur Vorstellung in einer psychiatrischen Klinik.

2

Ich schwang mich auf über Baumwipfel, flog über die Stadt und die Landschaft. Ich war aus der Björnsonstraße hinaus Richtung Bersarinplatz gestartet und hatte gleich abgehoben. In ausreichender Höhe, jenseits der Stadt, sah ich die flache Landschaft mit Feldern, Flüssen und Baumgruppen hingebreitet. Ich flog sicher und behände darüberhin. Sanfte Klangwellen erreichten mich, unter mir lag eine ganze Ebene davon. Ich flog sehr hoch. Ich justierte den Flug, war stabil über einem Wogen von Klängen und Farben. Nun versuchte ich ganz nahe, direkt darüberhin zu schweben, es gelang. Die Berührung, das sanfte Streifen der Linien, die vibrierten und Sounds erzeugten, war angenehm. Der Grund unergründlich. Dunkles, natürliches, weiches, moosiges Grün vielleicht. Ich spürte, wie meine Erektion darin eindrang, die Vibration aufnahm. Ich spürte, wie eine Hand mich erst sacht streifte, dann nach der Erektion griff und sie verstärkte. Unwillkürlich nahm ich die Hand und streichelte sie, die meine Erektion streichelte, die immer stärker wurde. Ich fühlte den Puls darin und wurde davon wach. Schon im Wachwerden nahm ich die Hand weg, die wirklich da war, die ihr gehörte. Meine andere Hand nahm ich aus ihrem Schoß, dass sie wieder mir gehörte, und mein Gesicht zog ich von ihrer dunklen steifen Brustwarze weg, und ich formte den Mund nicht mehr zum Saugen, hörte auf damit, ich wurde laut, ich schrie: »Was tust du? Was machst du? Was soll das werden?!« Doch halt, nein, ich wurde gar nicht laut. Ich schrie nicht. Ich machte es ganz sanft, zog mich aus ihrem Nachthemd heraus, unter das ich offenbar geraten war, und zog es wieder ganz über sie. Ich schüttelte den Kopf und sagte: »Komm, geh. Lass das. Ich bin nicht dein Mann. Mit dem kannst du das alles machen.« Sie schaute wie flehend, seufzte und ging. Am Tag darauf behielt man sie in dem katholischen Krankenhaus, das ihr empfohlen worden war. Es lag in einem Park und war umgeben von einer alten Ziegelmauer.

Vor dem zweiten Gespräch mit dem Magistrat, Abteilung Kultur, stand der Smarte wieder vor der Tür und fragte, ob ich am Freitag der Woche Zeit hätte. Er würde mich in dem Lokal Bornholmer Hütte treffen, gemeinsam mit dem Kollegen, der wie gesagt mehr Experte für Musik sei als er selbst. Dass er überhaupt kein Experte war, hatte ich schon begriffen. Es war die letzte Ferienwoche. Es passte mir, sagte ich. Ich blieb neugierig. Auch wenn sich durch die Art und Weise, wie er vor der Tür gestanden hatte und diesen Termin mit mir abmachte, und weil sie sich überhaupt in einer Kneipe mit mir treffen wollten, der Verdacht, es handelte sich um den Geheimdienst, neue Nahrung bekam. Die Spur von meinem Vater her war sowieso eindeutig genug, aber etwas in mir wollte es nicht wahrhaben. Zu sehr schmeichelte mir, dass der Magistrat, Abteilung Kultur, sich für meine Versuche, für meine Arbeit interessierte, für mich.

Von der Kneipe kannte ich nur das Fenster mit dem klobigen Modell eines alten Kriegsschiffs. Dessen Segel waren tabakrauchfarben und trugen rote Kreuze mit Serifen. Ich trat ein. Der Smarte kam mir entgegen. Der angekündigte, silberhaarige Kollege und er hatten sich im dämmrigen Licht des Fensters mit dem Schiffsmodell an einem großen, dunklen Tisch platziert. Wir bestellten drei Bier mit der Frage: »Warum nicht ein Bier?« Der ältere Mann sprach von seiner Hochachtung für meine Arbeit. Er sei erstaunt darüber und wollte gern wissen, wo ich mir denn bisher schon das Handwerkszeug dafür angeeignet hätte. Ich erzählte von meinem zurückgezogenen Leben, das es mir erlaubt hatte, diesen Sachen ungestört nachzugehen, mich dem Hören zu überlassen und einen Weg einzuschlagen, den meine Eltern zwar nicht verstünden, aber mich dabei in Ruhe ließen. So habe es sich ergeben. Dass ich von A bis Z Autodidakt sei. Dass ich mich selbst hervorbrächte. Meine Plattensammlung. Ausführliche Beschäftigung mit Renaissancemusik für Gitarre, die zu spielen ich mir selbst beigebracht hätte. Die Schallplatten aus dem Haus Ungarn hier in Berlin, Alte Musik, Bálint Bakfark, dann Bartók, Kodály. Ob der Silberhaarige den »Mikrokosmos« von Bartók kenne? Er bejahte mit einem Lächeln. Nun erzählte ich erst recht von der entscheidenden Reise, von der dritten Tour nach Ungarn im letzten Jahr. Ich schwärmte, redete, ich klappte das Visier hoch, machte die Schleusen auf in der Bornholmer Hütte vor meinen zwei zugewandten, aufmerksamen Zuhörern. Ich erzählte davon, wie ich mit meinen ersten Kompositionen Freunde gewonnen hätte. Nach denen fragte der Ältere sofort: »Sind es auch wie Sie Talente, auf die wir aufmerksam werden sollten? Was machen Sie so, wenn Sie zusammen sind? Musizieren?« »Ja, auch«, sagte ich. »Improvisieren und Blues und Rock spielen zum Spaß. Wir gehen auch zusammen zu Konzerten. Mit der E-Musik, das mache ich eher allein. Nur Jazzfans sind wir alle. Sie kennen ja sicher die Tanzbar Alte Meierei, wissen, dass da montags immer Jazz ist.« Das wäre gut. Das wäre interessant. Sie lächelten mich beide an. Ich war etwas wie freudig erregt. »Da kann man doch etwas machen«, sagte der Silberhaarige. »Das wird fein. Um weitere Einzelheiten zu besprechen, treffen wir uns bald. Dazu kommen Sie bitte das nächste Mal in unsere Räume im Roten Rathaus.« Das klang gut. Wir hoben die Neigen Bier. Wir schüttelten uns kräftig die Hände. Ich lief frohgemut die Thälmannstraße runter. Meine Wangen waren rot von dem Bier und vom Optimismus. Den Zweifel hielt ich klein, er wurde überstrahlt durch die Einladung in das Rote Rathaus. Der Experte hatte eigentlich nichts über meine Kompositionen gesagt, nichts Genaues. Aber mir Komplimente gemacht. Und Hinweise auf Musik verstanden. Mit geschwellter Brust schritt ich davon. Magistrat, Abteilung Kultur, Rotes Rathaus. Die nahmen das ernst, meine Kompositionen, mich.

Das erste Mal im Leben, dass ich bewusst mit meinem Stiefvater und einer seiner Handlungen, die mich betrafen, nicht nur einhundertprozentig einverstanden, sondern an seiner Seite glücklich war, stand unmittelbar bevor. Wir sollten umziehen. Die Gegend, in der er aufgewachsen war, wo er sein Leben im Wesentlichen in ein und derselben Wohnung und ich meines auch schon die längste Zeit verbracht hatte, war zum Sanierungsbezirk erklärt worden. Die Behörden wollten an ein paar Ecken retuschieren, was den Augenschein bestimmte, das Grau. Grau war der Grundton von unser aller, also auch meinem Leben, ob ich mich nun in meinem Zimmer zum Hof einrichtete oder die Straßen benutzte als ein mehr und mehr Aufhorchender, als ein sich langsam Aufrichtender, dieses unmissverständliche, raumfüllende, langanhaltende Grau im Tempo grave. Lebensgrau, könnte man sagen.

Sagte man auch. Blätternder, Blasen schlagender Putz. Farbe trugen höchstens die Ziegel, wenn die lose Außenhaut der Gebäude abfiel, einem auf den Kopf oder in die Finger fiel als sandige Substanz, pochte man an eines der Häuser, aus Spaß, aus Langeweile, aus Unmut, um ein Geräusch zu erzeugen, um sich Gehör zu verschaffen. Meine Eltern sollten in eine sogenannte Umsetzerwohnung ziehen, auf Zeit um die nächste Ecke herum, solange eben das Haus saniert würde, in das sie danach wieder zurückkehren könnten. Zur Wahl stand auch, aus dem provisorischen Wohnen ein bleibendes zu machen. Sie wählten, nur einmal umzuziehen. Ich hatte meinen achtzehnten Geburtstag gerade hinter mir. An der Seite meines Stiefvaters marschierte ich zum Sonderbaustab, der für die Sanierung des Stadtteils zuständig war. Wir warteten, wie zu warten üblich war vor den Büros der staatlichen Wohnungswirtschaft. Ich saß kaum still neben dem Stiefvater, der seine hageren Einszweiundneunzig in aller Seelenruhe zusammengefaltet hatte. Ich hing mit jeder Faser an der Hoffnung auf diese einfache Abnabelung. Wir wurden aufgerufen. Er nannte seinen Namen und erklärte gegenüber der Dame vom Sonderbaustab: »Mein Sohn hier, der ist jetzt volljährig. Und wenn wir sowieso umziehen müssen wegen der Sanierung, dann dachten wir, könnte er doch gleich eine eigene Wohnung bekommen. Seine Freundin, mit der er zusammenziehen wird, ist übrigens schwanger.« Ich staunte. Wir hatten das nicht abgesprochen. Es war ein genialer Trick. Und siehe, das Wunder geschah. Die Dame zögerte nicht einmal. Die notorische Art in diesen notorischen Bürostuben war, einen zappeln zu lassen. Nicht hier, nicht in diesem Augenblick. Etwas war außer Kraft. Sie tauchte mit einem »Na, dann schauen wir mal, ob wir da etwas tun können!« zu einer Schublade hinab und mit Papieren wieder auf, die offenbar freie Wohnungen betrafen. Zwei davon legte sie mir vor, mit Grundriss und Adresse, mit allem Drum und Dran. Hinterhaus, vierte Etage, Zimmer, Küche, Innentoilette, in der Nähe gelegen. Ich griff zu. Eine Woche später unterschrieb ich den Mietvertrag. Mit Rebekka gemeinsam kaufte ich ein paar Packungen geleimte Wandfarbe. Drei Abende später lagen wir – es war ein Sonnabend, ihr Ausgang Freitag und Samstag bis zehn Uhr verlängert – in dem frisch geweißten Zimmer auf der frisch bezogenen Matratze auf dem Boden und flüsterten einander in die heißen Ohren: »Jetzt müssen wir nicht mehr aufpassen.«

Das zwölfte Schuljahr, mein letztes. Ich fand viele Ausreden und hatte oft ein Attest vom Arzt, der späte Pubertätszeichen zu wechselnden Krankheiten umdeutete. Gelegentlich waren es große, heiß ausstrahlende Pickel, die mit dem Scharfen Löffel ausgeschabt werden mussten. Das reichte schon einmal für zwei Tage Wegbleiben. Zahnarztbesuche inszenierte ich ähnlich, Nasennebenhöhlenentzündungen, fiebrige Angina. Es fehlte nicht an Gelegenheiten. Die Nachmittage und frühen Abende bis zur sturen neunten Stunde verbrachte ich mit Rebekka, mit unseren Freunden, die Wochenenden sowieso. Wir blieben viel Zeit im Bett, heizten, als der Herbst kam, mit Begeisterung den eigenen Kachelofen, kochten uns Nudeln oder Eintopf auf dem tatsächlich vorhandenen dreiflammigen Gasherd. Die Abende und Nächte allein saß ich über Konzepten, Ideen, Notierungen. Oft allerdings war ich vorher über die Brücke von Zorn und Trauer gegangen und brauchte Abstand zu ihr, um mich ruhig an die Arbeit setzen zu können. Aus Minuten, die Rebekka zu spät nach Hause kam, wurden immer wieder Tage Stubenarrest, rasch eine Woche. Wollten wir mehr Zeit für uns, mussten wir ankündigen, wofür wir sie brauchten. Wir gingen ins Kino, mal wirklich, mal nicht, ins Theater, ins Konzert, zum Jazz. Anfang Dezember wussten wir sicher, dass sie schwanger war. Sie sagte es ihren Eltern in einem Moment, wo sie gleich die Wohnung verlassen konnte. Deren Schockstarre wich zum Glück nur einer kurzen Phase der Beschimpfungen, dann ließen sie von ihr ab. Lockerungen des Regiments gab es nicht. Ich ging die Wand hoch von dem Haus, in das ich nur einmal eingetreten war, um beinahe von ihrem Sportlerstiefvater die Treppe heruntergeprügelt zu werden. Ich ging Haus um Haus in der Straße die Wände hoch, und in den anderen Straßen auch, die schwarzen Wände der abendschwarzen Häuser. Ich stapfte bebend vor Ohnmacht mitten auf der Fahrbahn auf den nassen, glitschigen Pflastersteinen vor mich hin, zog durch die Schluchten der Stadt als heulender Wolf, ließ mit böser Lust den eisigen Regen bis zu den Haarwurzeln durchrinnen. Zu Hause angekommen, schüttelte ich das Fell aus als der Hund, als der ich mich fühlte. Daraus folgten böse Kopfschmerzen, die am Morgen zum Glück nachgelassen hatten, aber mir als Argument gegen die halbe Stunde Schulweg ausreichten. Sowieso verschlief ich immerzu. Nach den Nächten über dem raschelnden, dem klingenden Papier. Und wenn ich in der Schule saß wie heute, wenn es nur irgend Anlass gab, ließ ich meinen Zorn los auf die Stalinisten, auf den Klassenlehrer, der Russisch und Deutsch unterrichtete, auf die stellvertretende Direktorin, die auch Russisch unterrichtete, auf den Direktor Kahlberg. Die russische Sprache, die aus Wörtern wie Internationalismus, Brüderlichkeit, Trasse der Freundschaft bestand, konnte mich sowieso und sonst wo. Im Rias Treffpunkt hatte ich vom Verbot der Gruppe Renft gehört. Mir gefielen deren einfache Melodien und Texte. Das, dachte ich, passte in den Deutschunterricht. Es wurde zunächst ein Verhör durch den Lehrer daraus. Er wüsste gern die Quellen der Information. Mein Interesse an verbotenen Liedermachern sei ihm auch zu Ohren gekommen. Solange steckten die Klassenkameraden erst einmal die Köpfe in den Sand. Dann wachten sie auf. Als Erstes der Dialektiker, der nicht auf Renft stand. Er finde meine Weise zu argumentieren fragwürdig, einerseits, andererseits habe er aber auch Verständnis für meine Position. Folgte mein Biochemiekumpel Lars, er sei Fan der Klaus Renft Combo, und basta. Dann redete die Oberzicke, die gegenüber dem Dialektiker hervorhob, eine eigene Meinung zu vertreten, aber doch sagen wollte, dass man es so wie der Einzweck einfach nicht sagen könnte. Hinten saß der Sohn eines Geheimdienstoffiziers. Der erklärte uns zu den Staatsfeinden, die wir schon immer gewesen wären, fand uns allesamt töricht und unsere Art und Weise, über solche Dinge zu sprechen, fahrlässig. Man sollte unbedingt mit dieser Diskussion aufhören. Dem stimmte der Klassenlehrer zu.

Ich fuhr zum Zentralplatz und ging zum Roten Rathaus. Sie hatten es mir genau beschrieben unter der Telefonnummer, die ich angerufen hatte. Jener Seiteneingang wäre es, der zu den Rathauspassagen hin. In der Durchfahrt gleich rechts sei eine Tür, dort bitte klingeln. Trotzdem war ich einmal um das Rote Rathaus herumgegangen mit meinen Vermutungen, hatte ein Schild gesucht, das auf die Abteilung Kultur verwiese. Ich fand nichts dergleichen. Das Gebäude trug an dieser Seite eine Kruste von Staub. Das Rot der Klinker sah aus, als würde es andauernd von vorbeifahrenden Baumaschinen bespritzt oder als hinge der graue Schlick einer Überschwemmung meterhoch daran. Nur oben der Keramikfries wäre gut sichtbar gewesen, die Szenen von Raub, Gericht und Pranger, aber so weit hinauf schaute ich nicht. Ich war froh, an der richtigen Stelle zu sein, als man mich bemerkte, der Smarte eine Seitentür aus schwerem Holz mit kleinem, vergittertem Fenster öffnete und mich ein paar Stufen heraufbat in ein Büro. Soweit in dem Zwielicht auszumachen, stand rechts ein Aktenschrank mit leeren Fächern. Links war ein Stuhl umgekehrt auf einen niedrigen Rollschrank geschoben, als sei die Putzfrau gerade durch. Unter dem vergitterten Fenster stand ein Schreibtisch, vor dessen Schmalseite ich einen Stuhl angeboten bekam. Dadurch, dass offenbar der Inhalt einer Aktentasche nebst Brotbüchse auf der Tischplatte ausgebreitet und ein urtümliches, schwarzes Telefon daraufgestellt worden war, dem ich ansah, dass seine Schnur ohne Anschluss unter dem Tisch endete, wirkte alles wie eine Fälschung. Sie wollten, dass ich es durchschaute. So konnten sie direkt sein: »Lehmann, Hauptmann des Ministeriums«, sagte der Silberhaarige, der lässig vor dem Schreibtisch saß, plötzlich eine Klappkarte an einer Uhrenkette aus der Hosentasche gezogen hatte und mir herzeigte. Der Smarte war stehen geblieben und zog ebenfalls eine kleine Klappkarte hervor. Ich kannte sie nur vom Hörensagen, die Dinger. Nun hatte ich gleich zwei gesehen. Ich hatte vorher nicht auf die Namen der Männer geachtet, echt oder nicht, weil ich nie auf Namen achtete und das Nachfragen scheute. Lehmann, wie ich meinte gehört zu haben, fuhr mit seiner Ansprache fort: »Wie Sie sich sicher schon gedacht haben, sind wir vom Ministerium. Tut uns leid, dass wir das nicht gleich sagen konnten. Wir wollten erst sichergehen, mit wem wir es zu tun haben.« Ich wartete ab. »Der Gegner«, hieß es weiter, »ist derzeit dabei, sich an junge Künstler wie Sie heranzumachen, um sie für seine Zwecke auszunutzen.« Ich schaute ihn aufmerksam an. Das abstrakte Wort »Gegner« brachte mich schon immer auf den Plan. Das wollte ich genauer hören, im Zweifelsfall meine Meinung sagen. »Wie wir von Ihnen wissen, sind Sie an bestimmten Orten aktiv, die wir für Brennpunkte halten, zumindest als interessierter Zuhörer und Zuschauer. Dazu gehört der sogenannte ›Potpourri‹ im Zentralhaus, dazu gehören die Jazzabende in der Alten Meierei. Wir brauchen Informationen über die Art und Weise, wie der Gegner vorgeht, wie er es anstellt, junge Künstler für seine Zwecke zu gewinnen. Wir möchten Sie bitten, uns dabei zu helfen, solche Informationen zu beschaffen. Sie sind ein kritischer Zeitgenosse, Sie haben bereits erste Meriten als Komponist erworben, Sie waren beim Komponistenseminar der Jugend, Sie sind kein unbeschriebenes Blatt.« Ich fragte, wie er sich das konkret vorstelle. »Sie sollen gar nichts anders tun als bisher. Sie gehen an diese Orte. Sie treffen Freunde. Sie halten nicht damit hinter dem Berg, was Sie machen. Sie wissen doch, wer die Veranstalter dort sind, wer da auftritt. Wir wollen nicht, dass Sie etwas anderes machen als das, was Sie bisher schon tun. Nur eben wollen wir, dass Sie es für uns tun, im Kontakt mit uns. Und vielleicht machen Sie es in Zukunft etwas gezielter, etwas offensiver, sagen, wer Sie sind, stellen Ihr Licht nicht unter den Scheffel. Wir wollen Schaden von unserer Gesellschaft, insbesondere auch von Ihnen selbst und anderen jungen Menschen mit Zukunft schon im Vorfeld abwenden.« Ich warf ein, dass ich nur so oft da und da hinginge, wenn ich das Eintrittsgeld erübrigen könnte. »Das soll nicht Ihre Sorge sein. Wir ersetzen Ihnen die Auslagen.« Sie boten mir umgehend zwanzig Mark an. Das war knapp viermal der übliche Eintritt für Meier, wie die Meierei allgemein genannt wurde. Ich nahm das Geld und quittierte dafür. Nun wiederholte ich die Klage, die ich schon in der Bornholmer Hütte geführt hatte, dass meine Eltern sich kein Klavier hatten leisten können, dass ich dringend ein Klavier für meine Arbeit brauchte, aber das Geld nicht aufbringen könnte. »Wir werden dafür sorgen. Rufen Sie uns unter der Nummer, die Sie haben, kommenden Montagnachmittag um vier an.« »Ich brauche es nur geborgt, ich will es nicht von Ihnen geschenkt haben, nur zur Überbrückung.« »Ja, sicher, das verstehen wir«, sagte Hauptmann Lehmann. Wir verabschiedeten uns. Ich trat in das Tageslicht.

43

Alles war klar. Ich würde doppeltes Spiel spielen. Am nächsten Tag berichtete ich meinen Freunden in der Schule davon. Ich erzählte, was gelaufen war, was die von mir wollten und was meine Absicht dabei wäre. Georg aus der Parallelklasse warnte mich sofort: »Das kannst du nicht. Du bist verrückt. Die machen dich fertig. Jetzt, wo du es jemandem gesagt hast, geht es sowieso nicht mehr. Geheim muss geheim bleiben. So funktioniert das. Was nicht geheim ist, was nur irgendjemand Drittes weiß, taugt nicht für die. Sie werden Gerüchte über dich in die Welt setzen. Das hältst du nicht durch.« Das leuchtete mir ein. Ich hatte schon mit diesem Gespräch die Sache unterlaufen und entschärft. Damit konnte ich auch gleich vergessen, was ich mir als Absicht eingeredet hatte. Was ich den Freunden vorenthielt, war das mit dem Geld. Und was ich erst recht nicht gucken ließ, war die Sache mit dem Klavier. Von einem der grauen Wandapparate, die in der Stadt die Telefonzellen abzulösen begonnen hatten, rief ich tags darauf die Nummer an und verabredete ein weiteres Treffen. Sie sagten, in zwei Wochen. Vom Klavier sagte ich nichts mehr. Hauptmann Lehmann schon: »Das mit Ihrem Wunsch geht in Ordnung. Wir müssen nur noch den Termin koordinieren.« Ich sagte, er sollte erst nach dem nächsten Treffen liegen. Ich hätte zu tun mit den Vorbereitungen auf das Abitur.

Inzwischen wölbte sich Rebekkas heller Bauch fühlbar, unter dem ich, so oft sie bei mir war, fröhlich einkehrte. Wir hatten Verhandlungen mit ihren Eltern aufgenommen. Im fünften Monat, im März, zog sie zu mir, in unsere von Stund an gemeinsame Wohnung. Zum Glück musste sie in die Tippsenschule lernen gehen, sonst wäre ich kaum mehr regelmäßig in die Oberschule gegangen. Eine große Holzkiste hatte ich schwarz lackiert und daraus meinen Arbeitstisch gemacht. Ich saß auf dem Stuhl davor, und die Beine steckten in der Kiste. Am liebsten saß ich so die Nacht hindurch, schwang die Hände durch die Luft und schrieb das Sausen und die Stille auf.

Wie ich das Abitur bestand, sollte mich niemand fragen. Ich wusste es nicht einmal, während ich mitten in den Prüfungen stand. Es ging, was gehen musste. Der Frühling kam. Es wurde Sommer. Rebekka und mir ging es gut. Kann sein, dass Klassenkameraden, dass irgendwer eine Party feierte. Ich war nicht dabei. Weiß nicht. Wusste nicht. Darum ging's nicht. Mittendrin ein Termin im Roten Rathaus. Dieselbe Fälschung von einem Büro, dieselben Herren. Nun, wo die Katze aus dem Sack war, fühlte ich mich ganz anders. Der Lack war ab. Die unsauberen Verhältnisse lagen offen zutage. Meine Hände waren feucht. Ich wollte das loswerden, wollte da nicht stehen, wollte da heraus. Hauptmann Lehmann war – wie nannte man das? – jovial: »Es gibt kein Problem. Wir haben das Klavier. Sie müssen nur übermorgen halb eins mittags ihren Schlüssel unter dem Fußabtreter liegenlassen und sich für eine Stunde in der Stadt herumtreiben, Sie und Ihre junge Frau.« – Ich registrierte, wie er von Rebekka sprach. »Ich muss Ihnen, bevor wir hier so weitermachen, etwas sagen«, hob ich an. »Ich kann das nicht.« »Was können Sie nicht?«, fragte Lehmann aus dem Halbdunkel des Raums. »Ich kann nicht irgendwo, zu Meier oder sonst wo, hingehen in Ihrem Auftrag. Ich kann nicht dort oder woanders hingehen, meine Leute treffen, bekannt werden mit anderen, die mich wirklich interessieren, mit Musikern, Schriftstellern, die ich verehre, deren Arbeit mich angeht, mich da anwanzen und sie aushorchen. Ich bringe das mit dem Vorsatz nicht. Ich kann nicht lügen.« »Na hören Sie mal. Was denken Sie denn von uns? Wir lügen doch nicht. Und Sie werden es partout auch nicht.« »Nein«, blieb ich klar: »Wissen Sie, es ist auch so, in meiner Familie gibt es psychische Krankheiten. Ich glaube, ich habe auch einen Hang zur Depression. Ich bin kein Kandidat für Sie. Tut mir leid. Hier, ich habe auch das Geld mitgebracht. Nehmen Sie es zurück.« Ich legte das Geld auf den Tisch. Keine Regung der beiden. Vom Klavier war nicht mehr die Rede. Lehmann meinte freundlich, das sei es dann für den Moment. Aber ich hätte ja ihre Nummer. Wenn ich es mir anders überlegte, könnte ich jederzeit anrufen, immer. Raus, nur raus. Um die Ecke der Rathauspassagen herum ging es mir langsam besser. Auf dem Stadtbahnhof unter dem Zentralplatz lief ich auf und ab und hätte fast einen Satz in die Luft gemacht, unterließ es aber aus Furcht, mir den Kopf zu stoßen.

Es war Sommer. Wir waren eingeladen, Rebekka, ihr Bauch und ich, ein Haus an der Oder zu benutzen, einen Fischerkaten, den Freunde renoviert hatten. Neuerdings besaßen wir einen Fotoapparat. Damit fotografierte ich mein hochschwangeres Mädchen von vorn und im Profil, den blonden Bauch über den offenen Jeans. Als es so weit war, fiel uns nichts Dümmeres ein, als uns in die nächste Klinik aufzumachen, ein Nullachtfünfzehnkrankenhaus. Es lag im Stadtbezirk Friedrichshain und hieß auch so. Ich

46

durfte bei der Geburt nicht dabei sein, stellte mich aber auch nicht auf die Hinterbeine, um es durchzusetzen. Kurz nachher sah ich den Knaben mit dem zerknautschten Gesicht. Ich war stolz ohne Grund. Das Kind von Kindern, meines und doch nicht meins. Seine Mutter, eben von einem selbständig atmenden Wesen entbunden, schenkte der Welt als Zugabe ein erschöpftes, aber souveränes Lächeln. Sie war kein Kind mehr. Sie war einen Tag vorher volljährig geworden.

3

Hinrich hatte sie wirklich und wahrhaftig entführt. Sie stand hier auf dem Kahn neben ihm, dem Rudergänger. Das Schleppseil lag an, sie stellten den Schluss des Zuges von viermal Saalemaß, Schüttgut für Hamburg. Er rieb sich theatralisch die Augen und brachte sie zum Lachen, dass die großen Schneidezähne nur so strahlten. Pfeifend lenkte er aus. Raus ging es aus dem Magdeburger Industriehafen und zügig auf den Fluss. Sie stand und strahlte. Sie hatte das neue, taubenblaue Kleid angezogen zur Feier des Tages. Heute sollte sie noch nichts tun, einfach nur schön sein neben ihm, für ihn, für die ganze Welt. Er trug Manchesterhose und -jacke, blaues Schifferhemd, die Mütze, wichtig!, saß schief auf den Haarstoppeln. Und er hatte sich zum Spaß die kalte Shagpfeife in den Mundwinkel gehängt. Ihr erster Tag auf Schifffahrt, wie sie von Stund an sagten: »Wir sind auf Schifffahrt.« Die Schleusen zum Elbe-Havel-Kanal zogen an Steuerbord vorüber. Sie sahen weit in das Jerichower Land, über dessen Baumgruppen die spitzigen Türme des Klosters aufragten. An Backbord beeindruckte Karla die Silhouette von Tangermünde, der unzerstörten Stadt auf dem Hochufer. So lange stand sie im kleinen Ruderhaus neben ihm. Er war der glücklichste Einundzwanzigjährige der Welt, und sie war, wie sie stolz geradeaus schaute über die spitze Nase weg, die glücklichste Zwanzigjährige. Zwei Tage später machten sie für eine Nacht im Binnenhafen Harburg fest. Also nichts wie raus und erst mal an die Alster. Das Kreuz und die Pfoten taten ihm weh, er war todmüde. Aber das galt jetzt nicht. Sie liefen los, über die Elbbrücken, am Hauptbahnhof vorbei. Bloß kein Geld ausgeben für die Stadtbahn. Auf dem Jungfernstieg großtun, ins Alsterhaus reingehen, nichts kaufen, nur staunen. Zwei Tagessätze West waren fast nichts. Das Portemonnaie hatte er tief verstaut im Inneren der steifen Jacke. Weiter zum Gänsemarkt gingen sie, hintenherum wieder zurück, durch schmale Gänge, kamen beim Rathaus wieder heraus. Das hatte was. »Mann, das hat was, nicht, Karla?« Sie staunte so schön. Sie kannte natürlich Berlin, aber als Kind hatte sie mit ihren Leuten ab vom Schuss in Karlshorst gewohnt, wenn auch in frisch gebauten Häusern. Ihr Vater war Ingenieur, da hatte er gleich die neue Wohnung zugewiesen bekommen für die junge Familie, ein Jahr nach der Machtübernahme. Kurze Zeit nach dem frühen Tod ihrer Mutter, es war schon Krieg, war sie mit der jüngeren Schwester nach Sachsen zu Verwandten abgeschoben worden, das hieß »evakuiert« im Familienslang.

Ging ja nicht anders, der Vater allein mit zwei kleinen Mädchen. »Mein Gott«, Hinrich nahm Karla noch fester in den Arm. »Was hast du?«, fragte sie. »Ach nichts, ich denke nur, wir haben es gut. Wir können jetzt hin und her fahren, auf und ab wie die Flaschenteufel in der Elbeflasche. Ich bin bald Bootsmann, und wer weiß? Wir lassen den lieben Gott einen guten Mann sein. Irgendwann wird das ja auch mit dem Geld mehr. Wirst sehen, das schaffen wir.« »Na, lass mal. Das sieht ja noch gar nicht so aus. Alles noch auf Marken, und hier? Guck doch mal, Hildi, guck mal!« Sie drückten sich die Nasen platt, es war ein glitzernder, glücklicher Abend. Sie teilten sich eine knackige Wurst mit Brötchen in einer Bude am Millerntor, dann gingen sie auf und ab und hin und her, schauten lachend in die Auslagen mit den Spielsachen für Erwachsene und etwas verstohlen die Mädels an, in die Eingänge der Bars, aus denen schon Rauch und Lärm quollen, während der Himmel mit seinen hohen roten und blauen Wolkenstreifen nicht dunkel werden wollte. Erst noch einmal runter an die Landungsbrücken. »Ich bin ein Trottel«, schlug er sich an die Stirn. »Du kennst das doch alles gar nicht.« Karlas Augen wurden immer größer und dunkler. Er war stolz, als zeigte er sein Königreich, als wäre Hamburg mindestens seine Heimatstadt. Die Bewegung im Hafen, das von Barkassen aufgewühlte Wasser, Blohm und Voss gegenüber mit den Docks, in denen laut gehämmert, genietet, geschweißt wurde. Die Lichter überall und das Tuten und Machen. Die Rufe der Barkassenführer, das Krakeelen der Anbieter von Rundfahrten, der Fischverkäufer, der Ausrufer der Varietés auf der Reeperbahn. Er

summte das Lied aus dem Film mit Hans Albers, sie
lachte. Sie standen lange Arm in Arm. Ein Fischbrötchen
musste noch sein, Bismarckhering. Als Karla kurz einem
Schild nach zu einer öffentlichen Toilette ging, kaufte
Hinrich eine Postkarte mit Briefmarke, die er in seiner
Jacke verstaute. Nun klimperten noch knapp drei Mark
in der Hand. Das machte zwei Bier für jeden, und die tranken sie auch.

4

Hinrich kannte seine Karla von früher, aus der Tanz-
stunde. Als erster der Brüder war er auf Anraten seiner
Mutter in Pankow in der Tanzschule angetreten und hatte
die Standards gelernt. Daraus wurde, solange die Grenze
offen war, eine kleine Tradition. Schmidt-Hutten war
eine Weile die zweite Wohnung der Geschwister. Seine
Mutter kannte das Haus noch aus ihrer eigenen Jugend.
Die Fabrik ihres Vaters lag unweit, wie auch das Haus, das
sie später verkaufte, um in Hermsdorf eines auszubauen.
Die höhere Tochter, die einen Einzweck heiratete, war
eine gebürtige aus dem fast noch ländlichen Pankow der
Kaiserzeit. Hinrich musste nicht tief in sich gehen, um
Karla nach seiner Rückkehr in die Stadt wiedersehen zu
wollen. Besonders, als es nun auf den Kahn ging, auf die
breitbrüstige Schute, die er allein lenken würde. Lange
Nächte, fremde Städte. Er dachte nicht an Huren. Er stellte
sich etwas anderes vor, und zwar sehr genau. Eines schö-

nen Tages machte er sich auf und fuhr aus der Stadt hinaus dorthin, wo er ihren Vater und ihre Stiefmutter wohnen wusste. Die Stadtbahnstrecke verlief unweit seines Elternhauses. Er fuhr das erste Mal wieder durch den Westen. Aber die Stadtbahn gehörte der sowjetischen Zone, war sicher für ihn. Es war genau die alte Strecke von der Tanzschule zurück: Wollankstraße bis Hermsdorf. Heute fuhr er über Wittenau weiter nach Birkenwerder. Auch der Fußweg hier war ihm vertraut, über die stählerne, auf gemauerten Zugängen aufgelegte Fußgängerbrücke, an der Kaschemme vorbei mit dem schönen Namen Zur Brombeere. In die Bude schaute er vorsichtshalber hinein und hatte Glück, sah in der Ecke beim Tresen gleich ihren Vater. Ein respektabler Herr mit hochroten Backen unter der Brille, bei bester Laune. Er gewann gerade beim Skat. Was ihn, den »wackeren Hildebrand«, denn hierher verschlagen habe, ins sonntägliche, verschlafene Birkenwerder. Nun erklärte der angehende Bootsmann bei Bier und Doppeltem, die im Nu vor ihm standen, dass er die große Tochter des Hauses wiedersehen wollte. »Ja, die, also die ist, die ist nicht, die ist jetzt Diakonisse, also die will Diakonisse werden, die ist weg, also die ist im Tiergarten, in der Lützowstraße in der Klinik arbeitet die.« So erhielt er Auskunft über das Reizen weg und die ersten ausgespielten Runden. Der Herr Ingenieur hatte sogar zwischendurch dem Herrn Oberarzt auf der anderen Seite des Tisches ohne Zögern Kontra geboten. Hinrich schüttete den Korn hinter und spülte rasch mit dem Bier nach. Er wollte die Frau, nicht den Vater. »Aber zur Gans, zur Gans solltest du dann bestimmt kommen.

Thea freut sich auch. Und die macht sie auf die vornehme sächsische Art«, hieß es noch stockend, über dem konzentrierten Spiel. Es war Preisskat, alle Tische waren mit Spielern besetzt, und ausgesetzt war als erster Preis, wie Hinrich nun draußen auf der handbeschriebenen Tafel las, die Gans, die Ingenieur Spiegelhalter schon in seinem häuslichen Ofen sah.

Auf der Rückfahrt hielt es ihn nicht in der Bahn. Sonntagnachmittag, was sollte ihn hindern, seine Familie zu besuchen? Er hatte seine Geschwister jetzt zwei Jahre nicht gesehen. Keiner dort wusste etwas von ihm. Einmal hatte er aus Hamburg eine Karte mit dem Michel geschickt. Das Herz pochte lauter auf dem Weg in Althermsdorf, auf dem holprigen Pflaster bei der Backsteinkirche, der Grundschule, vor dem Lädchen, bei dem verwitterten Schild, das unermüdlich zum Wanderweg am Fließ zeigte. Die hängenden hellgrünen Zweige der Birken leuchteten vor blauem Himmel. Der Jägerzaun brauchte Anstrich, fand er, drückte die Klinke der offenen Tür zum Vorgarten herunter und stand vor dem Haus. Kein Geräusch. Er ging nach hinten. Da saßen sie bei geschlossenen Fenstern beim Kaffee in der Küche. Seine Schwester bemerkte ihn zuerst, bevor alle aufschauten. Sie öffnete die Terrassentür und kam heraus: »Hildi, schön, dass du da bist!« Sie war nach ihm das nächste Kind, dann folgten die zwei Brüder und der Nachzügler. Sie war ein fragiles, aufgeschossenes Mädchen mit hellen, tiefliegenden Augen, schmalen, blassen Wangen und leicht einwärts weisenden Schneidezähnen, die beim Vater und allen Geschwistern ähnlich saßen außer bei dem jüngsten Bruder, dem

Nachzügler. Sie war gerade siebzehn Jahre alt. Schon hörte er, dass sie nach Genf gehen würde, als Au pair. Gleich erfuhr er, dass der zweite Bruder eine Lehre begonnen hatte und der dritte, ach, auch so gut wie er, der großbe Bruder, in der Schule sei, aber hoffentlich durchhielte, und der kleinste, das würde sich erweisen. Drinnen der in sich gekehrte Vater, die unnahbar wie unzufrieden blickende Mutter. Es hatte sich nichts verändert. Er brauchte eigentlich nicht hineinzugehen. Und auch nichts zu erzählen. Doch die unausgesprochene Aufforderung wurde zu dicht, seine Schwester hielt es nicht aus und fragte, nachdem er alle begrüßt hatte: »Wie ist es bei der Legion? Wie kommt es, dass du hier bist, und nicht in Uniform?« Nicht zu überhören, dass sie es ›chic‹ gefunden hätte. Frankophil war sie seit Beginn der Schulzeit. Nach Genf ging sie sicher deshalb. Französisch war auch die erste Fremdsprache der Mutter gewesen. Hinrich erzählte ein wenig vom Drill, nicht zu genau. Lieber von seinem Freund Emil und von Hamburg, vom Hafen. Beinahe hätte er zu singen angefangen, so ging es mit ihm durch. Bis es ein Schweigen gab, am Schluss, als er begeistert von Aktionen für die Sowjetunion, von der Parteimitgliedschaft der Männer sprach, sogar den Namen Thälmann erwähnte. »Okay, ihr Spießer, jetzt seid ihr mich los, jetzt gehe ich. Und wisst ihr, wohin? Wisst ihr, wo ich wohne? Im sowjetischen Sektor, im wirklich demokratischen Teil der Stadt. Da gefällt es mir nämlich, da geht es vorwärts, da habe ich alle Hände voll zu tun. Hier schlafen einem ja die Füße ein. Blast euer Trübsal weiter, ich geh dem Morgenrot entgegen, ex oriente lux, falls euch das was sagt.

Da gehe ich hin, in den Osten, vor dem ihr die Hosen voll habt, da bin ich schon längst, da gefällt es mir. Ihr könnt hier meinetwegen verschimmeln!« Seine Schwester weinte. Sein Vater sagte beinahe etwas. Seine Mutter schaute ihn verachtungsvoll an. Sein Lieblingsbruder fragte leise, ob er nicht wenigstens noch eine Zigarettenlänge bliebe. Hinrich legte ihm die Hand auf die Schulter, schob aber zugleich geräuschvoll den Stuhl an den Tisch, der ihm vorhin herangestellt worden war. Er betonte auf Takt: »Na dann, lebt wohl!« und ging durch die Vordertür hinaus. Das war es, für das Jahr 53. Das war es, dachte er, fürs Leben.

5

Diesen Mittwoch hatte Karla keinen Dienst. Sie hockte in ihrem Zimmer, einer Zelle im Diakonissenhaus, und schrieb einen Brief nach Hause, an ihren Vater. Nach Hause? Sie war mit Aplomb weggegangen. »Ihr werdet mich niemals wiedersehen!«, war das Letzte, was sie von der Wohnungstür aus geschrien hatte. Dort gestanden und sie angeglotzt hatte nur Thea, ihre Stiefmutter, die sie von ganzer Seele hasste. Eine Sekunde länger, und die Jugendstilverglasung der Wohnungstür wäre nicht heil geblieben. Karla hatte in ihrem kahlen Schwesternzimmer früh nach der Nachtwache schon den halben Block von zartblau liniertem Papier vollgeschrieben, die Blätter lagen zerknüllt um sie herum. Der Brief war zusammengeschmolzen, mehr konnte sie am Schluss nicht schreiben: »Lieber Vati, ich weiß nicht, ob ich hierbleibe, komm bitte her, damit wir über alles reden. Nächstes Wochenende wäre gut! Bitte komm. Deine Karla« Es war das erste Blatt ohne von Tränen gewellte Stellen. Jemand riss ohne zu klopfen die Tür auf und rief: »Notfall!«, und auf dem Flur schrie dieselbe Stimme: »Alle runter!« Sie griff die Haube und rannte los. So etwas hatte sie in dem halben Jahr, das sie im Diakonissenhaus an der Lützowstraße war, noch nicht erlebt. Von der Pforte kam ihr Schwester Jadwiga entgegen, einen blutenden jungen Kerl stützend. Sie half von der anderen Seite und fragte: »Was ist eigentlich los?« »Karlchen kommt wieder aus dem Muspott. Mensch, im Osten ist Streik. Die Vopos hauen drauf und schießen scharf.« Ihr Herz begann wie rasend zu schlagen. »Wo, sag wo?« »Na hier, gleich drüben, auf der Stalinallee, Unter den Linden, Leipziger Straße, überall. Die Russen haben Panzer aufgefahren.« »Und wo noch?« Sie hatten den jungen Mann in ein Behandlungszimmer gebracht und versorgten die Platzwunde. »Das ist nur die Kopfschwarte«, redete Jadwiga auf ihn ein: »Die blutet stark, aber dafür hält sie was aus. Wie ist es denn passiert? Karlchen, frag ihn doch.« »Ich weiß nicht, ich meine, wir sind rüber heute Mittag, weil wir gehört haben, da geht was los, und dann, zurück, in der Masse die Linden lang, da war dann plötzlich Schluss. Sind alle auseinandergerannt vor Panik. In den Nebenstraßen haben sie dann geknüppelt. Es hat viele erwischt. Ich hatte Glück. Bin noch rübergekommen.« Sie sahen erst jetzt, dass er noch seinen verschmierten Westberliner Personalausweis in der Hand hielt. Karla

55

bat ihn darum, säuberte ihn und begann, den Aufnahme-
schein auszufüllen. »Karla, was machst du denn?«, hielt
sie Jadwiga davon ab: »Der junge Mann geht doch gleich
nach Hause, geh lieber und schau, wo Not an der Schwester ist.« Sie lachte. Sie war die Einzige, die hier freundlich
mit Karla umging. »So, und jetzt stehen Sie mal auf und
gehen ein paar Schritte. Ist Ihnen schwindlig? Haben Sie
erbrochen? Nein? Fein. Wenn irgendetwas ist in den
nächsten Tagen, kommen Sie wieder her, verstanden? Bis
zur Hochzeit ist alles wieder gut!« Der Bursche grinste
schief unter dem Verband, und Karla brachte ihn zurück
zur Pforte, wo die Schupos gerade neue Verletzte aus ihren Autos hereintrugen. Später am Nachmittag wurden
Verletzte eingeliefert, denen nicht mehr zu helfen war,
der letzte kurz vor acht, mit dem Roten Kreuz. Er starb
ohne Operation. Die Ärzte ließen die Kugel drin. Sie war
vom Nacken aus durch den Kopf gedrungen und im Stirn-
bein steckengeblieben. Es war so offensichtlich, dass er
auf der Flucht erschossen worden war. Karla saß nachts
als Totenwache bei ihm und musste wieder und wieder
daran denken. Wenn sie irgendeine Bewegung machte
und die großen Kerzen ein Luftzug streifte, tanzte das
Horn auf der Stirn des Toten. Jadwiga hatte ihr gesagt,
dass er ein junger Philosoph war, sogar mit einem Dok-
tortitel.

An dem Sonnabend darauf holte Oberdiakonisse Klothilde sie mitten im Dienst aus dem Saal heraus. Ihr Gesicht war so maskenhaft wie immer. Sie wirkte wie eine
richtige Nonne, wie eine strenge Heilige. Die glatte Stirn,
die rosafarbenen Wangen, die blauen Augen, die warm

hätten schauen können, es aber nie taten. Nein, Karla
hatte sich nicht von ihr berühren lassen, auch übers dicke,
blonde Haar streichen lassen nur ein einziges Mal, vor
Schreck. Karla war dafür keine Anwärterin. Von Stund an
war sie immer wieder nur »die aus dem Osten« gewesen,
die mit den zwei linken Händen. Jetzt klang Klothilde wie
ein Automat: »Anwärterin Spiegelhalter, mitkommen!«
Schweigend ging sie durch die Gänge, klappte Türen auf
und zu, ging die Treppe hinunter, und Karla folgte unfreiwillig dem Sog des kräftigen Körpers. Im Büro wies sie ihr
einen Stuhl an und kramte auf dem Schreibtisch herum.
Sie öffnete eine Schublade, suchte ein Formular, fand es,
legte es zurecht, nahm einen Stift. Karla hatte keine Ahnung, was das Herummehren sollte. Sie fragte auch nicht.
Mit der legte sie sich nicht mehr an. Das hatte sie beim
Eintritt ins Haus zur Genüge getan. Schließlich hatte man
sich mit ihr darauf geeinigt, sie würde »mangels christlicher Einstellung« auf keinen Fall Volldiakonisse werden,
doch weiter hier arbeiten dürfen. Ganz langsam drang in
ihr Bewusstsein, was Ober-Klothilde tat. »Na gehen Sie,
gehen Sie nur hin zu Ihrem Verlobten und reden mit
ihm.« Sie stand auf und schaute Richtung Pforte. Hinrichs Schatten lag auf dem Milchglas, als versuchte er,
die Türe aufzudrücken. Sie öffnete das Fensterchen. »Ich
komme dich holen. Wie viel Sachen hast du?« »Na du,
mein Verlobter? Hast du mit meinem Vater gesprochen?
Es ist nur eine Tasche.« »Ja, ich war draußen, er hat mir gesagt, wo ich dich finde. Habe heute die Maschine geholt
und bin sofort her, auf Jungfernfahrt. Komm!« Klothildes
schwerer Atem ließ zwischen ihr und der nun ehemali-

57

gen Anwärterin eine Zyankaliwolke stehen: »Gehen Sie und packen Sie Ihre Sachen.« Karla musste aus dem Gift heraus. Es schüttelte sie. Im Schwesterntrakt schaffte sie es gerade noch aufs Klo. Sie übergab sich und entleerte ihren Darm, gleichzeitig. Nun putzte sie. Nun lachte sie in ihr tränenverschmiertes Gesicht im Spiegel und rannte und raffte »de Plidden« zusammen, so sagte sie es, mit diesem Wort aus ihrem sächsischen Wortschatz, sie sprach mit sich selbst so in diesem Moment: »Anwärderin Spiegelhalder, lungernse do nich so rum!« Sie lachte, sie weinte, und der Puls flog, und die Puste ging. Sie unterschrieb ihr freiwilliges Ausscheiden. »Nicht, dass Sie mir wieder vor der Türe stehen, das ist endgültig!«, schnauzte Klothilde. Ein paar andere Diakonissen waren herbeigelaufen, ein, zwei, mit denen sie sich verstanden hatte. Dann sagte Klothilde noch: »Komm nicht unter die Räder, Mäken!« Da musste Karla heulen und lag ihr in den Armen und hätte fast das Glas in der Türe zerscheppert. Auf dem Sozius der AWO, die Tasche auf dem Schoß, tropfte noch diese und jene Träne, und sie sah die ganze Strecke über nichts durch die große Motorradbrille. Aber das brauchte sie ja auch nicht.

Nach ein paar Wochen, die Karla und Hinrich in Birkenwerder bei ihren Eltern gelebt hatten, bezogen sie eine kleine Wohnung. Nun hatten sie ein Zimmer mit Kochnische, eine Schlafkammer, ein eigenes Domizil unter lauter Dachschrägen. Als Erstes hatte Hinrich seine Goetheausgabe auf das ringsum verlaufende Bord gestellt. Sie gehörte einmal seinem Vater, der hatte sie ihm nachträglich zur Konfirmation geschenkt nach seiner Rückkehr aus der Gefangenschaft. Das sah gut aus, schmale blaue Buchrücken mit Goldschrift. Karla sagte: »In unserer Wohnung ist es lauschig«, und Hinrich sagte: »Ja, es ist anheimelnd.« Sie liebten sich auf dem rotschwarzen, wegrutschenden Teppich. Später liebten sie sich, nach dem Essen, auf der Liege, die jetzt ihr Bett darstellte. Dann liebten sie sich, wo sie die Früchte inspiziert hatten, in dem Garten hinterm Haus, von dem ihnen ein Eckchen zustand, und Hinrich war hinterher ganz zerstochen von Mücken und Karlas Hüfte zerkratzt von einer Himbeerranke. Schließlich liebten sie sich noch in einem ihrer beiden tiefen Sessel, wo Karla schon fast eingeschlafen und versunken war. Sie versuchten es jedenfalls, rutschten aber auf ihrer beider zerknüllte Sachen hinunter und auf dem blanken Holzboden herum und waren wirklich auch ein wenig erschöpft. Es war eine schöne Wohnung.

Gleich an der nächsten Ecke, in einem der Gründerzeithäuser mit Eckturm gab es einen kleinen Laden. Weil Karla fast jeden Tag vorbeikam und es sowieso ihre Art war, hatte sie zu der einen der beiden Verkäuferinnen Zutrauen gefasst. Sie war es, die sie auf den Artikel in der Zeitung hinwies: »Ich dachte mir schon, dass Sie das übersehen haben, Fräulein. Sie lesen ja auch nicht regelmäßig Zeitung. Die hier lag schon zu Hause zum Feueranzünden bereit, da sticht mir doch die Überschrift ins Auge. Und als ich den Namen der Volkskorrespondentin las ...« Karla schaute auf die zwei kurzen Spalten unten auf der Seite und verließ mit der Zeitung in der Hand den Laden. Die Überschrift lautete »Karla kehrt aus dem Goldenen Westen zurück«, und die Volkskorrespondentin, die Verfasserin des Artikels war niemand anderes als ihre Stiefmutter. Es stand nichts Besonderes darin. Wohin sie aufgebrochen war und dass sie kleinlaut zurückgekehrt wäre. Zu Hause im Holzhaus sah sie, dass die Zeitung schon drei Wochen alt war. Thea hatte das also geschrieben, als Hinrich und Karla noch dort wohnten, als sie sich täglich in der Küche trafen, als sie ihr manchmal die Einkäufe hochtrug, als sie mit ihrem Vater, ihrem jungen Mann und ihr ein paarmal Rommé gespielt hatte, was man so macht, wenn man unter einem Dach lebt.

Schwanger wurde sie im vierten Jahr der Schifffahrt. Wir waren auf Schifffahrt, sagte sie auch später noch und gelegentlich sogar ich, ein Spaß, denn was ich war, war in jener Zeit erst ein bewusstloses Balg. Bis in mein drittes Lebensjahr hinein reichte die Zeit. Dann war es vorbei mit der Schifffahrt. Hinrich wollte es wissen, hatte sich informiert oder war informiert worden über die Möglichkeit, im Nachholgang die Hochschulreife zu erwerben und zu studieren. In Potsdam konnte das sein, an der Arbeiter- und Bauernfakultät. Das hatten ihm seine Genossen vorgeschlagen. Er hatte zu der Zeit schon Genossen, besser gesagt, sie vermehrten sich um ihn herum. Die kleine Familie schien sesshaft zu werden. Der Ort, an den es zurückging, aus Perspektive von Karla jedenfalls zurück, in jene kleine Wohnung im Holzhaus in der Geschwister-Scholl-Straße in Birkenwerder, wurde zu einem der langen Abende und einsamen Nächte für sie, woran auch das Kleinkind nichts änderte, im Gegenteil, wozu sein Vorhandensein ihrer Meinung nach beitrug. Wenn Hinrich aus Potsdam kam, saß er über seinen Büchern.

Manchmal besuchten ihn Männer, die sie nicht kannte, die waren eben Genossen oder waren es auch nicht. Er schickte Karla dann einkaufen oder, wenn es Abend war, nach nebenan, in die Kammer, die jetzt Kinderzimmer hieß. Anfangs ließ sie es sich gefallen. Sie saß da und hockte bei der kleinen Lampe auf dem Stuhl unter der Dachschräge, den Korb mit Wolle zu Füßen, und strickte eine Jacke für das Bürschchen, das neben ihr im Bettchen tief durchatmete, halb wach wurde, gähnte, sich reckte, einen hellen Laut von sich gab. Vorwürfe machte sie ihrem Mann erst hinterher. Dann aber satt. Ein Jahr dauerte es insgesamt, da hatte Karla genug verstanden, hatte kapiert, was los war. Da hatten sie beide einmal oder noch einmal einen Abend etwas anderes getan, als aneinander zu denken. Da gab es einen Bauarbeiter in Birkenwerder, der einmal die Mühe nicht scheute, spätabends hier anzuklopfen einerseits, und es gab eine Kommilitonin in Potsdam andererseits. Was woraus folgte, ob überhaupt von einer Folge die Rede sein konnte, blieb unklar. Es gab auch Gespräche, die hatten mit dem Unterleib gar nichts zu tun. Das waren politische Auseinandersetzungen, die von Karlas Seite her ungewöhnlich waren. Sie hatte sich keine Gedanken gemacht. Sie lebte in einer äußerlich einfach zu fassenden Welt, in der ihr Mann, ihr Kind, ihr Vater eine Rolle spielten und die Furchtbarkeiten ihrer Stiefmutter. Ansonsten gab es noch eine Reihe Tanten und Onkel und deren Kinder, ihre Vettern oder Cousins, wie man hier sagte. Das fühlte sich richtig wie Großfamilie an, da konnte man leicht mit der Stadtbahn hinfahren. Alle wohnten nah genug, dicht hinter der Sektorengrenze in der großen

Stadt. Da gab es zwar Kontrollen von den Vopos, aber Karla mit ihrem Hadi auf dem Schoß fuhr regelmäßig ohne Behelligungen hin und her. Diesen Sommer gab es schon mal ein Stehenbleiben vor ihr und dass sie die Uniformierten musterten und ein paar Fragen stellten, es wurde schon mal der Ausweis etwas länger auf der Hand über der grünen Uniform gewogen. Doch weiter ging es an so einem Sonntag, nach Hermsdorf, unter die märkischen Kiefern und rauschenden Birken, zwischen die Heckenrosen und Malven und Hortensien um die Terrasse herum, wo das Kind mit Eimerchen und einer kleinen Harke Gärtner spielte, wo man sich juchzend mit Wasser aus der Regentonne nassspritzte und einen schönen Bohnenkaffee schnabulierte. Hinrich fuhr niemals mit. Er tönte, es wäre doch angezeigt, dass sich »die Damen und Herren aus dem Westen« mal hierher bequemten und »zu uns in die Republik« kämen. Das sagte er so, und er sagte noch ganz anderes. Erst recht, als die Falle zuschnappte, wie Karla sagte, am 13. August. Man schrieb das Jahr des Herrn 1961. Da gingen nun die Diskussionen hoch. Da geschah etwas, von dem Karla gar nichts verstand, das aber ihren gesunden Menschenverstand auf die Barrikaden brachte. Hinrich blieb tagelang weg. Und dann kam er einmal, im Blauhemd mit den Schulterklappen. Da war er einer von denen, die Propaganda für die Mauer machten, da war er einer, der sogar, ohne dass sie es wusste, mit einer Maschinenpistole irgendwo Wache gestanden hatte in Babelsberg oder wo, wo sie als Studenten den »antifaschistischen Schutzwall« nicht nur beschützten, sondern bewusst »im Dienste der Sache« ebendiesen

Schutzwall bildeten, das hieß in Karlas Worten, das Leben von unbescholtenen Leuten bedrohten. Da flogen die Fetzen zwischen den Eheleuten. Karla redete, unpolitisch wie sie aus seiner Perspektive war und wie sie es nur bejahen konnte, von dem Gefängnis, welches »das hier« nun wäre. Er hielt dagegen »den Feind« und seine »Machenschaften«, den bevorstehenden Krieg, »wenn nicht«, sprach von dem klingenden Spiel und dergleichen, was Karla aus dem Radio gekannt hätte, wenn sie denn Ostradio gehört hätte, oder aus den gleichgeschalteten Zeitungen, aber, wie schon die Frau im Lädchen wusste, sie tat es selten bis nie. Sie lebte ein anderes Leben, hatte andere Interessen, Haushalt und Garten und das Söhnchen durchaus und halbtags ihre Arbeit in der Klinik hier am Ort. Ihr Mann zog vom Leder: »Die Westalliierten warten doch nur darauf«, auf das »Ausbluten«, wenn »wir dann sturmreif sind«. Er wisse es schließlich genau. »Das glaube ich, du weißt das ganz genau, du bist ja da weg, weil es dir zu gut ging im Westen!«, schrie sie nun. Und dann kam von ihm das Wort von der »Bauarbeiterhure«, damit ging es zu dieser Sache, und das war es dann. Sie wusste auch genug von einem klein gefalteten Zettel mit einer runden Mädchenschrift darauf: »Alles, was Du Dir vorstellen kannst, Geliebter« Als der ihr entgegengefallen war aus einer Hose, hatte sie instinktiv daran gerochen. So traf eins aufs andere. Zwei Monate später hieß das genau wie so etwas heißt: Scheidung.

6

Das Konzert fand in einem Club statt, von dem es hieß, sie werden ihn bald schließen. Wir sagten es einander so, wie wir Derartiges sagten. Ich wusste es von der Leiterin des Clubs selbst. Aber es machte keinen Unterschied, ob etwas aus erster Hand kam oder als Hörensagen herumschwirrte. Weder hatte ich genauer nachgefragt, noch hätte sie mir Genaueres sagen können. Die in den kommunalen Instanzen, den sogenannten Räten, etwas ausführten, was wiederum andere auf höheren Ebenen der Behörden beschlossen hatten oder wiederum über diesen welche, das fand seinen Adressaten, in dem Fall die Leiterin des Jugendclubs derart, dass sie und die Damen, die ihr die Schließung ankündigten, darüber miteinander Leidensmienen austauschten. Die etwas verantworteten, gab es nicht, konnte es nicht geben. Von der Aussage der Clubchefin ausgehend, sagten wir es einander weiter, genauer: Man sagte es sich weiter. Man sagte etwas, das man nicht wusste, aber gehört hatte, aber man sagte es, wir sagten es, teilten es einander mit als Faktum. Man wusste es, wir wussten es dann. Wir wussten Bescheid. Man wusste Bescheid. Das galt grundsätzlich. Der konkrete Hinweis wurde ebenso ernst genommen wie das Gerücht. In beiden Gewändern begegnete uns das Faktische, die Wahrheit. Jedenfalls hätten wir es zugeben müssen, wenn sie Gegenstand unserer Gespräche gewesen wäre. Das war sie eher nicht. Die Wahrheit war eine verbreitete Lachnummer. Wenn ich auch einen Unterschied machte. Ich sprach mit mir selbst durchaus von ihr, ich ging auf meine Weise intim mit ihr um, in meiner Kunst. Gefragt oder ungefragt sprach ich von einem Etwas, das in meiner Kunst angestrebt sei, dem ich mich annähern würde oder das manchmal als ein Spurenelement anwesend wäre, wenn es gelänge in einem günstigen Moment, das ich nicht anders nennen konnte als: die Wahrheit. Die mit mir umgingen kannten das. Und die mir zuhörten, die mir heut Abend wieder zuhören würden, die spürten, dass es genau darum ging. Sie setzten sich über alles weg, was Kunst daran war. Sie interessierten sich nicht für meine Formen, meine verschlungenen Notierungen auf dem Papier, meine Soundstrudel, nicht wirklich. Von denen wusste ich ja selbst, dass sie undurchschaubar bleiben mussten, das Ergebnis wiederum als Sound und nur als solcher zu nehmen, vielleicht zu genießen war. Für das Gespräch über die angekündigte Schließung des Clubs, um das es heute nur ging, an dem alle teilnahmen, genügte ganz und gar die Unklarheit, das Gerücht. Das Konzert fand schließlich deshalb statt. Die allseits beliebte Leiterin hatte ihr verbundene Musiker, Dichter, Künstler ausdrücklich und kurzfristig zu Veranstaltungen eingeladen. Sie zahlte dafür ganz normale Honorare. »Bevor sie mir den Laden zumachen.« So hatte sie es formuliert mit ihrem weichen Mund. Alle, die es anging, wussten das. Alle anderen auch. Denn die es vorderhand anging, hatten es denen weitergesagt, die es vielleicht auch anging. Und die wiederum sagten es auch weiter, das verstand sich von selbst. Es gab keine und keinen, die es nicht anging. Nicht in der Gegend, in der wir uns bewegten, nicht in den Stadtteilen, die wir unsere nannten, die heruntergekommensten in den porösen Städten zwischen Elbe und Oder. In unserer Altersgruppe gab es kaum jemanden, den es nicht anging, nicht unter denen, die aussahen wie wir. Denn wir ähnelten einander sehr. Diese Behauptung allerdings, die ich gelegentlich ironisch in den Raum stellte, würde schon an einem Abend wie heute nicht zu halten sein. Felix, mit dem ich gleichzeitig eintraf, eine Größe im selbsternannten Underground, stellte schon äußerlich aus, dass uns Welten voneinander trennten. Für das Konzert war das ideal. Der langgestreckte Raum im Souterrain war rappelvoll. Fans aus unser beider Lager durchmischten sich. Kenner, sicher, sie waren Kenner. Allerdings kam heute auch mein Vater, für den ich wie gewünscht eine Eintrittskarte zurückgelegt hatte. Ich fühlte mich verantwortlich für ihn in seiner schwarzen, militärisch geschnittenen Lederjacke. Er begrüßte mich so, dass ich nicht umhinkonnte, ihn meinen anwesenden Freunden vorzustellen. In seiner seltsam auf und nieder wippenden Art wirkte er nicht ganz seriös. Sein Gesicht kontrastierte dazu. Man nahm es als markant und männlich wahr unter dem dichten, kurzen, grauen Haar mit der Linie der großen schmalen Nase, dem graumelierten Schnauzbart, den langen, senkrechten Falten links und rechts des schmalen Mundes und dem kantigen Kinn. Jeder würde den aufmerksamen Blick der grauen Augen bemerken, der in Kontrast stand zur Unruhe des Körpers in der etwas zu weiten Lederjacke und den Jeans mit den dünnen Beinen darin. Er fand einen Platz. Felix und ich besprachen im Nebenraum den Ablauf. Als wir herauskamen, ein paar Worte vor dem

Konzert zu sagen, stellte ein junger Mann mit halblangen Haaren eine Tasse Tee auf das Klavier. Ich stutzte und schaute zwischen ihm und der gelblichen Flüssigkeit hin und her, bis ich daran schnupperte und begriff, dass es sich um Jasmintee handelte. Sein Geruch erinnerte an die Blüten des unechten Jasmins, die ich seit meiner Kindheit kannte. Mit einem Lächeln bestätigte ich die Konterbande der Geste. Der Aphorismus, der eine Tasse Jasmintee im Titel führte, hatte in unseren Teenagerjahren an den Zimmertüren von Mädchen geklebt: »Treten Sie ein, legen Sie Ihre Traurigkeit ab, hier dürfen Sie schweigen.« Der Autor der Zeilen galt als verdächtige Figur, erst recht seit seiner Übersiedlung nach Bayern vor einigen Jahren. Die Fallhöhe von diesem Sentiment zu der Art, wie Felix unser Konzert einführte, konnte nicht größer sein: Obenauf im Untergrund würden wir uns in diesem Keller finden, das bräsige Rauschen draußen vor der Tür, wo nachts ums Eck die Nutten stünden, so nah dem gemeinen, wolle sagen gewöhnlichen Schlupfloch, durch das inzwischen die halbe dumme Menschheit über den Acheron wäre Richtung Verpflichtung Sonnenuntergangsländerei. Er spielte auf den Grenzübergang Friedrichstraße an, auf die Welle von Anträgen und Genehmigungen, die wie die neunte Woge unsere Gegend erfasst hatte, so dass auch ich unterdessen mich zu einem halben Umzugsunternehmer qualifiziert hatte. Halb nur deshalb, weil Einladen und Ausladen jeweils nicht von denselben Händen bewerkstelligt werden konnte. Einladen durften die Hiesigen, das Ausladen besorgten die Dortigen. Die Zurückbleibenden standen nach Beladen der Möbelwagen meist bedeppert herum, tranken vielleicht ein Bier und gingen an solchen Tagen gegen die sonstige Gewohnheit rasch auseinander. Felix ergänzte noch etwas, das dazugehörte: Für Sex reck's sich hier immer besser, mehr Platz für Rabatz in den Zonen, in denen wir wohnen. Es war sein Stil. Ich merkte auch noch etwas an zu Beginn, sagte ein paar Halbsätze, war aber durch die Anwesenheit meines Vaters gedämpft. Felix hatte jede Menge verzerrender Technik aufgebaut und quälte seine E-Gitarrenriffs hindurch. Ich gab den leiseren Part am Klavier, unterlegt von Sounds aus der Konserve. Felix errang vor allem Heiterkeit bis hin zu prustendem Lachen. Ich brachte andere Stimmungen hervor. Ich wollte betroffene Gesichter, und ich bekam sie. Darauf war Verlass. Sie passten zu dem anschließend, jenseits des guten Applaus' wieder großen Thema, der bevorstehenden Schließung des Clubs. Die Leiterin mit dem weichen Mund und den wallenden Haaren musste gar nichts dazu beitragen. Alle wussten es, alle trugen die Betroffenheit im Gesicht wie sie. Mein Vater stand mit herum, sah und hörte zu. Er schaffte es noch, eine Stunde in der Kneipe neben mir zu sitzen mit einer Tasse Kaffee, zustimmend zu diesem und jenem zu nicken, während wir alle Bier tranken, Felix und ich und die Fans unserer Musik in dem hässlichen, kahlen Raum der Kneipe mit dem irgendwie passenden Namen Kaffee Luger in der Wilhelm-Pieck-Straße. Mein Alter landete sogar einen der raren Lacher. Als jemand auf seinen fehlenden Zahn anspielte, meinte er, er hielte es damit wie Mackie Messer und nicht wie der Haifisch. Ich hielt bis zum Schluss durch und war nicht allzu betrunken, schaffte es aber nicht, die Leiterin des Clubs so von mir einzunehmen, dass sie mich mit zu sich nahm. Meine Freundin Katharina wohnte ja auch nicht weit von hier.

7

Über Geld dachten wir nie nach. Irgendjemand hatte immer welches, wenn es bei einem knapp wurde, und andersherum. Geld spielte keine Rolle. Festmieten und Festpreise für Brot und Bier waren von Staats wegen heilige Kühe, auf die wir uns verlassen konnten, über die wir nicht nachdachten. Dass ich »wir« sagte und dachte, war übrigens selbstverständlich, und es meinte niemals nur Rebekka, den kleinen Blonden im Gitterbett und mich. Derselbe Irgendjemand war es auch, der mir von der Möglichkeit erzählt hatte, übergangsweise als Hilfsarbeiter im Malsaal der Staatsbühne zu arbeiten. Meine Eltern hatten mir bis zum Ablauf des Schuljahres den verabredeten Unterhalt gezahlt. Jetzt waren die letzten großen Ferien des Lebens vorbei. Wir schrieben Anfang September. Von Rebekkas Lehrlingsgehalt allein kämen wir nicht über die Runden. Nach dem erfolgreichen Gang zur Personalabteilung der Staatsbühne stieg etwas in mir auf, das muss wohl der Stolz eines jungen Familienvaters gewesen sein.

Zu tun hatte ich als Hilfsarbeiter nicht viel. Neben Herumgehen zwischen den Stoffbahnen der sogenannten Hänger und den Phantasien aus Pappmaché, die für den »Nussknacker« vorbereitet wurden, blieb mir nur, mich den großen Fenstern des Malsaales zuzuwenden. Davor ausgebreitet lagen die leergeräumten Klinkergebäude des Pommerschen Bahnhofs, die mit ihren Gründerzeitformen und Verzierungen imponierten, auch wenn schon hie und da eine mittelgroße Birke vom Dach aufragte. Das Eigentliche des großen alten, stillgelegten Fernbahnhofs, die Bahnsteige und Gleise, lag in Tunneln darunter. Das betraf auch eine Stadtbahnlinie, die als einzige noch in Betrieb war. Die Geräusche der Züge drangen an bestimmten Stellen in der Mitte der Stadt, zum Beispiel unter der Straße, in der ich geboren war, aus vergitterten Schächten herauf. Benutzen konnte sie ein Hiesiger nur, wenn er als Rentner oder als privilegierte Person einen Reisepass mit entsprechendem Ausreisestempel besaß. Leon, mit dem ich mein erstes öffentliches Konzert bestritten hatte, der E-Komponist, der gern satirische Texte zu Vorlagen nahm, hatte diese Art Untergrund selbstverständlich schon vertont. Den schönen Bauhauskiosk des zugehörigen Stadtbahneingangs mit seiner verbarrikadierten Tür konnte ich auch von den Malsaalfenstern ausmachen. Direkt mir gegenüber ragten Klinkerfassaden mit den Resten schwarzer Schriftzüge auf: Pommerscher Bahnhof, Güterabfertigung, III. Klasse. Oft verlor ich den Blick an sie, wenn ich nicht gerade dünne Farbe anrührte, herumtrug oder einen Hänger für die große Bühne grundieren musste. Später würde einer der Theatermaler eine Illusionsarchitektur darauf zaubern. Eines Tages, als ich wieder eine Luke in einem der großen Fenster geöffnet hatte und nach draußen schaute, kam dort Geschäftigkeit auf. Bauarbeiter wurden herangekarrt, Militär- und Polizeifahrzeuge geparkt. Grüppchen von Männern gingen hierhin und dorthin und standen und besprachen etwas. In den Tagen darauf wurden Bohrlöcher eingebracht. Leicht zu raten, was sie vorhatten. Für zehn Tage später war die Sprengung angekündigt. Die Stimmung unter uns im Malsaal ging auf High Noon. Sekunden nach zwölf Uhr sackte die Schönheit in den Staub. Nachdem er sich gesetzt hatte, sahen wir die Trümmer und einander mit leeren Blicken an und gingen wieder an unsere Arbeit.

Ich hatte die Einberufung bekommen. Das war nichts Besonderes. Und doch hatte der hochfahrende Herr Musikus Einzweck angenommen, der Militärdienst ginge an ihm vorüber. Er musste sich für eine so bedeutende Persönlichkeit des öffentlichen Lebens im Lande gehalten haben, dass sie ihn u. k. hätten schreiben müssen. Sie machten mir die Freude nicht. Mit der Einberufung in der Hand und mit, wie ich meinte, berechtigter Empörung in den Eingeweiden fuhr ich mit der Straßenbahn zur Militärstelle neben dem Rathaus des Stadtbezirks. Die graue Eingangstüre lag an der Seite einer kleinen Villa aus vormals hellgelben Ziegeln. Die Gänge wirkten auch, als wären sie einmal hell gewesen, die Türen waren abgeschabt, die Männer in den Uniformen nicht minder. Mit pochenden Schläfen stand ich, holte Luft und sagte in einem Raum vor einem Schreibtisch: »Sie haben mir die Einberufung geschickt. Ich möchte aber den Wehrdienst ohne Waffe leisten.« Die Antwort lautete: »Aha. Dann nehmen Sie mal draußen Platz.« Die zwei Stühle mit Resopal-, genauer Sprelacartlehne am dazugehörigen Tisch starrten mich an. In dem Gang versickerte Licht, das sirrende Leuchtstoffröhren absonderten. Zwanzig Minuten später forderte mich ein Mann mit Dienstgrad und forschem Gang auf, ihm zu folgen. In einem Raum nahm er aus meinem Mund die Personalien entgegen, die er währenddessen vom Gestellungsbefehl ablas, bevor er eine Karteikarte holte, der offensichtlich dieselben Daten zu entnehmen waren. Er wendete sich zu mir und fragte, wie es zu dem plötzlichen Entschluss gekommen wäre. Was ich mir dabei gedacht hätte. Ich antwortete, unvorbereitet wie ich war, mit dem einfachsten Schlagwort: »Ich bin Pazifist.« Was der Dienstgrad jetzt von sich gab, war vorprogrammiert. Erstens gäbe es das Problem, dass so etwas zwar bestimmt für mich persönlich interessant wäre, aber nach Erhalt der Einberufung der Dienst im Bausoldatenbataillon laut Militärgesetz für mich nicht mehr in Frage käme. Zweitens würde ich es offenbar mit dem Pazifismus nicht so ernst nehmen, denn die Verteidigung des Friedens sei ja die vorrangige Aufgabe der bewaffneten Organe. Und drittens, wie weit es mit der Vorstellung, nie eine Waffe in die Hand zu nehmen, für den Fall wäre, jemand bedrohe meine Eltern, meine Geschwister oder meine Freundin und unser Kind. »Wie würden Sie sich denn da verhalten, gesetzt den Fall, Sie hätten eine Waffe zur Hand, Herr Einzweck? Ihnen nahestehende Menschen einfach sterben lassen?« Unvorbereitet wie ich war, ließ ich mich auf diese Diskussion nicht ein. Stattdessen stammelte ich etwas über die psychisch labile Situation in meiner Familie. Ich argumentierte wie schon im Roten Rathaus mit der manisch-depressiven Erkrankung meiner Mutter und den Zeichen derselben, die ich an mir selbst beobachtet hätte.

»Ich möchte aus diesem Grund wirklich keine Waffe in die Hand nehmen. Ich kann dann für nichts garantieren.« Auch das Letzte notierte der Dienstgrad und schickte mich dann wieder ins graue Licht des Flurs hinaus. Nach einer Weile forderte mich ein anderer Offizier oder Unteroffizier weniger forsch auf, in einen Raum am Ende des Ganges einzutreten. Er sprach unvermittelt von den guten Aussichten, die einer wie ich nach erfolgreichem Abschluss der Oberschule bei den Streitkräften hätte: »Einer wie Sie, mit dem Abitur in der Tasche, noch dazu von dieser Schule«, sagte er. Ich vergaß zu fragen, woraus hervorging, an welcher Schule ich gelernt hätte. Mit einer gewissen Begeisterung malte er mir aus, dass ich schon nach einer dreijährigen Verpflichtung, als Unteroffizier der Reserve, mich ganz anders auf einen Studienplatz bewerben könnte. »Ganz anders! Ihnen stehen dann deutlich mehr Türen offen. Sie können sich Ihr Studienfach dann aussuchen.« Dies wäre sicher alles wahr, stimmte ich ihm zu, ohne zu erwähnen, dass ich andere als Studienpläne hatte. Nur mit dem Grund, weshalb ich hier erschienen wäre, hätte seine Offerte nichts zu tun, denn ich wolle Bausoldat werden. Daraufhin entließ er mich, nicht unfreundlich, eher irritiert. Auf die letzte Frage, ob ich denn am zweiten November zum Wehrdienst antreten würde, sagte ich: »Ja, natürlich, als Bausoldat.«

Rebekka und ich sprachen wenig über die bevorstehende Zeit. Wir teilten die Gelassenheit. Ich dachte nicht weiter nach, wusste, dass ich das schon deichseln würde. Der Plan war einfach: Ich wäre dann dort und wäre dann Bausoldat. Wie lang achtzehn Monate sind, davon hatte ich keine Ahnung. Die vier Wochen bis zum Termin vergingen wie im Flug. Ich traf Leon wieder, der eben von den Bausoldaten zurück war. Wir saßen nicht anders als sonst in seiner Wohnung im Hinterhaus und sprachen wenig, hörten zwei, drei Schallplatten durch. Westdeutsche Liedermacher sangen darauf, was hier so genehm war, dass man es in Rillen presste. Über Leons Lippen kam, dass es ihm gefallen und gut getan hätte, dass und wie wir einander geschrieben hätten in seiner Zeit als Bausoldat. Dass es hart war, ließ er durchblicken. Er hatte schon früher gern Schimpfworte benutzt, jetzt war nur noch von »diesen Idioten« die Rede und von »diesen Schwachköpfen beim Barras«. Ich wusste nicht genau, wen er meinte, nickte aber, als wüsste ich Bescheid. Manchmal nannte er Namen mir unbekannter Freunde. Seine Erzählungen waren nicht konkret, aber betonten die Wichtigkeit, gaben den Namen Aura. Etwas hatte sich geändert in meinem Zuhören, ich wusste nicht warum, war aber ungeduldiger. Ich hatte mehr gearbeitet, und darüber wollte ich reden. Aber nicht so, nicht in diesem bedeutenden Hallraum seiner bedeutenden Freunde, die es hier und da und irgendwo gab. »Oben im Sorbenland, da gibt es einen, einen guten Freund, Frederik, in Herrnhut, er hat sehr gute Texte geschrieben, die habe ich übersetzt und vertont. Ich gebe dir etwas mit. Ein wirklich guter Freund.« Ja dachte ich und Ja sagte ich und schaute scheu darauf und steckte die Durchschläge mit den Texten ein wie Konterbande. Ich verstand nicht, worum es darin ging. Ich dachte das Wort Gedankenlyrik. Leon und ich versprachen, einander weiter zu schreiben, wenn nun ich Bausoldat wäre. Über alles. Ich wusste nicht genau, worüber. Ich dachte von mir, ich hätte nichts zu schreiben, nichts zu sagen, das zu Leons hochgradig reflektierter Welt passte. Ich fühlte den Sound, ganz sicher, dachte ich auf dem Nachhauseweg, meinen dunklen Sound, doch über den konnte ich gar nichts sagen, den wusste ich nur zu notieren. Zu Hause saß ich, während Rebekka nebenan las, in der Küche beim Wäscheständer mit den Windeln, die Füße in die schwarze Kiste gesteckt, die Papiere oben darauf, und schrieb mit heißem Kopf Nachttöne auf, das Naheliegende, den Rauch, wie er aus den Schornsteinen gegenüber aufstieg, zart sichtbar, weil ihn die paar erleuchteten Fenster aus der Etage unter dem Dach hell färbten, weiß auf dem Hintergrund der rotgrauen Nacht. Ich schrieb ihm Kreisbewegungen zu, Sopranwirbel auf dunkler Grundierung, auf urbanen, expressionistischen Basslinien.

An dem zweiten November, den der Gestellungsbescheid nannte, stand ich in dem handtuchschmalen Klo mit dem kleinen Waschbecken vor dem kleinen Spiegel, den wir als Kompromiss zwischen Rebekkas und meiner Augenhöhe an die Wand montiert hatten, etwas gebeugt und schabte mir die dünnen Fusseln vom Kinn. Es klingelte. Die zwei Polizisten akzeptierten, dass ich noch ein paar Minuten brauchte. Der Delinquent hatte unfreiwillig einen Bonus eingespielt. Der zwar junge, aber im Unterhemd und mit halb rasiertem, halb eingeschäumtem Gesicht öffnende Mann war eine Erscheinung, die Einverständnis erzeugte. So sah eben ein Mann aus, der sich auf etwas vorbereitete. Die Polizisten fragten höflich, ob ich

75

mitkommen würde. Ich sagte: »Ja.« Sie warteten und brachten mich nun im Fonds ihres Autos vor die Militärstelle des Stadtbezirks, nicht, wie ich gedacht hatte, bis zu der Kaserne in die Kleinstadt, wohin der Bescheid lautete. Nun war ich einer von fünfzig, sechzig jungen Männern, die hier herumstanden. Sie hießen uns auf die kleinen Planwagen steigen und links und rechts auf die Holzbänke setzen. Uniformierte klappten die Heckplanke hoch. In kaltem Zugwind ging es aus der Stadt hinaus. Ich hatte meinen wärmsten Pullover angezogen und die Jacke drüber, aber es war – im hier herrschenden Vokabular gesagt – so kalt, dass wir uns allesamt den Arsch abfroren. In Saefkow fielen wir wie Bündel von den Wagen. Das Gelände vor wie hinter dem Zaun, der uns umgab, war nichtssagend. Plattenbauten. Krähen krächzten auf kahlen Birken. Wir bildeten zur Ausgabe von Bekleidung und Ausrüstung eine Schlange vor einer Baracke. Einem der Uniformträger gegenüber hatte ich wiederholt, ich sei Bausoldat und gefragt, wie es denn für mich weiterginge. »Jaja, aber jetzt gibt es erst mal B und A«, deutete ich, was er nuschelte. Als ich in der Baracke vor der Schranke und den Regalen mit dem grauen Zeug an der Reihe war, die Frage nach Konfektionsgröße und Schuhgröße hörte, sagte ich: »Es muss sich um ein Missverständnis handeln. Ich bin Bausoldat. Ich nehme diese Sachen nicht.« Es wurde einer von draußen hereingerufen. Der schickte schnell einen anderen weg. Minuten später kamen zwei gegangen und forderten mich auf mitzukommen. »Mitkommen!« Sie führten mich in das Gebäude gegenüber den Unterkünften. In der oberen Etage wartete ich in einem kahlen Vorzimmer stehend mit den Begleitern vor dem Schreibtisch einer Frau in Uniform. Eine weitere Tür öffnete sich zu dem ebenso kahlen, großen Dienstzimmer des Bataillonschefs. Die mich begleiteten, meldeten: »Genosse Bataillonskommandeur, wir bringen wie befohlen den Soldaten Einzweck.« Der Angesprochene dankte. Er trug zwei goldene Sterne auf den silbernen, geflochtenen Achselklappen. Meine Begleiter postierten sich an der Tür. Die uniformierte Frau – ihre Achselklappen trugen einen silbernen Rand und zwei Sterne – wurde hereingerufen. Sie setzte sich an den seitlich stehenden zweiten Schreibtisch in dem Raum hinter eine Schreibmaschine. Ich wurde gefragt, was ich zu sagen hätte, und antwortete: »Ich habe im Militäramt in Berlin erklärt, dass ich meinen Dienst als Bausoldat ableisten will. Kann ich das hier?« Die Schreibmaschine klapperte. Er antwortete mit einer Gegenfrage: »Sind Sie bereit, in meiner Einheit zu dienen? Ja oder nein?« Klappern. Ich antwortete: »Ja, das bin ich, als Bausoldat.« Er konkretisierte: »Sind Sie bereit, in meiner Einheit zu dienen entsprechend dem Ehreneid, also auch mit der Waffe in der Hand? Ja oder nein?« »Nein.« Die Maschine klapperte, was der Offizier vor mir diktierte: »... ist nicht bereit, entsprechend Militärgesetz Paragraph ... ist sofort zu arretieren.« Die Tür ging auf, und zwei Wachen mit Maschinenpistolen über den Schultern traten ein. »Soldat abführen und sofort in Arrest nehmen!« So geschah es. Vorn am Tor gab es Zellen. In einer davon saß ich, lag dann auf der Pritsche. Draußen das Bremsen und Anfahren von Fahrzeugen, das Rufen der Wachen oder Reden beim Rauchen. Irgendwann schlief ich ein unter der grauen Decke auf der dunkelbraunen Pritsche in Jeans und Pullover. Früh weckten sie mich. Hinter zwei Uniformierten, nach den Achselklappen Unteroffizieren, saß ich in einem Trabant Kübelwagen unter der Plane und harrte des Ziels, das wir eine lange Stunde später erreichten. Es hieß, ich sollte dem Staatsanwalt der Landstreitkräfte vorgeführt werden. Ich hatte das Ortsschild Dreggesdorf gesehen, hatte eine ungefähre Ahnung, wo ich war. Das Gefährt bog in feuchten, blattlosen Wald ab, ein Tor aus Maschendraht öffnete sich. Meine Begleiter, die sich untereinander über dies und jenes ausgetauscht hatten, mit mir aber nicht, führten mich in einen der gemauerten, grau verputzten Flachbauten. Der Raum, in den ich eintreten musste, wirkte niedrig und groß. Der Stuhl, auf dem ich zu sitzen kam, bildete mit den Schreibmaschinen der beiden Uniformierten geradezu und rechts von mir ein gleichschenkeliges Dreieck. Mir wurde mitgeteilt, es handele sich hier um den Staatsanwalt der Landstreitkräfte. Vor mir saßen zwei junge Männer in Uniform. Beider Achselklappen waren glatt silbern und trugen je einen Stern. Die Personalien wurden aufgenommen. Die Frage nach meiner Absicht wurde gestellt. Ich sagte erneut, dass ich beabsichtigte, meinen Wehrdienst als Bausoldat abzuleisten. »Das können Sie gern weiter wollen und weiter so sagen. Es ist nur nach dem hier anzuwendenden Gesetz nicht möglich. Nach Erhalt des Gestellungsbescheids unterstehen Sie dem militärischen Rechtssystem. Was Sie getan haben oder im Begriff sind zu tun, ist Wehrdienstverweigerung.« Da sie mich zuvor unter anderem nach Kindern gefragt hatten, wussten sie, dass mein Sohn zehn

Wochen alt war. Einer der beiden Kerle sagte, während er gleichmütig den Wortlaut des Gesprächs in die Maschine protokollierte wie der andere auch: »Ihren Sohn werden Sie dann sicher zwei bis fünf Jahre nicht wiedersehen.« Dass und wie mir die Tränen aus den Augen schossen, war mir gegenüber den beiden Schnöseln gleichgültig. Auf die wiederholte Frage, ob ich es mir unter diesen Bedingungen anders überlegte, unterbrach ich mein Schluchzen und sagte: »Nein.«

Die Unteroffiziere aus Saefkow hatten auf mich gewartet. Sie bekamen Papiere ausgehändigt. Einer verstaute sie in seiner Aktentasche. Ich musste wieder hinten in den Kübel unter die Plane klettern. Zehn Minuten später wurde mir klar, dass die Fahrt in Richtung meiner Heimatstadt ging. Das freute mich, auch wenn ich nicht wusste, was es bedeutete. Meine Feststellung, dass wir in die Stadt hineinführen, wurde bestätigt. Ziel der Reise war ein berüchtigtes Gebäude, das Polizeipräsidium, nicht weit vom Zentralplatz entfernt. Hier hatten sie mich, hier kippte ich nach nur anderthalb Stunden in einer feuchtwarmen Zelle und einem langsamem Gang durch den alten Zellentrakt um. Ich wollte nicht den Wehrdienst, nur den Dienst mit der Waffe verweigern. Das erklärte ich handschriftlich, unterschrieb auch das maschinenschriftliche Protokoll mit seinen veränderten Formulierungen, war bereit, mich zurückbringen zu lassen nach Saefkow. Die Vorstellung war mir sogar angenehm. Ein gewisses Hallo begrüßte mich bei den elf jungen Männern in dem Zimmer. Weil die Kasernengebäude noch im Bau waren, mussten alle in Betten mit drei Etagen schlafen, das hieß pro Zimmer, nach hiesigem Vokabular in jeder Stube, zwei Mann über Normalbelegung, in vier Betten zwölf Soldaten. Für mich war noch eine Stelle oben frei. Fünfzig Zentimeter bis zur Stubendecke. Zum Wecken um sechs am Morgen des 3. November stieß ich mir das erste Mal den Kopf.

8

Schon früh beim Appell war es angenehm warm. Hinrich durchströmte ein Glücksgefühl. Er war ein Mann unter Männern. Unter dem wolkenlosen Himmel war ihm wohl in dem rauen, steifen Zeug, das ihnen ausgeteilt worden war. Dass es nun erst einmal vier Stunden ans Exerzieren ging und nach dem Mittagessen weiter, es konnte ihm nichts anhaben. Er war weg, will sagen, er war hier, also weit weg. Und es sollte noch weiter weggehen, per Einschiffung ab durch die Mitte, nach Indochina. Weg war das Zauberwort, weg, nur weg, frei sein. Als er abends langsam die Schnürstiefel mit den Socken zusammen von den Füßen zog, waren die Fersen offene Blasen. Am nächsten Tag ging es genauso. Mit Pflastern, deren Klebeflächen sich schmerzhaft über dem rohen Fleisch aufrollten. Der Tipp eines Unteroffiziers, Sockenhalter anzuschaffen, taugte nicht viel, da keiner von ihnen vom Gelände kam. Mit Ausgang, das hatte man ihnen unmissverständlich gesagt, war nicht zu rechnen. Tage später ließ man sie früh beim Ausrüstungsbullen antreten und Sockenhalter fassen. Hinrichs Offenbarung des Südens in

Südwestdeutschland, in Landau in der Pfalz. Direkt aus dem Himmel der Freiheit war er durchgerasselt in das Zähnezusammenbeißen des Rekrutendaseins. Gut, dass Emil auf den Plan trat, in dem rasch einsetzenden allgemeinen Durchhalten ein Lichtblick. Der war ihm am Anfang schon aufgefallen, der weißblonde Vierkant mit den strahlend blauen Augen. Dass sie den abgebrochenen Kerl bei der Legion genommen hatten, fand er in seiner Selbstwahrnehmung als zäher Hund verwunderlich. Beim ersten Streckenmarsch und dann beim Fußballspielen nicht mehr. Wie er selbst hatte Emil in den Sack gehauen dort, wo er herkam. Bei ihm war das die Hansestadt Hamburg. Die Gründe waren ähnlich, lagen in Querelen mit seiner Familie. Ansonsten sah bei ihm alles ganz anders aus. Wie es sich gehörte, war sein Vater als Stauer im Hafen Kommunist gewesen. An die Westfront eingezogen wurde der dann zeitig und kam später in England im Gefangenenlager gut durch. Die dortigen Bewacher waren seinesgleichen, Arbeiter wie er. Hinrich hörte Emils Erzählungen von seinem Vater an, als wären sie von Cooper. Sie hockten zusammen, wann immer es ging. Viel Zeit war nicht zwischen Drill und Umfallen nach dem Drill. Die Ausbildung wurde nicht tiefgehender, zog auch nicht an, sie war nur von Anfang an brutal. Männlichkeit hin oder her, sie fraßen Dreck. Eine Waffe hatte noch keiner von ihnen gesehen außer bei den Wachen und bei den französischen Regulären, die nebenan Dienst taten. Man gab ihnen Holzgewehre. Neben dem Exerzieren ging es vor allem darum, wer flach am Boden am schnellsten vorwärtskam im roten Staub, ohne allzu viel davon zu schlu-

81

cken. Ständig bekam man den Stiefel des Ausbilders in den Hintern, wenn nicht die Spitze schmerzhaft treffsicher zwischen die Beine. Es hieß ›En avant!‹ und ›Allez, on descend!‹. Sonst verstanden sie Bahnhof. Sprachunterricht gab es angeblich. Aber ihre edle Sprache mit ihnen zu teilen war nicht das, was die Ausbilder mit den Frischlingen vorhatten. Dass sie in ihnen die Kinder der ärgsten Feinde der Grande Nation sahen, machten sie von morgens bis abends deutlich: ›Magnez-vous le cul, les batârds!‹ Sie hatten Bastarde eingesammelt, um aus ihnen Söldner zu machen. Bastard war das Wort, das sie ihnen schenkten und das die Betroffenen einander weitersagten. Es schmeckte nach Unzucht, taugte für Zoten, und es taugte für die hastigen Worte untereinander: Was für harte Kerle wir sind! Befehle kennen nicht viele Variationen: Augen geradeaus, Augen rechts, die Augen links, vorwärts marsch! Ansonsten: Ihr Bastarde! Daran kauten sie. Rasch waren sie eine Notgemeinschaft, mehr verbissen ineinander als Kumpels, einer den anderen belauernd, ob er durchhalten würde, ob er ein Privileg bekäme, nicht so viele Arschtritte wie man selbst. Hinrich kam körperlich an seine Grenzen, und dann war er schon darüber hinaus. Er schwitzte an manchen Tagen nicht mehr, der Bastard. Er kam einen Tag ohne zu trinken aus, Bastard, der er war. Er vergaß seinen Namen oder bildete es sich ein, war ganz Bastard. Er dachte an seinen Vater, dessen Bastard er schließlich war. Der war kein Kommunist gewesen, nirgendwo im Widerstand, sagte er zu Emil abends auf der haarigen Matratze, nur als Mitglied der Schriftleitung des Reichskuriers quasi strafversetzt worden in die Berliner

Redaktion der Pommerschen Zeitung. Wo deren Mutterschiff lag, hatte er später schwimmen gelernt, bei Stettin, in den seichten Wassern Vinetas, wo ihre rasch wachsende Familie immer mehr Zeit verbrachte. Emil kannte Vineta nicht. Hinrich war übers Ziel hinausgeschossen. Vineta, so ein Kinderquatsch. Also trat er die Flucht nach vorn an: »Die Stadt, die später so hieß, war erbaut auf zwölf Inseln. Die waren befestigt, durch Brücken untereinander verbunden und von einem gemeinsamen Wall umgeben. Darin befand sich ein Durchlass für Schiffe und Boote, der geschlossen werden konnte. Und es gab eine schmale Brücke zu der Insel, die heute Usedom heißt. Wir galten als reichste Stadt weit und breit. Vielleicht waren wir es. Die Bernsteinbörse, ein großer Markt für die Tränen der baltischen Meergöttin, fand hier statt, wo auch mein Vater tätig war. Unsere Verbindungen reichten bis in den Orient. Das war ursprünglich so gekommen: Nach einer bösen Geschichte mit drei Schiffen, bei der trotz Geleitschutz ein riesiges Vermögen in dänische Hände gefallen war, unternahmen einige Kaufleute unter Führung meines Vaters eine Expedition auf dem Landweg. Ein Jahr später kehrten sie wieder. Mein Vater thronte wie die anderen hoch droben auf einem Kamel. Er trug einen riesigen Turban mit einer Pfauenfeder darin, über der Stirn ein Medaillon mit einem großen, rot funkelnden Stein. Die Tiere der Karawane, Kamele, Pferde und Maultiere, waren beladen mit Teppichen, Kupferzeug, chinesischen Fayencen, Krummsäbeln, Dolchen und was nicht noch alles aus den dicken Ballen ans Licht kam, als sie später vor ausgesuchtem Publikum unter großem Ah und

Oh geöffnet wurden. Vor allem aber weiß ich noch, wie meine Geschwister und ich hinausliefen auf die Brücke zur Begrüßung, wie allen die Mäuler offen standen und wie die Mädchen anfingen zu kichern, wie das Kichern ansteckte und wie schließlich alle, Kinder und Erwachsene laut lachten. Die Kaufleute ließen sich nichts anmerken, schaukelten hoheitsvoll vorüber, winkten uns zu und warfen hie und da etwas in unsere Hände, was sich als Süßigkeiten herausstellte, nie gesehene und gekostete Süßigkeiten, klebrig von Honig und Ingredienzen wie Datteln, Feigen, geriebene Mandeln, Pinienkerne – weiß ich und bezeichne es jetzt, damals hätte ich ja gar nicht sagen können, was es alles war. Ich sammelte mir die Rocktaschen voll. Einige leckten und kauten schon an den Sachen herum. Einem hat es gleich zwei Zähne herausgezogen, das war lustig. Angeblich wurde die Stadt in den folgenden Jahren durch den Handel auf dem Landweg so reich, dass wir Kinder nicht mehr mit Wasser gewaschen, sondern mit Brot saubergerieben wurden. Auch sollen die Steine der Stadtmauer mit Brot verfugt worden sein. Dabei gab es eine Steinmauer nur auf der größten Insel. Alles andere war von Palisaden umgeben. Die meisten Häuser waren bis dahin ebenfalls aus Holz, jetzt kamen Fachwerkbauten hinzu. Na ja, und dann war da noch das Gerücht, mein Vater und andere Kaufherren hätten ihre Reittiere mit goldenen Hufen beschlagen. Ich bestätige es nicht gerne. Ich glaube, ich habe so etwas einmal gesehen an einem Feiertag, goldene Blitze von den Hufen eines schwarzen Hengstes. Das schlimmere Gerücht über die Stadt betraf die Religion. Wir wären vom Glauben abge-

84

fallen, hätten nur noch den Mammon angebetet, das Goldene Kalb. Mein Vater, meine ganze Familie war trotz der guten Geschäfte auf bescheidene Weise fromm, der höheren Macht dankbar für das Gute, das sie spendete. Der Untergang der Stadt ging anders vonstatten, als die Sage es weiß. Ich war damals schon aus dem Haus, ging meiner eigenen Wege weit Richtung Westen, bis ins Frankenland. Da ereilte mich die Nachricht. Eine Flotte von Rittern, von Kreuzfahrern hätte die Stadt belagert unter dem Vorwand, die einzig wahre Religion zu bringen. Unsere Leute hatten ihnen die Prozessionskreuze auf den Wall getragen, emporgehalten und gerufen, sie kämen zu spät, hier sei schon Christenland. Es hatte nichts geholfen. Diese Kerle waren nur auf Raub aus gewesen. Das war der Untergang der Stadt, die ein friedliches, als Handelsplatz offenes Gemeinwesen gewesen war. Meine Eltern starben wie viele andere, die nicht fliehen konnten, als die Stadt geplündert und verwüstet wurde und schließlich abbrannte. Niemand wollte danach noch dort wohnen. Von der Küste, von Usedom und Wollin aus waren die schwarzen Ruinen noch lange zu sehen, bis das Meer die Reste in einem stürmischen Frühjahr abräumte und die Strömung den Sand der Inseln abtrug. Ein Dutzend Jahre später bin ich an meinem Geburtstag, am Johannistag, da draußen gewesen mit dem Boot und habe meiner Eltern gedacht, als aus der Stille der Flaute unverkennbar die Glocken der Marienkirche zu hören waren. Hinter meinen Tränen tauchte die Durchfahrt in die Stadt auf, ich nahm die einladenden Gesten der Krämer wahr. Nur war ich in Starre verfallen und konnte nicht folgen.«

So haspelte er Emil an dem Abend im Mannschafts-
quartier flüsternd diese Geschichte herunter. Genau so,
als hätte er die Sage für die Schule aufschreiben sollen.
Nur war ihm nicht klar, warum er sich und seine Familie
darin zu Slawen gemachte hatte. Es war ihm unterlaufen.
Es musste eine ältere Schicht sein in ihm selbst. Das Her-
aufklingen der Glocken hatte Emil sowieso schon mit
Schnarchen quittiert. Nach diesem Abend war das Band
zwischen ihnen jedenfalls fester geknüpft, etwas hatte sie
zu Freunden gemacht. Ein paar Tage später, als sie sich
erschöpft beim abendlichen Waschen über die Becken
krümmten, nickten sie sich zu und wussten beide, was sie
tun wollten. Sie zeigten einander, wo. Am selben Abend
noch kletterten sie und sprangen. Landau war keine große
Stadt, weder vom französischen Quartier Etienne aus gesehen noch sonst, aber sie mieden ihre Nähe. Sie wussten
nicht, ob die Leute hier in der französischen Zone sie vielleicht verpfeifen würden, weil sie mehr Sympathien mit
den Besatzern als mit Ex-Werwölfen und Ex-Legionären
hatten. In forciertem Schritt nahmen sie die Wege über
die weinbewachsenen Hügel, die hinter den Gemüsegär-
ten am Stadtrand begannen. Die Stöcke trieben frisch in
den Juni hinaus, das Laub war noch nicht dicht. Sie waren
weithin zu sehen auf ihrem Marsch. Die Berge linkerhand
boten Orientierung und Schutz, der Pfälzer Wald, in
ihrem Rücken der Mond. Nach Norden! war das einzig
Sinnvolle, was sie dachten. Für Emil sowieso, er konnte
zu Hause wieder antreten, sagte er, seine Eltern würden
ihm wenigstens nicht die Tür weisen. Für Hinrich war
nichts klar, vor allem nicht, wohin. Norden klang gut,

nicht nur als Himmelsrichtung. Er hatte eine Vorstellung
von Hamburg, vom Hafen und großer Fahrt. Das »Weg,
nur weg!« hatte mit dem Sprung über die Mauer in Landau
wieder denselben Schwung wie vor vier Monaten auf der
Fahrt von Berlin dorthin. Vor ihnen lag eine Landstraße,
die Richtung Westen, Richtung Frankreich führte. Sie
mussten eine Weile warten, bis keine Lichtfinger von
Fahrzeugen mehr zu sehen waren. Das nächste Dorf mit
seinen vielen Nussbäumen umgingen sie westlich, dann
stiegen sie hoch zum Waldrand und kamen auf Forst-
wegen zügig voran. Die hatten den Nachteil, die Talein-
schnitte mitzunehmen. So ging es nicht schnell, aber
sicherer. Irgendwann erreichten sie ein Tal mit offenen
Wiesen an einem Bach. Vor Erschöpfung erschien ihnen
die Stelle im Mondlicht wie ein Traum. Wie Kälber tranken sie gierig aus dem Bach und fielen in Tiefschlaf. Am
Morgen sahen sie, dass sie in einem Garten lagen. Unweit
stand ein großes, altes Haus. Sie pflückten Beeren von
den prallen Büschen, fühlten sich aber beobachtet. Als sie
sich davonmachen wollten, öffnete sich hörbar ein Fenster, und eine Frauenstimme rief: »Ihr da, wartet doch einmal.« Der Ruf war so selbstverständlich, als hätte ihnen
die Mutter noch etwas für den Tag zu sagen, bevor sie
in die Schule gingen, und so blieben sie erwartungsvoll
stehen. Die Frau trat aus der schmalen Tür. In ihrem
einfachen Kleid mit Kopftuch und Pantinen war sie dem
Märchenbuch entstiegen, das die beiden Deserteure als
Kinder, ohne voneinander zu wissen, ein jeder in der
elterlichen Wohnstube auf dem Boden liegend, angeschaut hatten, Bild für Bild, die schönen Initialen zu Be-

87

ginn der jeweiligen Märchen nachzeichnend mit dem Finger und ausführlich ein jedes der Bilder betrachtend. Emil wünschte der Frau einen guten Morgen, Hinrich stand da wie eine Salzsäule. Sie sagte wohl etwas von Frühstückszeit, sie sprach die beiden wohl als Wanderer an, die sich stärken müssten vor eines langen Tages Strecke, sie bat sie wohl in das Haus hinein, in die Küche, in die sie von dem dunklen Gang hinter der schmalen Tür aus eintraten. Hinrich setzte sich neben Emil an den blank gescheuerten Tisch, an dem ein alter Mann und zwei kleine Kinder stumm dahockten. Emil redete so über dies und das, von seinem Herkommen aus Hamburg, davon, dass sie gerade auf dem Weg zur Kieler Woche seien, durchaus merkwürdig, willkürlich und unglaubwürdig. Offensichtlich, dass er log. Die Frau lächelte zu alldem. Von der dicken Kanne her, in deren aufsitzenden Porzellanfilter hinein sie sprudelndes Wasser goss, drang der Duft von Bohnenkaffee in Hinrichs Bewusstsein. Direkt aus dem Märchenland geriet er in das Märchen dieses Duftes, der ihn an Stettin erinnerte, an ein bestimmtes Café, wo er mit seinen Eltern ein paarmal gewesen war, damals, vor dem Krieg. Nun konnte auch er etwas sagen. Wie unerwartet eine solche Aufnahme sei in diesen Zeiten. Es klang altklug. Er nahm an, die Leute auf dem Land redeten so. Man schrieb das Jahr sechs nach Kriegsende. Was sollten das für Zeiten sein? Er sah Spott in ihren Mundwinkeln. Von einem Brot schnitt sie ihnen Scheiben. Sie strichen sich Butter aus einem Fässchen darauf, und als sie dabei kratzten, meinte die Frau, sie wüsste, wo die Kuh steht. Das Pflaumenmus war unglaublich. Als sie sich anschickten, aufzustehen und sich zu bedanken, meinte sie, da wäre noch etwas. Sie folgten ihr ein kleines Stück weiter in den dunklen Korridor hinein, wo sie eine Tür öffnete. In dem Raum stand ein Trumm von einem Schrank wie unter die Zimmerdecke geklemmt. Sie öffnete ihn und forderte sie auf, sich von den Männersachen darin etwas auszusuchen. Beide sahen an sich herab. Das einzig Taugliche an ihnen waren die Schnürstiefel. Mit dem, was sie da hatte, würden sie weniger auffallen. Es wären Sachen von Angestellten und Saisonarbeitern, die nicht mehr gebraucht würden, sie sollten probieren und anziehen, was ihnen passte. Emil rief »Senner-Seppel!«, als Hinrich in einer Kordkniebundhose und kariertem Hemd vor ihm stand. Beim Abschied von der Müllerin brachte er wieder außer einem stummen Nicken nichts heraus. Er schaute auf die weiße Strähne in ihrem Haar. Sie sagte: »Ihr könnt auch heute noch bleiben und euch genauer überlegen, was ihr vorhabt, ich meine, was der rascheste Weg nach Kiel ist. Es ist genug Platz in meiner Mühle.« Sie verließen das Grundstück durch dieselbe Lücke in der Ziegelmauer, durch die sie es betreten hatten. Kurze Strecken fuhren sie schwarz mit der Bahn. Sie stahlen Fahrräder. Kraftfahrer nahmen sie auf Ladeflächen mit. Sie schwitzten, sie froren, sie rannten, sie hockten tagelang im Gras mit Durchfall von unreifem Obst. Bis Göttingen hatten sie es schließlich geschafft. Emil rannte gegenüber Hinrich immer wieder die offene Türe ein, die eine Aussicht auf Hamburg und auf Arbeit, auf eine Lehrstelle bedeutete. Es war keine zwei Jahre her, dass der mit einem Kumpel vom Gymnasium die Fahrradtour gemacht hatte von Reinickendorf bis nach Sankt Pauli, einen Tag hin, einen zurück. Stand alles in seinen Papieren. Er zeigte sie Emil, die Stempel der Franzosen, der Russen, der Engländer. Der war nicht zu beeindrucken, er plante: »Als Erstes müssen wir mit meinem Alten Frieden schließen, dann mit ihm über den Kiez. Der kennt sie alle. Da ist es überhaupt kein Problem, einen Tipp für den Hafen zu bekommen. Und dann nichts wie auf den nächsten Kahn. Wirst sehen, wenn es gutgeht, verschafft er dir Ausbildung auf Fahrt. Und so plietsch, wie du bist, machst du noch eine Kapitänskarriere.« Hinrich kam der letzte Streit mit seinem Vater hoch. Als er von einer Laufbahn als Offizier zur See angefangen hatte, war der ein einziges Mal aus der Naht gegangen. Ob es mit dem Krieg nicht genug sei. Ob er nicht ihn einmal anschauen wolle, was er noch habe nach alldem, wie es der Familie ginge. So etwas käme von so etwas. Da sei es doch normal, dass bei ihnen kein Kriegshandwerk gelernt würde. Und schließlich, er habe Angst um ihn. Er sah seinen Vater vor sich, einen Mann mit noch immer edlen Zügen, das, was von einem aufstrebenden, zeitweise etablierten Zeitungsmann übrig war. Von einem, der nie gedacht hatte, dass sie ihn einziehen würden. Dessen Hochmut vor dem Fall kam. Der dann doch, und zwar an die Ostfront musste. Den verdammt schnell die Russen einkassierten. Der vier Jahre nach Kriegsende vom Ural zurückkam. Dessen Zähne wackelten. Der Persilscheine zu sammeln versuchte, die er nach vielem Wenn und Aber bekam von Leuten, die wieder gut im Sattel saßen. Dessen Karriere beendet war. Der jetzt als freier Mitarbeiter firmierte

und kleine Rezensionen und winzige Kolumnen schrieb.
Der sich aufrecht hielt, die Finger auf der Tastatur seiner
Triumph Durabel, die der Rest von Glanz in seinem Arbeitszimmer war. Der seine Texte zur Post oder lieber persönlich zu den Redaktionen trug und die paar Belege von
Abdrucken ordentlich abheftete. Dessen Einkommen
nicht der Rede wert war. Dem seine Frau zeigte, dass sich
für ihren noch frischen Hintern französische Offiziere
interessierten. Dessen jüngster Sohn ihm nicht ähnlich
sah. Den sein ältester Sohn nicht verachten wollte, der
aber mehr und mehr Verachtung in sich aufsteigen fühlte.
Vor dessen Dasitzen in der Stube bei der Lampe er, Hinrich, schließlich davongelaufen war, mit dem sehnlichen
Wunsch, etwas anzufangen mit sich, im Gegensatz zu
diesem Häufchen Elend ein Mann zu sein unter Männern.
Sie übernachteten in einem Neubau. Viel weiter wollte
Hinrich nicht mitkommen Richtung Hamburg, wollte
nördlich vom Harz die Kurve kriegen. Je näher er seine
Heimat wusste, umso mehr schwärmte Emil für seine Familie. Sein Großvater wäre vom selben Jahrgang wie
Hans Albers und wäre auch mit dem in Sankt Georg in die
Schule gegangen. Nach dem ersten Krieg hätte er Teddy
Thälmann kennengelernt und hätte erst bei den Unabhängigen Sozialisten, dann bei den Kommunisten mit-
gemacht. Na, und sein Vater sowieso. Wie beide verhaftet
worden wären nach dem Reichstagsbrand. Wie der Vater
später aus englischer Kriegsgefangenschaft nach Hause
gekommen wäre, sich seither in der Freizeit Zubrot mit
der Schusterahle verdiene. Am Schluss seiner Rede sagte
er: »Hinrich, du kommst mit!« Die Aussicht klang besser

als das, was hinter dem Heimweh des Angesprochenen lag mit seinen Unklarheiten, mit der Angst vor Verhaftung. Dass er noch lange keine einundzwanzig Jahre alt sei, murmelte er noch, aber, sagte Emil, als Moses könntest du auch vierzehn sein. Die Welt dort und erst recht auf See wäre eine ganz, ganz andere. »Berlin, Hamburg. Hamburg, Berlin«, ging es in Hinrichs Schädel. Sie hatten unterwegs auch einmal etwas weggeschaufelt, eine Woche Heu gemacht, hatten ein paar Mark zugesteckt bekommen. Er kramte danach, dabei fiel ihm ein Zehnfrancstück in die Hände. Er wies Emil die Marianne mit der phrygischen Mütze und fragte: »Kopf oder Zahl?« Emil nahm Zahl, das wäre doch klar. Zahl hieß Freiheit, Gleichheit, Brüderlichkeit. Die Münze fiel. Fünf Tage später zogen sie, singend trotz der knurrenden Mägen, über eine Elbbrücke und liefen in Sankt Georg ein, in dem frischen, hellen Haus, wo Emils Eltern lebten. Emil war, wie Hinrich in seiner Familie, der älteste Sohn. Es gab kein lautes Hallo. Das hier war Norddeutschland. Die drei Geschwister kamen mit dem Nachzügler auf dem Arm daher, den Emil noch nicht kannte. Es war wie bei Hinrich zu Hause, nur ganz anders. Nummer fünf, hieß es, Benjamin wäre nun doch der Letzte, sonst käme man ja nicht über die Runden. Kurzes Auflachen. Hinrich staunte, dass über Emils Durchbrennen nichts verlautete. Sein Vater, der von Schicht kam, zog wortlos drei Bierflaschen aus dem Kasten in der Küche, reichte ihnen beiden je eine, schaute unter dem Bürstenschnitt hervor seinen großen Sohn an, und man setzte sich zum Essen. Dem Großvater hatte auch jemand Bescheid gegeben. Hinrich sah seinen Freund neu, sah ihn als den jüngsten von vierschrötigen, ganz ähnlichen Männern. Irgendwann hieß es vom Großvater, Väterchen Stalin hätte ihnen aber die Hammelbeine langgezogen mit dieser dummen Geschichte. Praktisch wurde beraten, wie es für sie beide, selbstverständlich für Emil wie für dessen »spacken Freund« weitergehen sollte. »Zeig mal deine Papiere her, Junge!« Sie beugten sich darüber und qualmten dabei aus ihren Pfeifen und Zigaretten, als sollte das, was Hinrichs Legitimation ausmachte, geräuchert werden. »Das interessiert hier keinen einen, dass da der zweite Stempel zum ersten fehlt«, stellte schließlich Emils Vater fest. Den Montag drauf ging es früh fünf Uhr zusammen in den Freihafen. Bis zum ersten Zahltag Ende der Woche legten sie ihm das Geld für die Stadtbahn aus.

9

Das Fahrrad hatte nicht mit in den Osten gewollt. Die vielen Baustellen der Bundesstraße 5 mit ihren Schotterstrecken hatten es erledigt. Präzise am Ortsausgang Lauenburg machte es schlapp. Mit plattem Hinterreifen und einer spürbaren Delle im Vorderrad verabschiedete er es, schob es in den Straßengraben und ging zu Fuß weiter. Sein Gepäck bestand aus einer schwarzen, ledernen Umhängetasche, es war ein klarer Tag Ende März. Ihm war warm, und er gefiel sich in der robusten Kluft, bei Feddersen in Hamburg für teures Geld angeschafft. Die Ostgrenzer, die die Kraftfahrzeuge kontrollierten, hoben schon den Kopf in seine Richtung. Er stapfte auf einen zu, klatschte ihm seinen Ausweis in die offene Hand und sah ihm in die Augen. Der nahm den Ausweis und blätterte darin: »Wo wollen Sie denn hin, Herr Einzweck?« »In Ihre Republik«, sagte Hinrich. »Haben Sie eine Einladung?« »Nein, ich will übersiedeln. Ich will bei Ihnen bleiben.« Der Grenzer sagte: »Dann warten Sie mal hier«, ließ Hinrich in Blickweite zweier anderer stehen und verschwand in einer Barackentür. Bald kam er mit einem anderen wieder heraus. Sie musterten ihn und gingen wieder hinein. Ein paar Minuten später kam der erste wieder. Hinrich sollte ihm in die Baracke folgen. Er musste sich in einem winzigen, kahlen Zimmer auf den Stuhl neben dem leeren Tisch setzen. Er fragte, ob er rauchen könnte. »Warten Sie.« Nach einer Ewigkeit holten sie ihn raus und führten ihn in einen größeren Raum mit einem Schreibtisch und einer Sitzecke. Ein stämmiger Mann in Zivil gab ihm im Stehen die Hand, bot ihm eine Zigarette an, und sie setzten sich in die Lehnstühle an dem runden niedrigen Tisch, auf dem ein riesiger Aschenbecher stand. Ihm gegenüber hingen das kolorierte Foto des ostdeutschen Präsidenten und das des Vorsitzenden der Einheitspartei, den er von Karikaturen im Abendblatt kannte. Als genug Rauch zur niedrigen Decke gestiegen war, sagte der Mann: »Dann schießen Sie mal los. Am besten von Anfang an.« Hinrich schmerzte der Kehlkopf: »Mein Name ist Hildebrand Einzweck. Ich komme aus Hamburg. Habe da im Hafen gearbeitet. Ich bin Arbeiter. Ich möchte meine Arbeitskraft dem Aufbau des Sozialismus zur Verfügung stellen.« »Das ist gut«, sagte der Mann, »aber es ist nicht das, was ich hören will. Werden Sie mal etwas persönlicher.« »Ich bin gebürtiger Berliner. Meine Eltern sind Kleinbürger. Sie leben in Berlin-Hermsdorf, in einem typischen Kleinbürgerviertel.« »Bleiben Sie bei sich. Sie sind offenbar kein Kleinbürger. Was haben Sie für eine Ausbildung?«, fragte der Mann dazwischen. »Na ja, ich bin, ich habe die Mittlere Reife.« »Keinen Beruf?« »Nein, ich war, ich wollte in Hamburg...« »Sie ziehen eine sozialistische Berufsausbildung vor?« Der Mann sah ihn etwas spöttisch an. Hinrich nickte grinsend. »Nun mal Klartext: Haben Sie noch andere Papiere als den Personalausweis? Vielleicht einen Entlassungsschein von den französischen Militärbehörden?« Hinrich war überrumpelt: »Ach, das war doch nur kurz, das war nicht einmal ein halbes Jahr.« Der Mann lehnte sich vor, als würde er ihn ins Vertrauen ziehen: »Wissen Sie was, Herr Einzweck? Wenn Sie mit dieser Einstellung zu uns kommen, taugen Sie nicht für den Aufbau des Sozialismus. Wir brauchen und wollen den ganzen Mann, ehrlich, klar und offen. Wir sind eine Gesellschaft der Jugend, eine mit Zukunft. Wir brechen mit den Lügen der Vergangenheit. Und da wollen wir wissen, mit wem wir es zu tun haben, wenn da einer aus Westdeutschland kommt, sozusagen überläuft. Nur wenn da alles klar ist und mit leninistischer Selbstkritik auch zu den eigenen Fehlern gestanden wird, wenn Sie klar Schiff machen, Sie als angehender Seemann, wenn mein Augenschein nicht trügt, dann können wir gleichberechtigt an einem Strang ziehen. Das sind wir Stalin und den Helden der Befreiung des Landes vom Faschismus schuldig. Das ist die Lehre, auf der wir die Zukunft aufbauen. Verstehen Sie das?« Hinrich gingen die Worte ein, der Tonfall, der dem der Hamburger Sozialisten in und um Emils Familie glich. In Hamburg hatte er das erste Mal erlebt, wie Genossen untereinander reden, hatte das erste Mal die Welt anschauen können wie sie und begriffen, wie klar die Dinge liegen, wenn man den richtigen Standpunkt einnimmt. »Bitte nehmen Sie mich«, sagte er. »Wir werden sehen«, kam es von der anderen Seite des Tisches. »Das entscheide natürlich nicht ich allein. Haben Sie eine Adresse, wo Sie hinwollen?« Er holte das Empfehlungsschreiben von der Parteigruppe Sankt Georg an die Genossen in Berlin-Friedrichshain heraus, an die dortige Binnenwerft. Mit sozialistischem Gruß von Emils Großvater. »Warum zeigen Sie mir das erst jetzt?«, fragte der Mann, der sich jetzt als Genosse Weber vorstellte: »Übrigens, Weber mein Name, Genosse Werner Weber.« Nach kurzer Wartezeit stieg Hinrich neben ihm in ein Auto. Er brachte ihn nach Pertensberg. Als sie in einen Hof einfuhren, dessen Tür ein Polizist öffnete, erklärte Genosse Weber, es handele sich um das Gebietshaus der Einheitspartei. In dem großen Gebäude musste er wieder warten, dann gingen die Befragungen los. Irgendwann gaben sie ihm eine Suppe. Irgendwann boten sie ihm Bohnenkaffee an. Es wurde früher Abend, und er konnte seinen Hunger nicht mehr unterdrücken. Warum er das nicht gleich gesagt habe, wurde er angeschnauzt, die Kantine würde gleich dichtmachen. Mit einem Paket Brote setzte man ihn schließlich in ein Auto. Er würde woandershin gebracht. »Das ist der sozialistische Gang. Sie müssen ja erst einmal einen Schlafplatz haben, nicht wahr?« In seiner Erschöpfung nickte er stumm. Jetzt saß er allein hinten, abgetrennt von der Fahrerkabine auf einer Pritsche. Die Fahrt dauerte sehr lange. Als er aus dem gerüttelten Halbschlaf herausgerufen wurde, zeigte seine Uhr, dass mehr als drei Stunden vergangen waren. Kurz vor Mitternacht wurde er in eine Baracke auf einem militärisch bewachten Gelände geführt. Jemand in Zivil wies ihm einen Raum zu, in dem schon ein anderer zu schlafen schien. Man warf ihm Bettzeug hin, doch weder bezog er die Pferdedecke noch zog er sich die muffigen Klamotten vom Körper. Schnell kam der tiefe Schlaf.

10

Der 9. Juli war ein Montag. Die Klingel schrillte von dem schiefen Holzbrettchen über der Wohnungstür herab. Trat man herein, stand man gleich in der Küche. Die Helligkeit war mäßig, das einfache alte Fenster mit seinem irgendwann weiß lackierten Kreuz ging nach Süden hinaus. Süden hieß in diesem zweiten Stockwerk des zweiten Hinterhauses der Mietskasernenblock gegenüber, und zwar dessen gegenüberliegender zweiter, dunkler Hof. Zwischen hier und dort das stumpfe Schwarz eines Kohlenplatzes, von dem aus die Gegend mit Braunkohlebriketts für die strengen Winter versorgt wurde. Ging die Klingel, gab es verschiedene Möglichkeiten. Ich erwartete manchmal jemanden, der sich per Postkarte, Brief,

97

Telegramm, mündlich oder mit einem Zettel an der Tür angekündigt hatte. Die meisten Gäste kamen unverhofft. Selbstverständlich musste ich nicht öffnen. Meine Art, meine immer bereite Art, süchtig nach Ablenkung, nach inspirierendem Müßiggang, wie ich es gern nannte, machte es mir schwer, nicht im Nu aufzuspringen. Ich ging zur Tür. Der Mann, dem ich öffnete, trug eine schwarze Lederjacke von militärischem Zuschnitt. Er käme von der Akademie der Künste. Es sei etwas Dringendes. Ich bat ihn herein. Mit ernster Miene fragte er: »Sind Sie der Komponist Hadubrand Einzweck?« »Ja klar«, antwortete ich, »das steht doch auf dem Klingelschild.« Der Mann fuhr fort: »Dann habe ich Ihnen die Mitteilung zu machen, dass Ihr Meister an der Akademie der Künste gestern verstorben ist.« »Oh.« Das traf mich sehr. Ich fiel in einen meiner beiden Korbsessel, die zu dem spärlichen Mobiliar in dem einzigen Zimmer hinter der Küche gehörten, und bat den Mann, der sich als Herr Weber vorstellte, in dem anderen Platz zu nehmen. Dass der Meister krank war, hatte ich lange gewusst. Ich hatte ihn schon im letzten Jahr zweimal im Krankenhaus aufgesucht. Zuletzt hatte er sich hier, vor meinen Augen, aus dieser durchgesessenen Sitzkuhle hochgewuchtet, wollte sich nicht helfen lassen, obwohl ich wusste, dass er ein stählernes Korsett trug zur Stabilisierung der Wirbelsäule seit einer Operation, bei der Wirbelkörper ausgeschabt worden waren. Er hatte mir wie immer kräftig die Hand gedrückt, angemerkt, dass, wer mit feuchten Fingern an der Steckdose spielt, wisse, was er täte, damit auf meinen letzten offenen Brief an die Behörden angespielt, seine karierte Tasche mit Büchern und Compactdisks genommen und war stolz wie ein Spanier gegangen. »Die Umstände«, redete in dem Moment Herr Weber weiter, »sind Ihnen, denke ich, bekannt. Es war ein Krebs in der Bauchhöhle. Erst waren große Teile des Darms, in einer zweiten Phase auch Wirbelkörper befallen.« »Ja, ich weiß«, murmelte ich. Und wie zu sich selbst sprach der Mann davon, wie merkwürdig doch die Parallele sei zwischen dem bei Kreisler und dem Krankheitsverlauf bei einer Schriftstellerin, die er flüchtig gekannt habe, die allerdings vor über zehn Jahren gestorben sei. Auffiele ihm erst jetzt, dass beide an einer großen Arbeit drangeblieben wären, obwohl sie sterbenskrank waren. »So sind wahre Künstler!«, murmelte er noch, schaute mich nun wieder an und sagte: »Die offizielle Trauerfeier wird von unserer Institution ausgerichtet. Man wird sich an Sie wenden und Ihnen antragen, später auf der Beerdigung zu sprechen. Es steht Ihnen frei. Aber wenn Sie es tun, lassen Sie uns doch vorher Einsicht nehmen. Damit wir das koordinieren können.« »Ja, sicher, das verstehe ich, dass Sie das koordinieren müssen«, hörte ich mich antworten. Herr Weber schrieb mir seine Telefonnummer auf und sagte noch: »Der Termin für die Trauerfeier wird der kommende Sonnabend sein. Rufen Sie mich spätestens am Donnerstag an, und ich hole das Manuskript zur Einsichtnahme ab.« Auf eine Geste des Mannes hin erhob ich mich und holte ihm ein Blatt Papier und einen Kugelschreiber von der Arbeitsplatte des Sekretärs. Während er die Nummer notierte, sagte er: »Wundern Sie sich nicht über die Vorwahl, ich komme von einer Außenstelle und bin für diesen Fall zuständig.« Ich wunderte mich nicht und nahm mechanisch den Zettel zu mir herüber. Der Mann verabschiedete sich höflich. Ich schloss die Wohnungstür hinter ihm, ließ Wasser in den Kessel, entzündete das Gas am größeren der beiden Brenner des Kochherds und stand davor, bis eine starke Dampfsäule aufstieg. Ich schüttete eine ungefähre Menge Tee aus der kleinen, grünen Packung in meine Blechkanne und goss ihn auf. Ich stellte eine Teeschale auf den Sekretär, goss ein, verbrannte mir bei einem ersten Schluck die Zunge, drehte mich zum Klavier um und legte sachte die Finger auf die Tasten. Ich spielte nicht, ich atmete. Ich hörte meinen Atem und in seinem Zug das Stück des Meisters, das diesem Maß entsprach, das aus Atem war und »Atem« hieß. Ich saß und spielte »Atem«, indem ich statt zu spielen atmete. Es war eine Reise in das Tal seiner Herkunft. Ich nahm an, er wäre zurückgekehrt, konnte mir ihn nicht hier in der Streusandbüchse vorstellen, wünschte ihm nicht, in diesen Sand zu geraten, auf dem er seit Rückkehr aus östlicher Gefangenschaft gelebt hatte, in dieses eiszeitliche Geschiebe, strukturlos, weich, mit Gewässern, die nicht strömten, sondern nur sickerten, sich ausbreiteten, Flüsse, die nicht flossen, sondern sich vergaßen in Seen, solchen, auf denen verdächtige Stille lag. Ich wünschte ihm einen Fallwind über dem Grab, Gefälle überhaupt, ein steiles, ein Felsenbett, das Ticken des Bergs, einen solchen Atem, für den diese kleine Zeit hier kein Maß bot, niemals. Ich musste los, war verabredet. Ein Kind, von dem es hieß, es sei meins, wollte mich kennenlernen, ein kleiner Junge.

11

Linda hatte ich auf dem Acker kennengelernt, genauer in der Luft über dem Acker, als sie vor den gierigen Augen von drei angetrunkenen jungen Männern in Uniform sich drehte, tanzte, schwebte, im März vor sechs Jahren. Damals stand meine Entlassung vom Wehrdienst kurz bevor, hatte ich ihn absolviert, normal, durchschnittlich, ganz so wie üblich im Lande, mit stillgelegtem Verstand, mit den Gewohnheiten eines Soldaten. Meine Ohren waren die eines Baupioniers geworden und hatten sich dem Klang und Charme von russischen Raupenschleppern und westdeutschen, militärgrün angestrichenen Straßenbaumaschinen ergeben. Das Gesicht war braun im frühesten Frühjahr, die Abende Skatabende, der Bauch gefüllt vom Kommissbrot, vom Atombrot. Begriffe waren geläufig geworden, die sich nicht wieder aus dem Gedächtnis verabschiedeten, aus dem Gehör: Komplekte. Nie vorher, nie nachher trieb es mich so dicht zur Herde, in der es mir offenbar an nichts mangelte außer an Sex. Meine Vorstellung davon schien sich in genau das verwandelt zu haben, was dieses Mädchen hier in seinem Kleidchen andeutete.

Linda und ihr Sohn, unser Sohn wohnten unweit desselben städtischen Platzes, auf dem ich nach der Einschulung ein paar Jahre lang Erlebnisse gesammelt hatte. Ich ging vom nächstgelegenen Stadtbahnhof oberhalb der Schienen an dem schmiedeeisernen, rostigen Zaun auf der nicht bebauten Straßenseite in Richtung ihrer Adresse. Unkrautbüschel, Goldrute und Löwenzahn ragten in den Gehweg, Knöterich hing in vereinzelten Holunderbüschen. Mir stand der Sandweg zum Grundstück Kreislers vor Augen, den ich vielleicht sechs-, siebenmal mit ihm gegangen war, der Meister sein schweres Fahrrad schiebend, auf dem er mir zur Bushaltestelle in dem Dorf entgegengekommen war. Dort draußen gab es nur Streusand, auf dem das Geschwätz der Pilzsucher vor Jahren verebbt war, Ödnis, die ein Buchfinkenkoller, das Rascheln der Amsel und der hohe Ton der Bussarde punktierten, sowie märkisches Stangenholz, wo nicht die Winde durch die Föhren strichen, sondern bei Übungswetter Abfangjäger drüber hin. Das war dem Meister ja gerade recht gewesen, eine abgelegene, uninteressante Ecke der Welt, die ihm niemand neidete. So auch sein Haus dort. Mit dem Flügel in einem winzigen Zimmer, mit Noten, Büchern, insbesondere auch Kunstbüchern und Originalgraphik vollgestopft, so dass ich meinte, Atem des Wissens der Welt zu inhalieren, ich, ein mäßiger Leser und ungeduldiger Zuhörer, einer, der das Autodidaktentum im Munde führte mit schlechtem Gewissen. So langsam wie meinen Beinen möglich, bog ich in die Schönholzer Straße ein, keine hundert Meter entfernt von Lindas Wohnung. Ich sagte mir, ich hätte nichts dagegen, dem Kind in die Augen zu schauen, für das ich seit ein paar Jahren Unterhalt zahlte, den geringfügigen, der für einen freien Komponisten errechnet werden konnte. Es machte mir nichts aus, sagte ich mir. Ich hatte kein Kind gewollt. Das hatte ich ihr gesagt, als wir begannen, täglich miteinander zu schlafen, als sie ihr Domizil im sogenannten Kiez fast nicht mehr aufsuchte, stattdessen regelmäßig bei mir blieb, in dem schmalen Schlauch von einem Zimmer, den oder das ich damals bewohnte oder in dem ich hauste, ohne dass es mir etwas ausmachte, nachdem ich Rebekka und das Kind verlassen hatte, ohne dass es mir irgendetwas galt, das Wie, das Herum, während ich Hilfsarbeiter war in einer kleinen Konfektionsnäherei, Lagerarbeiter, meine Sounds notierte, mich herumtrieb mit Freunden und Bekannten in Tagen und Nächten. Die verabredete Uhrzeit war heran. Ich betrat das breitbrüstige Gründerzeithaus, klomm die Treppen empor und klingelte an der hohen, dunklen Tür. Da stand sie. Den sowieso auffälligen Mund geschminkt, verlegenes Auflachen, in das ich einstimmte mit fröhlichem Hallo. Ich hatte ein paar Blümchen dabei für sie aus dem Laden, in dem ich vor vielen Jahren das erste Blumenkaufen geübt und eine gewisse Geläufigkeit darin erworben hatte. Für das Kind hatte ich nichts mitgebracht. Das fällt mir auf, während ich den Satz hinschreibe an einem Tag nach dem Jahr Zweitausend. Damals trat ich ein, ohne daran zu denken, ließ mich in ein kleines Zimmer mit hoher Decke bitten, setzte mich auf einen der alten Stühle an einem ebensolchen Esstisch. Wo ich saß, ein hohes Fenster im Rücken, ging es nach rechts in die Küche und nach links – die Tür ging auf – in das Kinderzimmer. So eine offene Neugier. Was für ein direktes Schauen, auf mich gerichtet. Linda und ich tranken erst Tee und schon Wein. Ich war ein Kind und schaute das Kind an. Aber in mir drinnen war ich kein Kind, trug ein festes, männliches Selbstverständnis mit mir herum. Ich folgte dem Jungen in sein Zimmer. Wir saßen auf dem Boden und schoben

eine Weile Autos herum. Dann aßen wir zu dritt Abendbrot, der Junge brav, still, den Blick ununterbrochen auf
mir. Seine Neugier, vielleicht Erwartung. Wie stumpf ich
dagegen blieb, immun. Der Satz hallte in mir: Diesen hier
hast du nicht gewollt. Der Wein wirkte, half, Erlauer
Stierblut, auf dem Etikett das rote Tier auf schwarzem
Grund. Ich sprach den Namen auf Ungarisch aus. Nach
Ungarn waren wir zusammen getrampt. Es war die einzige große Reise gewesen. Erinnerungen hingen daran.
Wie wir nachts in unseren Schlafsäcken langsam einen
Hang an der Donau hinunterrutschten. Wie wir mit
einem westdeutschen, entfernten Verwandten von Linda
Schnaps verkosteten in einer Brennerei in Budapest. Wie
wir nach Hause trampen wollten und Linda nicht mehr
aus dem Maisfeld herauskam, weil sie wegen einer Bla-
senentzündung immerzu pinkeln musste. Und dass sie
da schon schwanger war. Und nach der Rückkehr, wie ich
sie ein paar Tage später an der Tür meiner Wohnung ab-
wies und sie nicht mehr wiederkam. Das Kind ging brav
ins Bett, wir hockten noch einmal bei ihm, seine Mutter
und ich, für ein paar Minuten sein Vater. Sie hatte mich
dazu aufgefordert. Schweigen. Schauen. Wir schlossen
die Tür hinter uns, setzten uns wieder hin und tranken. Es
lag nahe, darüber zu sprechen, was zu der Zeit alle mit
sich herumtrugen, wenn es denn etwas zum Reden und
nicht vor allem zum Zusehen oder selbst Tun war: Wer
wegging, wer dablieb, und was die Gründe für und gegen
das eine oder das andere waren. Nach einem Ausatmen
und einem Blick kam heraus, dass Linda auch einen Antrag gestellt hatte zusammen mit ihrem Freund, um die

Gegend für immer zu verlassen. Deshalb das Ritual, aha. Ich sagte es nicht. Wir öffneten die zweite Flasche, gossen unsere Gläser voll, hielten sie hoch wie zu einem Toast, sagten nichts und tranken. Es gab ein Einverständnis über diese Vorgänge unter vielen unserer Jahrgänge und jenseits davon. Die ihre Lebensumstände überdachten, aber keinen solchen Antrag stellten, fühlten einen Schmerz. So auch ich, hier, in diesem Moment. Dabei war gleichgültig, wer einem diese Mitteilung machte. Sie wurde stumm, mit einem fragenden Blick vielleicht, vor allem aber mit einem namenlosen Gefühl hingenommen. Darin schwang etwas davon, sich verraten zu fühlen, etwas davon, dass die Einsamkeit zunähme, ob das stimmte oder nicht. Wenn ich auch wusste, dass es nur eine oberflächliche Einsamkeit war, nicht die andere, ganz grund- und bodenlose, die mich zum Sound trieb und dranbleiben ließ. In dieser Hinsicht war mir der Ort gleichgültig. Ich sagte es und verfiel zugleich in den Tonfall des Engagements, der mir zur Verfügung stand: »Meine Position ist ja eine andere. Ich versuche etwas, mische mich ein. Erst, wenn ich damit scheitere, wenn ich mit meiner Musik und damit, den Mund aufzumachen, scheitere, dann muss auch ich gehen. Ich verstehe, dass du wegmusst, dass du wegwillst, verstehe das inzwischen auch bei jedem anderen.« Linda redete davon, was sie vorhatten, was schon geplant war: »Ich bin mit vielen Westfreunden verabredet, will nach Südfrankreich, will in die Staaten, will Cable Car fahren in San Francisco, will den Ozean sehen. Ich will, dass dein Sohn ein freier Mensch wird. Und ich glaube, seine kreative Ader wird sich da besser entfal-

ten.« Nach einem Schluck Wein und noch einem stimmte
ich ihr zu, ohne auf das angeschlagene Thema einzu-
gehen: »Ich verstehe das wirklich ganz. Vielleicht werdet
ihr noch mehr Kinder bekommen. Die sollen die Welt
kennenlernen, von Anfang an, keinen Krampf haben, frei
atmen, Sprachen lernen.« Wir kamen ab davon. Früher
hatte Linda noch Kontakt zu Margast gehabt, der mein
merkwürdigster Umgang beim Militär gewesen war. Der
war damals, vor sieben Jahren, Soldat wie ich. Eine Zeitlang lagen wir auf derselben Bude. Er sah aus wie Kafka,
las Hesse und schwärmte auf zarte, fast stille Weise immer von irgendetwas, während er zugleich litt, so dass
niemand daran vorbeisehen konnte. In der Gruppe, im
Zug, selbst in der Kompanie hatte er Glück, wurde in
Ruhe gelassen, kam in sich gekehrt über die Runden,
ohne dass ihn einer herausholen, provozieren wollte. Er
hatte sogar, immer blass, immer kränkelnd, irgendwann
den Posten des Kompanieschreibers bekommen. Wir hatten uns über Hippiemusik und die amerikanischen Beat-
niks ausgetauscht, bei denen Hesse hoch im Kurs gestanden hatte. Ich fragte Linda nach ihm. »Er ist tot«, sagte sie.
»Er hat sich umgebracht. Mit Tabletten.« Und nach einer
Pause, in der wir ein paar Schluck tranken, fragte sie:
»Weißt du noch?« Ja, ich wusste noch. Ich brauchte das
Bild nicht zu suchen. Es gehörte zu einem Aufenthalt in
einem Dorf bei Staßfurt. Wie wir bei Margasts Eltern, im
Sommer nach der Entlassung, zu einem Fest eingeladen
gewesen waren. Ich war mit Frau und Kind gekommen,
Linda allein. Erst war alles gutgegangen. Lagerfeuer im
großen Garten hinter dem Bauernhaus. Unser zweijähri-

ger Bursche zwischen Rebekka und mir, der große Augen machte und nicht schlafen wollte. Jede Heiterkeit. Zwei Gitarren, Mundharmonika. Kalter Wein aus der Karaffe der freundlichen Margast-Eltern. Mich machte am Anfang ganz still, was am späten Abend begann. Jenseits des nicht enden wollenden Verzehrs von Würsten, Stockbrot und Folienkartoffeln, jenseits des wie freigelassenen Plauderns miteinander und einander Zuprostens gab es einen Neuanfang. Aus dem Schwung des Miteinanders heraus, das sich ergab, als wären wir alle lange miteinander vertraut, wurden die Lebensumstände der Einzelnen erfragt und darüber gesprochen. Die Zukunft von uns allen wurde in die Luft über die Funken gemalt, die beim Nachlegen und Umwenden der Äste und Kloben vom Feuer aufstoben, und das Gespräch wurde so angefasst, dass es jedem gerecht wurde. Ob Margast studieren wollte oder sollte, das hatte ihn Rebekka gefragt. Er würde, es stand schon alles fest. Theologie in Naumburg. Er freute sich, dass er nicht an eine staatliche Hochschule gehen müsste. Auf seine Gegenfrage ging es darum, wo Rebekka nach ihrem Abschluss arbeiten würde. »Am liebsten in einem Verlag, wenn es geht, in einem für Literatur oder notfalls für Musik«, sagte sie und schenkte mir ihren schönsten ironischen Blick. Zwei Freunde von Margast, die aus Jena gekommen waren, hatten dort schon zwei Semester Philosophie hinter sich. Was es für eine starke Szene in der Stadt gab, erzählten sie. Weil die sehr politisch aufgeladen wäre, natürlich extra seit vorletztem November, es gäbe ständige Auseinandersetzungen mit den Behörden. Es fielen Namen, die ich noch nie gehört hatte. Junge

Musiker habe man damals ins Gefängnis gesteckt und gerade eben in den Westen abgeschoben. Die Sache mit der Renft Combo wusste ich ja. Zwei der Inhaftierten hätten Lieder für die Gruppe geschrieben. Anschließend kam die Reihe an mich. An welche Musikhochschule ich gehen würde. Meine Heimatstadt war mir so selbstverständlich. Ich dachte, dazu aufgefordert, das erste Mal darüber nach und sagte: »Meine Stadt ist meine Universität. Ich verzichte lieber auf ein Studium, als wegzugehen. Die Stadt hat mir bisher alles geschenkt, was ich für meinen Sound brauche. Im Grunde muss ich ja nur die Ohren offenhalten. Darüber hinaus, für das, was sonst noch fehlt, bin ich Autodidakt, das hole ich mir, wo ich es bekommen kann, mit Hören und Lesen.« Margasts Eltern widersprachen. Sie spielten beide Instrumente, hatten ein Verhältnis zu der Sache, kannten sich aus. Nun redeten sie sachlich, aber doch auf mich ein: Wie schwer es wäre, ohne vorangehendes Studium weiterzukommen. Die anschließende Förderung, darauf sollte ich nicht verzichten. »Das solltest du nicht den Angepassten in den Rachen schmeißen, die es sich mit Mittelmaß und Wohlverhalten erwirtschaften«, sagten sie. Das schmeichelte mir, obwohl ich nicht wusste, woheraus sie schlossen, dass ich nicht angepasst wäre. Weil ich mit ihrem Sohn bekannt war? Es ginge um den erst danach offenen Zugang zu einem Meisterschülerstipendium. Davon ließe sich gut leben und davon ausgehend etwas aufbauen. Da redete einem keiner mehr so leicht rein. Und was nicht nur für sie als ausübende Dilettanten gelte, sondern doch erst recht für den eigenständigen und, wie sie sagten, wirklich produktiven Umgang mit Musik, der brauchte Fleiß, brauchte Dranbleiben, Wiederholen, Üben, das Vorhandene zu kennen und darauf aufzubauen. Nach diesem gut gemeinten Vortrag in meine Richtung löste sich das Gespräch am Feuer, dem wir neue Nahrung herantrugen, wieder auf in kleine Runden. Einer der Studenten und ich spielten im Wechsel und zusammen. Er zupfte einen erstaunlichen Bach, mit den zirpenden Grashüpfern im Hintergrund. Ich versuchte ein wenig de Falla, hatte ihn aber nicht drauf, ging zu Flamenco über, improvisierte. Es kam zum obligaten Dylan und Neil Young, wir sangen einen Song von Leonard Cohen, den Margast mitsang, und hoben die Stimmung wieder mit Beatles-Schlagern. Alles daran war wie immer und doch ganz neu, ungewohnt. Rebekka und ich, wir schliefen schließlich ganz gerührt ein, als junge Familie mit unserem kleinen Blondschopf im Gästezimmer des Hauses. Als ich frühmorgens aus dem Zimmer und aus dem Haus geschlichen war und durch das feuchte Gras zu der noch warmen Feuerstelle ging, stand plötzlich Linda neben mir. Sie war barfuß wie ich. Wir schauten einander an, als wären wir bei etwas ertappt worden. Sie drehte sich um und ging zielstrebig auf die fensterlose Seite des Hauses zu. Wir umfassten uns schon in der Bewegung und küssten uns wie rasend. Sie zog mich weiter. Durch die Hintertür ging es in die Scheune, über eine Leiter ins Heu. Wir strampelten uns die Sachen vom Leib. Ich konnte nicht, aber ich glühte, ging rabiat gegen ihre Brüste vor, wir umklammerten einander, als gälte es das Leben. Da hörte ich, wie das große, hölzerne Tor der Scheune aufging, schreckte hoch und schaute auf den Umriss von Rebekka mit dem Kleinen an der Hand, umstrahlt vom Sonnenlicht. Langsam schloss sie die Tür wieder.

War es das, woran Linda mich eben hatte erinnern wollen? Sicher nicht. Wir leerten die Flasche noch bis zur Neige, noch einmal hatte der Junge ins Zimmer geblickt: »Ihr seid so laut.« Dann standen wir in dem schmalen Flur. Nach einer Sekunde umarmten wir uns. Standen nun eine Weile so da. Es war mehr als fünf Jahre her, dass ich sie hatte sitzenlassen, abgewiesen das gerade volljährige Mädchen mit dem sich rundenden Bauch. Wir hielten uns fest. Ich küsste schief ihr Haar, dann ihren Mund. Erst rutschten wir wie aus Versehen ab. Dann saugten wir uns aneinander fest. Wir glitten an einem Flügel der großen Wohnungstür herab auf den Boden. Schlangen die Beine übereinander. Saßen so, klammerten uns fest, bis uns heiß wurde. Ich griff nach ihren Brüsten, die wie damals waren. Ich fühlte ihre Schenkel, drang mit den Fingern in ihren Schoß. Sie hatte meinen Reißverschluss herunter und fasste mir in die Hose. Zögern zwischendurch, als fragten wir uns etwas, stumm. Wir atmeten laut, waren vertieft. Mein Heiratstermin mit Katharina stand fest, es war noch ein Vierteljahr bis dahin. Wir wohnten seit einer Weile zusammen, zwei Stadtbahnstationen von hier entfernt. Was war das, Harry? Nichts, gar nichts. Nicht der Rede wert. Linda saß ganz auf meinem Schoß, ich steckte schon in ihr. Alles war voller Sperma zwischen uns, ein Hosenbein von ihren Jeans und meine Unterhose, unsere aneinandergedrängten Bäuche. Die Tür zu dem Zimmer, in dem wir gesessen hatten, stand

110

offen. Der Junge schaute einmal um die Ecke und zog sich wieder zurück. Ich hielt Linda fest und küsste ihr Gesicht. Wir schlossen die Kleider. Wir umarmten uns. Standen noch da. Ich sagte im Gehen: »Mach es gut.« Sie hauchte: »Du auch.« Ihr Gesicht im Türspalt. Die Schminke von Augen und Lippen war ab, Spuren davon auf den Wangen. Ich drehte mich noch einmal auf dem Treppenabsatz um. Von der schweren Haustüre weg ging ich erst langsam, die breite Straße entlang schon schnell, nahm die Straßenbahn und legte mich zwanzig Minuten und eine Dusche später zu Katharina in unser Bett.

12

In dem Sommer, bevor ich eingeschult wurde, hatte sich der Argwohn zwischen mir und dem ein Jahr älteren Jungen, der in dem Neubau wohnte, ein wenig abseits des Geländes der Heilstätte, gelegt. So kam es auch, dass der mich mitnahm, als er das kleine Mädchen auf dem Plattenweg vor dem Haus aufgelesen und überredet hatte, woandershin spielen zu gehen. Zu dritt liefen wir in den Hochwald hinein, der uns Jungen vertraut war, weil er an den Park der Heilstätte anschloss und an den Feldern des Nachbardorfs aufhörte, jenseits des Sees. Zuletzt waren er und ich hier auf dem Esskastanienbaum herumgeklettert, hatten zusammen gebadet, obwohl ich noch nicht richtig schwimmen konnte und manchmal ziemlich Angst hatte bei seinen Späßen. Wir gingen nicht weit, das Mädchen mochte nicht so lange laufen. Außer Sicht der Häuser waren wir rasch im Unterholz. Ein paar junge Kiefern, Büsche und Farn wuchsen zwischen den weit auseinanderstehenden Stämmen hochgewachsener, sommerlich duftender Bäume. Mein Freund hieß uns an einer Stelle anhalten und sagte zu dem Mädchen, es sollte sein Kleidchen hochheben. Das tat es, lachte kleinmädchenhaft und zeigte uns den weißen Schlüpfer. Er sagte, sie sollte ihn runterziehen. Sie begann umständlich. Er half ihr dabei, beugte sich herunter und zog mit dem Zeigefinger, bis der Schlüpfer auf ihre Sandalen hinuntergerutscht war. Jetzt öffnete er seinen Hosenstall und hielt seinen Pinkelmann dort dicht ran, wo bei dem Mädchen der Schlitz war. Nach ihm sollte ich es auch so machen. Ich hatte Lederhosen an und machte die Klappe vorne auf. Es war umständlich. Ich machte eine Verrenkung vor ihr und zog mein Schwänzchen so weit wie möglich da heran. Dann meinte mein Freund, wir sollten auf keinen Fall irgendwem etwas davon sagen, vor allem keinem Erwachsenen. Das Mädchen zog sich seinen Schlüpfer wieder hoch, und wir gingen zurück zu dem Plattenweg vor dem Neubau.

Zur Einschulung kam mein Vater. Meine Mutter war aufgeregt. Ich freute mich. Ich weiß nicht, wie er sich angekündigt hatte. Nun war er da. Sein Kuss roch nach Zigarette. Nachmittags setzte er mich in den Beiwagen seines Motorrads, meine Mutter auf den Sozius – er hatte für uns alle Helme mit – und fuhr mit uns in ein Lokal in der Nähe. Er blieb über Nacht. Nach dem aufregenden Tag schlief ich wie ein Stein. Nur einmal wurde ich wach. Es

war etwas über die kleine Lampe neben der Liege gehängt, das ihren Schein abdunkelte. Ich sah die zum
Winkel aufgestellten Schenkel meiner Mutter und schlief
wieder ein.

13

Hinrich hatte neben seiner stämmigen norddeutschen
Freundin von einer dunkelhäutigen Frau geträumt und
sich halb im Aufwachen, ohne dass er es verhindern
konnte, auf das frische Laken ergossen, mit dem die
schmale Liege bezogen war in ihrer Neubauwohnung in
der Stadt an der Ostsee. Sie hatte es nicht bemerkt. Beide
waren am gestrigen Sonntagabend sehr müde gewesen.
Sie war spät von einer Doppelschicht auf der Werft nach
Hause gekommen, die einem sowjetischen Großauftrag
mit überzogenem Liefertermin geschuldet war. Er war
nachts mit dem Auto aus einem Objekt in der Hauptstadt
wiedergekehrt, wo er zehn Tage dienstlich verbracht hatte.
Anlass war das Internationale Festival gewesen, das einzige Ereignis im Land, das zu Recht so genannt wurde und
das für ihn einen der wichtigsten Termine und Einsätze
im Jahr, aber auch von den Anfängen an einen Höhepunkt
seines persönlichen Jahresplans bedeutete. Er war ein Ak-
tiver der ersten Stunde, als es losging, 1970. Er hätte sogar
ein Mitbegründer des Festivals sein können und wollen,
aber die Einheitspartei hatte anderes mit ihm vor. Da ge-
horchte er als braver Soldat. Dennoch hatte er seit Jahren,

bis zuletzt auch unabhängig von seinem Familienleben, erst in Neustadt am Neusee mit Freya und den schließlich vier Töchtern und dann in Seeburg mit Renate und ihren Töchtern, die Gelegenheit gern genutzt, interessante Gespräche mit Folksängern, Musikerinnen, politisch aufgeklärten Menschen aus aller Welt wie auch aus den Provinzen, mit denen er dienstlich zu tun hatte, das hieß vor allem interessante Gespräche mit Frauen zu suchen und zu führen über die aktuelle Lage in der jeweiligen Heimat, ob die nun in Chile oder im Landkreis Sonneberg lag. Der Altersabstand war von Anfang an da und nahm von Jahr zu Jahr zu. So konnte Hinrich als Angehöriger einer in Kreisen, die das Festival aufsuchten und mitmachten, der Verehrung von aufschauenden jungen Menschen sicheren Spezies, als ein reifer, offener, toleranter Kommunist, als ein in vielen Lebenslagen versierter, lebenskluger Ratgeber auftreten. Wenn es privat wurde mit dem notorisch gutgläubigen Material, bestand seine Standardeinführung darin, dass er sich ein gebranntes Kind nannte, einen, »der schon eine Menge Mist gebaut« hätte, aber dem andererseits »auch übel mitgespielt worden« sei. Er schwamm in dem Milieu wie ein Fisch im Wasser, legitimiert als ein sogenannter Vertrauter der Jugend wie auch mit seinem Amt als Leiter des zentralen Clubhauses in Seeburg, eines wichtigen Kulturveranstalters. Die nützlichen und schönen Gelegenheiten wahrzunehmen, erforderte regelmäßig das Angebot, die Betreffende, zunächst auch gern in Gesellschaft weiterer junger Menschen, mit seinem Auto ins Hotel zu fahren und das anregende Gespräch dort oder vielleicht besser in seiner Zweitwohnung an der Fischerwiese, ja, das sei ganz praktisch, nicht weit vom Veranstaltungsort in der Mitte der Stadt, fortzusetzen. Da hatte er sowieso ein oder zwei Flaschen bulgarischen Rotweins zu stehen, auch, falls es die Umstände angezeigt sein ließen, einen halbtrockenen Sekt im Kühlschrank. Er blufte nicht nur, er konnte gut genug mitreden. Ein Dutzend Jahre zuvor hatte er noch selbst gesungen. Ein paar Shantys aus der Hamburger Zeit hatte er sowieso drauf. Die schlichte Gitarre lehnte im Objekt griffbereit an der Wand. Auch hatte er das Glück gehabt, dass ein vor vielen Jahren eingewanderter Vorarbeiter aus Alaska ihm schwärmerisch beigebracht hatte, was ein Wingding war in der nordamerikanischen Musikerszene, und das hatten sie dann hier eingeführt. Der Mann im Holzfällerhemd, Freddy Lowman, hatte ihm auch Platten zu hören gegeben, einige geschenkt. So hatte Hinrich Einzweck nicht nur Pete Seeger gehört und vermochte Blues aus dem Mississippi-Delta von dem aus Chicago zu unterscheiden, er wusste auch etwas mit dem Namen Guthrie anzufangen, Senior wie später auch Junior, und Bob Dylans Entwicklung verfolgte er durchaus über den bekannten Gassenhauer hinaus. Dem nordamerikanischen Einwanderer jedenfalls war es zu verdanken, dass er vor zwanzig Jahren als Lehrer auf einer Internatsschule eine Band und einen Chor gegründet hatte, einen der ersten Wingdingclubs, der später nur noch so genannten Dingclubs, aus der Taufe gehoben hatte und sogar ein Plattencover vorweisen konnte, auf dem er hinter den jungen Sängerinnen und Sängern posierte und eigentlich fast noch wirkte wie einer von ihnen, seiner Meinung nach.

115

14

Bei der Scheidung der Eltern durch das Amtsgericht hätte die Geschichte von Harry alias Hadubrand Einzweck, meine Geschichte als unabhängige Person beginnen können. Das wäre nicht zu viel verlangt gewesen für einen Vierjährigen. Erwachsene schüttelte es sowieso hierhin und dahin mit ihren Trieben. Der Vater studierte an der Pädagogischen Hochschule. Da hatte es ihm eine Kommilitonin angetan, so war er schon wieder in festen Händen. Die Mutter arbeitete in der Zeit der Scheidung ungelernt in einer Knochenklinik. Sie wuchtete Patienten herum, deren Ellen, Speichen, Rippen, Schultern, Schenkel, Becken, Wirbelsäulen manchmal gebrochen, meist aber krumm oder schief gewachsen oder durch Krankheit verformt waren, die nun mit gewaltigen Gipskonstruktionen, sogar mit ganzen Gipsbetten behandelt, wiederum umgeformt wurden und während der oft sehr langwierigen Behandlung, während Wochen und Monaten von wechselnden Anwendungen, Untersuchungen, Unterbringungsproblemen nach Bedarf hin und her geschoben oder besser verfrachtet wurden, in ihren Betten auf Stahlrollen. Das fand statt in einem Krankenhaus, das groß war, die Räume im Wesentlichen ebenerdig miteinander verbunden, aber doch hie und da Absätze und kurze Treppen aufweisend, die nicht anders als mit pflegekräftigem Handanlegen an den schweren Krankenbetten zu überwinden waren oder auch durch Tragen des Patienten ein, zwei Treppen hinauf oder hinab. Fahrstühle gab es an den fraglichen Stellen noch nicht. Allerdings konnte Karla Einzweck, geborene Spiegelhalter, nun nicht einmal mehr dieser kräftezehrenden Arbeit als sogenannte Hilfsschwester nachgehen für den Broterwerb für sich und ihr Kind, das noch an ihrer Hand die Welt belauschte, sondern musste erst einmal selbst in die Klinik, eine andere, eine für Nervenkranke. Sie hatte einen Nervenzusammenbruch erlitten. Mir, Klein Hadi, konnte nun viel erzählt werden. Ich hatte ihre Nerven nicht zusammenbrechen hören, es nicht erlebt, nicht begriffen, nicht gefühlt. Einmal die Tränen, als wir vor einer Tür standen in irgendeinem Haus, vor einer schmalen, verschlossenen Tür am Ende einer Treppe, das konnte kein Zusammenbruch sein. Wo brachen denn da die Nerven? Ich hörte sowieso nicht darauf, war ja nicht darauf vorbereitet, sondern auf alles Mögliche andere. Ich war schon ein Mensch von vielfältiger Erfahrung, ein Ausbund an gesammelten Klängen, mit denen ich genug beschäftigt war, abgelenkt von dem, was aktuell auf mich einströmte oder in mich hineingeschüttet oder -trompetet werden sollte, von Mutters Tränen bis zu Vaters Erklärungseifer und beruhigend gemeintem, andauerndem Vorausschauen in die schöne Zukunft. Ich hatte die norddeutsche Tiefebene schon kreuz und quer durchfahren mit dem vielen böigen Wind darüber hin. Zwei Jahre auf Schifffahrt, zwei große Flüsse und ihre dauernd anschlagenden Wellen, die in zwei Meere mündeten mit den Möwen am Saum, dazwischen immer wieder die kurzen oder langen, unzähligen Kanäle mit wechselnden, verbindenden Namen wie beispielsweise Elbe-Seiten-Kanal oder Elbe-Lübeck-Kanal oder Mittellandkanal, wie aus lang hingezogener, flachliegender Stille gemacht mit ihren glatten, den leeren Himmel und die Bäume vom Rand spiegelnden Flächen, gelegentlich unterbrochen von Schleusen und Hebewerken der beeindruckenden Art, doppelt laut, weil es vorher so einlullend war, mit ihrem unerwarteten Rauschen und Dröhnen, Schallen und Zischen, Gluckern und Schurren, mit Holz auf Beton und Eisen auf Gummi, was immer Töne machte und die seltsamsten Gerüche hervorbringen konnte. Das Schiff – ich sagte später immer: unser Schiff, obwohl ich bald wusste, dass es sich nur um eine Schute handelte damals, mit Kajüte zwar und Steuerhaus, aber nicht selbstfahrend, ohne eigene Maschine – hatte in Häfen festgemacht und Städte mehr als einmal, mehr als mehrmals passiert, von denen Menschen meines Alters sonst selten gehört, geschweige etwas gesehen hatten: Ústí nad Labem und Hamburg an der Elbe, Wrocław an der Oder und Szeczin am Stettiner Haff, Köpenick an der Mündung der Dahme in die Spree und Spandau an der Mündung der Spree in die Havel, Havelberg an der Mündung der Havel in die Elbe, nicht zu vergessen die bleibenden Eindrücke deutscher Ingenieurskunst von Oberschöneweide bis Niederfinow.

So kam ich zu meinem Vater. Wir zogen aufs Land. Das bestand aus Hügeln und einer Straße, die wie Wasser Wellen schlug, Wellen, so hoch, dass von der Straße jeweils nur der Abschnitt bis zur nächsten Kuppe zu sehen war. Die fuhren wir mit dem Motorrad, ich und die junge Frau des Vaters im Beiwagen auf und ab von Milchbock zu Milchbock mit den großen Aluminiumkannen darauf, von einer großen, schwarz geteerten Mühle zum nächsten erhabenen Stumpf einer Mühle droben auf der Hügelkuppe. Erst hatte er mich abgeholt aus Birkenwerder. Dann war die Frau zugestiegen. Erst hatte sie hinter ihm gesessen auf dem Sozius, mit einem weißen Helm wie seinem auf dem Kopf, dann doch bei mir. Ihre Beine um mich herum in dem Beiwagen, ging es besser. Es war eine lange Fahrt. Viele vorbeifliegende, rauschende Bäume. Ich schlief gut, an die Frau gelehnt. Paulsdorf hieß das Dorf hinter Neustadt am Neusee, in dem wir ankamen, in dem wir wohnten in einem alten Haus zu ebener Erde, geradewegs neben den weiterführenden Wellen der welligen Straße, die eine Allee war von lauter Linden oder Kastanien. Ich konnte den Klang der Baumarten noch nicht auseinanderhalten. Ganz abgesehen davon, woran die Bäume im Winter zu erkennen wären ohne Blätter, das wusste ich überhaupt noch nicht. Der Vater fuhr jeden Tag zur Arbeit, die Frau später auch. Vor der Schule, in der er Lehrer wurde, standen auf jeden Fall große, ausgewachsene Linden und Kastanien. Tagsüber musste ich in den Kindergarten um die Ecke, gleich bei der Kirche. Wir waren fünf, manchmal sechs Kinder. Größer war das Dorf ja nicht als die fünf Häuser an der welligen Straße und die sieben an dem Buckelpflastersträßchen, das wie jede Straße in der Gegend, die nicht in sanften Wellen und Kurven Orte verband, in einen Feldweg mündete, an dem auch, etwas zurückgesetzt hinter der niedrigen Mauer, das Feldsteinkirchlein sich duckte. Die Sache mit dem Panzer, der Schreck in der Nacht war nicht prägend fürs Gehör, aber so bekam die immer vorhandene Angst Grund und Nahrung. Es hatte grausam gekracht. Ich wurde hoch-

119

gerissen. Dunkle Nacht. Der Vater und die Frau rannten mit mir aus dem Haus. Wenige Meter von der Haustür weg, vor dem Fenster, hinter dem wir friedlich geschlafen hatten, stand etwas Gigantisches, das ein Brüllen, Jaulen und Wummern absonderte und abscheulichen Gestank. Es, diese Maschine, war gebremst worden von dem Findling, der vor der Hausecke lag. Später begriff ich, nach wiederholter Erklärung und vielleicht auch einer Nacherzählung unter Erwachsenen, dass es ein Panzer war. Ein russischer, wie mein Vater sagte, ein Panzer »der Freunde« hatte die Kurve nicht gekriegt beim Abbiegen von der Hauptstraße und war, als er unbeleuchtet wie die ganze Kolonne hier vorbeijagen wollte, zu unserem Glück auf den Findling statt in das Zimmer gerast. Ein Findling, ruhig und grau, solider Granit, was für ein gutes Ding das war, vom Eis der Eiszeit geschliffen, gerundet, ein freundlicher Abkömmling schwedischer Berge, ein unbeweglicher Stein als Beschützer. Das Kanonenrohr hatte bis an das niedrige Hausdach geragt, das hatte ich gesehen. Und die tiefliegende Brust des Panzers, der Stahl zwischen den Ketten hatte auf dem Findling aufgesessen und sich dann, als wir draußen standen, knirschend im Rückwärtsgang wieder von ihm gelöst. Rasselnd, mit quietschenden Tönen sandgefüllter Kettenteile dazwischen, mit Aufheulen und Röhren verschwand das Ding wieder in seine Welt, uns hustend zurücklassend im Staub der nächtlichen, sich langsam wieder beruhigenden, bis auf uns und zwei aufgeschreckte Nachbarn ganz leeren Straße. Hinrich und Freya zogen wenig später mit mir im Gepäck ein Dorf weiter. Neuginster war kaum größer. Wenige Häuser standen an den Wellen und Senken der Durchfahrtsstraße, auf die ich so, so gern, wenn es in die Kreisstadt ging oder bei einem Ausflug sonntags, aus dem Beiwagen ausschaute. Das Dorf zog sich an einem längeren, sandigen Weg entlang, der auf die großen Felder zulief, vorn einige rote Katen mit grün gestrichenen Zäunchen und Bänken davor, eines davon mit Schilfdach. Dass ich Schilf zu dem Reet sagte, lag daran, dass mich noch niemand verbessert hatte. Ich kannte Schilf selbstverständlich von der Schifffahrt her, von den verlandenden Ufern der Havel und ihrer weiten Seen vor allem und von dem Teich hinter dem Dorf. Und so sagte ich es von diesem Dach. Ich mochte es. Es lag weich auf den Kanten des Hausquaders, der Form nach wie Schnee, es schmiegte sich auf das Haus mit seinem überhängenden Rand. Manchmal fiel ein vom Wetter gelöstes Schilfrohr herab oder man zog, kippelnd auf der Tonne an der Ecke oder, mutig, auf die Bank vor dem Haus steigend, ein, zwei Rohre heraus. Sie waren gutes Spielzeug, Blasrohr für noch grüne Holunderbeeren oder ein leichter Stecken, das Pferd anzutreiben, das imaginär mit mir davongaloppierte. Das eine machte leise Flopp, wenn die Geschosse aus dem Rohr flogen, das andere gab lautes Hü und Hott. Überhaupt war das kaum abebbende Geschrei der Kinder hier niemandem ein Ärgernis. Wir wohnten in einem der zwei Neubauten am Ende des Dorfs. Dahinter lag nur der Teich. Solange ich bei meinem Vater und Freya lebte, war immer Sommer. Die Dorfkinder hatten mich aufgenommen. Wir – ich durfte Wir sagen – zogen regelmäßig zum Teich und badeten. In der Entengrütze.

Ins Wasser steigend direkt von der Wiesenkante, gegenüber von Schilf und Birkenwäldchen. Sensationell war,
dass inmitten des Teichs ein Ackerbaugerät festsaß, das
je nach Wasserstand mal mehr, mal weniger herausragte.
Es war ein Heuwender, einer von denen, die von hier an
mein Leben begleiteten, an Feldrainen standen, an Wald-
rändern abgestellt worden waren, verrosteten, verrotte-
ten, stets, schien mir, der Wiederverwendung harrten,
des Pferds, das vorgespannt würde, des Bauern, der sich
einen leeren Sack auf den kleinen Sitz legte oder ein Kissen und nun die Peitsche schwingen würde, hü, und hinaus ginge es auf das weite Feld, das allerdings immer
brach lag, höchstens frisch umgebrochen war, wenn mir
der Heuwender auffiel. Dieser hier stak im Löschteich des
Dorfes fest, für uns. Das war herrlich. Der Größte von
uns, der Mutigste, stand schon auf dem Sitz des Dinges,
kippelte, rief, dass wir auch ja alle hinsahen, ruderte mit
den Armen und sprang mit lautem Krakeel ins dunkle
Wasser. Alle sollten es nachmachen. Ich traute mich
nicht. Aber das machte nichts.

Außerhalb der Ferien musste ich ab und zu in den Kindergarten, den es auch hier gab. Vielleicht passten aber
auch freundliche Nachbarn auf mich auf, die in dem großen Ziegelbau wohnten hinter dem gepflasterten Vor-
platz. Ich hockte da, staunte die Kamille an, die überall
spross, die kleinen Blüten mit ihrem Duft, pflückte sie
und hielt sie mir dicht vors Gesicht, vor die Nase, während die Füße in den kleinen Sandalen quietschend aus-
glitschten im grünlichen Schlick des Gänsedrecks, der
hier alles bedeckte. Das riesige Geflügel watschelte zum

Glück weit genug hinten herum, im Hof, und schaute nur mäßig neugierig zu dem Burschen her. Ich hatte Respekt vor den Vögeln und fand ihren Tonfall abscheulich. Dass sie Verwandte der Zugvögel sein mussten, die mir seit der Schifffahrt, seit ihrem Auftauchen über den weiten Flusslandschaften der Ebene vertraut waren, ihre perfekten Formationen und ihr Geschrei aus der Höhe etwas verhießen, das wusste ich noch nicht. Ich hätte vielleicht anders hingehört. Als ich hier weggebracht wurde, war Freya Einzweck das erste Mal von ihrem Mann schwanger.

15

Das Lager, in dem Hinrich in seiner umständehalber etwas muffigen Seemannskluft aufwachte, in der geliebten »Teerjacke« und all dem Zeug, lag zwar in einem Park, aber sein Pfadpfindersinn, den er beim Jungvolk prächtig hatte brauchen und ausbauen können, meldete ihm die Nähe eines Flusses. Es müsste mit dem Teufel zugehen, wenn das nicht die Elbe wäre. Trotz Erschöpfung und Schlafs auf der wackligen Pritsche des Autos hatte er mitbekommen, dass die Tour zunächst nach Süden ging. Die Fahrzeit ließ den Ort auf der Höhe von Magdeburg oder etwas weiter flussaufwärts vermuten. Er wurde zum Duschen befohlen. Er musste zu einer Desinfektion. Dann gab es Frühstück in einem Raum, den andere schon verlassen hatten, deren Reise offenbar in dieselbe Richtung ging. Er wurde herausgerufen und hinüber in ein großes Gebäude geführt, etwas wie ein pompöses Gutshaus. Gestern hatte sich die Art und Weise, wie sie hier mit ihm umgingen, noch anders angefühlt. In Pertensberg hatte er sich unter dem Schutz des Genossen Weber, der zufällig am Grenzübergang gewesen war, sofort an der richtigen Stelle angekommen gefühlt. Da hatten sie ihn so willkommen geheißen, wie er sich das mit seinen Freunden in Hamburg ausgemalt hatte. Dass Fragen gestellt würden, klar. Die Anti-Hitler-Koalition war Geschichte. Ob von den Amis oder von den Franzosen oder aus Hamburg, er kam vom Feind. Seit fast drei Jahren gab es zwei deutsche Staaten. Die Verschärfung der Klassenauseinandersetzung war unumgänglich, weil gesetzmäßig, sagte er einen der klaren Sätze zu sich. Auch war er selbst ein Abkömmling der bürgerlichen, der kapitalistischen Welt. Sie hatten eine Prozedur dafür, der sie ihn unterziehen mussten wie jeden Übersiedler. Die Kandidaten wurden genau angeschaut. Aber das würde sich in seinem Fall bald aufklären. Dass er inzwischen schon wie einer von hier war, das würde er ihnen zu verstehen geben, beinahe ein Genosse, das hieß für ihn einer, der nicht nur reden, sondern anpacken wollte. Es könnte sich nur um Stunden, vielleicht um ein oder zwei Tage handeln, dachte er, und gab begeistert, bereitwillig Auskunft. Irgendwann nach dem Mittagessen, das er in einem großen Speisesaal in dem schlossartigen Gebäude eingenommen hatte, sollte er in einen Aufenthaltsraum gehen und warten. Währenddessen ging etwas draußen vor, etwas wie ein Windstoß durchs Gelände. Nicht, weil es heftig zu regnen begonnen hatte. Es war eine atmosphärische Änderung zu spüren, die die Gänge erfüllte, bis zu ihm hin. Ein Jeep war angekommen, dahinter ein kleiner Militär-Lkw, ein Pritschenwagen mit Persenning drüber. Russen, ein sowjetischer Offizier in Begleitung. Wenige Minuten später holten sie ihn raus. Nein, seine Tasche sollte er nicht packen, sondern sofort mit zwei weiteren Männern aufsteigen. Die Plane wurde verzurrt, nachdem mit ihnen zwei Soldaten aufsaßen mit anderen Waffen als die, in deren Mündungen er im Frühling 45 gesehen hatte. Es handelte sich um AK-47's, leichte Maschinengewehre mit charakteristisch gebogenem Magazin. In Landau war es unter den Legionären ausgemacht gewesen, dass die Kalaschnikow ein Nachbau des deutschen Sturmgewehrs 44 sei. Er fühlte deutlich Lust, so eine moderne Waffe einmal in der Hand zu wiegen. An dem Apriltag damals hatte er seine Walther 08 kurz vorher weggeworfen mitsamt Holster, Gürtel und Schulterriemen.

Die Fahrt jetzt dauerte dreiundzwanzig Minuten auf regennasser Straße, dann ging es auf holprigen Wegen und durch riesige Pfützen, noch mal so lange weiter. Als sie ausstiegen, sah er die Bescherung im Dauerregen. Sie hatten ihn in die Taiga gebracht. Es ragten zwar deutsche Kasernengebäude auf, so wie er sie kannte, fast unversehrt, aber sie standen verloren inmitten eines riesigen, total zerfahrenen Übungsgeländes. Weit und breit nur Kettenspuren im Sand, matschige Kuhlen, schmutzige Pfützen, das Ganze gesäumt von niedrigen Birken und Kiefern. Absitzen und rein in das, was vermutlich der Stab war. Hinsetzen. Mund halten. Bewachung. Ringsum russische Laute, Hallen von Stiefeln, Befehlston. Einer, der vorbeiging, sagte in Richtung der drei Deutschen mit lächelndem Gesicht etwas, in dem deutlich das Wort »Scheiße« vorkam. Plötzlich sechs Mann vor ihnen, Unteroffiziere mit je einer Wache. Jeder wurde woandershin abgeführt. In einem vollgeräucherten Raum stand Hinrich einem schweren Mann am Schreibtisch gegenüber, den der Übersetzer mit dem Notizblock als Major vorstellte. »Setzen!«, hieß es. Der Major wies den Übersetzer an, ihm eine Zigarette zu geben und forderte ihn nun auf, ausführlich seine Gründe für die Übersiedlung aus Westdeutschland darzulegen. Nach diesen Präliminarien ging es um die Franzosen, darum, wie sie ihn angeworben hätten, ob er in Westberlin Kontakt mit dem SDECE gehabt hätte oder später mit einem der militärischen Abschirmdienste der Westalliierten. Lange und wieder und wieder wurde er das gefragt. Ob in Landau davon die Rede gewesen sei. Es ging um Details der Kaserne dort, er musste sie aufzeichnen. Wie die Ausbildung dort wäre, ob es politische Anleitungen gäbe, wenn ja, welche. Was er von Indochina wüsste. Das Ritual, ihn aus dem Lager abzuholen, hierher zu bringen und zu vernehmen, wiederholte sich eine Woche lang täglich. Mittendrin wussten sie plötzlich, dass er sich bei Kriegsende als Werwolf hatte aufstellen lassen. Bei der Verhaftung durch eine Einheit der Roten Armee, als sie sich zu den Amis hatten absetzen wollen und nicht weit genug gekommen waren, da hatte er irgendwann seinen echten Namen doch herausrücken müssen. Die Jungs damals wollten nur noch den Laufpass nach Hause bekommen, alle von diesem Fähnlein der jugendlichen Vaterlandsverteidiger, von denen er der jüngste gewesen war, zwölf, damals, vor sechs Jahren. Den Major sah er nicht wieder. Vernehmer in Zivil nahmen ihn sich vor. Er schlief manchmal fast ein. Dann boten sie ihm Zigaretten an und starken Tee, in den er sich Zucker löffeln durfte und sogar Marmelade.

Zwei weitere Wochen behielt man ihn noch in dem Aufnahmelager, auf dem Gelände des Schlosses nahe der Elbe. Dann fuhr er mit einer Freifahrkarte in seine Heimatstadt, in den ihm fast fremden Ostteil. Seine erste Anlaufstelle war im Stadtteil Trichterberg, den er nur vom Hörensagen kannte. Hinrich fuhr über Potsdam, Ludwigsfelde und Schöneweide in die Ruinenstadt, wie es ihm gesagt worden war, zur Vermeidung der Westsektoren. Von hier nahm er die Stadtbahn bis zur Station Stalinallee auf dem Ring und ging den knappen restlichen Kilometer zu Fuß. Die Genossen, die unter der Adresse ihre Dienststelle hatten, besprachen mit ihm seine Vorhaben, dass er die Ausbildung machen wollte, dass er einen Antrag auf Aufnahme in die Einheitspartei stellte. Sie hießen das so weit gut und ließen ihn unterschreiben, dass er über diese Gespräche Stillschweigen bewahren würde. Regelmäßig Kontakt zu halten, stand für die Genossen wie für ihn felsenfest. Die Zuweisung des eigenen Zimmers in einem Wohnheim erfolgte am selben Tag. Schon morgen würde er sich in Stralau melden. Er wurde als Ungelernter angestellt und würde zum September die Ausbildung zum Schiffbauer anfangen. Mit dem Schreiben aus Hamburg stellte er sich, wie ihm die Genossen geraten hatten, erst einmal nur dem Einheitsparteisekretär

vor. Sonst ginge das keinen was an. So hielt er es. Nach allem, was er hörte, wie so geredet wurde, war es auch besser. Er hielt sich überhaupt an das, was in der Magdalenenstraße verabredet worden war. Es erfüllte ihn mit Stolz,
mit einem starken, sicheren, männlichen Gefühl.

16

Es kann auf dem Sozius gewesen sein, aber auch wieder im Beiwagen der AWO mit der dunklen Schwinge
auf hellem Grund am Bug, dem Windschutz, durch den
einem die Straße, die Welt unmittelbar entgegenstürzte.
Mein Vater musste mich ja zurückgebracht haben nach
Birkenwerder, nicht wahr? Keine gute Erinnerung. Überhaupt keine, nebenbei bemerkt. Die Kindsübergabe fand
bei den Großeltern statt, in der Straße am Waldrand, an
der verglasten Tür der Wohnung im oberen Geschoss der
Villa. So war es verabredet. Aber mein Vater hatte zweimal
gehupt, und Karla war die Treppe herunter vor das Haus
gestolpert, vor das schmiedeeiserne Tor des Vorgartens.
Sie trat auf den holprigen Bürgersteig heraus, beugte
sich zu mir herunter und drückte mich. Hinrich gab ihr
den ausgeblichenen militärgrünen Rucksack mit meinem
Eigentum, nachdem er mir den Helm abgenommen hatte
vom fast kahl geschorenen Kopf. Ich griff nach meinem
Teddy. Meines Vaters Geruch aus dem Mund beim Ab-
schiedskuss. Karla griff die Hand ihres Sohnes, sie zog
mich Richtung Haus. Hinrich stand noch neben dem Ge-

spann, setzte sich seinen Helm wieder auf, zog den Riemen fest, die Brille vor die Augen und startete die Maschine, wozu der leichte Mann seinen ganzen Körper einsetzen musste. Ich heulte, sie heulte, von ihm war es nicht zu sehen.

Karla löste die Wohnung im Holzhaus auf, ihr Vater half dabei, vor allem durch den Handkarren mit Luftbereifung, den er sich zugelegt und bis jetzt nie benutzt hatte. Sie besaß wenig. Thea kochte für sie vier, es ging so. Die Urlaubstage waren rasch um. Der Ingenieur zog seiner Tochter, die vor einem halben Jahr, nach ihrer Entlassung aus der Nervenheilanstalt und nach einer Kur, eine Anstellung als Hilfsschwester in den Heilstätten Benndorf gefunden hatte, den Koffer nebst Sohn auf seinem Karren zum Bahnhof. Der Enkel hatte seinen großen Rucksack bei sich, aus dem der Teddy schaute. Darin waren allerdings kaum mehr Sachen, die er von seinem Vater mitgebracht hatte. Das war alles schmutziges und kaputtes Zeug gewesen, eine fadenscheinige Hose, ein Pullover und ein kariertes Hemd mit Rotzspuren an beiden Ärmeln. Der Großvater hatte, als er des Rucksacks ansichtig wurde, gleich gesagt: »Mit so einem sind wir doch stoppeln gefahren« damals, wo ist der eigentlich, Thea?« Die hatte in ihrem Sächsisch geknurrt: »Nu, der war so ähnlich.« Als wir in die Stadtbahn einstiegen, roch es unangenehm im Waggon, wie nach faulen Eiern. Ich merkte es das erste Mal und würde es von nun an über zwanzig Jahre lang bei Fahrten, die ich aus wechselnden Gründen auf Teilen dieser Strecke unternahm, immer wiedererkennen. So lange würde das pharmazeutische Tablettenwerk gegenüber den Abstellgleisen vor dem Bahnhof Oranienburg, dessen Schloten der Geruch entstammte, noch Volkseigentum sein. Gegenüber diesem Bahnhof stiegen Mutter und Sohn in einen rundlichen Autobus, zu dem ein ebenso rundlicher Anhänger gehörte. Das Richtungsschild verhieß die Fahrt nach Benndorf. Die Mutter redete unbedingt. Der Kleine war still gespannt die halbe Stunde, die es dauerte. Aus der Stadt hinaus, dann durch Felder führte die Straße, die der Bus nahm, schließlich durch dichten Wald, bis das Dorf auftauchte. Noch einmal eine Stichstraße in den Wald hinein, da stand das Endhaltestellenschild. Der Zugang zu den Heilstätten war ein weiß gestrichenes Holztor unter einem dazu passenden Bogen. Karla schleppte ihren Koffer an einem holzverschalten Gebäude mit einer großen Uhr vorbei. Die Zeiger der Uhr waren auch aus Holz. »Sind wir jetzt in einem anderen Land?«, fragte ich, aber unser Weg führte weiter unter hohen Kiefern hindurch bis zu einem grau verputzten Block. Oben im Schwesternwohnheim lag am Ende eines Ganges das Zimmer, wo wir jetzt wohnen würden. Es war groß und vollgestellt. Ein Bett und eine Liege standen darin und beim Fenster ein Tisch mit zwei Stühlen und ein Sessel daneben in der Ecke und eine Stehlampe aus Holz mit einem Wachstuchschirm. Waschbecken und Kochnische gab es auch. Zur Toilette, das zeigte mir die Mutter noch, mussten wir über den Gang. Nach einem kleinen Abendessen sollte ich mich schlafen legen. Sie musste sofort zur Nachtschicht. Ich durfte statt auf der Liege in ihrem Bett schlafen.

Als ich aufwachte, war es sehr still. Ich öffnete die Tür

zum Gang und ging hinaus, erst einmal auf die Toilette. Als ich genauer erkunden wollte, wo ich war, und an dem dunkelgrünen Ölpaneel des Ganges entlangschlich, kam die Mutter die Treppe hoch mir entgegen. Wir umarmten uns fest. »Möchtest du was Schönes zum Essen? Komm, wir frühstücken miteinander.« Sie holte Schrippen und Teewurst und Schmelzkäse aus der Tragetasche, die sie dabeihatte, geflochten mit zwei Henkeln. Eine Flasche Milch zauberte sie auch hervor. Die war so kalt, dass sich auf dem Deckel aus Aluminiumfolie Tröpfchen niederschlugen. Als wir am gedeckten Tisch saßen, bemerkte ich am Baumstamm vor dem Fenster einen Kleiber. Stolz, dass ich den Vogel kannte, zeigte ich ihn meiner Mutter so aufgeregt, dass er wegflog.

17

Es fing früh an. Ich war dreiundzwanzig Jahre alt. Der erste Auftrag. Die erste Uraufführung im großen Rahmen in Leipzig im Februar, die zweite in Dresden im Juni, dann hier zu Hause das Unerhörte, schon im Oktober, ein Konzert nur mit eigenen Kompositionen. Anerkennung, wie es aussah, ohne Beigeschmack, und so dachte nicht nur ich allein. Großer Bahnhof, sehr früh. Der unermüdliche Sebastian Kreisler, der die Türen öffnete. Ein paarmal fuchtelten welche herum und sprachen von »Kreislers Ziehkind«, doch die meisten hörten genau deshalb zu, weil Kreisler sagte: Das ist was. Man verband meinen Namen von Stund an mit ihm. Es machte mich stolz. Meine eigenen Kanäle, neu gewonnene musikalische Freunde, das war nicht übel, bedeuteten aber öffentlich kaum etwas. Kleine Besetzungen jeweils, immerhin Staatskapelle hier in einem Sonderkonzert »Das junge Werk«, Gewandhausorchester da, eine Auftragsarbeit für die Thomaner in Aussicht gestellt. Das Sinfonieorchester wurde angefragt, der Rundfunk schnitt schließlich mit. Zum Jahresende gab es zwei Ausstrahlungen, die weithin wahrgenommen wurden. Das Stück, das Furore machte, auf das alle Kritiker eingingen, das schon bei der Uraufführung zu Rumoren und Nachfragen geführt hatte, war nur neun Minuten einundzwanzig lang. Es war das Konzert für Straßenbahn und Schienenschleife. Ich hatte es mit siebzehn geschrieben. Kritiken, na, das bedeutete hierzulande nichts. Bevor die Staatsgazette was brachte, herrschte Vorsicht in den Provinzen. Doch dann? Das Interview für die Wöchentliche mit dem Foto, das der Fotograf Huchel auf der Treppe des Clubs Katakombe in Leipzig aufgenommen hatte, der melancholische Bursche mit dem Trotz in den Mundwinkeln, löste eine kleine Lawine aus, die in meinem Briefkasten ankam und bis vor die Tür heraufschwappte. Was ich schon wusste, aber das Gegenteil monatelang genoss: Komponisten gehörten nicht ins Rampenlicht. Sie sollten komponieren, und ihre Musik sollte gute Aufführungen erleben. Aber dafür war es erst einmal zu spät. Weil es so früh war, vielleicht zu früh. Ich beantwortete die Post, so gut ich konnte und etwas zu schreiben wusste auf all die Fragen. Ich berichtete, erzählte, plauderte, betete darin alles her, was mich ausmachte, alles, was dem Ernst der

Briefschreiberinnen und -schreiber entsprach, wie ich meinte, ihren ernsthaften Fragen, wie ich dachte, mit denen ich ernst genommen wurde, was sicher der Fall war und was ich vermisst hatte als Heranwachsender, diese sieben Jahre meines Lebens vom siebten bis zum vierzehnten Lebensjahr jedenfalls, lange vermisst in der Einsamkeit des Halblichts und der manchmal wie absoluten Stille meines Berliner Zimmers. Ich tat oft tagelang nichts anderes, als Briefe zu beantworten. Und ich bekam Besuch, der sich mangels Telefon nicht ankündigen konnte oder es per Karte und Brief nicht wollte. Besuch von mancher Art. Selten ging es um berufliche Angebote. Einmal allerdings stand ein Filmmensch aus Babelsberg vor der Tür, den ich flüchtig kannte. Er richtete mir in seiner bedeutungsheischenden Art aus, Heiner Laube, ja, der, er wäre sein Assistent, wünsche sich etwas Spezielles für eine Produktion, er bekäme alles durch, es könne ruhig extravagant sein. Ich fühlte mich wie im Durchlauferhitzer. So viel konnte ich nicht schreiben, wie Abnehmer da waren. Ich konnte es wirklich nicht und bekam bald Schwierigkeiten mit Terminen.

Leon war eifersüchtig, das roch ich förmlich, und sein Schweigen klang danach. Jetzt war ich so alt wie er damals, als wir uns im Zentralhaus das erste Mal begegnet waren und er mir den Adelsschlag erteilt hatte. Wir schwiegen, wenn ich bei ihm saß, sowieso viel, aber nun, wenn wir uns umständlich verabredet hatten, noch ausdauernder. Er war umgezogen in eine große, helle Wohnung im Hochparterre, unweit von meinem Helmholtzstraßenhinterhaus, und hatte eine Familie gegründet. Das

133

zweite Kind war unterwegs. Er widmete Stück um Stück seiner Frau, die mir von einer Begegnung zur nächsten ihm immer ähnlicher zu werden schien. Zwei hochgewachsene, asketische Menschen im Widerstand, das sowieso, wenn sie auch als Fachangestellte in einer Musikalienhandlung arbeitete. Vielleicht lebten sie im Widerstand gegen viel mehr, das sogar mich umfasste oder meinen sichtbaren Erfolg oder meine Art, dem Klang der Welt mit meinem Sound zu antworten. Nach meiner Armeezeit hatte es eine kurze Phase der Annäherung gegeben, ein Konzert übrigens auch, verbunden mit einem Auftrag für beide, organisiert vom evangelischen Kunstdienst. Wir hatten beide B-A-C-H angefasst, auf entgegengesetzte Weise. Er hatte wieder eine Gesangsstimme geschrieben und war dabei bis in die Gefilde der Liedermacherei vorgedrungen. Es musste etwas Politisches sein bei ihm, im Gewand der Avantgarde, vielleicht einen Tick zu angestrengt, wenn auch komisch. Bei mir schwebte, was schweben konnte, hier anlassgemäß tonal, vorwiegend in h-Moll, ernstes Fach. Ich hatte wieder Stimmung produziert. Schön war das Konzert dennoch. Gut war's. Auf jeden Fall. Wir betranken uns hinterher mit ein paar Freunden. Das heißt, Leon betrank sich nicht. Er schaute und hörte zu, wie die anderen unter Alkohol anders wurden. Damit war er eine fremde Erscheinung in der Welt, dort unter uns, dort in dem Wir, hielt sich außerhalb des Wir. Sein Dasitzen, sein Schauen und Stillsein wirkte gegenüber den Bier um Bier und, nach einem Wort des Wirts, »den sauren Wein, den ich extra für meine Chaoten bestelle«, Trinkenden und miteinander in dauerndem

134

Austausch Stehenden arrogant. Ob es das war, habe ich nie herausgefunden. War, nicht zu saufen, in diesem Land vielleicht sogar eine Geste des Widerstands, anders als die verbreitete, die übliche, die, gleich welcher Art sie war, der Alkohol beflügelte und zugleich begrenzte, vielleicht sogar dumpf machte? War, sich dem Alkoholismus zu verweigern, dem Wir der Saufkumpanei, auch und erst recht, wo es sich als ein widerständiges, ewig besoffenes Wir des Widerstands begriff, nicht eine Verteidigung des Begriffs von Widerstand? Zu solchen Gedanken führte Leons Geste mich beinahe. Aber ich folgte dem Gedankengang nicht. Ich trank ihn weg, trank mit denen, die mir darin und auch dadurch näherstanden als Leon.

18

Einmal holte der Vater seinen einzigen Sohn für einen Tag heraus aus dem Milieu, in dem er, aus seiner Perspektive, unglücklicherweise aufwuchs. Wir hatten uns zwei oder drei Jahre nicht gesehen. Er setzte mir den weißen Helm auf und zurrte ihn fest, was mir wegen seines Zigarettenatems unangenehm war, wie auch der Begrüßungskuss zuvor. Er setzte sich vorn, ich mich wie geheißen hinten auf die schmale, weiße Polsterbank des tschechischen Motorrollers, den er neuerdings fuhr. Und hinaus ging es aus der Stadt, hinaus auf die Fernstraße und immer so weiter, einen halben Tag lang, bis an die Ostsee. Dort marschierten wir am Leuchtturm vorbei auf die

Mole. Wir schlenderten auch um den sogenannten Tee-
pott herum, ein nigelnagelneues, interessantes Gebäude.
Die Möwen schrien über dem Strand. Wir sammelten
Muschelscherben und schauten gelbe Steinchen aufmerksam an, als wären sie Bernstein und enthielten Einschlüsse
von Insekten. Es gab gebratene Scholle in einem Lokal,
von dem aus man die Fischkutter sehen konnte. Wir
mussten bald wieder fahren. Abends lag ich zu Hause im
Bett, mir schwirrte der Kopf, mir war auch etwas schlecht,
aber ich war beeindruckt.

Ein Jahr später lud er mich nach Neustadt am See ein,
wo seine Frau, die vier Töchter und er in einem Neubau-
block wohnten. Freya hatte sich gar nicht verändert. Ihre
hohen Wangenknochen waren noch immer interessant.
Meine Halbschwestern und ich kicherten viel. Ich blieb
fünf Tage. Wir unternahmen eine Dampferfahrt auf dem
See. Wir gingen Pilze sammeln. Meine Halbschwestern
lernten alle ein Instrument, sie waren an dem Nachmittag
in der Musikschule. Mein Vater zeigte mir Fotos. Darunter waren auch solche vom »Pilze schießen« mit Freddy
Lowman. Den Namen kannte ich aus dem Radio, und er
fing an, von ihm zu erzählen. Was für ein guter Freund
das sei, was für ein Künstler, was für ein Musiker, was für
ein herzensguter Mensch, und mit seiner Freundin wäre
es auch so gut, sie würden sich oft sehen, auch auf einer
Tournee hätte er die beiden einmal begleitet. Die Freundin von Freddy Lowman stand auf einem Foto abseits
hinter dem Volkswagen Käfer, der Lowman gehörte, und
griente. »Hast du schon mal vom Wingding gehört? Das
bedeutet so eine Art Session«, sagte er und erklärte mir,

was eine Session sei, obwohl ich das schon wusste. »Da bringen alle ihre Instrumente mit oder lassen sich begleiten, wenn sie singen, oder sie tragen a capella etwas vor. Oft singen alle gemeinsam. Das ist wirklich ein ganz tolles Ding, Wingding eben. Kommt aus Amerika. Weißt du, Freddy kommt aus Alaska, da her, wo es die großen Bären und den Lachs gibt und ewiges Eis wie in Sibirien. Das gehörte übrigens sowieso bis 1867 zu Russland. Das würde heute gut zur Sowjetunion passen. Wenn Amerika sozialistisch wird, dann gehört es uns wieder.« Er lachte, ich lachte mit ihm. Das war eine gute Idee. Als wir die Fotos von Lowman und seiner Freundin angeschaut hatten, war Freya mittendrin aufgestanden und mit ihrer Kaffeetasse verschwunden. Mein Vater redete auf mich ein, zeigte das Schallplattencover vor, auf dem er mit schlechten Zähnen und singenden Berufsschülern zu sehen war, spielte mir einen Song von der Platte vor. Die Mädchen kamen wieder, wie die Orgelpfeifen. Die zwei großen lernten Klavier, die Zwillinge hatten gerade mit dem Geigenunterricht begonnen. Freya tauchte kurz auf und trug das Essen herein, Makkaroni mit selbstgemachter Tomatensauce auf ausdrücklichen Wunsch von uns Kindern. Sie habe zu tun, keinen Appetit. Wir plauderten. Der Vater fragte uns, ob wir noch ein Kartenspiel spielen wollten. Es wurde natürlich Mau-Mau daraus, die jüngsten Halbschwestern kiebitzten und machten doofe Bemerkungen. Der Vater murmelte etwas wie, er müsste mal nach seiner Frau schauen. Die Älteste, Gudrun, und ich, wir schauten uns an, als es ein Geräusch gab nebenan, das klang wie das Knarren eines Betts. Später sagten wir uns, zwölfjähriger Halbbruder und zehnjährige Halbschwester, was es unserer Meinung nach bedeutete: Versöhnung im Bett.

Zu Hause erwartete mich der schweigende Stiefvater. Ich dachte eilfertig: So ein Mist, dass ich bei meinem Vater und seiner Familie gewesen war, ohne dass es groß etwas brachte. Die Mutter wisperte aber, ich sollte bloß alles zugeben. Es ging um anderes, ein Schreiben von der Schule. Ich hätte ein Mikroskop gestohlen. »Wo ist es?«, fragte der Stiefvater. Ich brachte es mit roten Wangen: »Ich habe es ausgeborgt.« Ich holte auch die Objektträger aus der Schublade mit Abdeckgläschen dabei in einer kleinen Kiste, die ich ebenso hatte mitgehen lassen. Nur geborgt, nur auf Zeit mitgenommen, wegen akuten Bedarfs. Mein Heuaufguss. Der war weg. »Das ganze Zimmer hat gestunken«, klagte die Mutter. »Aber die Pantoffeltierchen, Trompetentierchen, Rädertierchen!«, plädierte ich für das Leben. An den Heufasern festsitzend, rädernd und fächelnd, sich amöbenhaft dazwischen bewegend, gaben sie ein unirdisch wirkendes Auf und Ab, einen phantastischen Kosmos, zum Greifen nahe vor dem Objektiv des Mikroskops, unerreichbar für die grobe Hand, die zwischen Makrokosmos und Mikrokosmos dafür nicht taugte. Urformen des Lebens, durchsichtige Schönheiten, wie schwingende Äolsharfen mit hauchzarten Rändern im grünlichen Schleim. Ich brachte das geborgte Gerät zurück. Erstens gab es dabei ein Schulterklopfen vom Biologielehrer, der daran, dass ich es hatte mitgehen lassen, vor allem das naturwissenschaftliche Interesse schätzte. Und zweitens gab es im Herbst darauf, zum

Schuljahresanfang, vorfristig als Geburtstagsgeschenk das gleiche Gerät in seiner hellen Holzkiste. Ich kannte seinen Preis, es war nicht billig. Nun hatte ich ein eigenes! Ich löste es aus seiner Halterung. Es war schön. Ich wog es in der Hand und strahlte meinen Stiefvater an. Zwei kurze Jahre würde ich es noch benutzen.

19

Der Laut der sich von der Wange lösenden Lippen der Mutter. Klimpern, Klicken, Zischen vom Herd. Brodeln und Schäumen einer volllaufenden Schleusenkammer. Fieseln des Winds über dem Fluss. Metallisches auf Holzgrund. Gummi, Sisal an der Spundwand. Knarren des Taus am Poller. Rieseln, Schurren, Ächzen, Prasseln, Quietschen, Knallen. Männerrufe beim Beladen und Entladen. Poltern der Ankerkette, selten. Plätschern der kleinen Wellen an der Bordwand. So hatte die Sammlung begonnen, als ich noch nicht wusste, dass ich sammelte. Als ich zu Beginn des dritten Lebens das erste Mal versuchte, den Klang der Welt als Sound zu notieren im Dämmerlicht meines Zimmers, in einem Schulheft mit rotem Beschnitt, auf kleinkarierten, gelblichen Seiten, da schrieb ich erst einmal Wörter. Ich gebrauchte, was ich brauchte, neben Noten und unterschiedlich starken Linien, Wellen, Stricheleien insbesondere das Wort »wie«: »Soll klingen wie böiges Wehen von Wind«, fand ich Jahre später in meinen ersten Notizen, gemeint für Posaune, von deren

Möglichkeiten ich kaum eine Vorstellung hatte, oder: »wie einsame Schritte im Dunkel der Nacht« für das unkonventionelle Benutzen eines Streichinstruments, ich meinte damals, des Cellos, wovon ich noch weniger Ahnung hatte, oder: »wie das Geräusch der Straßenbahn in der Schienenschleife« für den Pianisten, der mit Gerätschaften in den offenen Flügel eingreift, wovon ich immerhin gelesen hatte. Das dritte Leben begann, als ich Nora fragte, ob ich ihr einmal etwas vorspielen dürfte im Musikzimmer der Schule. Schon, als ich sie nur fragte, an dem Tag, als ich es wagte, an einem Tag vor den Winterferien, lag das vorherige Leben hinter mir. Wir waren Schüler der achten Klasse, vor einem halben Jahr hatte uns die Lehrerin nebeneinandergesetzt, weil sie sich etwas für Nora erhoffte. Ich sollte ihr helfen, ihre Leistungen zu verbessern. In den Augen von Klassenkameraden galt ich als Streber. Für mich selbst war ich einer, der in die Welt hineinhorchte, Platten und Bücher assimilierte, aufsaugte, nicht unbedingt geistig durchdringend, kaum aktive Erinnerungen davontragend, doch von Erkenntnissen berauscht, von denen der Mitwelt wenig mitzuteilen war außer dem Rausch selbst, jener andauernd schäumenden Euphorie. Zugleich und im selben Atemzug hätte ich mich einen genannt, der allein war. Was ich tat oder bis dahin getan hatte, in dem Leben davor? Vom Balkon der Wohnung aus durch Feldstecher und Höhensonnenbrille Sonnenflecken zu erkennen geglaubt. Im Waschbecken in der Küche basische Reaktionen mit Rotkohl überprüft. Ich fand das Verhalten von Kampfer auf der Wasseroberfläche, die explosionsartige Ausdehnung, aufregend und war mit zwölf Jahren verliebt in das Mädchen Aëlita, das von der Venus stammte. Wenig später erst in die zarte Madonna im Ährenkleid eines deutschen Meisters, gleich darauf schon in Bathseba, genauer in ihre Geste, die Art, wie sie sich umwendet, und damit in ihre Schenkel und Brüste, in ihre apfelroten Wangen und diesen Blick, in das, was Rubens gemalt hatte, also in die Reproduktion eines Gemäldes, das auf mich gekommen war in einer Sammlung von Zigarettenbildchen im Postkartenformat aus den Händen meines Stiefvaters. Nora gab mir einen Korb. Sie fahre mit ihrem Freund und dessen Eltern aufs Land. »Nach den Ferien gern. Ich bin gespannt.« Das dritte Leben begann mit einem Korb.

20

Ich lebte in Dreistadt, so sagte ich damals, hatte mir ein Wort zurechtgelegt, das Nichtsesshafte, das Unstete, das zusammengenommen Unverbindliche auf den Punkt zu bringen. Dreistadt bestand aus zwei sächsischen Metropolen und meiner Geburtsstadt. Der Dreistadt südlichstes Quartier bildete Dresden. Man versteht, dass ich hier scheute. Altbekannter Ort, Jahrhunderte fixiert in Raum und Zeit, in Schrift und Bild. Und nun ich, der ich sowieso nur Horlewitz kennenlernte, sonst wenig sah vom Glanz der Residenz, deren Sandstein schwarz war vom Krieg und deren Ansicht vom Hauptbahnhof aus verdorben vom Aufbau. Ich fand die Stadt dennoch von Anfang

an schön und staunte sie an mit einer gewissen Beflissen-
heit von der Canaletto-Ansicht bis hin zum berühmten
Blauen Wunder, über die bürgerlichen Elbschlösser weg
bis nach Pillnitz und weiter zu dem Salamander Lind-
horst, zu Wagners Fluchtweg hinaus und weiter, weiter
elbaufwärts bis zum Amselgrund, der mir auf einer Wanderung als Vorbild der Wolfsschlucht vorgestellt wurde.
Das eingemeindete Dorf Horlewitz lag, wie das meiste
»da unten«, wie die norddeutschen Tieflandbewohner es
auf den Atlas bezogen sagten, an der Elbe, zum Glück etwas außerhalb. Mietskasernen kannte ich zur Genüge, die
sogenannte Neustadt hätte mich damals nicht gereizt.
Die erste Anreise hierher, nachdem, mit dem schmalen
Bahnhof Weintraube beginnend, Hügel den Zug begleitet, geleitet hatten, sie glich einer Verzauberung. Eupho-
risch stieg ich um in die Straßenbahn, deren Schild der
Einfachheit halber mein Ziel anzeigte. Leider führte die
Strecke nicht am Fluss entlang. Ich wollte den Fluss, sonst
nichts. Ich wusste und fühlte, dass die Linie dem Fluss
aufwärts folgte. Wo ich auch war, wo ein Gewässer nah
war, sollte der Weg nah an ihm entlangführen, am besten
ein Pfad, wenigstens ein Blick hie und da vergönnt sein.
Hier gab es nichts außer dem Weichbild, das ich neugierig
aufnahm, Industriebaracken, Schrebergärten, Gewächs-
häuser von Gärtnereien. Schließlich verengte sich die
Straße wieder zu kleinstädtischem Gründerzeitgepräge
mit entsprechendem Zierrat, mit Treppchen zu Lädchen an Eckchen mit Blechhäubchen auf Türmchen oben
darauf. Folgten, wo ich zu Fuß ging, schmiedeeiserne
Zäune beidseitig unter kräftig ausgewachsenen Linden

142

und Eichen. Hörte der Asphalt ganz auf, wurde sogar der gepflasterte Streifen Straße schmal, ließ Sand frei, ich dachte beim Knirschen unter dem Schritt: Schwemmsand der Elbe. Darauf huschten die Tiere am Fluss dahin. Vorgärten stießen vor mit Rhododendronbüschen. Verlassenes Spielzeug wisperte im dünnen Gras vor den Loggien der Hochparterres. Wäscheleinen, Apfelbäume, Nutzgärten zu ahnen hinter den Häusern. Genauso war es, ich hätte es vorher geschworen, wo ich schließlich ankam. Herrschaftliches Treppenhaus, eine stolzere Variante der Villa, in der meine Großeltern ihre letzten Lebensjahre verbracht hatten. Wir stiegen bis zum Eingang der Dachgeschosswohnung empor, die sich als reichlich verbaut, aber geräumig erwies. Wir. Ich war nicht allein. Merian war mit mir, der den gleich auftretenden Hausherrn einen engen Freund nannte. Merian war geboren am anderen Ende von Elbflorenz und hatte mich, selbst eine Weile auf Besuch bei seinen Eltern, zu dieser Partie nach Sachsen eingeladen. Er wurde hilfreich wie obligatorisch. Er stieg mit mir zu den Türen seiner Freunde hinauf, hier wie andernorts, inzwischen das dritte Mal in Folge. Einführung inklusive. Die lange und breite Erklärung, wer ich war, wer wiederum mir gegenübersaß und Kinder und Kindeskinder dazu. Hier handelte es sich um eine Familie mit zwei Kindern. Der Mann mit einem zottigen Bart zugewachsen, seine zwei Jungen würden es vermutlich auch einmal werden. Die Frau schmal. Alle musizierten mehr oder weniger, darauf kamen wir alsbald. Das war auch Merians Hintersinn, der selbst den sanft, doch beflissen steuernden Beobachter der Szene

143

gab. Barockmusik, sah ich, dominierte die Schallplatten-
sammlung. Die Wohnung fand ich lustig, ließ sie mir
von den Kindern zeigen. Vom großzügigen Wohnzim-
mer führte ein Treppchen auf die höhere Ebene, dann
weiter von Zimmerchen zu Zimmerchen je ein paar Stufen, so dass der frühere Wäscheboden, der hier ausgebaut
worden war, deutlich zu erkennen blieb trotz der einge-
zogenen, geweißten Mäuerchen, trotz der Kämmerchen
für die Jungen, trotz des Zimmerchens, das das Schlafzimmer des Paares war. Schneeweißchen und Rosenrot
in einer Person, gab ich im Stillen der Gastgeberin Namen,
ihr zur Seite der Bär, der sich nicht in einen Menschen
verwandelt hatte, dafür Lieder dichtete, und zwar schöne,
und zwar heitere, dass ich zwar seiner Frau wieder und
wieder bereitwillig Handreichungen in der Küche bei-
steuerte, ihm aber ungeteilt mein Ohr widmete. Abends
gab man Gesellschaft, so war es vorgesehen und mir zuvor per Brief von Merian angezeigt worden. Ich durfte mit
dem Hausherrn in die Katakomben der Villa hinabstei-
gen, um hinter und unter Briketts nach den Weinflaschen
zu fahnden, die gut genug gekühlt hier versteckt lagen.
Wir hatten Erfolg und stapften wieder hoch, unverse-
hens und ununterbrochen in ein Gespräch über die Gegend verwickelt, die sich ein Land wähnte, über die Verhältnisse von Grau, über den Quintenzirkel des Grau, der
auch hier, schien es, herrschte, in dem schönen Horlewitz
ebenso wie in der Neustadt oder bei mir in dem billigen
Viertel meiner Heimatstadt namens Nordost, einer Gegend, die, wie ich hier zu hören bekam, bereits eine eigene
Mythologie abstrahlte. Nun wurde aufgespielt. Ein Per-

kussionist, groß angekündigt, groß aufbauend, im langen, mäandernden Spiel erfreulich zart. Ich schmolz. In der Art, wie sich hier alle dem Hören hingaben, die altmodisch langhaarigen Männer und auffällig schmuckbehangenen Frauen, wurde eine gewisse Vornehmheit inszeniert, die ich aus meiner Heimat nicht kannte. So auch im Beifall, im folgenden Austausch. Ich hörte auch etwas in Ecken, wo man beieinanderstand, das war eher missgünstig oder betonte, was von wem schon wo vorgetragen worden sei und dass es doch immer dasselbe wäre. Es hatten sich, wie ich beim Herumgehen und Anstoßen mit immer vollem Glase mit Staunen registrierte, Musiker, Maler und Dichterinnen eingefunden, die einander lange kannten, die untereinander verschwistert, verschwägert, verheiratet waren. Die Kinder dabei oder Enkel, nicht ganz zu ersehen. Tanz in dem Garten unter Lämpchen. Ich weinte zweimal auf dem Klo, das dritte Mal, als ich es nicht mehr schaffte, beim Pinkeln durch den Nachbarzaun. Weil es mir hier gefiel! Selbstverständlich versuchte ich, der Frau des Hauses so nahe wie möglich zu kommen. Sie wich lachend aus. Nach Mitternacht geriet ich an eine bärtige Dame. Wir gingen, wenn ich mich nicht täuschte, bei den Johannisbeerbüschen verloren. Sie war von einem künstlerisch-schöpferischen sowie von einem kunstverwaltenden Fach. Wir verabredeten uns für den nächsten Tag in ihrem Atelier, aber ich fuhr vorher ab.

21

Beate Brinkmann stellte die Pötte mit schwarzem Kaffee für sich und ihn auf das Tischchen aus Kiefernholz neben dem Bett, streifte den Morgenmantel von ihrer energischen Figur, setzte die Brille ab und schlüpfte wieder zu Hinrich unter die Decke. »Das hast du sehr gut gemacht gestern!«, sagte sie zu ihm mit dem Stolz einer Person, die einen Anteil daran zu haben schien. Er hatte die Reisegruppe des Moskauer Verbands zur Buchmesse und bei den offiziellen Anlässen begleitet, sie war auch in dem Tross gewesen. Abends waren sie in sein Auto gestiegen, er hatte sie nach Hause gebracht, aufs nördliche Land zurück. Dort blieb er über Nacht. Seiner Ehefrau Renate hatte er angekündigt, dass er erst am Tag darauf aus der Messestadt zurück nach Seeburg käme, noch ins Büro müsste, Bericht schreiben, abends in die Neubauwohnung auf den Flegel käme, nach einer anstrengenden Woche endlich wieder zu Frau und Kindern. Beate Brinkmann und er kannten sich, seit er im zweiten Gang, unterstützt von seiner im Hintergrund wirkenden Dienststelle, Journalistik und Kulturwissenschaften als Fernstudium begonnen hatte. Sie hatte zu der Zeit als Dozentin im Bereich Kleinkunst und Kabarett gewirkt. Das waren seine Lieblingsthemen gewesen und dort durch sie erst recht geworden. Die eine Woche in der Weiterbildungseinrichtung hatte gereicht, dass sie einander »am Geruch« erkannt hatten, daran, wofür sie einstanden, nämlich als durchaus kritische Genossen mit Begeisterung und Strenge, ohne Wenn und Aber für das Projekt Sozialismus. Sie wussten nach wenigen Präliminarien, dass sie unkonventionell, aber prinzipientreu waren. Schon, dass er im Unterschied zu den meisten anderen ohne Schlips und Sakko dort saß, hatte gleich ihr Wohlwollen gefunden, und dass sie zu den kurzen Haaren Jeans trug, seine Aufmerksamkeit von Anfang an geweckt. Es war eine Wachheit auf beiden Seiten entstanden, die an Nervosität grenzte. Bei beiden lag es sicher auch in ihrem Naturell, aber das Prickeln war einmal da, und dem forschten sie nach. Sie nannten das zusammen später beide gern den »Stallgeruch«, was sie ins Gespräch miteinander gebracht und zueinander gezogen hätte, Geist und, mussten sie sich eingestehen, Körper gleichermaßen. Dieses Gespräch im weiteren und engeren Sinne war seit damals nie mehr abgerissen. Sie trug den Stallgeruch an sich seit ihrem Leipziger, er seit seinem Potsdamer Studium mit starker Vertiefung in die weltanschaulichen Nebenfächer, die sie jeweils auf Anraten und mit Unterstützung von guten Genossen zur Hauptsache gemacht hatten. Hier, wo sie bei mancher Gelegenheit und auch heute gemütlich im großen Bett in dem niedrigen Schlafzimmer des von ihr eigenhändig ausgebauten Bauernhauses lagen, erforschten ihrer beider Nasen immer wieder gern des jeweils anderen geruchsintensive Stellen. Sie suchte das Stallhafte in seinen Achselhöhlen, an seinem Schnauzbart, in dem Zigarettenrauch, den er in die Luft über dem Bett steigen ließ. Er suchte es in ihrem filigranen ausrasierten Nacken und sehr gern unter dem flachen Bauch in ihrem kräftig behaarten Schoß. Sie waren sich einig. Und sie sprachen auch im Bett gern und ausführlich über die anstehenden

Belange. Vor allem er konnte sich hier bei ihr alles von der Seele reden. Beate Brinkmann war seine Beraterin in fast allen, nein, er musste es sich eingestehen, in allen Lebenslagen. Spätestens, wenn ihr schmales Becken, der Zugriff ihrer fühlbaren Muskelfasern an den Schenkeln und im Schoß ihn wie üblich schnell kommen ließen, spätestens danach, beide die Zigarette im Mund, ganz bei sich, da kam es alles heraus. Sie führten den partnerschaftlichen Austausch wie gesagt seit seinem Fernstudium, das er während seiner Zeit mit Freya absolviert hatte. Beate half ihm später über die Trennung von der Familie weg. Sie hatte den Kampf um die neue Liebe miterlebt und mit ihm durchgehalten. Sie begeisterte sich auch für Renates Töchter mit ihm und freute sich, wenn er von »seinem Großen« sprach, womit er stets Harry, den Erstgeborenen meinte, den Beate Brinkmann nicht persönlich kannte, den sie aber in ihr Herz geschlossen hatte wie einen leiblichen Sohn. Er war nicht jedes Mal über Nacht geblieben. Sie handhabten den Austausch flexibel. Oft verbanden sich ihre dienstlichen Belange gut miteinander, gelegentlich auch, wenn es um Reisen in die südlichen, wegen der Entfernung zur Übernachtung einladenden Gebiete ging. Früher einmal jährlich, inzwischen leider nur noch im Zweijahresabstand, gab es den großen Anlass der Allgemeinen Festspiele der Arbeiter und Bauern. Die wurden von den Bezirken ausgerichtet nach Ratschluss der Gewerkschaft und nach einem bestimmten Schlüssel in verschiedenen Städten. Sie bedeuteten für Organisatoren wie Beate Brinkmann und Hinrich Einzweck meistens sichere zehn Tage vor Ort. Da sie beide auch in Beratergruppen des Jugendrates, des zentralen Kulturrates und in ähnlichen Gremien saßen, fanden sie zusätzlich die eine und die andere Gelegenheit, sich in der Hauptstadt zu treffen. Meistens übernachteten sie dann in dem Objekt, das ihm seit geraumer Zeit zur Verfügung stand, an der Fischerwiese.

22

In der Zeit des Auftrags für die Thomaner wollte ich nahe der Thomaskirche wohnen. Durch Merian, der wie gesagt aus Dresden stammte und hier in Leipzig seinem zweiten Studium in aller Ausführlichkeit nachging, hatte ich einen Mann kennengelernt, bei dem ein Zimmer frei war. Selbstverständlich nannte ich ihn weder bei mir noch anderen gegenüber einen Mann, sondern einen Freund. Mit dem Alter der Person hatte das nie etwas zu tun. Eberhard war fünf Jahre älter als ich, 29. Es ging schnell mit diesem Wort, Titel oder Namen: Freund. Kein Gedanke verschwendet, mir fiel nichts Neutrales ein, sofort wurde aus jeder Begegnung Freundschaft. Man sah sich, wurde miteinander bekannt gemacht durch einen, der ein Freund war, und schon sagte der eine zum anderen und über den anderen: mein Freund. So war es ja auch vorher mit dem Freund gegangen, der einen nun mit diesem bekannt gemacht hatte. Selbstverständlich gab es nähere und fernere Freunde, aber neben dieser Spezies nicht viel. Jenseits davon siedelte der andere nicht neutrale

Bereich, der mit dem Gegenwort durchaus eingegrenzt werden konnte, wenn auch grob, wenn man seine Größe bedachte: der Feind und die Feinde. Nur, dass ich es so niemals sagte, nicht einmal dachte. Jenseits des Reichs der Freunde, das größer und größer wurde, hätte es die Feinde durchaus gegeben, gab es sie, insbesondere die da oben, das waren die größten Feinde. Aber wir sagten es nicht. Wir sagten: die! Meist vermieden wir jedoch, die wir von uns selbst als von einem Wir ausgingen, uns genaugenommen immer wieder unserer Lage versichernd, als wäre sie nicht felsenfest vermauert, bombensicher betoniert, die anderen überhaupt zu benennen. Namen wussten wir, und die sagten wir auch, das war üblich, je nachdem, welche Riege von Herren wie Blindermann oder Haumann uns in den Fokus geriet zu der üblichen herablassenden Geste, als hätten nicht sie die Macht, sondern wir, die Trinkeropposition. Wie wir diesseits auch Namen sagten, etwa den von Havemann und von Riebmann. Wie mein Vater auch Namen sagte: Lowman oder Gundermann. Mit den Leuten, die Musik druckten, vertrieben, verwalteten, Bühnen zur Verfügung stellten und leiteten, mit denen ging ich um, als säßen wir in einem Boot. Ich tat es nach dem Vorbild derjenigen, die mich da hineingebracht hatten. Es hatte nicht wirklich etwas mit Berufsausübung zu tun. Ich folgte der gängigen Art und Weise, sich miteinander durchzuwursteln. Derjenige, an dem ich mich als junger Dachs orientierte, weil ich es nicht besser wusste und weil es kaum einen neben ihm gab, hieß Sebastian Kreisler. Für mich war er der Meister. Er stülpte ja keinem etwas über. Immer wieder riet er von seinem eigenen Modell ab, betonte, wie wenig sein eigener Werdegang zum Vorbild taugte, um wie viel radikaler die Jüngeren sein müssten, die er mit mir und neben mir ansprach. Zugleich wuchs die Zahl der hilfreichen Geister, der ausübenden Musiker, mit denen ich zu tun bekam. Bei den Thomanern wurde der amtierende Kantor, Hermann Gentzsch, etwa im Alter meines Vaters und zunächst einmal alles andere als »mein Typ«, ein äußerlich sehr angepasster Mann, doch Feuer und Flamme für die Musik, guter Tenor, zehn Jahre im Amt, bei den Sängern beliebt, und zwei zu Repetitoren bestellte Musikstudenten sofort meine Freunde. Auf unterschiedliche Art, versteht sich, aber es kam schon nach den ersten Vorgesprächen dazu, erst recht nach der ersten Probe. »Mein Gott, was für phantastische Leute«, posaunte ich es Eberhard gegenüber heraus. Ich hatte mir auch diese Sprache angewöhnt, in der kurzen Phase meines Lebens, die ich in der Gegend Erfolg hatte nach den Maßstäben derselben, genau jetzt, genau hier im Schatten der Thomaskirche, im Schatten Bachs. Ich begann mein Vokabular aufzublasen. Ich redete überschwänglich drauflos wie die meisten in der Szene. Eberhard schaute spöttisch drein und wechselte locker das Thema. Das tat er oft, und damit half er mir. Um den neuen Film von Tarkowski ging es in diesem Fall. Ob ich den Regisseur kannte. Ich bejahte begeistert, fing zu schwärmen an von »Andrej Rubljow« und von »Solaris«, meditierte über psychologische und philosophische Untiefen. Diese Woche, hatte Eberhard gehört, sollte der neue Film anlaufen. Er heiße »Stalker«. Ob ich mit ihm, Merian, dessen Freundin und ein paar anderen

151

Leuten ins Kino Casino mitginge. Das war etwas. Ich war gespannt. Aber auch um den Wein in der Kiste in Eberhards kleiner Küche ging es von Anfang an. Er hieß mich aufstehen, öffnete die Truhe unter dem Fenster, auf der ich ahnungslos meinen Hintern platziert hatte, und zog aus den Lagen von Flaschen eine hervor. Es war Meißener Müller-Thurgau. Ich kannte den nur vom Hörensagen. Teuer war dieser Wein nicht. Aber er war der beste Weißwein, der in der Gegend, im ganzen Land, vielleicht im ganzen Ostblock zu kaufen war. Zu kaufen hieß allerdings, wenn man wusste, wo und wann. Eberhard hatte Quellen. Die blieben ungenannt. Ich verstand nicht gleich, was es mit ihm auf sich hatte. Er war einer, dem ich nicht übertrieben lang mit Musik kommen und auf meine übliche Art endlos vorschwärmen musste. Die Sache mit dem Sound leuchtete ihm ein. Er mochte den Begriff. Er übertrug ihn sofort auf seine theologischen Forschungen, die er ernsthaft betrieb, dann, spaßiger, auch auf seine frühere Eisenbahnerkarriere. Unser Austausch über den Sound der Eisenbahn mit allen dazugehörigen Effekten erheiterte uns von nun an regelmäßig. Ich versprach ihm schon am zweiten Morgen in seiner Küche, an seinem Sperrmüllküchentisch mit der bröckelnden Linoleumschicht, über dem perfekten Ei und den frisch organisierten Schrippen, die hier Semmeln hießen, dass ich ihm eine echte Eisenbahnkomposition schreiben und widmen würde. Exklusiv. Dazu kam es nie. Eberhard im Himmel, verzeih, hier, jetzt. Mindestens so schön sollte sie werden wie mein Straßenbahn-Hit, den ich ihm bei der zweiten Anreise als Rundfunkmitschnitt auf den Tisch legte. Ich

152

hörte aus der Idee schon eine strahlende Symphonie werden, ein Werk wie ein Netz, die Orte der Liebe und der Freundschaft überspannend. Auf dunklen Grund gebaut, verstand sich, auf Kohlegrus, sauren Regen und ähnliche Agenzien, die wir uns nicht mehr von den Schuhen polkten, aber täglich herunterspülten.

Es war Mai. Wir fuhren vor die Stadt. Dass es nicht zwei Kerle allein zum Anbaden sein konnten, sondern an unserer Seite zwei Frauen und ein Picknickkorb mitfuhren in der Doppeldeckervorortbahn, das hatte nichts mit mir, sondern mit Eberhards Naturell zu tun. Mir sagte man in dieser Zeit etwas nach, ein notorisches Missbrauchen meines Erfolgs, dass es keinen Auftritt ohne ein fremdes Bett danach gäbe, dergleichen. Dieser Kerl hier mit dem leichten Bauchansatz, mit seinem auffallend blassen Teint, mit seinen Spaghettihaaren, mit den Chinesenaugen, wenn er lächelte, der unterhielt, wie ich bald merkte und nicht neidlos registrierte, Beziehungen zu mehreren Frauen in einer Art Äquilibristik. Sein typisches Grinsen, Lächeln, Zusammenkneifen der Augen, dieser etwas linkische, fast verlegen wirkende kleine Rückzug auf sich selbst, mit einem Heben der Schultern verbunden – das, dachte ich bald, war sein Trick, denn es ging ja schon am ersten Wochenende los, dass ich von ihm mit einem Augenzwinkern eingeweiht wurde in die nur halbe Ernsthaftigkeit dessen, was auf uns zukam, wer ein und aus ging bei ihm in Kontinuität und Wechsel. Wir fuhren also zu viert zu dem Steinbruch, den er kannte, wie er vieles kannte unter dem freien Himmel, auf Feldern, in Wäldern, in den Bergen. Er stammte aus dem

Südharz, sprach auch so. Hätte er uns nicht genau jetzt gewarnt, wären wir garantiert nah an dem Loch in der Landschaft vorbeigelaufen oder geradewegs hineingefallen. Er geleitete uns zu dem einzigen Einstieg, der früheren Zufahrt. Wir erreichten einen Felsvorsprung mit einer geräumigen Sandkuhle. Die Substanz, die mit ihren dunkelbraunen, dicht gepackten natürlichen Pfeilern das dunkle Wasserloch einfasste, nannte er Basaltporphyr. Die Mutprobe kam. Nackt sprang er, nackt sprang seine Freundin, diejenige von den beiden, die er mir so vorgestellt hatte. Ich versuchte Vera, die andere Frau mit den gestutzten Locken, die immer über die Augen fielen, zu überreden, mit mir zugleich zu springen. Sie hatte einen Badeanzug an. Ich, nackt, sprang. Das Wasser war herrlich, die Perspektive von unten aus dem Loch herauf beängstigend. Wieder oben, zitterten wir drei, die nur ein wenig herumgepaddelt waren, kletterten hiehin und dahin auf den Felsen, sprangen herum, sammelten ein paar trockene Gräser und Zweige auf Eberhards Geheiß, entfachten ein Feuer. Das Picknick war herrlich, der bulgarische Rotwein okay. Zwischendurch verschwanden Eberhard und seine Freundin eine Weile. Vera und ich sprachen über unser Woher und Wohin. Sie war eine Zeitlang mit Merian zusammen gewesen. Er hätte sehr viel Verständnis für ihr behindertes Kind gehabt, ein Mädchen von inzwischen vierzehn Jahren. Er sei ihr und auch ihrer Tochter auf Dauer aber zu phlegmatisch gewesen, zu pedantisch mit seiner sogenannten wissenschaftlichen Arbeit, mit seinen Essays, an denen er werkelte, noch das letzte Semikolon so lange hin und her schob, bis nach seiner Meinung die Atempause an der richtigen Stelle saß, wo sie aber dachte, mein Gott, jetzt ist da gar keine Luft mehr drin. Letztlich kam auch nichts dabei heraus. Er konnte das sowieso nirgendwo veröffentlichen. Er hatte einiges Heiner Alt zugeschickt, eine wohlwollende Antwort bekommen, hatte ihn sogar in Friedrichswerk besucht, in der riesigen Neubauwohnung mit der unter allen Freunden berühmten Aussicht auf ein Bärengehege. Aber außer einer freundlichen kleinen Geldspritze sei nichts dabei herausgekommen. Später entdeckte Merian außerdem eine unverkennbar eigene Wendung in einem der vielen Interviews von Alt, ohne dass der aber den Namen des Urhebers genannt hätte. Typisch Merian, dass er so genau nachforschte, alles las, um genau das am Schluss zu finden und sich seine Frustration zu verschaffen. Sie selbst arbeitete im Krankenhaus am Ring und war zufrieden damit. Und in ihrer Freizeit wollte sie heraus, tanzen, Ausflüge machen, so etwas Schönes wie heute mit Eberhard und seinem netten neuen Freund. Das Wort war bei mir und meinen Freunden verboten, aber nett fand ich sie auch. Nur der knappe Termin bis zur Uraufführung, wie ich im Leben noch keinen hatte, der hatte mich mehr zu interessieren.

In der Woche darauf setzte sich Vera in den Casino-Lichtspielen neben mich. Zu Beginn des Films lief stumm ein Text über die Leinwand. Mitten darin hieß es, man nenne das kontaminierte Gebiet, das hier eine Rolle spiele, »die Zone«. Lautes Lachen erscholl in dem dunklen Kinosaal und mündete in ausgelassenes Klatschen. Das Wort Zone war so belegt und so tabu, so selten, wenn, dann nur sarkastisch benutzt für die Gegend, in der wir lebten, dass wir seine Wiederauferstehung feierten. Das Lachen, das Klatschen, eine kleine Revolte im Schutz des dunklen Kinosaals. Der Film selbst wirkte anders. In wortlosem Einverständnis wussten wir, dies war ein realistischer Film. Keine Mystik, kein Science-Fiction. Genau so sah es hier, um uns her, in uns drinnen aus. Schweigend zogen wir hinüber in den Sächsischen Hof, ließen uns nieder an einem langen Tisch. Vera blieb an meiner Seite. Die nun aufkommenden Diskussionen, vielfachen Schübe von Begeisterung in immer neuer Formulierung im Wechsel mit einem seltsamen, stummen kollektiven Nicken, zogen sich hin, bis man uns aus dem Lokal warf. Müde nahm ich Veras Angebot, hier ums Eck bei ihr zu übernachten, an. Ich schlief den Monat über jede Woche ein-, zweimal bei ihr. Wir mochten uns. Ihre Sehnsucht nach mehr stand ihr in die Augen geschrieben. Meine Sehnsucht nach ihrer Art und Weise währte jeweils knapp bis in die Morgenstunden. Mit Katharina, die zu Hause ihrer Arbeit nachging und die ich während dieser Zeit nur an den Wochenenden sah, verband mich etwas anderes.

23

Ich hatte Judith angeboten, mit ihr die Wohnung zu inspizieren, die meiner gegenüber leer stand. Kennengelernt hatte ich sie bei dem Korbmacher, in dessen Werkstatt in der Trelleborgstraße spontane kleine Nachmittagsfeste stattfanden, die sich ab und zu in den Abend zogen. Sie wollte neben ihrer abgeschlossenen Buchhandelslehre durchaus Körbe flechten und lernte es hier, bei dem weit und breit bekannten und beliebten Mann, einem, den ich ausnahmsweise nicht Freund nannte, der aber als aller Freund im Quartier galt. Es lag daran, dass er meist im offenen Fenster oder vor der Tür saß, wenn es Wetter und Temperatur erlaubten, und seiner stillen Arbeit öffentlich nachging. So wie mir ging es vielen: Man blieb stehen, schaute, mochte das Biegen und Flechten, wechselte ein paar Worte mit dem kunstfertigen Handwerker, kam vom Wetter auf die Bewohner der Gegend, beim dritten und vierten Mal auf gelesene oder zu lesende Bücher. Der von Hurdel illustrierte Band Gedichte von Brockes. Gott, was für schöne, musikalisch schwingende, reiche Gedichte, und wie die pfiffigen Vignetten dazu passten. Und, ja, auch ich hatte mir sagen lassen, dass Hurdels Atelier gleich um die Ecke da oben auf dem Dach an dem Platz säße wie ein Vogelnest. Ob ich die Waldeinsamkeiten des spanischen Dichters Góngora in dieser prächtigen Ausgabe kennen würde. Nein, ich besäße die nicht, aber ja, davon hatte ich gehört. Übersetzt hätte sie Erich Arendt, und der wohnte seinerseits nur sieben Hausnummern weiter da vorn. Ja, das wusste ich vom Hörensagen, und dass Adolf Endler, von dem ich die Ode vom Fleiß an der Wand über dem Klavier angeschlagen hatte, mit dem sehr alten Arendt immer hier vorbeikäme auf ihren Spaziergängen. So wäre das. Beim fünften hatte er mir einen Tee angeboten, beim sechsten Mal ein Glas Wein. Das siebte Mal, das ich vorbeikam, bat er mich herein zu den anderen, die schon drin saßen. Darunter Judith. Die glatten langen Haare, die blassen Augen, die weiche Nase. Judith, naturfarbene Kleidung und Schuhe. Sie beobachtete die Welt und so auch mich mit freundlicher Zugewandtheit. Ihr verhaltenes Lachen. Als ich sie näher kennenlernte, ihre innen rauen, immer roten Finger, die ich dem Arbeitsmaterial, den Weidenruten anlastete, genoss ich das Verhaltene noch mehr.

Sie und ich standen also auf dem Treppenabsatz zwischen meiner und der seit Monaten leerstehenden Wohnung gegenüber. Ich forderte sie auf, die schwarze Nummer auf gelbem Grund zu notieren, die oben an der Tür stand, schloss meine Wohnung auf und griff von einem großen Haken das Bund mit meiner Schlüsselsammlung. Schon standen wir drüben in der kleinen Küche, traten durch die offene Tür in den einzigen Raum dahinter, der außer der verblichenen, hell gemusterten Tapete und ein paar Farbklecksen auf den braunen Dielen keine Gebrauchsspuren aufwies. Schöne Wohnung. Der hellbraune Kachelofen schien intakt, den einfachen Fenstern fehlte nur etwas Kitt. Ich schenkte ihr den Schlüssel und gab ihr einen von meinen für das vordere Haustor. Ein Kastenschloss zum Anbauen hatte ich auch zu viel. Was für ein Profi ich schon war. Aus meinen Unterlagen schrieb sie die Adresse der zuständigen Verwaltung ab und die Kontonummer für die Miete. Das war fürs Erste die Hauptsache. So funktionierte das nach aller Erfahrung hier im Quartier. Gab es drei Monate keinen Einspruch vonseiten der Verwaltung, waren die Zahlungen akzeptiert, würde sich Judith einen legalen Mietvertrag holen können. Alle, die so zu ihren Wohnungen gekommen waren, kannten diese Regel, die nicht mehr war als ein Gerücht. Wir witzelten über den Unterschied zwischen dem, was jenseits der Mauer in Südost die Hausbesetzerszene hieß, und unserem Freistil hier in Nordost. Wir tranken Wein. Wir schliefen auf meinem Bett miteinander, auf der bezogenen Matratze, die lose auf zwei groben Holzpaletten lag. Wir lächelten uns an, immerzu, das war merkwürdig, schön, unaufgeregt. Am Wochenende danach brachte sie mit ihrem Vater und Bruder zusammen ein paar Sachen. Ich half, sie heraufzutragen. Das weiße Bücherregal, die Liege, einen alten verglasten Küchenschrank, Stehlampe, Tischchen und zwei dazu passende Polstersessel mit dunklen Holzlehnen. Die kommenden Wochen lebten wir in ihrer und meiner Wohnung, hin und her. Meine Matratze war breiter als ihre Mädchenliege. Es stellte sich heraus, dass sie Klavier spielte. Sie tat es, wie ich es mir vorgestellt hatte, ihrem Wesen nach. Sie trug Schumannnoten herüber und schrieb mir ein paar seiner Hausregeln mit der Hand auf ein Blatt Reispapier: »Bemühe dich, leichte Stücke gut und schön zu spielen. Es ist besser, als schwere mittelmäßig vorzutragen.« »Wenn du spielst, kümmere dich nicht darum, wer dir zuhört.« »Die Gesetze der Moral sind auch die der Kunst.« Im Gegensatz zu mir spielte sie ruhig, protestantisch klar vom Blatt. Die Träumerei. Die erste der Kinderszenen. Langsam, schön, sachlich und romantisch zugleich. Sie beruhigte meine Seltsamkeiten. Vormittags oder nachmittags ging sie in die Buchhandlung, dazu ein paar Stunden flechten. Ich arbeitete neuerdings am Tag. Einer davon

159

begann allerdings mit etwas anderem als den guten Absichten und einem neuen von tausend Anläufen. An diesem Morgen hielt ich mich daran, was der Zettel nahelegte, den ich vor einiger Zeit im Briefkasten gefunden und mir ans Fenster gelegt hatte. Ohne dass ich jenseits des Kohlenplatzes Bauarbeiter oder dazu passende Aktivitäten wahrgenommen hatte, war die Sprengung des Gebäudes gegenüber vorbereitet worden. Der Blick aus meinen beiden Fenstern ging über die Halden des Kohlenplatzes weg auf etwa vierhundert Quadratmeter einer freiliegenden Ziegelwand, einer Brandmauer. Nun sollte sich etwas ändern. Mal sehen, was. Ich schloss die Fenster, wie es einem die Ankündigung riet und blieb zur fraglichen Zeit, zehn Uhr morgens, auf meinem Hocker zwischen Klavier und Sekretär sitzen. Sekunden nach der vollen Stunde erzitterte die alte Brandmauer, zeigte drei Querrisse und rutschte in einer gewaltigen Staubwolke in sich zusammen wie auch das Gebäude, ein großer Seitenflügel, dessen Rückwand sie gewesen war. Als sich der Staub verzog, blickte ich gegenüber in einen Hof, der meinem hier glich. Drei Tage später konnte ich von meiner Wohnung im zweiten Stock links des linken Seitenflügels im zweiten Hof ausmachen, dass dort drüben in der Wohnung im zweiten Hof im rechten Seitenflügel im zweiten Stock rechts im offenen Fenster, das dreiflügelig war wie das, von dem aus ich sie beobachtete, eine Frau mit langen, dunklen Haaren stand und rauchte.

24

Sebastian Kreisler hatte ins Haus Ungarn geladen. Alle
waren gekommen, vor allem junge Verehrer und Vereh-
rerinnen, mich eingeschlossen: seine Fans. Er führte in
ein Konzert ein, bei dem eine Sonate seines Freundes
Sándor Hajnal postum uraufgeführt werden sollte neben
Stücken von Bartók, Kodály und anderen Ungenannten.
Ich fühlte Stolz, als hätte ich die Einladung selbst ausgesprochen. Nur weil ich das Ensemble zweimal in Budapest gehört hatte und in einem privaten Aufnahmestudio
Wein getrunken hatte mit zwei jungen Kollegen, die da-
zugehörten. Der Meister führte nicht konventionell ein,
er hielt eine Rede. Er sprach über seine Wertschätzung für
die Musik, Kunst und Literatur Ungarns, kam auf das alte
Kakanien zu sprechen, als dessen früheren Bewohner,
von Geburt Angehörigen ihn die Farbe seiner Sprache
noch immer auswies, auf die Vielfalt der Sprachen und
Völker, auf Caféhäuser, die es hier herum nicht gäbe, und
auf jene, die darin saßen, rauchten, grübelten, einander
herzten und prügelten, schrieben, die es in der Herzlichkeit und Saftigkeit des Austauschs hier wiederum auch
nicht gäbe. Dazu hätte eben sein verehrter Freund Sándor
gehört, mit dem nun diese Spezies als ausgestorben gelten könnte. Weshalb er dennoch stolz und froh sei, hier
und heute. Er sprach grundsätzlich über Kultur, die sich
durchsetzte, sich nicht abweisen ließ im Gang der Geschichte. »Regierungen, Herrschaftsformen kommen und
gehen, aber der kulturelle Humus und aus ihm heraus die
Triebe, die Stämme, die Blüten und Früchte, das, was

fruchtbar ist und bleibt, ästhetisch und damit eigentlich menschlich, obsiegt.« Über die Macht der Stiefel und Panzer sprach er mit einem kurzen Hinweis auf den Budapester Aufstand, den er allerdings nur »die Ereignisse von 1956« nannte und sich damit an die offizielle Sprachregelung hielt. Schließlich ging es um die Situation der Künstler und Künste hier, wo wir eben jetzt saßen, in unmittelbarer Nachbarschaft des Zentrums: »Man kann Künstler mundtot machen und außer Landes treiben. Im Ergebnis wird das Gemeinwesen ausgehöhlt sein wie ein hohler Baumstamm, den man mit Beton ausgießt, ein Relikt seiner selbst, tot.« Es war eine große Rede für den Anlass. Im Saal herrschte Totenstille. Sie gab dem Redner recht. Er selbst war nicht mehr gesund. Seine Auftrittsmöglichkeiten waren inzwischen rar. Er nutzte die Chance. Das Bewusstsein der Vergeblichkeit, die Ohnmacht vor der Niedertracht der Behörden sprach aus ihm, doch seine Unermüdlichkeit beflügelte die Hörer. Seit jenem Ereignis vor sieben Jahren, seit der Sache mit dem Liedermacher Riebmann, dem sie nach einer Konzertreise seine »Staatsbürgerschaft« aberkannt hatten, seit dem Protest dagegen, den auch der Meister mitgetragen hatte, seither setzte man ihm zu. Er verteidigte nichts mehr, er beharrte nur noch auf einer menschlichen Position. Wir sollten und wollten ihn so in Erinnerung behalten, seinen Mut. Seinen späten und nicht zu großen Mut, könnte ein Einwurf lauten. Dies Haus hier war ein geschützter Raum trotz seiner Lage mitten in der Stadt, unweit des Zentralplatzes. Und Kreisler hatte selbst an den Spielen der Macht teilgenommen nach dem letzten Krieg, aus Gründen, aus Konsequenz, damals. Das war uns klar. Er hatte es gesagt, aufgeschrieben, nicht unter den Teppich gekehrt und später Konsequenzen gezogen. Das Ringen, ein Anderer zu werden, führte er bis zur Selbstkasteiung vor. Manchmal nannte ich ihn bei mir einen Schmerzensmann. Vielleicht, wenn man seine Interviews und Memoiren daraufhin durchsah, ließ sich erkennen, wie sein früh verletzter christlicher Glaube Stück für Stück wiederkehrte. Ich sah und hörte etwas davon nicht nur hier in dem Saal, sondern hatte es auch in seinem fast schäbigen Haus in Wendisch-Lichtfall gesehen und zuletzt in dem Krankenzimmer in der Krebsklinik. Nun hatte er in dem dunkelbraunen, offensichtlich etwas zu weiten Cordanzug in der ersten Reihe vor mir Platz genommen, griff mit der Hand nach hinten und drückte kurz meine Finger. Hinterher, bei dem sehr lauten Empfang zu Ehren der Musiker, deutete er einigen Frauen, auch Katharina gegenüber einen Handkuss an, war ganz österreichisch-ungarischer Kavalier. So gelöst wie auf dem quasi exterritorialen Gebiet des ungarischen Kulturhauses mitten in Preußen hatte ich ihn noch nie gesehen. Es war das erste und letzte Mal.

25

Ich hatte nur von ihnen gehört. Nun standen sie vor mir, einfach so, in der Helmholtzritze, ja Ritze, wie die freundliche Bezeichnung für kurze Straßen hier lautete nach dem Rotwelsch der Zeit, als die Rosenthaler Vorstadt noch von Romanfiguren bevölkert wurde. So sagte ich, so sagten wir, es passte. Meine Bude in der Ritze konnte ja mithalten mit jenem Milieu, dachte ich, mit den aufgestapelten Bierkästen aus Holz an der Wand, aus denen die Schallplatten ragten, mit den Sperrmüllmöbeln, mit schwarz lackierten Dielen und Türen im Licht der Lampen, deren Schirme aus gelblich angesengtem Notenpapier waren. Ich wusste sofort, wer da einfach so geklingelt hatte, wer sie waren, und nicht nur, weil sie mit dem bekleidet waren, wonach man sie nannte: Die Blaumannbrüder. Ich freute mich, sagte was von der Ehre, die es sei, dass sie hier her zu mir kämen, man hätte sich ja längst einmal kennenlernen können. Sie nickten dazu. Wir schrieben den 10. Juni 1980. Das weiß ich nur, weil ich mir den Tag von nun an einige Jahre lang in den jeweils neuen Taschenkalender eintrug, zusammen mit der anwachsenden Zahl von Namen, Adressen, Telefonnummern. Das Einzige, was ich in dem Chaos damals überhaupt konsequent tat, was man einen seriösen, semiprofessionellen Teil meines Jahreslaufs nennen konnte in dem Taumel des Erfolgs und ebendieses ersten ganzen Kalenderjahrs als freier Komponist. Was für ein Jahr! Ohne diesen Besuch allerdings hätte es nur das halbe Gewicht gehabt für alles, was folgte. Im Nachhinein betrachtet. Die Blaumannbrüder ähnelten sich, obwohl sie keine Brüder waren. Die Nasen etwas knollig, der Wuchs untersetzt, die Ohren ausgeprägt, die Wangen für ihr anzunehmendes Alter – sie hatten knapp zehn Jahre mehr als ich auf dem Buckel – schon etwas schlaff. Beides sicher

Ergebnis dessen, was sie mir auch gleich offerierten. Sie hatten jeder zwei Flaschen Rotwein dabei. Der etwas kleinere Blaumannbruder klappte seine schwarze, lederne Werkzeugtasche auf und holte die Flaschen heraus, der andere stellte sie in einer weißen Plastiktüte auf den Tisch mit dem goldenen Schriftzug des Kaufhauses des Westens darauf. Die Blaumannbrüder waren beide Maler. Sie redeten beide etwas knurrig, aber fackelten nicht lange: »Tolle Sachen machst du«, begann der Größere, der Ralf Bassauf hieß. »Das ist nämlich so, die hat uns der Wind ziemlich laut an die Ateliertüre getragen und dann ganz hübsch herein in den Kassettenrekorder. Und neuerdings auch der inwendige wie der auswärtige Rundfunk.« Sie gratulierten mir artig zu diesem wie jenem. Man könnte ja nicht immer nur drüben was machen, sondern es ginge um das Publikum hier. »Die Musikfans im Tal der Ahnungslosen verstehen mehr davon als wir«, merkte der etwas kleinere Blaumannbruder an. »Bin Jürgen Fest, gebürtiger Potsdamer, habe mit Ralf in Dresden studiert.« Ich sagte ein paar der Namen, die mir schon begegnet waren. Sie rümpften einmal kurz die Nasen, nannten ein paar andere, ich nahm das als Novize zur Kenntnis. Unterdessen hatte ich die erste Flasche geöffnet und drei meiner alten Mostrichgläser mit Wein gefüllt. Wir stießen an, und Jürgen wurde sofort praktisch: »Ich habe ein zweites Atelier in der Zillestraße, dort arbeiten meist Freunde, und im Sommer gibt es da immer ein Fest, Ende August. Könntest du dir vorstellen, es dieses Mal mit einem Konzert auszuzeichnen? Platz ist für etwa fünfzig Leute.« Ich war sofort einverstanden.

26

Hinrich Einzweck würde in knapp zwei Wochen sieben mal sieben Jahre alt werden, und das beschäftigte ihn, während er in seinem beigefarbenen, nicht zu sauberen, unauffälligen, aber tipptopp gewarteten Wartburg die zwanzig Kilometer nach Betjendorf am Großen See fuhr. Er hatte sich für seinen Geburtstag so langfristig etwas ausgedacht, dass es gegenüber seinen Vorgesetzten Ernst und Karl wie Zufall hatte aussehen sollen, aber natürlich von ihnen nicht ganz dafür gehalten wurde und deshalb vor einer halben Stunde, bei Entgegennahme der Bestätigung von ganz weit oben, mit grinsenden Gesichtern über dem extra festen Handschlag quittiert worden war. Ernst und Karl waren zwar waschechte Norddeutsche, doch nicht von der berühmt langsamen, sondern von der überlegenden und überlegten Sorte, die er nicht nur mochte, die er um ihres Naturells willen sogar beneidete und mit denen er sehr gern in der auffälligen Gründerzeitburg an dem Viereck des sogenannten Abben Tümpels mitten in der Stadt zu tun hatte. Dennoch war er, der aus immer neuen Gründen immer nervös war, es jetzt doppelt oder sogar dreifach. Er würde seinen Geburtstag also in Westberlin feiern, das hatte er sich selbst organisiert. Zum Glück war der Termin in dem Dorf jetzt reine, allerbeste Routine. Bernd Ranzmann, den er planmäßig besuchen würde, war ein Schauspieler und Sänger, der zwar wusste, dass sie beide der Einheitspartei angehörten, doch auch, dass sein langjähriger Bekannter sich auf andere Art Genosse nennen konnte als er selbst. In der

166

Stadt hatte Hinrich schon die ersten Himmelfahrtfeiern-
den gesehen. Dekorierte Hüte, Klingelstock und Handkarren mit Bierkasten drin. Er hatte das von Anfang an gehasst, weil es mit einem kirchlichen Feiertag zu tun hatte,
aber auch sonst. Es war ein kleinbürgerliches Relikt, eine
Unsitte. Die Einheitspartei hatte immer versucht, etwas
dagegen zu unternehmen. Die Gewerkschaft hatte es versucht, die Betriebe mit Gegenmaßnahmen, mit alterna-
tiven Feiern, mit Verboten. Es hatte nichts gefruchtet. In
den letzten Jahren hatte man das schleifen lassen, und
prompt hatte es zugenommen. Die Leute nahmen frei
oder schwänzten sogar die Arbeit. Er selbst hatte in seinen Verantwortungsbereichen, wie damals in Neustadt
am Neusee im Wohnungsbaukombinat, Arbeitseinsätze
an Himmelfahrt organisiert. Natürlich auch mit ökonomischen Hebeln, man musste erfinderisch sein. Er hatte
sich dafür stark gemacht, dass die Auszeichnung der
Kollektive der vorbildlichen Arbeit auf diesen Tag gelegt
wurde. Die Prämien zu kassieren, traten die Kollegen dann
doch an. Bei solchen Gelegenheiten hatte er den Dingclub
des Kombinats, auch mal einen Liedermacher oder sogar
einen Schlagersänger auftreten lassen. Die Einheitspartei
musste das Sagen haben, das Heft in der Hand. Wie gesagt, das war seit ein paar Jahren kein Thema mehr. Man
ließ die Leute machen. Hätte er noch die Zuständigkeit
für ein sichtbares Kollektiv, zöge er das noch heute durch.

Ein Pferdefuhrwerk kam ihm entgegen, mit Birken-
grün geschmückt, zehn Männer darauf. Er musste bremsen und auf den Sommerweg ausweichen. Dafür wurde er
von den roten Gesichtern auf dem schwankenden Wagen

mit erhobenen Bierflaschen, gelüfteten Hüten und lautem Hallo gegrüßt: »Trink, Brüderchen, trink!« Als er in die Dorfstraße einfuhr, war sie vom nächsten Gefährt der gleichen Art blockiert. Vor der kleinen Kneipe ein paar gut besetzte Bierbänke. Ein kräftiger Bursche mit verwegenem Schnauzbart war von dem Wagen abgestiegen, um den Kumpels aus dem Nachbardorf einen Kopfstand auf der Biertulpe zu kredenzen. Großes Hallo, Gebrüll: »Hoch die Tassen!« Auf dem Wagen war Hinrich ein kurzhaariger junger Mann aufgefallen wegen der Ähnlichkeit mit seinem Sohn. Aber der unterhielt nach seinen Erkenntnissen keine privaten Beziehungen hier im Bezirk. Als der Wagen unter allgemeinem Geschrei und Prosit-Rufen die Straße frei machte, konnte er endlich abbiegen und den Feldweg nehmen zu dem Vorwerk, das Ranzmann sich ausgebaut hatte. Seitlich der Auffahrt stand auch jetzt ein Zementmischer. Hinrich hatte das ursprünglich dem Verfall preisgegebene Anwesen die letzten acht Jahre über wachsen und sich verschönern sehen. Schon toll, sprach er zu sich, was der sich mit Hilfe von unsereinem leisten kann. Die Balken sahen gut aus, rahmten schwarz die frisch gekalkten Fächer. Das Holz der Fenster, teils aus Abrisshäusern hertransportiert oder organisiert, war dunkelblau lackiert. Das Reetdach sah nach drei Jahren noch aus wie neu. Am Großen See wurde Schilf geerntet, und es gab die Dachdecker, die es konnten. Winkte man mit Westgeld, ging es zügiger. Und Ranzmann konnte, auch mit seiner, mit Hinrichs Hilfe. Die Kontakte zur westdeutschen Plattenfirma hatte er befürwortet. Nein, Ranzmann stand nicht auf der Liste seiner derzeit dreißig

Inoffiziellen, hatte nie drauf gestanden. Aber nachdem er irgendwann signalisiert hatte, dass er sich etwas zusammenreimte, war er auch nicht auf Abstand gegangen. Spätestens als sich Hinrich von Renate getrennt hatte oder, schmerzhafter gesagt, sie sich von ihm, da hätte er sogar einen Vorwand gehabt. Er hätte seiner Kollegin, der Theaterfrau Renate Becker gegenüber Loyalität bekunden und zu Hinrich Einzweck auf Abstand gehen können. Hatte er nicht getan. Tat er bis heute nicht. Die alte, wie eine Bauerntruhe angemalte Türe ging auf, und sie klopften sich gegenseitig die Schultern, zwei Schnauzbärte, seit Hinrich sich seinen wieder hatte wachsen lassen, eisgrau mit rötlichen, echt germanischen Borsten drin. Ob er ein Bier wollte: »Eins auf den Vatertag?« »Okay!«, sagte er, und trat unter das im Inneren des Hauses freiliegende Balkenwerk. Ein riesiger und doch anheimelnder Raum öffnete sich. Sehr schön, fand er. Hinten der Kamin, die Sessel. Das wäre sein Stil. »Wo ist der Hund?« »Draußen im Zwinger, der nervt doch immer, wenn du kommst, der lässt dich doch nicht in Ruhe.« Sie lachten über etwas weg, das da war. Hinrich spürte die Spannung. Sie traten hinten aus dem Haus, auf die Terrasse mit den Teakholzmöbeln, die ein Stilbruch waren, fläzten sich in die allerdings gemütlichen, großen Stühle und stießen mit den Lübzator-Flaschen an. Hinrich fragte: »Na, wie geht's an so einem schönen Tag? Warst du im Theater?« »Jetzt besser. Die Probe war happig.« Hinrich wusste Bescheid. Alts Stück »Der Antrag« stand zur Premiere an. »Freitag Premiere, hm? Und? Probleme?« »Den üblichen Stress. Änderungen bis zuletzt, du kennst den Laden ja.« »Aber der

Loth hält euch doch gut zusammen.« »Na, das steht außer Frage. Der weiß, worum es geht. Ohne den wäre ich
längst über alle Berge.« »Wie meinst du das?« »He, ganz
normal meine ich das. Bleibe im Land und wehre dich
täglich, das meine ich.« Hinrich verzog das Gesicht bei
dem Spruch. Die Zeit, in der er Bernd Ranzmann hatte
aufbauen können, lag eine Weile zurück. Immerhin hatte
es bis zum Preis »Unser Lied« gereicht, damals in Frankfurt an der Oder. Das ganze Komitee für volkstümliche
Kunst hatten er und seine Genossen subkutan auf Linie
gebracht. Ein Höhepunkt seines eigenen Werdegangs.
Übrigens hatte schon die Idee Funken geschlagen und
seinen Namen, den des Herrn Weber, intern bekannt gemacht. Ein Jahr nach der Riebmann-Sache war dieser inzwischen kaum noch singende Schauspieler hier unsere,
die hiesige Alternative gewesen, kritisch genug, aber auf
der richtigen Seite. Ein Kämpfer, hatte Hinrich gedacht,
einer, für den er sich gern eingesetzt hatte. Aufgebaut
hatte er ihn. Sich aus dem Fenster gehängt bei seinen Genossen. Lange her. Der hatte hier wieder den Charme des
Provinzlers angenommen. Dem ging es offenbar zu gut.
Der hatte sich eingerichtet. Auch im wörtlichen Sinne.
Hinrich hatte sich nicht eingerichtet, hatte solche Möbel
nicht, wie sie da drinnen, in seinem Rücken, standen,
frisch abgeschliffenes altes Holz, ein barocker Schrank,
ein Bauerntisch, an dem junge Weiber dem Hausherrn
das Gebrutzelte servieren konnten. Überhaupt der Platz.
Während er, Hinrich, bewusst modern lebte, aufgeklärt,
wie er fand, schon immer mit heißem Wasser aus der
Wand. Die Nervosität verließ ihn nicht. Ranzmann dachte

laut, sein Besuch wollte sicher was über Renate wissen, über seine Ex, wie es ihr ginge. Er könnte ihm da nichts sagen, sie sei in anderen Produktionen. Er sähe sie in der Kantine, klar, mit Henry, beim Wein. Das genügte Hinrich. Das war es doch auch, was er wissen wollte, nein, lieber nicht. Renate war in falschen Händen. Saufen und das ganze wohlfeile staatsfeindliche Gefasel. Das entsprach ihr doch gar nicht. Dazu war sie viel zu klug, wusste, was sie wollte in unserem Staat. Wichtigtuer, dieser Henry Unbekannt, Schauspieler der. Ihm die Frau abjagen. Und seine Jüngste in diese Verhältnisse reinziehen. Theater. Rumhängen. Schwadronieren. Keinen Durchblick, aber große Fresse! Hatte Ranzmann etwas gesagt? Dass er sich mal auf ein Nickerchen hinpacken werde. Dass sie vielleicht ein andermal übers Leben reden könnten. »Okay«, sagte Hinrich müde. Er hatte über dieses Konzert einer Rockgruppe aus dem Westen mit ihm reden wollen, hören, was er meinte, und zu der Ankündigung, dass Rudi Radmann im Zentralhaus des Volkes spielen und keine Kompromisse machen wollte. Okay, sagte er zu sich. Er würde das Wochenende vor der Dienstreise im Städtchen an der Küste verbringen, hatte eine Bekanntschaft gemacht über den Club der Werktätigen der Werft. Nebenher wollte er sich vorbereiten auf den Auftrag, den ersten in den Westsektoren seit damals, seit der Zeit auf dem Kahn. Von der einen Reise zwischendurch nach Jugoslawien, auf der er seinen Bruder, den Manager aus Frankfurt am Main, nicht nur angezapft, sondern auch zu weiteren Treffen überredet hatte, von der hatte er danach sogar Bekannten erzählen können. Es war getarnt gewesen als eine Dienstreise zu einem Internationalen Sommerfestival nach Dubrovnik. Auf der Fahrt durch die Allee am Großen See entlang vor sich hin pfeifend, rekapituliere er seine Legendierung für das, was anstand, und war mehr als zufrieden mit sich. Er würde noch ein wenig in die Manuskripte aus dem Verlag sehen, die er pro forma für ein Außenlektorat bekommen hatte. Den Spießern im Westen Paroli bieten, den Weicheiern, dazu wäre er noch allemal in der Lage. Kurz vor der Fernstraße fuhr er rechts ran und machte sich Notizen für den Bericht über den Besuch bei seinem Kumpel Ranzmann.

27

Der August, an dessen Ende das Konzert in dem Zweitatelier des Blaumannbruders Jürgen stattfinden sollte, hatte Haken und Ösen. An der Hitze lag es nicht, an der raschen Wirkung des täglichen Weins, den man in den Hinterhöfen und in den Kneipen in sich hineingoss, auch nicht. Bei mir selbst lag es einfach an der Art zu leben. Nicht, dass eine Anstrengung des Nachdenkens sie begleitete. Auf den Gedanken, dass überhaupt etwas neu wäre, dass das Neue anstrengend sein könnte, das selbständige Arbeiten, auf den kam ich nicht. Stolz antwortete ich bei Gelegenheit der Nachfrage, ich sei freier, ja, freier Komponist. Ich genoss die Vorteile, die so oder anders zu nennen, mir zugleich piepegal waren. Zuallererst konnte ich meine Zeit einteilen, wie ich wollte. Ich teilte sie ein, das

hieß, ich tat es nicht. Mit der Zeit und dem Gefühl davon
lief es so wie mit allen anderen Umständen auch. Von
einem auf den nächsten Tag ergab es sich, etwas, irgendetwas. Natürlich teilten nicht die Umstände meine Zeit,
sondern Freunde, Bekannte, Niemands und Nichtse und
bedeutende Persönlichkeiten. Gespielinnen, die ich heimlich für mich bei diesem altmodischen Wort nannte, waren auch darunter. Sie kamen irgendwoher aus den Provinzen in die Helmholtzritze, um mich kennenzulernen.
Sie meldeten sich vorher an oder standen vor der Tür oder
ich lernte sie im Wiener Garten, dem guten alten Biergar-
ten mit Selbstbedienung und Konzertmuschel, kennen.
Sie tranken mit mir, kicherten, lachten. Einige saßen auch
nur stumm da, wenn es tumultuarisch zuging unter den
Freunden. Sie verschwanden wieder oder verbrachten
mit mir die Nacht, mal wild, mal zahm. Wir schwitzten
so oder so in der stehenden Luft unter dem Hundsstern.
Am nächsten Morgen machte manchmal eine den Ab-
wasch. Meist verschwanden sie auf Nimmerwieder-
sehen. Mit einigen wechselte ich noch Briefe, was so oder
so zu viel war, weil ich es eher, leichter und lieber tat, als
zu komponieren. Ich nahm das alles entgegen. Ich dachte
über nichts nach. Gespräche wurden in Andeutungen geführt, in einverständigen Halbsätzen. Über die Gegend,
über die da oben, die Mächtigen, in einer Routine der Er-
regung. Wenn ich sagte, in einer Routine der Ohnmacht?
Darüber, was die Tagesschau brachte, jedenfalls. Ein wenig über die Olympischen Sommerspiele in Moskau, die
eben vorbei waren, die der Westen boykottiert hatte wegen des Kriegs in Afghanistan. Über Afghanistan, ohne

173

eine Ahnung zu bekommen, was da wirklich los war. Obwohl der Vergleich mit dem Vietnamkrieg der Amerikaner gezogen wurde. Aber sonst? Mehr nicht. Ich ließ die Zeit so vergehen, wie diejenigen, die sie mit mir teilten, sie aufteilten. Die Zeit war groß, weit, endlos. Ich erlebte sie als Abfolge uferloser Momente, wir erlebten sie so, wir. Jedes Gespräch schien, wenn wir darin steckten, tief, doch vor allem dauerte es lang, endlos, die Nacht durch in den Morgen bis zur Arie der Amsel, die auf dem nächsten Dachfirst saß. Ob Wochentag oder Wochenende, es schien in meinem Umkreis keine und keinen zu stören. Lauter Freiberufler? Lauter Langzeitstudierende? Niemand fragte danach, was wirklich los war. Zeit war der wahre Luxus in den grauen Straßen und Höfen der Gegend. Das ein und andere Mal war es mir sogar bewusst, und ich sagte es genau so: In was für einem Luxus wir leben! Seltsame Wesen, die wir waren, in seltsamer, in so einem Sommer fühlbar zähflüssiger Zeit. Ständig benutzte ich das Mehrzahlpronomen, wir alle benutzten es, über uns redend. Nur eines fand nicht statt. Gerade davon aber behauptete ich, es wäre so. Es war die Grundlage des Interesses der halben Welt an einem wie mir. Ich ging dem nicht wirklich nach, weder Tag für Tag, noch nicht einmal jede Woche, dachte nur immer daran in einer Art Selbstlegitimation, wurde nicht müde zu behaupten: »Ich komponiere.« Ich komponierte überhaupt nicht. Ich hieß ein Komponist. Ich gab den Komponisten. Ich stellte ihn dar. Ohne mir dessen bewusst zu sein, war ich in diese Schleife geraten. Alles war interessant. Alles trug eine politische Dimension in sich, auf sich, an sich. Das kriti-

174

sche Potential dessen, was hier, in diesem Quartier wie in ähnlichen Bezirken in anderen Städten, zwischen denen ich mich auch diesen Sommer ein paarmal bewegte, alles, was unter uns stattfand, vor allem herbeigeredet, herbeiimprovisiert, herbeigesungen, herbeikomponiert, gelegentlich auf private Bühnen in privaten Wohnküchen gebracht wurde, war eine lahme Selbstverständlichkeit. Die Mauer am Horizont erzeugte Dringlichkeit. Sonst hätte ich oder jeder andere wie das berühmte Kind an der Straße stehen können, hier an der Trelleborgstraße oder vor dem Wiener Garten oder vor dem Studiokino gegenüber der Pinkelbude am Oranienburger Tor, und den berühmten Satz wiederholen können: Aber er hat ja nichts an! Ich benutzte ihn nur nicht vor dem Spiegel, wo er gepasst und getroffen hätte. Ich dachte, es wäre eine Neuigkeit, diese Neuigkeit über die herrschenden alten Männer zu sagen, die an den Sturm- und Ehrentagen der Werktätigen auf den Tribünen standen, ansonsten aus der Stadt flohen, so schnell es nur ging, mit ihren Ängsten und ihrer Hilflosigkeit. Es handelte sich um eine Fixierung. Seltsam war das. Aber mittendrin war es stinknormal. Der Vorwurf der Nabelschau, der aus dem System der Abweisung immer wieder zu hören war, ich lachte mit meinen Freunden darüber. Er steigerte unser Bewusstsein, auf der richtigen Seite zu stehen, das hieß unser Wohlbefinden. In meinem Fall ergab das immer wieder ein wirkliches Hochgefühl. Gern trug ich das schwarze Loch meines Nabels vor mir her.

Der Termin stand kurz bevor. Ein einziger Termin am Ende dieses langen Sommers der künstlerischen Freiheit,

der kunstfrei vergangen war. Die paar Striche auf Notenpapier, die ich gezogen, gekritzelt, punktiert hatte, waren zufällige gewesen. Ich fühlte nur den Ehrgeiz, etwas
Neues vorzustellen. Privat, in dem absehbar zu erwarten-
den Kreis aufzutreten, bedeutete – sagte das laute Pochen
in der Brust – mehr als jedes offizielle Ständchen. Ich
setzte voraus, dass die Blaumannbrüder und ihr Kreis
alles von mir kannten. Keine Ahnung, warum. Offensichtlich ging ich davon aus, dass landauf, landab alles von
meinem kleinen, aber feinen Werk bekannt wäre. Ich
hatte meinen raschen Ruhm wie ein Kind verinnerlicht
und zugleich zu etwas Gigantischem aufgeblasen. Vielleicht war ich ein arroganter Heini geworden. Während
ich im Spiegel etwas anderes anschaute, einen Revolutio-
när, Aufrührer, die einsame Stimme der vielen. Das mit
der Einsamkeit saß auch tief innen und hatte mit der
Partyroutine dieser Wochen und Monate nichts zu tun.

Der Zufall hatte mir eine Sängerin beschert. Susanne
war jung, blond und auch bei Stimme kräftig. Ich fragte
sie schon am zweiten Tag, ob sie es tun würde. Ihre Wangen, auch ohne Anlass gut durchblutet, glühten auf. »Vierzehn Arten, es der Sonne zu sagen« entstand in den drei
letzten Augusttagen. Wir vögelten, probten, erarbeite-
ten, erschufen vollkommen zwanglos das kleine Werk.
Ich hatte so etwas noch nie erlebt, einen so guten Rausch
miteinander, bei dem die eine Lust die andere ergab, hin
und her. Die strohige Beschaffenheit ihrer Haare, die robuste Haut, das nicht mehr weichende Apfelrot auf den
runden Wangen, ihr buntes Kleid und ihr frisches nacktes
Sein um mich herum. Was sie tat, wie sie war, erlebte ich

als Sommer pur, als Ernte, als Duft und Luft über offenen Feldern, die das Stück, seine Sequenzen durchströmte. Dass es von C-Dur aus über die Dörfer ging, hie und da nach torkelnden Lerchen klang, lag in der Natur der Sache. Alles war Sonne, heller, flächiger Sound. Nur manchmal brach eine kurze akustische Panik aus wegen der Hitze, schmerzte ein Stich von reduzierten Intervallen, geschuldet den Verhältnissen. Linderung spendete der Inhalt gut gekühlter Flaschen. Wir sagten, wisperten, glucksten, leckten einander ins Ohr das Wort Liebe. Wir lebten von Cola, Wassermelone, Vollkornbrot, Rührei. Einmal brachte Susanne eine selbstgebackene Pizza von sich zu Hause mit. Ich wusste nicht, wo das war. Ich ging nicht aus dem Haus, drehte die paar Mal, die sie etwas besorgte, Pirouetten auf dem Hocker zwischen dem Papier und der Tastatur. Als das Ganze fertig war, stellte sie sich ans Fenster und sang zu meinem Klavierspiel die Lieder über den Kohlenplatz hinaus. Mehr brauchte ich fürs Leben nicht. So dachte ich, so sagte ich, so war's.

28

An dem Tag erklommen wir gemeinsam die vier Treppen hinter einem Kohlenplatz, den es nur gab, weil im Krieg eine Bombe das Vorderhaus abgeräumt hatte. Was wir vorfanden, als Blaumann Jürgen uns mit kraftvollem »Hereinspaziert« einließ, war ein langgestreckter, kahler Raum mit nackten, geweißten Ziegelwänden unter niedriger Schalbetondecke. Gute Akustik. Ein Kneipenklavier stand in der Ecke, das wir in den Raum rollten. Susanne ließ aus ihrer Kehle ein paar unangestrengte Glockentöne erschallen. Das wird ein Spaß, sagte ich zu Jürgen in dem Moment, als drei Frauen auffallend verschiedener Größe sowie ein Junge und zwei Mädchen auffallend gleicher Größe mit vollen Taschen eintrafen. Zu dem Aufgebot an Weinflaschen und Bierkästen, die als männliche Accessoires von Männerhand hochgetragen worden waren, gesellten sich nun Schüsseln mit Kartoffelsalat und Nudelsalat und Eiersalat, eine lange ungarische Salami, Käseaufschnitt, Camembert, eine Schale mit selbstgemachtem Frischkäse, verschiedene Sorten Brot, ein Stapel Teller und Besteck. Jürgen balancierte aus einem Nebenraum zwei Wassermelonen dazu und schnitt sie mit einem machetengroßen Messer auf. Über den Tapeziertischen, die zusammengewürfelte, von alter Farbe gesprenkelte Sitzmöbel säumten, hing ein Mond aus gefalteten Blättern der Zentralzeitung, den Holzklammern in schöner, großer, runder Form hielten. Die drei Frauen waren Jürgens Ehefrau, die Freundin eines befreundeten Malers und eine Künstlerin. Sie hatten, nachdem ihre Hände frei waren, erst Susanne begrüßt, dann mich auf eine Art, als würde ich zum engsten Freundeskreis gehören, strahlend lächelnd, mit offenen Armen. Neben den Floskeln, die meiner Arbeit galten, die sie kannten, waren es bei aller Herzlichkeit drei unterschiedliche Arten Begrüßung. Jürgens Frau schaute mir fest in die Augen, beinahe von oben herab, weil sie so groß war, entfaltete die Arme und umarmte mich fest und freundschaftlich. Wie sie es tat,

178

strahlte Wärme aus und die Selbstverständlichkeit der
Gastgeberin. Die Freundin des sächsischen Malers, der
hier den Sommer über gearbeitet hatte, schaute prüfend
unter dem Pony hervor, lachte dann auf und gab mir links
und rechts einen Kuss. Die Kleinste der drei, die Künstlerin, die ich von den Straßen und Gelegenheiten des Vier-
tels her schon vom Sehen kannte, führte einen kleinen
Tanz auf, den sie mit einem unverständlichen Wort-
schwall begleitete, hielt sich beim Lachen die Hand vor
den Mund und erreichte dann mit zwei kurzen Sprüngen
meine Wangen zu flüchtigen Küssen. Im selben Moment
begann am anderen Ende des Raums, durch die Stahltür,
die Prozession der Freunde. Mit Blaumannbruder Ralf
kam ein nervöser Rotblonder, beide hochrot im Gesicht
und im illuminierten Gespräch miteinander. Der Blonde
war der Maler aus Sachsen, auf dessen Arbeiten Jürgen
am Anfang hingewiesen hatte, großzügige schwarzgraue
Pinselstriche auf Packpapierbögen, die dem Auge wohltaten. Kräftiges Einschlagen unserer Hände. Jürgen sorgte
mit einem Holzkeil dafür, dass die Tür offen blieb. Aus
der Hocke hoch drückte er gleich die Hände von drei An-
kömmlingen und bat sie wiederum wie ein Zirkusdirek-
tor in den Raum: »Hereinspaziert!« Der untersetzte Mann
mit Glatze, die auffallende Frau mit langen, dunkel gefärbten Haaren und der schwarz bekleidete Unrasierte an
ihrer Seite gingen umstandslos auf das Buffet los. Jürgen
stellte sie mir vor, ich hatte mich nicht getäuscht, die beiden Ersten schon auf der Bühne gesehen zu haben. Der
unrasierte Begleiter des Paars trug einen Nachnamen, der
in meiner Zunft einen großen Klang hatte. Sein älterer

Bruder, den das meinte, lebte schon eine Weile nicht mehr hier. Der einzige Zyklus kurzer Stücke, der von ihm aufgeführt worden war, kursierte als Mitschnitt unter dem Titel »Der Neue Ohrenzeuge«. Seit seiner Ausreise schien er unerhört produktiv zu sein, Radio und Fernsehen transportierten seinen ruppigen Sound, seinen Hang zum düsteren Gesamtkunstwerk her zu uns. Der hier sofort heftig Gespräche anzettelte, war also der kleinere Bruder. Als Nächstes trat ein weicher Mensch auf mit weichem Bartwuchs, ihm zur Seite eine strenge Frau, in beider Gefolge ein blasser Junge. Der Weiche war ein Kollege. Alles, was mir von ihm bisher zu Gehör gekommen war, hatte Langeweile erzeugt. Es war einer dieser Fälle, wo ich mich darauf zurückzog, dies, das, etwas oder das Insgesamt nicht zu verstehen. Sein Ruf war der eines Mannes des musikalischen Undergrounds, vor allem qualifiziert durch manisches Sammeln von Informationen über jede und jeden zur Weitergabe an interessierte Westjournalisten. Er hatte mir immer einmal Kassetten von seinen Rundfunkaufführungen auf der Deutschen Welle, bei Radio Liberty und im großbritannischen Rundfunk zukommen lassen. Wie gesagt, eher unverständlicher Stoff. Wir begrüßten uns freundlich: »Du bist hier?«, kam er auf mich zu. »Ja, wir machen eine kleine Uraufführung nachher.« »Fein! Da gibt es etwas, auf das ich mich freuen kann«, sagte er glaubhaft. Seine Augen waren klein, aber sehr hell. Weiter ging es mit einer Binnenprozession bärtiger Männer ohne Begleitung. Darunter waren solche mit mehr oder weniger Silber im Bart oder im Haupthaar, auch solche, wo der Bart das Haupthaar überwog. Einzeln eintreffende Damen gab es auch, darunter viele sportlich wirkende mit wallendem Haar. Jürgen blieb dabei, mir jede und jeden vorzustellen. Ich merkte mir keinen Namen, obwohl viele darunter waren, die in den Gesprächen in unserer Gegend häufig fielen, etwa wegen abgehängter Bilder in Ausstellungen, jahrelang durch Verlage wandernder Manuskripte oder durch Aufführungs- und Auftrittsverbote. Mein schwaches Fassungsvermögen erlitt mehrmals Irritationen, weil ich von dem oder jenem annahm, er wäre schon weggezogen aus der Gegend, aber da stand er oder sie leibhaftig vor mir. Ich wandte mich von den Bärtigen ab, weil etwas an der Tür meine Aufmerksamkeit abzog. Ich dachte kurz an Susanne, doch sie war versorgt mit einem Ballon von einem Weinglas, das Blaumann Ralf ihr eingeschenkt hatte. Ich schielte immer einmal hin, auch jetzt noch einmal, doch Ralfs offenbar ausgeprägtes Interesse an Musik sorgte für eine Käseglocke über den beiden, die er mit Reden füllte. Ich konnte mich der Tür zuwenden. Dort war eben eine Familie eingetroffen, der Mann in Röhrenjeans und grauem Hemd, die Frau in einem feinen dunklen Kleid. Sein Haar war kurz und grau, ihres blond, seitlich hochgesteckt. Ihre Augen waren es, die meine Aufmerksamkeit angezogen hatten, ihre wie die des Jungen und des Mädchens, die zu ihnen gehörten. Aber es waren nicht die Augen allein. Es waren die Haltung von Körper und Kopf, die Art, wie sie in den Raum trat, sich an den Rand stellte wie auf einen sorgfältig gewählten, lang reservierten Platz und sich umschaute. Der Blick wirkte scheu, aber er war das Gegenteil. Sie prüfte, was die Gesellschaft vor ihren Augen

181

darbot, von Anfang an. Der Mann an ihrer Seite war zuvorkommend. Ich beobachtete, wie er erst für die Kinder Cola einschenkte, dann ihr ein Glas Wein. Mit einem Bier für sich in der anderen Hand stand er rasch wieder neben ihr. Das Paar bildete, zuerst noch mit den Kindern, eine Insel inmitten des Palavers, das längst den Raum beherrschte. Ab und zu nickten sie dem und jener zu. Offensichtlich waren sie den meisten Anwesenden bekannt und wussten andersherum, wer in dem Raum wer war. Alle anderen waren umarmt worden, es gab Bussi hier und da, nur die beiden blieben beim Nicken. Der Junge, vielleicht neun Jahre alt, und das Mädchen, gerade schulpflichtig, hielten sich weiter dicht bei ihren Eltern. Jürgen war für den Moment beschäftigt. Ich konnte hier, diagonal zu den beiden, ausharren und über die Köpfe hinweg beobachten, was mich interessierte. Der aufgeregteste Mann des Stadtteils war auch angekommen mit seiner immer freundlichen Frau. Den brauchte mir niemand vorzustellen. Ihn nannten alle den Popen, weil er Pfarrerskind war und russisches Liedgut importierte. Beider fast erwachsene Tochter, eine junge Punkmusikerin, hatte sofort ihr eigenes Grüppchen um sich. Ein weiteres Paar legte einen Auftritt hin, eine drahtige Frau im leuchtend grünen Kostüm mit grünen Netzhandschuhen und roter Papageienfeder am grünen Hut, ihr Begleiter ein blondierter, deutlich jüngerer Mann in einem auffällig gemusterten, langschößigen Sakko. Sie war Künstlerin, das wusste ich, er wiederum ein Kollege, wodurch ich dieses Wort noch einmal dachte, als arbeiteten wir in Betrieben und gehörten der Gewerkschaft an. Die beiden hatte ich

182

an dem Abend in Dresden-Horlewitz kennengelernt, wo
sie weniger aufgefallen waren als hier. Jürgen geleitete
sie zu mir, und wir hatten miteinander das wunderbare
Thema ihrer Heimatstadt nebst Bevölkerung, zu dem Jürgen beitragen konnte, dass der wichtigste lebende Maler,
der aus Dresden stammte, heute den letzten Tag hier sein
werde. Das meinte wieder die eine Art Weggehens, die
mich unwillig machte, weil ich Trauer bei mir selbst nicht
erkannte. Jedenfalls nicht zulassen konnte. Jürgen schlän-
gelte sich durch die Menge auf die Tür zu. Dort stand, als
irritierten ihn die Menschen, schüchtern ein weißhaari-
ger Mann im blauen Hemd mit einer Frau in Schwarz-
weiß. Ich folgte Jürgen. Ich kannte Bilder von diesem
Mann. Ich liebte ihn, also die Bilder, den Künstler, also
doch ihn. Manchmal sagte ich das so. Ich konnte es nicht
anders sagen. Hier wäre dieser Text gern illustriert. Es zog
sich eine Traube um den eben Eingetroffenen zusammen,
der er auswich auf den Tisch zu, dort sozusagen den Platz
des Präsidenten einzunehmen an der Seite seiner Frau.
Ich hörte das elbtalübliche »Nu!« aus seinem Mund auf
die Frage, ob sie beide gern Weißwein trinken würden. Es
ging auf neun Uhr, ich hielt Ausschau nach der Blonden,
die zu mir gehörte, und konnte mich dazu leicht an Ralf
mit seinem roten Hemd orientieren. Ich löste sie aus dem
offenbar intensiven Gespräch. Blaumannbruder Ralf betonte, wie klug Susanne wäre, dass sie gerade über Robert
Havemann gesprochen hätten und dass wir doch unbedingt bald einmal beide zum Essen zu ihm in die Prenz-
lauer Straße kommen sollten oder ins Atelier am Kanto-
ner Platz. Ich fragte: »Gestattest du, lieber Ralf, dass ich

183

meine Partnerin kurz noch einmal zu einem Auftritt ent-
führe, bevor ihr beide weitermacht?« Wir grinsten uns im
Dreieck an.

Ich verdarb vorneweg beinahe das Konzert. Das lässt
sich schwer erklären, aber ich musste einen politischen
Sermon liefern, über alles ausgießen, bevor ich musi-
zierte. Jedes Mal. Hier, in dieser Runde sprudelte es mit
doppelter Notwendigkeit, mit Begeisterung aus mir heraus. Die Leute, erst recht diese, alle, die demselben Humus zu entstammen schienen wie ich, sollten wissen,
dass ich es ernst meinte. Als ernst galt nur, was auf Politisches zielte. Ich meinte notorisch etwas politisch, auch
wenn keine Note es auf sich trug. Vielleicht so: Eine
spitze Dissonanz ein Hieb gegen die Zensur? Abbruch
und ekstatische Pause meinte das brutale Schweigen der
Macht? Mit einem bestimmten Cluster antreten gegen
den NATO-Doppelbeschluss und die sowjetischen Mittelstreckenraketen? Nonverbale Solidaritätsbekundungen
mit der unabhängigen polnischen Gewerkschaft? In die
Richtung ging es irgendwie immer. Ich erklärte. Ich gab
den Berg der reinen Musik, der ununterbrochen politische Mäuse gebar. Manchmal hielt ich inne und schimpfte
auf mich selbst, es wären nur Meinungen ohne tiefere
Einsicht, was ich da absonderte. Zum Glück bekam ich
schließlich die Kurve. Im rechten Moment fiel mir eine
Handbewegung ein, eine hinleitende Geste. Ich wendete
mich den Tasten zu, und so ging es endlich um Musik,
um sonst gar nichts. Die Intuition war verlässlicher als
das, was mein Verstand hervorbringen zu müssen meinte.
Ich wusste es genau, konnte nur nicht anders. Susanne

hatte der Schoppen Wein nicht gut getan. Vielleicht auch nicht dieser einhakende, direkte, gefräßige, hemmungslose Ralf. Wir mussten ein zweites Mal anfangen. Ihr Blick war Entschuldigung genug, meiner zuckersüßes Verzeihen. Dann fanden wir uns und hoben ab. Und das Publikum, dieses, vor dem ich Bammel gehabt hatte, flog mit uns. In ihrer Stimme war alles, was die Lust unserer Tage zu zweit hergab. Sie stand noch am Anfang der Ausbildung, das hieß für heute Abend, sie traute sich alles. Das Klavier, dem ich mangels eigener Fertigkeit nicht zu viel aufgegeben hatte, spazierte mit ihr an den Rändern, auf den Bordsteinkanten, empor zu den Dachrinnen, in die Baumkronen im Abendlicht, zärtliche Töne ließen sich vernehmen, darunter ins Leichteste zerlegte Akkorde. Wir hatten eine Textcollage gemacht, ein verbales Gerüst, das sie verlassen konnte, wann immer es passte. Abheben zum reinen Flug. Ich liebe dich, dachte ich noch. Doch als alles zurücksank zum Schluss, wusste ich, dass es nicht um Liebe ging, dass wir etwas zusammen hervorgebracht hatten, genau dies, und dass es damit sein Bewenden hatte. Nach einer Pause kam der Applaus, dicht und ausgiebig.

Hinterher noch dies und jenes Schulterklopfen. Es gab nichts oben drauf auf das allgemeine Einverständnis. Es war normal, jedenfalls hier in der Stadt. Die Haltung der Blaumannbrüder konnte ich deuten, freundliches Knurren: dass ich jetzt dazugehörte. Das bedeutete viel, ich war mir dessen bewusst. Wozu sie gehörten, ich nun auch, oder, was das genauer meinte, stand dahin. Sie waren wichtige kritische Künstler, um sie war die Aura des

Anspruchs. Sie wussten, worum es ging. Und wenn einer dazugehörte, zu ihnen und damit zu diesem, worum es ging, dann galt es für Lohn der Mühe. Worte, die mehr gesagt hätten, Kritik oder Lob über das Allgemeine hinaus, das hieß vor allem mehr als das Unausgesprochene, das allgemein Einvernehmliche, wurden nicht verloren. Susanne wich seit dem Auftritt nicht mehr von meiner Seite. Sie bekam immerzu Komplimente, die sie in ihrer direkten Art parierte, laut lachend, glockenhell. Aber ich wollte nichts mehr von ihr, nicht einmal, dass sie nachher wieder mit zu mir käme. Blaumann Ralf engagierte sich schon woanders. Es waren auch andere Frauen neu in der Gesellschaft. Ich hatte Durst. Ich trank Weißwein, Bier, Rotwein, was vorhanden war. Immer wieder setzte ich zu dramatischem Reden mit den Leuten an, quatschte über Lech Wałesa, den Helden der Lenin-Werft, von dem ich außer seinem Aussehen gar nichts wusste. Als ich schließlich allein unten auf der Straße stand, kam Susanne mir hinterhergerannt. Ich ging vor ihr und lallte mit rückwärtsgewandtem Kopf einmal und noch einmal: »Es ist aus zwischen uns.« Ob sie aber doch mitkommen könne. Ja, sie könne mitkommen, klar, das stehe ihr frei. Ich erinnerte mich am Mittag darauf nicht mehr, ob wir oder ob wir nicht miteinander geschlafen hatten wie in den Tagen vorher. Sie packte ihre paar Sachen ein und stand in der Tür zwischen Küche und Zimmer, das Hochrot von Wangen und Hals, das die Helligkeit der Augen verstärkte, ein glühender Vorwurf mit Tränen drauf. »Mach's gut!«, sagte ich. Sie wendete sich theatralisch zum Gehen.

29

Wenn der Meister sich bei mir ankündigte, arbeitete ich
vorher. Auf einmal tat ich etwas, das ich reinen Gewissens Arbeiten nennen konnte. Das sonst anarchische
und, wie ich mir sagte, unschuldige Tun zog sich dann
wie von selbst Korsettstangen ein, strebte nach System,
lachte sich eine spontane Bürokratie an. Auch an diesem Vormittag arbeitete ich Pläne aus, einen für den Tag,
einen für die Woche, einen für das Jahr. Dabei gab ich mir
nicht zu, dass ich die Pläne des Meisters, die gelegentlich
seine Briefe bestimmten, die dann zu Listen ausarteten,
zu langen Listen von Tourneen, exotischen Auftritts-
orten, Vorhaben, das alles lückenlos, atemlos, auf meine
Art in kurzer Wallung kopierte. Jedenfalls kritzelte ich
jetzt Listen, nicht mehr als ein paar Zeilen lang, auf Zettel
und pinnte sie mir vor der Nase an den Sekretär, dessen
große Türen mit den geschnitzten Schnörkeln in der
Mitte sowieso perforiert waren von den Reißzwecken
mit den großen Messingknöpfen. Was mehrheitlich dort
hing, wenn die »Pläne« sich wieder zusammengerollt haben würden nach ein paar Wochen Sonnenlicht, das war
in der Mitte die Lieblingspostkarte mit der Callas darauf,
vom Meister in Stuttgart frankiert. Ich lebte auch mit
einem Porträt von Glenn Gould auf dem Stühlchen vor
der Nase, mit einem von John Cage im Cage-Nicki und
einem von Mahler als Dirigent. Drei Postkarten hatte Sebastian Kreisler jeweils aus Donaueschingen geschickt,
einen Delvaux mit einem altmodischen Zug im altmodischen Bahnhof, einen de Chirico mit dem reizenden

Titel »Die Unsicherheit des Komponisten«, in dessen Hintergrund eine Dampflok einen Eilzug vorbeizog, und den schreienden Papst von Bacon. Ich schaute manchmal über die Bilder hin, ich döste davor und wartete auf Ablenkung, auf das Klingeln, das eine Überraschung verhieß oder auf die durchdringende Stimme der Postfrau im Hof zu allen möglichen Zeiten von elf Uhr vormittags bis abends um acht. Wenn der Meister sich ankündigte, wirkte das jedoch wie Zunder unterm Hintern, versetzte die Hände in elektrische Zuckungen, die sich auf Tastatur und Notenpapier fortsetzten. Nie hätte ich ihm etwas davon gesagt. Als er heute kam, eine seiner schweren, karierten Taschen an der Seite, im grauen Mantel, die Baskenmütze auf dem lichten Haar, grinste Huchel hinter ihm hervor, mit gezückter Kamera. Sein Porträt aus der Wöchentlichen war inzwischen auch auf die Rückseite meiner Novaplatte geraten. Es hatte die fragwürdige Seite seiner Qualität noch einmal bewiesen. Ich hatte ein paar unangekündigte Besuche von fremden Männern über mich ergehen lassen, die mich irritierten und amüsierten, auch von schwulen Kollegen. Ich nahm an, sie wollten Abbild und Original vergleichen. Es muss Eitelkeit gewesen sein, dass ich es nicht unterband. Was sonst? Die Besuche verliefen förmlicher als alles, was sonst hier im Hinterhof geschah. »Ich muss mal ein Bild von euch beiden machen«, sagte Huchel auf die gewohnt muntere Art, ersetzte den Klavierhocker durch einen Stuhl, platzierte den Meister darauf und schob mich an dessen Seite. Nach zehn Minuten war er wieder weg. Auf den zwei Fotos, die ich ein paar Tage später aus dem Couvert zog, waren des Meisters verlegen verdrehte Hände das Schönste.

Er packte Schallplatten aus. Es war eine Freude. Er packte Bücher aus. Es entstand ein krimineller Stapel auf der Holzplatte des kleinen runden Tischs. Der Stapel der Bücher war »krimineller« als jener der Schallplatten, weil den Behörden bei Musik mit wenigen Ausnahmen allein die westliche Herkunft der Pressung aufstieß. Bei Büchern ging es eher darum, was darin stand. Die Zuständigen verstanden kein My von Musik, schon gar nichts von der Magie der Orte, Aufführungen, Orchester, Ensemble, Dirigenten, von den Konzertsälen der Welt, den Umständen, den gewissen Daten und den heiligen Namen. Kreisler redete über meine Freude und Dankbarkeit hinweg. Er kam sofort auf sein dringlichstes Steckenpferd zu sprechen, das Projekt der großen Aufführung junger Komponisten am Robert-Koch-Platz im Gebäude der Akademie, das wir zu planen begonnen hatten, der Meister mit mehr Verve als ich. Das Stürmische war aufgekommen, nachdem er bei mir einmal zufällig einen jungen Mann kennengelernt hatte. Der junge Mann trug den altdeutschen Namen Hermann Buse. Neben diesem Merkmal war er ein extremes musikalisches Talent. Wie ich später erfuhr, hatte Buse dem Meister eine Weile vorher eigene Kompositionen zugeschickt. Als der vielbeschäftigte und vielfach bedrängte Meister nicht darauf reagiert hatte oder nicht schnell genug, hatte Buse ihn schriftlich beschimpft, der Arroganz beschuldigt. Wie ich ihn kannte, war der junge Künstler noch expliziter, ganz bestimmt ausfällig geworden. Der Meister hatte ihm daraufhin alles zurückgeschickt und mitgeteilt, dass er im Falle weiterer Belästigung die Polizei einschalten würde. Nun war also Hermann Buse, der nicht gerade mein Freund war, dieser anstrengende Mensch, wie gesagt ein extremes Talent eklektischer Musik mit dazu passender andauernder Ungeduld und Bereitschaft zur Aggression, immer unter Druck, überanstrengt, außerdem seine eigene Not und seinen Anspruch auf jede Zuwendung und jede Hilfe von jedermann mit Drohgebärden untermauernd, er war also hier gewesen um zu schnorren, und ich hatte gesagt, okay, das letzte Mal. Er war im Aufbruch, als der Meister ankam. Ich hatte den schrägen Kumpel vorher loswerden wollen. Wenn ich konnte, vermied ich solche Zusammenkünfte. Das bisschen Zeit mit dem Meister, die halben Stunden waren mir zu wertvoll, um sie zu teilen. Ich war eifersüchtig, jetzt wurde es mir das erste Mal bewusst. Buse machte sich mit genuscheltem Gruß davon. Kreisler hatte ihm wegen seines Gepäcks in den Händen nur freundlich zugenickt. Noch bevor ich nach dem Getränkewunsch gefragt hatte, wollte er wissen, wer das denn gewesen sei: »Ach«, wiegelte ich instinktiv ab, »auch ein Komponist. Spielt rabiat Geige und komponiert. Schlägt sich so durch. Geht uns hier allen ein wenig auf die Nerven, weil er immer Geld braucht, bei jedem Schulden hat.« Wie er denn hieße, den Namen wüsste er gern. Als ich ihn sagte, kam ein kurzes »Aha«. Ich fragte nicht nach. Später wurde mir klar, dass etwas, und noch später, was hier begonnen hatte. Das Projekt der Aufführung jedenfalls wurde von diesem Punkt an dringlicher. Ich wusste wirklich nicht, wie die Welt funktionierte. Dass alles so einfach war. Was ein Blick auch in unserer Szene bedeuten konnte. Da saß er vor mir, der Meister mit seinen fünfunddreißig Jahren Vorsprung. Das meiste, was diesen Mann älter machte als die gelebte Zeit, wusste ich aus seinen eigenen Veröffentlichungen. Es war der Beginn einer Karriere im Musikbetrieb des Nationalsozialismus, an dem ein Richard Strauss aktiven Anteil genommen hatte. Es war verbunden mit großen Namen wie Orff und Egk, mit Wilhelm Furtwängler und Herbert Karajan und nicht zuletzt mit dem Ottmar Gersters. Der war nach einer erstaunlichen Nazivorgeschichte, als Schumannpreisträger von 41, als einer, der am Schluss sogar auf Goebbels' Liste der Gottbegnadeten stand, in die sowjetisch besetzte Zone gegangen und hatte persönlich dem jungen Sebastian Kreisler den Weg geebnet nach dessen Rückkehr aus der Gefangenschaft. Das Zeichen jedenfalls, unter dem Kreisler etwas von Musik zu begreifen begonnen hatte, war das Kreuz mit den Zinken dran gewesen. Die tiefste Wandlung in seinem Leben machte er als Kriegsgefangener am russischen Polarkreis durch. Für den musischen jungen Mann aus Böhmen, aus christlich-nationalem Hause hatte es in der brutalen Lagerhaft nur des richtigen Lehrers und Ansprechpartners zur Umerziehung bedurft. Unter dem Druck der Bilder, der Leichenberge, die, wie jener Lehrer das erklärte, das imperialistische Deutschland hinterlassen hatte und sie als dessen Schergen, wie sie da vor ihm saßen, und so den eigenen politischen, also menschlichen Abweg zu erkennen, war hart, aber zugleich fiel es offenbar leicht, aus dem eindeutig Finsteren in das eindeutig Helle geführt zu werden. Kurze Zeit darauf leitete der Mittzwanziger schon selbst politische Seminare und durfte auch schon musikalisch mit Kameraden im Lager arbeiten, zunächst mit einem Chor, mit selbstgebauten oder reparierten Instrumenten. Nach der Rückkehr auf deutsches Gebiet wollte er dringend eine alternative, antifaschistische Musikkultur mit aufbauen. In den fünfziger Jahren muss er das sehr aktiv getan haben hier in der Stadt und in der mecklenburgischen Provinz, als Musikfunktionär. Ottmar Gerster hatte ihn gleich nach Gründung in die Akademie geholt. Ich konnte mir vorstellen, wie das damals war. Ich kannte die Atmosphäre im Club der Komponisten im Haus des Kulturaufbaus in der Otto-Nuschke-Straße, wie sie heute noch war. Der Meister hatte mich dorthin einmal mitgenommen, um mir diese stehende Luft, um mir diesen sakralen Raum vorzuführen. Was uns Oberschüler vor fünf, sechs Jahren an Kreislers Arbeit zu begeistern begann, als wir alles in uns hineinsogen, was live auf den Musikbühnen der Stadt und in den Theatern zu finden war und auf den Platten sowieso, war untrennbar von der Lebensgeschichte des Mannes. Parallel zu seiner Musik machte er seine Konfession öffentlich. Wir lasen dieses Work in Progress, das als Tagebuch verkleidet Band für Band in einem Rostocker Verlag in kleiner Auflage erschien, wie einen Katechismus. Ich hatte vergessen, ihn zu fragen, ob er Tee oder Kaffee mochte, so dass es nun wieder auf das Glas Wasser hinauslief, das er nicht anrührte. Versunken saß ich ihm gegenüber. Mir wurde gerade klar, dass ich die Gespräche über seine, des Meisters Auseinandersetzung mit der selbsterfahrenen Zeitgeschichte, über die Umstände der geistigen und, untrennbar davon, moralischen Existenz, die Gespräche, die sich an der Biographie des Mannes entzündet hatten, der hier vor mir saß – naiv, wie sie ganz sicher waren –, wie sehr ich sie vermisste. Ich vermisste den Ernst unter Kindern. Es gab um mich herum kein Gespräch mehr, nicht eins, das daran anknüpfte. »Ich treffe nächste Woche Konrad Wolf, das wird das entscheidende Gespräch!«, sagte der Meister gerade. Auf das Stichwort hin holte ich die Anthologie von Arbeiten unveröffentlichter Kompositionen von dreißig Kolleginnen und Kollegen, die ich im letzten halben Jahr angelegt hatte, aus ihrem Karton hervor. Ein Bekannter – ein Freund – hatte das Konvolut an seiner Arbeitsstelle heimlich kopiert. Kreisler blätterte darin mit einer gewissen Zufriedenheit. Er kannte die Namen zum großen Teil. Vielfach kreisten die Beiträger mit ihren Arbeiten schon Jahre in dem seltsamen Kosmos von Bewerbungen, von Versuchen, von abgewiesenen Einladungen, von Kurzauftritten, von Uraufführungen jener Unter-ferner-liefen, der die Unorthodoxen unserer Zunft betraf. Was immer unorthodox hieß. Musikalisch nichts Radikales. Oft war es nur ein Ausdruck von Verweigerung, ein Leben neben dem üblichen Weg, neben der üblichen Ausbildung. Einige hatten die Musikhochschule abgebrochen. Die Orientierung an westlichen Strömungen war vielleicht auch ein Merkmal der Szene. Aber kein wichtiges. Vielleicht ging es um den Wohnort in einem der Abrissgebiete. Vielleicht ging es um ausgestelltes Desinteresse an dem feigen Spiel, das die Älteren uns vorführten. Das hieß noch immer alles und überall »volkstümlicher

Realismus«. Die meisten von uns – ja, uns, wie ich selbstverständlich dachte – nahmen das nicht mehr hin. Sie wollten Musik nur Musik nennen, Namen aussprechen, die sie interessant fanden, hinter vorgehaltenen Händen hervorholen. Das miese Spiel einfach nicht mitspielen. Der Meister hielt eine Auswahl von mehr oder minder guten, mehr oder minder wichtigen Kompositionen von Menschen in der Hand, die ich ziemlich rasch gesammelt hatte. Die Akademie der Künste – das Gerücht vom Gral lebte fort – würde sich starkmachen und eine Bühne bieten für das sonst Abgewiesene. Sebastian Kreisler warf seinen Namen ins Gewicht. Ich lachte auf, als wir einander die Hände entgegenstreckten. Pfeifen im Walde, das passte in den zweiten Hinterhof. Was für ein Aufhebens, was für eine Konspiration bauten wir um eine Aufführung von ein paar schrägen Tönen. Was für Kraft erforderte es, wie viel allein von seiner knappen Zeit musste der Meister aufwenden, um die Sache auf den Weg und hoffentlich durchzubringen. Wie er jetzt das Manuskript einsteckte und sich verabschiedete, spürte ich, verstand ich, warum. Nicht nur wegen eines Buse, der eine stark vergröberte Version des Tadzio sein mochte.

30

Am 24. Mai passierte der Bürger Werner Weber, wohnhaft Wilhelm-Külz-Str. 17, Seeburg-Mitte, um null acht null null Uhr die Grenzübergangsstelle Friedrichstraße in

Richtung Westberlin. Hinrich hatte um zehn Uhr seinen ersten Termin an diesem Tag, wollte sich aber durch einen Spaziergang akklimatisieren, sich »normal machen«, wie er das nannte. Das Budget an Valuta, das ihm in dem kleinen Kassenbüro in Seeburg die Genossin ausgehändigt hatte, würde er gegen Anfechtungen verteidigen müssen, um über die Tage zu kommen. Die Fahrkarten für die Stadtbahn hatte er noch drüben bezahlen können und in Form der kleinen, dicken Pappdinger an sich genommen, die er bei Bedarf am Automaten lochte. Laut Dienstplan müsste er abends ausreisen und morgens wieder einreisen ins Operativgebiet. Er nahm die Stadtbahn bis Bahnhof Zoo. Wann er hier das letzte Mal gewesen war, wusste er genau. Der Satz in seinem Kopf lautete schlicht: Nach neunundzwanzig Jahren das erste Mal wieder zu Hause. Er ging den Tauentzien entlang bis zum Wittenbergplatz, um das noch geschlossene KaDeWe herum, folgte dann der Lietzenburger bis zur Fasanenstraße, stand am Ku'damm herum. Er hatte Zeit. Es nieselte, aber es gab genug Gelegenheit, unter Vordächern in Schaufenster zu schauen, heute, wo ihm das Herz so merkwürdig schlug. Die Gegend mit den preußischen Straßennamen, Spiegel einer Zeit, in der er lieber gelebt hätte, führte ihn über Savignyplatz und Steinplatz auf die Hardenbergstraße zurück, er setzte sich ins Pressecafé. Die Bedienung mit dunklem Teint hatte einen starken Akzent, aber als sie die Tasse vor ihn hinstellte, traf ihn der einheimische O-Ton: »Der Kaffe für Sie!« Ihm war wohl. Er nahm sich eine Zeitung nach der anderen vom Ständer: Morgenpost, Bild, Frankfurter Allgemeine, B. Z., Süddeutsche. Er saugte

195

sich an Buchstaben und Fotografien fest, ohne dass etwas davon hängenblieb. Ohne Vorsatz tat er nur so, als läse er. Das Datum war wichtig, das Datum rechts oben oder links oben auf den Seiten. Immer wieder glitt sein Blick zu dem Datum. Sieben mal sieben. Hinrich Einzweck trat mit dem heutigen Tag in sein fünfzigstes Jahr ein. Wie der antike Heros Antaios berührte er den Mutterboden und fühlte sich stark. Absichtslos beobachtete er, wie sich die Leute ringsum benahmen, die meisten allein wie er, jeder einen Tisch für sich, möglichst eine der Nischen in Anspruch nehmend. Der Zustand war ihm angenehm, die Geste. Er steckte sich noch eine Zigarette an, hatte sich noch gestern Abend am Ostbahnhof damit eingedeckt, bevor er in seiner Dependance an der Fischerwiese untergekrochen war. In einer der Zeitungen war die Rede von Hitlers Tagebüchern, die vor kurzem veröffentlicht worden waren. Jemand zweifelte an deren Echtheit. Mit den Zeitungen vor sich und auf dem Stuhl daneben stand Hinrich plötzlich sein Vater vor Augen. Der Vater im Sessel bei der Stehlampe, lesend. Zeitungen, sein Elixier, Zeitungen, die ihn zum Schluss ausgespuckt hatten, nichts mehr von ihm wissen wollten, Zeitungen, die er las und las und im Zeitungsständer neben dem Sessel sammelte. Hinrich musste zu seinem Treff. Er fuhr zum Nollendorfplatz und ging zu der Adresse des Wiener Cafés, das sein Kontakt vorgeschlagen hatte. Pünktlich zehn Minuten vor der Zeit setzte er sich an einen der runden Marmortische und legte das Buch vor sich hin, das als Zeichen verabredet war. Es war eine Neuerscheinung aus dem Verlag, für den er gegenüber dem Kontakt arbeitete.

Er hatte das Paperback-Bändchen gerade erst bekommen. Es hieß nach der antiken, sprichwörtlichen Frau, die zwar die Zukunft vorhersagte, auf die aber keiner hörte. Er wusste gleich, dass es der Mann war. Der ging frisch auf ihn zu, gab ihm die kräftige Hand, hängte den Trenchcoat an den hölzernen Garderobenständer und orderte auch einen kleinen Braunen, zu dem das obligatorische Glas Wasser kam. Wie gestärkt schauten die Hemdsärmel aus dem Anzug. Hinrich, in seiner Welt ein alter Hase, war unwohl in seiner Verkleidung. Er trug einen, dem Ostberliner Verlagsangestellten angepassten braunen Anzug mit irgendeiner Struktur im Stoff, dazu eine breite Krawatte auf eierschalenfarbenem Hemd. Er glaubte, auf einmal genau nach dem auszusehen, wonach er nicht aussehen wollte. Der smarte Typ aus Frankfurt am Main störte sich nicht daran, an nichts, der hatte etwas zu sagen: »Wissen Sie, lieber Herr Doktor Fischer, der Mann, dem wir unser Zusammentreffen hier verdanken, lebt nicht mehr.« Hinrich schluckte: »Wie bitte? Wie meinen Sie das?« »Frieder, also mein Freund Fritz, hat sich Ende April das Leben genommen.« »Wie? Wissen Sie mehr darüber?« Hinrich musste Fassung gewinnen. Sein Kehlkopf ging. Sein Gegenüber sprach gedämpft weiter: »Eine wirklich traurige Geschichte, insbesondere weil er eine wunderbare Frau und zwei Kinder hinterlassen hat. Abgesehen von der Karriere, er war schließlich hoch angesehen in der Bank. Die Kleinigkeiten, von denen er manchmal sprach, das nicht so gute Jugoslawiengeschäft, von dem Sie ja wissen, ich kann mir nicht vorstellen, dass es ihn so belastet hat. Wir haben uns einen Tag vorher noch beim Squash gese-

197

hen. Was er getan hat, kam absolut out of the Blue.« »Ja, das ist natürlich keine gute Nachricht. Andererseits beeinträchtigt es ja nicht unser Vorhaben, nicht wahr?« Jetzt schaute der Herr mit den gewellten grauen Haaren sein Gegenüber, den kurzhaarigen Herrn mit dem markanten Kinn etwas länger an. Er nahm die dickwandige Tasse, trank einen kleinen Schluck, nahm das Wasserglas, hob es hoch und stellte es ganz sanft auf die Tischplatte: »Wissen Sie, ich habe es mir noch einmal überlegt. Es gibt auch hier genug Verlage, bei denen ich unter Pseudonym publizieren kann. Wie man hört, gibt es die auch in der Stadt der größten Buchmesse der Welt, in der ich zufällig lebe. Mein Compagnon und ich, wir sind sicher etwas wie Überzeugungstäter, aber keine Idioten. Was Sie genau vorhaben, weiß ich ja bis heute nicht.« »Ich bitte Sie, wir sprechen heute über die Konditionen wie verabredet. Wir sind sehr interessiert, eine so hochkarätige Innenansicht herausbringen zu können. Ich bin berechtigt.« Der Mann rief nach dem Kellner. Während er zahlte, ließ er Doktor Fischer alias Werner Weber alias Hildebrand Einzweck aus der ostdeutschen Provinz nicht aus den Augen und zischte: »Wissen Sie was, Herr Doktor Fischer? Wie Sie als Geschäftsmann sind, das will ich gar nicht wissen. Mir reicht schon zu wissen, wie Sie als Bruder sind.« Der Mann nahm seinen Trenchcoat vom Haken und ging mit sportlichen Schritten, eskortiert von seinen Spiegelbildern in den Silberspiegeln des Cafés, zur Tür hinaus. Hinrich war trotz des Schocks zum Sparen verdammt, aber auch zum Schnaps. Das Beobachtungsobjekt trank um zehn Uhr fünfundzwanzig Minuten eine klare Flüssig-

198

keit aus einem Cognacschwenker, nach Menü vermutlich Marillenbrand. Hinrich hatte soeben erfahren, dass sein Lieblingsbruder Frieder Selbstmord begangen hatte, und einer von dessen Freunden, der auf einmal dies und jenes zu wissen schien, gab ihm daran die Schuld.

31

Die Grenzer waren nicht die Treppe heraufgestürmt gekommen. Niemand hatte mich aus der Stadtbahn herausgeholt. Nichts war geschehen. Die Türen schlossen sich mit dem charakteristischen Zischen der Pressluft. Ich saß neben Sebastian Kreisler auf dem roten Kunststoffpolster der Sitzbank und schaute aus dem fahrenden Zug auf Gebäude, die ich aus anderer Perspektive kannte. Da, rechts der Bahn, war die von Spaziergängen vertraute Charité, nur eben ihre Westseite, da, links der Bahn, stand das Brandenburger Tor, in ungewohnter Seitenansicht. Der Reichstag wirkte näher, als er mir vom Sitz der Deutschen Schallplatte aus erschienen war, als ich dort noch öfter zu tun hatte. Die Bahn beschrieb einen Bogen nordwärts, schwenkte nun sacht nach Westen und mit einem kleinen Anlauf, als wollte sie es rasch hinter sich bringen, setzte sie über das weg, was »die Mauer« hieß. Die sah ich das erste Mal im Draufblick, sah genau, dass es sich um zwei Mauern handelte, an dieser Stelle auch mit Stacheldrahtrollen dazwischen auf dem geharkten märkischen Sand, dass es sich um hohe Tore aus Blech, um Panzersperren, Bogenlampen, um Wachtürme und um Soldaten mit Maschinenpistolen handelte, um dunkelgrüne Fahrzeuge mit Hoheitszeichen an den niedrigen Türen, die Trabant Kübelwagen genannt wurden. Vielleicht war irgendetwas los mit meinen Augen heute, denn ich sah vollkommen bewusst den leeren Raum, der über allem und um all das herum war, den Rachen gähnender Leere. Der Raum war hell, von strahlendem Weiß, und schalltot, wie mir schien, als hätte jemand statt des Himmels endlose Schichten von Eierkartons oder Styropor darüber angebracht. Nun querten die Schienen einen Kanal, und die Bahn fuhr in einen Bahnhof ein. Dessen verschiedenfarbige Klinker trugen trotz sichtbarer Vernachlässigung, trotz des Schmutzes einen ästhetischen Gedanken unter dem altmodischen Namen Lehrter Stadtbahnhof. Die weitere Fahrt bestand aus Durchblicken Richtung Siegessäule, auf ein Gewässer, dass ich auch diesseits – oder sagte ich jenseits? –, jedenfalls hier noch immer bei dem bekannten Namen nannte, Spree. Der Bahnhof Zoo tauchte auf, ein Begriff, jetzt übersetzt in eine Immobilie, real, eine hohe Halle, einen Bahnsteig, bezeichnende Schilder, die Giraffe an dem blassen Haus gegenüber. Wir stiegen nicht aus, der Meister hieß mich noch sitzen zu bleiben, während das Grau und das Murmeln der Rentner von jenseits, von drüben also, wo auch ich herkam und hingehörte, während dieses Unschöne, dieses Peinigende abfloss, während die kleinen Rentner ausstiegen, die demütigen, verklemmten, grässlich anzuschauenden Ostweiblein und die paar Männlein endlich ausstiegen und einkaufen gingen. Ich weiß nicht, ob ich dergleichen dachte. Wir fuhren noch eine Station. Hier war es schön, das bedeutete, auf keinen Fall echt, auf keinen Fall wirklich. Wir gingen im Kreis, Fleisch zu beschauen. Ich hatte noch nie echtes, bei sich befindliches, ganz selbstverständliches, restlos unverschämtes Westfleisch gesehen. Hier saßen die Penner auf der Bank, hoben die Bierdosen zum Mund in der Sonne. Zwei Frauen standen vor einer gewöhnlichen Haustür und trugen sehr hochhackige Schuhe zu engen Latexhosen, die langen Haare zu hochwippenden Pferdeschwänzen gebunden, die Münder grässlich offen zum Lachen wie auf einem Gemälde von Dix oder wie die verhurten Gestalten bei George Grosz, ja, widerlich, sagte ich es nicht? Das konnte kein Zufall sein, rief ich aus, als der Meister mich auf der anderen Straßenseite auf eine Metalltafel an einem Hauseingang hinwies. Der wirkliche Grosz war hier, an diesem Platz, im Hausflur dieses wirklichen Hauses zusammengebrochen in einem der Jahre, in denen Klein Hadi auf Schifffahrt war. In einer Musikalienhandlung unter den Stadtbahnbögen großes Hallo. Sie kannten den Meister, und sie freuten sich, dass ihm der Coup gelungen war, das junge Talent hierher mitzubringen, »einzuschleusen als Konterbande«, wie sie sagten. Freundliches Kichern der Damen. Riesenvorfreude auf heut Abend, ja, man sähe sich in der Akademie. In einem Antiquariat suchte ich mir ein paar drüben – ja: drüben – verbotene Bücher aus, die stopfte der Meister in seine große, noch leere Tasche. Wir gingen noch eine Biege. Hier eine Kneipe und noch ein Café, da ein italienisches oder griechisches oder chinesisches Restaurant, dort jenes historische Lokal. Die Stühle

und Tische überall draußen, dass es ein fröhliches und
zugleich merkwürdig unaufgeregtes, sanftes Geschiebe
ergab. Ich beruhigte mich beim Anblick eines Polizisten
mit Maschinenpistole vor dem Bauch. So hatte ich mir
den Westen vorgestellt als Benutzer des Fernsehens aus
dieser Himmelsrichtung. Beleg für ihr Wesen und die
einzig wahre Wirklichkeit war der Wächter vor dem jü-
dischen Gemeindehaus in der Fasanenstraße mit seiner
kugelsicheren Weste. Weiter gingen wir herum ums Kar-
ree und kehrten schließlich in ein sehr edles Etablissement
ein. Etwas hatte dem Meister seine Chuzpe genommen,
seine Laune gedämpft. Wir warteten hier auf jemanden.
Er wolle mich nicht überfordern, aber der Zufall machte,
dass Paul Schwarz, ja, derselbe, dass er dieser Tage in der
Stadt wäre. Wir wären gleich mit ihm verabredet. Ja, er
lebte im Exil seit Ewigkeiten, in Stockholm. Und da sie
über Kanäle der Akademie Verbindung hielten, einer des
anderen Arbeit schätzte und gelegentlich kommentierte,
nun, so wäre heute der Tag. Es machte mich scheu. Meine
übliche Mundart scheute hier, nebenbei auch vor dem
»Menu«. Das führte zu den französischen zwar auch die
deutschen Bezeichnungen der Speisen, aber ich scheiterte
und traute mich nicht nachzufragen. Der Meister hielt
sich damit nicht lange auf. Schon hatten wir bestellt, ich
meinerseits eine Sorte Fisch, die ich dem Namen nach
kannte. Er hatte vorausgeschickt, es sei ihm ein Vergnügen, mich einzuladen, schon, weil er mich hereinge-
bracht habe, hierher und in die Situation und in dieses
Restaurant, das sich etwas schmalbrüstig als Bar bezeichnete. Er sei »daran schuld«. Die Sekunde danach fiel er

wieder in sich zusammen. Er murmelte, er sage es mir, was er jetzt sage, weil er mich schätze. Er stehe dafür, reinen Tisch zu machen. Er widme sich seit Jahren neben der Arbeit an seinen Kompositionen dem Tagebuch, das wisse ich. Ich hätte um ein Haar einen Schlag aus meiner nicht lange zurückliegenden Oberschülerzeit erzählt, aber er unterbrach mich mit Blick und Geste, wie ich sie noch nie an ihm gesehen hatte. Sein sonst fleischiges Gesicht war verzogen wie das eines Heiligen von El Greco. Es gäbe eine Sache, auf die er noch nie zu sprechen gekommen sei, bisher auch nicht in den die Nazizeit betreffenden Partien seines Work in Progress in soundso vielen Lieferungen, wie er es in Anlehnung an die Romantiker gern nannte. Ob mir Wilna etwas sage, Vilnius, fragte er. »Baltikum, Litauen«, meinte ich, und »klar!«. Er wäre dort gewesen, als junger Soldat, 42 auf 43. Ob mir das etwas sagte. Es sagte mir nichts, aber mir entfuhr ein »Ach so«. »Murer, ich kannte Murer. Der hat so schön steirisch geflucht. Ich habe wiederholt gesagt und geschrieben, dass ich keinen Schuss abgegeben habe im Krieg. Das ist wahr. Aber wo ich gewesen bin, dort in der Schreibstube, am Fernschreiber, dadurch, dass ich dort war, das ist auch und tausendmal tiefer wahr. Ich war vor kurzem das erste Mal in der Fasanenstraße in dem Gebäude. Die Leute waren sehr freundlich zu mir. Sie haben mir die Bibliothek gezeigt. Da sind sogar Drucke von Romm aus Wilna.« Kreisler hatte sehr leise gesprochen. Mir sagten die Umstände und Namen sowieso nichts. Ich wollte sie mir merken, alles, spürte es nur sofort wie üblich wegrutschen, das Genaue, um das es ging. Voll war ich des wohlfeilen dunklen Einverständnisses, voll der besten Absichten, nachzuholen, mich kundig zu machen, das Oberflächliche durch Wissen zu ersetzen. Es war für den Augenblick, wie immer in solchen Augenblicken, echt. Es war, wie immer, schon wieder vorbei. Der Weißwein für mich und die hellgrüne Flasche Wasser für ihn wurden eben im Schwung vor uns hingestellt, als ein schlanker, älterer Mann mit stoppeligem Haar und Sechzigerjahrebrille an unseren Tisch trat. Begleitet wurde er von einer Frau in einem silbrig grauen, figurbetonten Kleid. Kreisler begrüßte beide freudig. Er stellte mich vor. Ich ließ die Schultern hängen und grinste irgendwie und nuschelte irgendetwas. Wer da uns gegenüber Platz nahm, war tatsächlich der Paul Schwarz, von dem ich Fotos kannte und dessen Hauptwerk vor kurzem drüben – ja, drüben – das erste Mal in Gänze aufgeführt worden war. Das Erste, was er zu sagen hatte, klang nach großer Welt und war offenbar ganz privat zugleich: »Bevor ich es vergesse, schönen Gruß soll ich sagen von Käbi, ja, Käbi Laretei. Ich hatte ihr gesagt, dass ich dich treffen würde. Habe sie letzte Woche bei einer Tagung der Königlichen Akademie in Stockholm nach langer Zeit wiedergesehen. Unverändert. Guter Jahrgang.« Die Frau an Schwarz' Seite, die der Meister duzte, war Mitarbeiterin einer großen Edition, vom hiesigen Pressebüro. Ich vergaß wie gesagt sofort alles, während ich dabeisaß, während es vor meinen Augen und Ohren ablief. Benommen dachte ich an den Fisch, der gleich kommen würde, stellte mir vor, wie kompliziert es wäre, ihn zu essen. Ein Fischmesser lag auf der Stoffserviette vor mir. Nebenbei hatten die beiden bestellt, schon stießen wir an über den Tisch hinweg. Sie hätten einen Termin morgen beim Senat, es ginge um ein Studio für Schwarz. Ja, er plane den Umzug hierher, seine Rückkehr aus dem allzu langen Exil. Die Frau an seiner Seite strahlte. Der Meister strahlte auch. Ich hörte, wie sie laut überlegten, wen im Senat er genau ansprechen sollte – »wen kennen wir da?« –, wie groß das betreffende Studio mindestens sein müsste, wie viel es kosten dürfte, welcher Stadtteil angenehm wäre. So redeten sie. Ich staunte und nippte an dem Wein, von dem ich schon Wirkung verspürte, einen eleganten Dreh im Kopf, der meine Verwirrung steigerte. Das Essen für alle kam, nur meines nicht. Eine Hitze stieg meinen Hals empor, als ich gesittet einen guten Appetit wünschte. Es war vermutlich peinlich, dass ich und was ich da bestellt hatte. Kreisler beruhigte mich, das wäre eben vornehm hier, er lachte auf. Ich lauschte weiter auf das Gespräch. »Ach, wie wir wegträumten, ihm aber doch den Vogel zeigten, Messiaen 53. Wir hielten das für reine Unterhaltungsmusik.« »Boulez ging damals nach Darmstadt, ja.« »Das war auch, nein, das war 54, als Strawinskys kleines Requiem auf diesen Engländer mit diesem feinen Tenor aufgeführt wurde, habe es noch im Ohr: Do not go gentle into that good night. Warum komme ich nicht auf den Namen dieses grandiosen Trinkers?« »Dylan Thomas. Ein Waliser«, sagte ich, der ich das Gedicht auf seinen Vater zufällig kannte. Der Einwurf verwirrte mich selbst so sehr, dass ich mich noch mehr zurückzog. »Aber es war ein 17. Oktober«, ergänzte Schwarz etwas wichtig. Die beiden tasteten weitere Namen ab, die Akademien Ost und West, wer noch lebte.

Kreisler wies mitten darin auf meinen Auftritt am Abend hin. Ich fühlte die Hitze in den Ohren ankommen. Noch immer war der Fisch offenbar nicht zubereitet, der exotische, ganz und gar unübliche Fisch. Paul Schwarz und Sebastian Kreisler machten den Eindruck von Diplomaten auf mich. Sie schienen Verhandlungen zu führen, deren genauer Gegenstand dem Außenstehenden entging. Sie nannten weiter Namen, sie erinnerten sich an diese und jene Begegnung auf diesem und jenem Parkett, sie erinnerten einander an Konzerte in Witten, an Erfahrungen beim Steirischen Herbst, sprachen von dem neuen Festival in Stuttgart, wo Schwarz' Werk Schwerpunkt wäre in diesem Jahr. Ich bestellte, nachdem ich stumm gefragt hatte, ob es im Budget wäre, ein zweites Glas Wein und wartete auf das Essen. Als es kam, schlang ich es hinunter, das helle, flache Stück Fisch, fast geschmacklos, wie es war für meine Zunge, ohne dass ich wusste, das genau dies für Frische sprach und für Qualität. Paul Schwarz und seine Begleiterin mussten weiter, sich um praktische Dinge kümmern. Der Meister und sein Knappe nahmen die Stadtbahn und noch eine Stadtbahn und erklommen am Schluss vier Treppen in einem Hinterhaus. Hier wohnte Leon mit Frau und Kindern. Obwohl auch nach dieser Verabredung zuvor gefragt worden war, ob ich Lust dazu hätte, kam sie unerwartet. Nichts war vorherzusehen, alles kam plötzlich für mich, an diesem Tag doppelt und dreifach. Vergessen hatte ich, gestrichen, verdrängt, dass Leon vor über einem Jahr wegen einiger der Texte, die er vertont hatte, wochenlang im Untersuchungsgefängnis der Sicherheitsorgane gesessen hatte. Es war nicht zur Anklage gekommen, er hatte aber danach den Entschluss gefasst, sich und seine Familie nicht länger diesem Druck auszusetzen. Kurz vor seiner Ausreise hatten wir uns das letzte Mal gesehen. Sie hatten den Antrag schnell bearbeitet, vermutlich wegen der Aufmerksamkeit, die westliche Agenturen einer solchen eindeutig politisch motivierten Verhaftung eines Ostkünstlers entgegenbrachten. Da standen wir in der hohen, kahlen Diele. Da saßen wir herum. Das stumme Missverständnis der letzten Jahre saß mir wie offenbar auch Leon in der Kehle. Vielleicht brachte es dieser Augenblick auf den Punkt, ich merkte es nur nicht. Gefängnis und Ausreise bei ihm, und Hereinschnuppern in die Westluft mit einem hübschen Visum im Ostpass bei Herrn Einzweck – mehr war dazu nicht zu sagen. Ich hätte hier nicht stehen, hätte die ganze Reise nicht unternehmen dürfen. Ich merkte es nicht. Mir fehlte vollkommen das Gefühl dafür. Ich redete irgendetwas über die Aussicht aus den Fenstern der großen Hinterhauswohnung im Wedding. Sightseeing war der erlösende Vorschlag. Leon würde mir ein wenig von diesem Teil der Stadt zeigen. Ich durfte mir etwas wünschen und meinte, die Mauer von dieser Seite zu sehen wäre interessant. Eine Viertelstunde später schaute ich von einer Aussichtsplattform auf das für die Helmholtzstraße zuständige Postamt hinüber. Es war früher Nachmittag, aber ich kam heute nicht. Ich hatte mich verpasst. Leon formulierte seine Erschütterung darüber zwei Wochen später in einer Tageszeitung als Offenen Brief. Er schenkte mir gleich die ganze Gegend, in der ich noch lebte und zu der ich passte. Das war natürlich zwecklos, weil ich nicht

207

gut antworten konnte. Ich hätte gar nicht gewusst, wie, hätte mich an den Kollegen wenden müssen, der die Kontakte zu den Westjournalisten hatte. Viel entscheidender war aber, dass ich in dem zweiten Jahr meiner Existenz als ein freier Komponist in der Gegend, in der ich es war, keinerlei Absicht hatte, auf der anderen Seite der Welt anders als mit Musik aufzutreten. Offen gesagt, ich wollte mein Leben, wie es war, dort in dem grauen Nordost, nicht aufs Spiel setzen. Es hätte jemand kommen können und sagen: Du hast dich da eingerichtet! Du gehörst ganz und gar dorthin! Ich wäre empört gewesen, aber ich hätte nicht wirklich widersprechen können. So erging es mir mit Leons Artikel. Meinen verehrten Begleiter, der noch eben auch sein Mentor gewesen war, Sebastian Kreisler, packte er mir ohne Not obendrauf auf das Gepäck, unter dem er mich ächzen sah. Der wäre die väterliche Autorität, ohne die ich zu überhaupt keinem Schritt in der Lage wäre. Zur Krönung nannte er den Meister in einem Atemzug mit einer Person, die er nur aus meinem eigenen Reden kannte, meinem Stasivater.

32

Er hatte es zufällig erfahren, dass sie ihn hinzuziehen würden, im Besprechungszimmer in der Jugendverwaltung Unter den Linden. Der Stellvertreter Zensur hatte zwar nach einigem Hin und Her die Bestätigung unterschrieben, dass Werner Weber ein promovierter Außenmitarbeiter des Boehning-Verlags sei, doch sonst gab es keinen Kontakt, weder in den Apparat noch in den Verlag. Manuskripte, die dort zur üblichen Bearbeitung lagerten, besorgten ihm die Genossen auf dem internen Weg. Es war besser, dass sein Dienst da gelegentlich nachkontrollierte, fand er, insbesondere, wo die Apparatschiks zu feige waren. Das war ihm sehr ernst. Er sah die Feigheit in Richtung des oft raschen, aber inkonsequenten Verbots einerseits und in Richtung der bürokratischen Verzögerung bei Befürwortung dessen, was wir brauchen konnten, gleichermaßen. Hinrichs Wir war übrigens ein handfestes. Es umfasste zwar sicher die Einheitspartei, auch die Staatsbediensteten und die herrschende Riege der alten Antifaschisten, doch im engeren Sinne diejenigen, die das Projekt des Sozialismus voranbrachten. In diesem Wir fühlte er sich am Platz. »Right or wrong, my country!« war sein Wahlspruch, den er gern und oft zitierte. Der bezog sich auf die Heimat, für die er sich entschieden hatte. Und das Wir, als dessen Teil er sich und seine unermüdliche Arbeit betrachtete, das umfasste seine Kompatrioten im Reich der Einheitspartei. Gelegentlich schrieb er tatsächlich Gutachten. Das lag ihm. Er hatte genaue Vorstellungen von der Rolle, die die Künste in der Gesellschaft zu spielen hatten, spartenübergreifend. Und dass er auf die Art was im Jackenärmel hatte, wenn seine Legende wackelte, war sowieso gut.

Die Einbestellung in die Zensurbehörde zeigte Dringlichkeit an. Er war zufällig in der Stadt, als ihn die Nachricht erreichte. Nein, halt, falsch, Zufälle gab es in seinem Leben nicht. Aber er war wie üblich zwei Nächte im Objekt Fischerwiese abgestiegen wegen der Sitzung des Arbeitskreises der Jugendverwaltung. Diese mehr oder minder feststehenden Termine mit deren Chef, mit dem er seit Jahren per Du war, bescherten ihm turnusmäßig Tage mit Beate Brinkmann. Wie bei den anderen Gelegenheiten, die mit seiner und ihrer zentralen Beratertätigkeit für die Dingclubs und für das Internationale Festival zu tun hatten, brauchte er hier keine Tricks, keine Ausreden, vorgeschobene Verzögerungen gegenüber seiner jeweiligen Ehefrau. Anlass, über das Verhältnis zu Beate Brinkmann tiefer nachzudenken, hatte es bislang nicht gegeben. Es war ein sicheres, ein gutes. Es konnte auch keinen stören. Sie war seine engste Freundin, seine einzige Vertraute, er würde sagen, Beichtmutter, und immer auch Bettgenossin, wenn sie die Gelegenheit dazu hatten. Sie besprachen alles und lachten viel und konnten einander über die Jahre noch immer gut riechen. Niemand wusste so viel von ihm, keiner Person hatte er sich so geöffnet. Dass sie es nie als Paar miteinander versucht hatten, woran lag das eigentlich? Er hatte es von sich aus, dachte er jetzt, um jede seiner Trennungen herum zum Thema gemacht, hatte in ihren Armen gelegen und einen Satz gesagt, der anfing und aufhörte mit »Wenn du!«. Es hatte Tränen gegeben, bei ihm. Auch wegen der jeweiligen Trennung natürlich, damals von Freya, nun von Renate. Er hatte geweint, die starke Beate nicht. Sie war in den Stunden und Tagen, die sie zusammen verbrachten, alles für ihn, alles. Aber offenbar wusste sie zu viel von ihm. Oder? Sie sparten dieses Thema weitgehend aus. Er war allein damit. Dass es nicht halten würde, lag es daran? Dass ihrer beider Beziehung genau auf dem basierte, was stattfand, also auch auf »Betrug«? Was hieß das nun wieder? Nein, mit Beate betrog er auch jetzt seine körperlich und geistig so frische, unverdorbene Wiebke nicht. Unsinn war das. Er liebte Wiebke, sie war, dachte er, unbescholten. Es lag Zukunft in der Beziehung, mehr für sie als für ihn, auf die Jahre gesehen. Er war beinahe fünfzig, sie war vierundzwanzig. Vielleicht könnte er Wiebke später einmal einem jüngeren Mann zuführen, auch das überlegte er, in diesem womöglich etwas feudalistischen Vokabular. Jedenfalls wollte er, solange es ging, ihr Mentor, Mann, Liebhaber sein. Er war drauf und dran, sie zu heiraten. Er hätte das Zeug, das Knowhow und die Beziehungen, die bekanntlich nur dem schadeten, der sie nicht hatte, sie auf den richtigen Weg zu bringen, diese echte Arbeiterin, die erste in seinem Leben. Stabil. Gesund. Kräftig. In jeder Hinsicht. Mit Beate Brinkmann, das war etwas anderes, das war ein Teil seines Lebens. Seines auf andere Art wirklichen Lebens. Könnte er es so sagen? Merkwürdig, wie ihn das ankam heute, über seinen Berichten, kurz vor dem Termin. Ostern lag eine Woche zurück, da war er mit Wiebke das erste Mal bei ihren Eltern gewesen in der kleinen Hansestadt an der Ostsee. Er hatte sich erst geniert. Die junge Frau nicht. Dass der Mann vom Alter her ihren Eltern näherstand und mit denen sehr gut ins Gespräch kam über Umstände und Erlebnisse, von denen die Frau an seiner Seite nur etwas vom Hörensagen wusste, das störte sie nicht. Politisch waren ihre Eltern nicht ganz seine Wellenlänge gewesen, das, was er Arbeiter mit kleinbürgerlicher Lebensform nannte. Aber Feinde waren es nicht.

Worum es in der Zensurverwaltung gehen sollte, hatte er bis zuletzt nicht herausbekommen, zu seiner Überraschung um eine Schallplatte, vor allem um den Anteil seines Sohnes Harry daran. Die Musikwissenschaftler hätten sich die Hände gerieben, wusste der Verwalter, der vor ihm saß und schwitzte, während zugleich klarwurde, dass sie von derselben Feldpostnummer waren. Hinrich machte das Letztere Unbehagen. Es war zudringlich, unprofessionell sowieso. Er mochte diese Art Sesselfurzer nicht. »Aber abgesehen von den Musikwissenschaftlern ist es ja ein Klacks aus dem Minderheitenprogramm, eine Anthologie junger Komponisten, na wenn schon? Die Orchideenzüchter, die hätten sich die Hände gerieben, sonst niemand. Dennoch hat uns Ihr Sohn, dessen Talent wir schätzen und dessen Entwicklung wir verfolgen, ein Kuckucksei ins Nest gelegt. Die Hälfte der gepressten Auflage konnten die zuständigen Organe noch einziehen. Wo Musikalien öffentlich zugänglich sind, in Läden und Bibliotheken ist schon alles geklärt. Wie nicht gewesen. Wir haben entsprechend Stellung bezogen, denn wir hatten die Genehmigung erteilt, hatten das avantgardistische Werk sogar verteidigt gegenüber anderen Zuständigkeiten. Was sollen wir nun denken? Hier im Haus wird mit Ihrem Sohn ein Gespräch geführt werden, und wir wollen gern wissen, was Sie von dem Ganzen halten.« Hinrich wollte seinem Gegenüber eigentlich gar nichts sagen. Er fand das erst einmal einen Knüller, was da passiert war, hielt das für einen Beweis der Wirkung von Kunst. Ansonsten, ja, da würden sie also mit ihm reden. »Mein Sohn ist ein Suchender. Er ist kein Gegner.« »So sehen wir das auch. Aber die Probleme gehen weiter, Genosse Einzweck. Vor kurzem hatte Ihr Sohn einen Auftritt in Westberlin. Wir haben das auch befürwortet. Aber er hat seine Dienstreise dazu missbraucht, den ehemaligen Bürger Leon Rotbart zu treffen. Das Zusammentreffen des einen mit dem anderen sagt uns, dass hier die Bäumchen nicht in den Himmel wachsen sollten. Wie sehen Sie das, aus natürlich besserer Kenntnis Ihres Sohnes und seines Werdegangs?«

So trafen die Linien zusammen. Dass Hinrich bei der Werkstatt Junger Komponisten vor acht und vor sieben Jahren dieses Blättchen hatte herausgeben müssen, hatte einen Zusammenhang. Sogar dass das Blättchen so hieß, »Die rote Note«, war eine kalkulierte Provokation. Von alldem konnte und sollte sein Sohn keinen Schimmer haben, für dessen Teilnahme er mit einigem Schweiß aus seiner Provinz heraus gesorgt hatte. Hinrich hatte die Begegnungen damals in Ludwigsbaum knapp halten müssen, auch wenn es ihm anders gefallen hätte. Der siebzehnjährige Lulatsch mit den langen Haaren hatte ihm gefallen. Natürlich hatte er auch zu tun. Es durfte ihm kein Fehler unterlaufen wie im Jahr davor, als er bei dem Teilnehmer Leon Rotbart halb im Spaß ein Stück bestellt hatte: »Schreiben Sie doch mal ein Stück für die Arbeiter an der unsichtbaren Front. Alles, was es auf dem Gebiet gibt, ist verstaubt, wie aus den fünfziger Jahren, klingt nach Propaganda.« Der kam wirklich damit an, hatte über Nacht ein Lied geschrieben, das war sensationell. Zwei Tage später hatte er es in der »Roten Note«, das war vielleicht das Beste, was jemals drinstand. Es war ein gutes

Stück, eines mit Pfiff, tauglich für die Kleinkunstbühne nach Hinrichs Geschmack. Das wäre was für seinen Freund Ranzmann gewesen. Aber Leon Rotbart behielt sich dann doch die Rechte vor, in einem Ton übrigens, der ihn hätte warnen können. Hinrich hatte sich mit ihm auch noch einmal zusammengesetzt und über das dialektische Verhältnis von Text und Musik in der heutigen Zeit diskutiert. »Auf einen wahren Genossen« hatte der das Stück überschrieben, und sie hatten dabei wirklich große Namen genannt, an Texte von Majakowski und August Berthold gedacht, an musikalische Genies wie Kurt Weill und Hanns Eisler. Der war ein selten politischer Kopf, dieser Rotbart, kein pseudokritisches Weichei, wie er sie zu oft antraf, wie er sie vielfach unter seinen Quellen hatte. Deren Aussagen musste er streckenweise zuspitzen, um etwas in der Hand zu haben. Es ging mit Leon Rotbart dann leider nicht gut aus, schon im Jahr drauf. Hinrich unterbrach seine Abschweifungen und erläuterte den Gang der Dinge seinem Gegenüber: »Als Rotbart nach Ludwigsbaum eingeladen wurde, hatten ihn die Berliner Genossen im selben Jahr kurz in Gewahrsam genommen im Zusammenhang mit seiner allzu großen Nähe zu diesem Riebmann. Man ging davon aus, dass die Erziehungsmaßnahme gefruchtet hatte, man nahm an, der Junge hätte Ehrgeiz, mit dem wäre etwas anzufangen. Aber nach dem Highlight beim Seminar geriet er wieder auf die schiefe Bahn. Es gab keinen, der richtig an ihn herankam. Nur das Arrangement im Zentralhaus, das hatte funktioniert. Aber dann ging er zur Spatentruppe, zu den Bausoldaten, nachdem er kurz vorher ganz nach Programm den angehenden Komponisten Harry Einzweck kennengelernt hatte.« Er ging hier weit. Sollte er das? Hinrich, sollst du das? Sind nicht deine Leute, bei denen du hier sitzt. Das Folgende dachte er wieder nur bei sich: Das war von ihm, von Werner Weber mit eingefädelt worden, da hatte er dran gedreht, hatte auf seinen Sohn aufmerksam gemacht als einen, den man ernsthaft ansprechen und dann nur richtig lenken müsste. Und laut fuhr er fort: »Ein Kalkül ging dabei in Richtung des seit Jahren nicht mehr zu bändigenden, zu einflussreichen, leider fast unantastbaren, hochwohlmögenden Herrn Sebastian Kreisler. Dessen Verbindung zum damals Zweiundzwanzigjährigen Jungkomponisten Leon Rotbart war ja bekannt gewesen. Und? Es klappte. Das lief wie am Schnürchen. Die Verbindung Rotbart-Kreisler-Einzweck war hergestellt.« Am besten war das ja, dachte Hinrich stolz über das für den Sohn eingefädelte Arrangement, in dem inoffiziellen Vorlauf in der Hauptstadt, Objekt Rote Hütte. Was sie falsch gemacht hatten, wusste er nicht. Oder ob es eben der Rotbart schon war, dieser von Riebmann her kommende Einfluss. Rotbart hatte das damals nicht geschnallt, hatte den Genossen Weber aus Ludwigsbaum nicht zusammenbringen können mit dem jungen Einzweck, wie auch? Klasse war das, anfangs nur Klasse. Na ja, zog er sich innerlich noch mehr auf sich selbst zurück, es hat nicht sollen sein. Da waren die Pläne der Magdalenenstraße eben andere. Die haben den Leon Rotbart auf einer Liste der Renitenten gehabt, der war nicht integrierbar. Hinrich musste es auch einsehen, dass der nicht auf eine brauchbare Linie zu bringen war. Sein Sohn schon. Das lief noch. »Das braucht Fingerspitzengefühl«, sagte er laut. Womit das Gespräch beendet war. Ihm wurde zugesichert, dass hier nicht mit Kanonen auf Spatzen geschossen würde. »Die Instrumente wird er nicht zu sehen bekommen, aber einige Zeit etwas stiller an seiner Karriere hier bei uns arbeiten.« Hinrich nickte. Sie würden in Kontakt bleiben, ihn auf dem Dienstweg informieren und im Zweifelsfall wieder auf ihn zukommen. Er würde da gern Gespräche führen zwischen Seeburg und der Hauptstadt, das waren gute Gründe, immer mal zu pendeln, er konnte da sicher immer einmal etwas geradebiegen. Aber er war – Ehrensache – stolz auf seinen Spross. Im Grunde, ja, ehrlich gesagt, stolz.

33

Zu Anfang des vergangenen Jahres hatte ich die Einladung zur Teilnahme an einer musikalischen Anthologie, einer Schallplatte bei Nova nebst großer Uraufführungsgala im Saal des Adlershofer Rundfunks bekommen. Eine Musikwissenschaftlerin aus Halle betreute das Vorhaben. Die Aufgabe schien überschaubar, das Pauschalhonorar gut, die Frist bis zur Abgabe betrug sechs Monate. Das Anschreiben galt Komponisten, die in den letzten fünf Jahren debütiert, mindestens die öffentliche Aufführung eines eigenen Werks von bestimmter Länge erlebt hatten. Das neue Stück, das eigens zu komponieren wäre, durfte nicht länger als fünf Minuten, sollte aber charakteristisch für den eigenen Stil sein. Ich würde eine Visitenkarte schreiben, wusste ich sofort, eine Autobiographie im rabiaten Schnelldurchlauf. Ich würde vorgegebenes Material hernehmen, Klänge sammeln, eindampfen, unregelmäßig durchsetzen und zum Schluss auf den Punkt kommen lassen nach Art von Mahlers Zehnter. Über den Hallenser Betriebszweig der Schallplatte wusste ich etwas von Leon. Er hatte ihn genannt im Zusammenhang mit seiner ersten Verhaftung. Er war, wenn ich es recht behalten hatte, eine Zeitlang mit einer von den Mitarbeiterinnen zusammen gewesen, genauer wusste ich es nicht. Ich wusste überhaupt kaum etwas von ihm. Was ich nicht mit eigenen Augen gesehen hatte oder aus dem wenigen, das er preisgab, geschlossen hätte, gab es nicht, darunter nichts über seine Herkunft. Seine Mutter lebte irgendwo hier in der Nähe, na und? Abgesehen von den Blättern, die er mir gelegentlich in die Hand drückte, die ich überflog, nicht studierte, sondern als typisch für ihn ansah und auf den Stapel legte, gab es nichts, sich daran zu halten. Dafür, dass ich gerade mit denen flüchtig umging, entschuldigte ich mich vor mir selbst, ich hätte schließlich noch so viel nachzuholen an Traditionellem, so viel zu hören, zu lesen, zu durchforsten, das eingehen sollte in eine Wolke von Kenntnissen und, hoffentlich, Fertigkeiten, da bliebe eben das Zeitgenössische wie Leons Arbeiten im Stapel liegen. Ich übte kein Handwerk aus, ich reproduzierte nicht, ich studierte nicht den Zeitgeist. Ich lebte im Kokon meines eigenen Sounds. Woran mich der Name der Stadt Halle wie aus einem Nebel heraus erinnerte, war aber doch markant genug: Jemand dort hatte

Leon – nach der Trennung oder im Zusammenhang damit? – denunziert. Das immerhin hatte ich mir zusammenreimen können. Seine Gespräche mit mir verliefen wie gesagt meist einsilbig. Früher, als ich noch in seiner Pankower Hinterhauswohnung bei ihm gesessen hatte, kam es immer wieder zum Abhören von zwei, drei Schallplatten. Schon die Ursache davon, dass es bei ihm nur diese bestimmten einheimischen Standardaufnahmen gab, als wir uns kennenlernten, hatte er mir verschwiegen oder nur flüchtig erwähnt, abgetan. Vielleicht war es überhaupt charakteristisch für ihn, dass er Privates flüchtig und, wenn es schon dazu kam, nur einmal erwähnte. Das ließ einen wie mich im Zweifelsfall nur noch raten. Er selbst kam nie auf so etwas zurück. Zu fragen, das stand auf einem eigenen Blatt. Nachzufragen, das lernte ich im Leben nicht. Was ich nach den Besuchen bei ihm mühsam rekonstruierte, war Folgendes. Der Geheimdienst hatte alles, was westlicher Herkunft war oder auf dem Index stand, bei ihm konfisziert. Die hatten es ihm einfach weggenommen. Und obwohl es sich »nur« um Untersuchungshaft handelte, selbstverständlich unter einem politischen, einem Zensurparagraphen, gaben sie ihm seinen Besitz nicht zurück. Er hatte sowieso nicht viel besessen. Aber jetzt war nichts übrig. Er kultivierte diese Kargheit, und vielleicht wollte er auch, dass ich diese Vorführung als solche begriff. Sein Zimmer, wo wir auf alten, steifen, dunklen Möbeln saßen, war mordskahl. Da saß er in seinem Pullover, blass, ein Hagestolz, dem Fenster den Rücken zukehrend, dass ich ihn wegen des trüben Hoflichts nicht wirklich genau sah, nur seinen Umriss, auf

218

keinen Fall die Farbe seiner Augen. Die waren, vermutete ich, grau. Wir trafen uns immer im Winter. An einen warmen Tag in seiner Nähe erinnere ich mich nicht. Auch kurz vor der Ausreise, als wir uns das letzte Mal in seinem, von ihm in Liedern hochgehaltenen, proletarischen Quartier sahen, war es Januar. Auf die naheliegende Möglichkeit, dass Leon mich für einen Spitzel halten könnte, dass er einen Verdacht mir gegenüber hegte und deshalb immer auf Abstand blieb, darauf kam ich nicht.

Das kleine Stück für die Sammelschallplatte schrieb ich in einer Nacht. Ich dachte die ganze Zeit an Leon, dass er von diesen Musikfreunden denunziert worden war. Ich wollte es so angehen, dass die da, dieselben Leute, die scheinbar unbedarft, doch eigentlich unverfroren die Einladung ausgesprochen hatten, mein Stück unbedingt ablehnen müssten. Ich wollte mich mit denen nicht gemein machen. Also verfuhr ich sehr banal, nahm »Brüder zur Sonne, zur Freiheit« her, manipulierte es asynchron und schob das Material dann auf einen Mahler-Akkord zusammen, auf eine chromatische Senkrechte, einen Schrei. Ähnlich verfuhr ich mit »Wann wir schreiten Seit an Seit«, blieb damit sehr durchschaubar, aber verschränkte beides in einer Schnitttechnik, die es akustisch verwirrte. Die Arbeit machte einen Heidenspaß. Es war ein Streich. Früh um acht ging ich direkt vom Schreibtisch eigens zur Hauptpost hinten an der Fregewalder Straße, dort, wo über der Mauer die Aussichtsplattform für Zoogaffer aufragte, und gab das Mäppchen auf. Mit erhabenem Gefühl stakste ich zurück, überwach von der schlaflosen Nacht, und legte mich bis Mittag aufs Ohr.

Als ich mit dem Meister Stadtbahn Richtung Westen gefahren war, lag das Paket mit den Beleg-Schallplatten schon in meinem Zimmer. Es war einen Tag zuvor in der Post gewesen. In der Aufregung wegen der großen Reise hatte ich es kaum beachtet, nur eine der Platten herausgenommen, auf die Rückseite der Hülle geschaut und gelesen, dass der Titel »Stern meiner Jugend« von Hadubrand Einzweck wirklich und wahrhaftig darauf verzeichnet stand. Mein Grinsen hielt eine Weile vor. Aber nun, nach der Reise, die ich bis zum Schluss für unmöglich gehalten hatte, für die mir der Pass aus unbekanntem Grund noch am Morgen in der Kulturdirektion beinahe nicht ausgehändigt worden war und die an der Seite Sebastian Kreislers zum Wiedersehen mit Leon Rotbart geführt hatte, war das nicht mehr so wichtig. Ein Kokon von Unwirklichkeit umgab mich. Der lag, wenig abgeschwächt, auch noch vier Tage danach um mich herum, an dem Sonnabend, als ich mittags vom Bäcker kam mit Schrippen, und die Postfrau mir aus ihrem seltsamen Schwanken und Schaukeln heraus mit funkelndem Blick zwei Briefe vor das Gesicht hielt. Der eine trug den Stempel der stellvertretenden obersten Musikbehörde, der andere den des Kombinats Schallplattenproduktion, Bereich Halle an der Saale. Beide Briefe enthielten Vorladungen. Es werde um ein Gespräch gebeten am Soundsovielten. Die Formulierungen des Schreibens, das mich hier in der Stadt einbestellte, waren drohender: Sie haben zu erscheinen dort und dort am Soundsovielten. Übrigens in diesem Fall ohne Angabe des Grunds. Mein Grinsen kam wieder. Ich war stolz auf diese Vorladungen. Für mich war das Wirkung von Musik in gegebener Gegend unter gegebenen Umständen.

In der grauen Stadt Halle an der Saale, in dem Büro hinter dem Vorzimmer, das ich über ein graues Treppenhaus in dem verwinkelten Hof eines großen, grauen Gebäudes endlich erreicht hatte, saß ich nicht der Herausgeberin der musikalischen Anthologie »Neuaufnahme« gegenüber, sondern der zuständigen Abteilungsleiterin der Produktion. Was sie mir anbot, war neben dem niedrigen Sitzplatz ihrem großen, alten Schreibtisch gegenüber und der Tasse Kaffee die Rolle der enttäuschten Mutter. Ihre Stattlichkeit in der Bluse in gedeckter Farbe, ihr frisch frisiertes, welliges Haar, ihr leicht verhärmtes, aber volles, unter Make-up gelegtes Gesicht, aus dessen Lippenstiftmund die leise Stimme im Ton des Vorwurfs quoll, verwandelten mich in einen noch nicht volljährigen Sohn, dem Reue nach einem Fehltritt abverlangt wurde. Ich leistete keinen Widerstand. Ich ergab mich in das, was sie von mir wollte. Brav hörte ich zu, nickte an den Stellen. Selbstverständlich wäre die Herausgeberin eine Person, die man respektieren müsste. Sie hätte sich alle Mühe gegeben. Wie insbesondere sie nun dastünde, aber auch das ganze Haus. Wie sich alle hier eingesetzt hätten für das immerhin ungewöhnliche Unterfangen. Ob er, der talentierte junge Herr Einzweck, nicht gewusst hätte, dass es gerade um seine Komposition Auseinandersetzungen gegeben hätte. Wie sie sich, ja, zusammen mit der Herausgeberin, für die das ein wichtiges Stück Arbeit gewesen wäre, ihr Gesellenstück zu weiterem Fortkommen, wie sie sich alle, ja, alle starkgemacht hätten. Wie sie argu-

221

mentiert hätten gegenüber der Kulturzentrale, wie es hin und her gegangen sei. Dass auch so etwas wie mein Stück hierzulande vertreten sein müsste. Wie sehr es darum ginge, jungen Komponisten endlich zu ihrem Publikum zu verhelfen, das sie sicher auch verdient hätten. Was sie nicht vergaß, war auch der Hinweis darauf, wie viele meiner jungen Kolleginnen und Kollegen, meiner Mitkomponisten sozusagen, sich alle Finger danach leckten, bei diesem Projekt dabei zu sein, erst ein Debüt ermöglicht zu bekommen und dann der breiten Aufmerksamkeit durch eine Produktion auf hohem Niveau und mit hoher Auflage in unserem Land, so sagte sie, gewiss zu sein mit alldem, was daraus folgte. Ja, und was folgte nun? Womöglich wäre es das Ende der Laufbahn der Herausgeberin. Was ich – der vielleicht arrogante Herr Einzweck? – ihr und damit auch der Frau, die hier vor mir säße in ihrer Eigenschaft als verantwortliche Abteilungsleiterin, angetan hätte. Sie benutzte das Wort: angetan. Wie hätte ich widerstehen können? Das Mäntelchen meiner politischen Abwehrhaltung, meiner durch Kenntnis der Umstände von Leons Verhaftung radikalisierten Position musste ich zu Hause liegengelassen haben. Hier saß ich wie der Schuljunge und noch viel mehr wie der Sohn. Ich erlag dem mütterlichen Ton aus dem geschminkten Mund mit den immer wieder herabgleitenden Mundwinkeln. Sie schätzte mich ab und ein. Vielleicht war sie diejenige, die Leon damals ans Messer geliefert hatte? Ich schaute sie an. Wir lächelten uns seufzend Einverständnis zu, von wegen Talent und Hoffnung und Aussichten. Wir waren beide einverstanden in irgendwie gemeinsamer Enttäuschung, waren traurig darüber, wie es nun gekommen war. Wie hatte ich das tun können? Was hatte ich alles nicht bedacht? Vor allem hatte ich nicht bedacht, dass sie eine Frau, eine beachtliche Frau war, die nun vor mir sitzen und mich herunterputzen, aber auch wieder aufbauen konnte. Ich hatte ihre Stattlichkeit unterschätzt, durch ihre hohe Stellung verdoppelt, hier hinter dem Schreibtisch, hinter dem sie nach einer halben Stunde hervortrat im schmalen, graumelierten Kostümrock und mir die Hand gab, während die andere leicht auf meinem Rücken lag. Ich hatte das alles unterschätzt, wie sie mich beinahe zärtlich zur Tür geleitete und nun entließ wie einen Sendboten der gemeinsamen Sache, welche wir vielleicht bei anderer Gelegenheit vertiefen könnten, die den Namen dessen trug, was sie mir noch wünschte: Glück für die Zukunft.

34

Hinrich war stolz auf seinen Status zur besonderen Verwendung. So nannte er das. Für den Dienstgebrauch hieß es anders. An dem Tag war es wieder so, einem Frühlingstag Anno 75. Das Internationale Festival war ein voller Erfolg gewesen. Er persönlich hatte einen Musiker angezapft, der aus der Karibik stammte und in den Vereinigten Staaten lebte. Der spielte virtuos alle möglichen Schlaginstrumente und trommelte vor allem gegen die imperialistische Außenpolitik der Großmacht, deren Pass er besaß. Das war gut, das war sogar sehr gut. Es roch nach Prämie. Es war einer der Einsätze, bei dem Werner Weber Kontakt zur Hauptverwaltung hatte, ohne dass der Name fiel. Wolfs Truppe hatte allen Respekt, einen Ruf, einen Nimbus, drinnen wie draußen, sie war die einzige Abteilung, mit der man dem Mann auf der Straße den Mund stopfen konnte, wenn es um Legitimation des Ministeriums ging. Seit der Sache im letzten Jahr, seit dem Fall Willy Brandts, war in jedermanns Bewusstsein getreten, welche Macht hier herrschte, wer hier den längeren Arm hatte, wozu wir, ja, wir, schoss in Hinrich das Gefühl der Ehre und des Stolzes hoch, wozu wir bereit, in der Lage und fähig sind. Das Baukombinat in Neustadt am Neusee hatte ihn bis vorletztes Jahr als Kulturobmann bezahlt. Wegen der politischen Bedeutsamkeit seiner Tätigkeit hatte er dort der Einheitsparteizelle nähergestanden als der Direktion, und durch die Aufmerksamkeit, die mit dem Führungswechsel ganz oben Anfang der siebziger Jahre noch stärker der Jugendarbeit und den Dingclubs gewidmet wurde, hatte er mehr Freiheiten, vor allem Dienstreisen, genossen. Jetzt, als Leiter des Zentralhauses in Seeburg am Großen See, seit sein Gehalt von der richtigen Stelle kam, war zwar der Aufwand des Berichteschreibens größer geworden. Aber er konnte alles, wirklich alles abrechnen. Hinrich lebte ein nach seinen Maßstäben unabhängiges, freies Leben. Mit dem neuen Wartburg auf Firmenticket hatte er die Überholspur genommen. Wer die Jugend hat, hat die Zukunft, frohlockte es in Genossen Einzweck. Beate Brinkmanns kleine, auf den Rippen stehende Brüste schauten ihn mit steifen

Warzen aufmerksam an, während er in dem kleinen Kanal unter ihrer flachen Bauchdecke kam. Sie rauchten schweigend. Sie lachten perfekt synchron auf, gingen duschen miteinander in der engen Dusche im Objekt Fischerwiese, lachten weiter. »Ich bin stolz auf dich«, sagte sie und küsste ihm mit ihren schmalen Lippen einen Geschmack von Shampoo in den Mund. Sie fuhren noch gemeinsam mit der Stadtbahn zum Zentralplatz, wo sie sich auf dem Bahnsteig voneinander verabschiedeten. Für Hinrich war es ein kleiner Fußweg, bis er das Restaurant Zum Schöffen erreichte. Es würde ein Zufall sein. Achim und Kerstin, die er von Lehrgängen aus Potsdam kannte, würden dort mit einem jungen Freund aus dem Operativgebiet beim Essen sitzen. Der war gerade achtzehn Jahre alt, und er sollte eine Perspektive hierzulande bekommen. Dazu gehörte, dass er die richtigen Leute treffen sollte, ein Spektrum von Möglichkeiten, von Hinweisen in die richtige Richtung. Genosse Werner Weber war bei einem kurzen Treffen an bekannter Adresse orientiert worden: »Du bist einer der Bekannten von Achim und Kerstin, bist denen als Chorleiter begegnet, passt das? Potsdam? Wir wollen es nicht zu weit treiben. Die benutzen deinen Klarnamen. Er braucht normale Leute. Für den Fall, alles geht gut, muss er dich ja in Seeburg wiederfinden können. Du plauderst aus der Erfahrung der Jugendarbeit, alles ganz authentisch.« Mit den allerbesten Gedanken und Aussichten trug ihn sein wippender Gang die Stufen hinauf und in die Gaststube hinein. Da saßen sie, an dem runden Stammtisch am Kachelofen, zwei Herren und eine junge Frau. Hinrich wäre fast vorbeigegangen.

Sie grüßten, das wäre übrigens Pierre, ja, aus Godesberg zu Besuch. Er würde sich hier umschauen. Der junge Mann trug halblange Haare, in der Mitte gescheitelt, und schaute ihm aus freundlichen dunklen Augen entgegen. »Freut mich, Hinrich mein Name, ich leite das Jugendhaus in Seeburg. Bin wegen einer Sitzung bei der Jugendzentrale hier. Gefällt es dir in unserer Hauptstadt?« »Na, viel habe ich bisher nicht gesehen, aber der Blick aus dem Hotel Zentrum ist spektakulär. Und das Lokal gefällt mir.« Hinrich fragte ihn, was er vorhätte. Noch gar nichts, sagte er, dann, voraussetzend, dass auch der zufällig hier Vorbeigekommene selbstverständlich aus irgendeinem Kanal wüsste, wer er selbst und in welcher Situation er sei, und dass hier alles andere als der Zufall waltete, seufzte er: »Ich habe eine Entscheidung zu treffen, die ich gar nicht treffen kann, aber muss.« »Mein Ältester lebt mit seiner Mutter hier in Berlin, ist genauso alt wie du. Er komponiert und hatte jetzt das erste Mal eine Aufführung, gleich hier um die Ecke im Zentralhaus. Das kannst du ja noch nicht kennen. Da ist eine Menge los von Musik bis Literatur, Veranstaltungen und Zirkelarbeit. Er wird diesen Sommer an einem Seminar für junge Komponisten teilnehmen. Wenn er dranbleibt, kann daraus ein Beruf werden.« Pierre schaute unwirsch, lächelte. Hinrich wünschte ihm Toi, toi, toi. Der Junge war ihm verdammt sympathisch. »Vielleicht sehen wir uns mal bei einer Gelegenheit hier in der Hauptstadt oder in Seeburg, das liegt schön im Grünen am Großen See. Ist vielleicht sogar ein wenig wie Bad Godesberg, eine frühere Residenzstadt mit Traditionen und doch ganz jung durch die vielen Arbeiter, die jetzt dort leben und arbeiten.« Er zog sich zurück in einen der hinteren Räume und bestellte sich Eisbein, wofür das Lokal bekannt war, mit Salzkartoffeln, Sauerkraut und, wie sich herausstellte, leider etwas eingetrocknetem Erbspüree. Er ließ sich eine Quittung aushändigen.

35

Den stellvertretenden Zensurverwalter kannte ich schon von einem Tête-à-tête am Rand des Treffens von jungen Komponisten der Edition Peters in Bad Saarow. Er hatte mir damals, ohne dass ich darauf vorbereitet sein konnte, ohne dass wir mehr als nur flüchtig einander vorgestellt worden wären, seltsam vertraulich zugenickt, so, als teilten wir ein Geheimnis, hatte mich flugs beiseitegezogen auf einem Kiesweg in dem kleinen Park auf der Halbinsel, auf der das Tagungsgebäude lag, das dem Vernehmen nach einst einer Nazigröße gehört hatte, war mit mir näher ans Ufer des Scharmützelsees herangetreten und hatte zum Klang der leise plätschernden Wellen in summendem Tonfall gesagt: »Hm, ja, hm, das ist da ja ein interessantes Stück, was wir da von Ihnen vorliegen haben, nun, das mir vorliegt zur Entscheidung. Wir haben das lange besprochen. Wir finden es hochinteressant. Sie wissen ja selbst, was es ist, also dass es gewissermaßen avantgardistisch ist. Aber auch so etwas sollte seinen Platz haben. Wie gesagt haben wir uns länger darüber gebeugt, haben uns unsere Gedanken gemacht. Es gab auch kritische Stimmen. Aber schließlich, auch wegen der Vielfalt der Stimmen, die wir vertreten wollen, die unser Land und die Entwicklung und die neue Generation repräsentieren können und eigentlich längst müssen, haben wir uns zur Veröffentlichung und Aufnahme in die akustische Debütantenanthologie entschlossen. Ich habe eine Empfehlung gegeben, die sehr positiv aufgenommen wurde. Also das habe ich genehmigt. Wie finden Sie das?« »Oh«, stammelte ich, »das ist aber schön. Es freut mich. Wann wird denn die Platte erscheinen?« »Im kommenden Jahr, im Frühjahr. Wir planen eine parallele Sache auf literarischem Gebiet, das wird dann zur Leipziger Frühjahrsmesse gut passen. Synergie, wenn Sie verstehen, was ich meine. Ich freue mich sehr, dass wir das machen können.« Ich sagte, ich verstünde. Schon gab er mir die Hand, legte die andere auf meine Schulter, ging in seinem melierten Sakko davon zu den anderen Gruppen und Grüppchen im Park, schüttelte hie und da Hände, nickte mit seinem kleinen Kopf in verschiedene Richtungen und war abends schon nicht mehr dort, wo wir jungen Komponisten unterschiedlichen Alters dann mit den Leuten von der Edition saßen und tranken nach der internen Voraufführung von Ralf Neuers sehr frischem, angenehm leichtem zweiten Streichquartett. Weder über Mittelstreckenraketen noch über die neue polnische Gewerkschaft wurde geredet, nur viel gelacht. Auch war es so, dass ich noch Jahre später angesprochen wurde auf die Sache da irgendwo im Park und, wie hieß sie doch gleich, sie war nicht mehr jung, sie hatte dieses Kleid an, dunkelblau, mit

228

Rüschen. Ja, nein, ich wusste ihren Namen auch nicht mehr, ihre Haut war unerhört beweglich, ich konnte sie auf ihrem Rücken hin und her verschieben unter dem raschelnden Kleid, ihre Schenkel wirkten wie ohne Muskeln, ihre Brüste umflossen mich, sie umhüllte mich ganz und gar und krallte sich in ihrem Hinfließen umso mehr an mir fest. Ich wusste am Abend darauf nicht, wie ich Katharina die langen Schrammen erklären sollte an den Beinen und auf dem Rücken.

Die Begegnung in dem getäfelten Büro des Stellvertreters ließ sich zunächst nicht anders an als die in Bad Saarow. Er kam mir entgegen. Er gab mir die Hand. Er trug seinen Haarkranz um den kleinen Kopf. Er hieß mich an einem Rauchtisch sitzen in einem Sessel, die durften nach meiner Schätzung ebenso alt sein wie die Täfelung des großen Raumes. Er ließ Kaffee holen, ja, bitte weiß. Das sei nun eine unerwartete und nicht so schöne Begegnung, aber er müsste das tun. Mich irritierte, wie er damit die Verantwortung gleich auf eine ungenannte andere Instanz abwälzte. Er selbst war eben nur der Stellvertreter. Aber war in dieser Gegend jemand wie der oberste Kulturverwalter nicht auch nur ein Stellvertreter? Der konnte doch gar nichts gelten. Der hatte – das wusste ich von Sebastian Kreisler – wiederum einen musischen Staatssekretär. Sollte es der sein, auf den der Stellvertreter im Stillen verwies? Auf wen würde am Schluss der Oberste der Oberen verweisen, wenn einer wie ich da säße oder stünde und fragte: »Was haben Sie gegen meine Musik?« Es liefe wahrscheinlich auf eine Antwort nach Art des Kaisers gegenüber Mozart hinaus. Na, sei es

drum, hier saß der Stellvertreter, fing wieder an zu grinsen, neigte sich mir zu, als wären wir einander Vertraute
wie letzten Sommer in Bad Saarow. »Erinnern Sie sich, als
ich Sie fragte? Ich war und bin so angetan von Ihrem
Stück. Aber es gibt Herren, ältere Herren mit Erfahrungen, die wir beide nicht teilen können, weil sogar ich dazu
zu jung bin, und dieselben Männer also, die für ihre Überzeugung etwas riskiert haben und für die Grundlegung
dieses Staates etwas getan haben von der ersten Stunde
an, die hören es nun einmal nicht gern, wenn einer aus
der jüngsten Generation, ein Talent wie Sie – was ich immer wieder betont habe in den Gesprächen der letzten
Zeit und wozu ich, das sollen Sie wissen, auch jetzt und
weiterhin stehe – nun die Arbeitermusik der frühen Jahre
des antifaschistischen Kampfes durch den Kakao zieht.
Ich sage das nur so. Ich sehe das nicht so, das ist nicht
meine Meinung, Sie verstehen mich schon richtig. Wir,
Sie und ich, sind uns da einig. Wir schreiben eine andere
Zeit. Aber die gelitten haben für ihre Überzeugung, die
solche Lieder in den Gefängnissen der Faschisten gesungen und auch dadurch überlebt haben – verstehen Sie? –,
wie sollen die das nicht unter Schmerzen hören? Na ja, sie
verstehen es auch musikalisch nicht, wie nun Sie heute
mit dem – sagen wir einmal – Material dieser historischen
Musik umgehen. Für die alten Antifaschisten ist das nicht
Musik, sind das nicht Noten, ist das auf keinen Fall Material, sondern Ausdruck lebendiger Überzeugung. Und da
kommen Sie und nehmen es nicht so ernst, weil Sie einer
anderen Generation angehören, weil Ihre Selbstverständlichkeiten andere sind, weil Sie nicht aus Überzeugung

diese Lieder auswendig lernen und singen oder gesungen haben, sondern weil der Musiklehrer sie mit Ihnen eingeübt hat als Beispiel. Oder vielleicht sind Sie bei der Jugendverwaltung oder auch im Militärdienst damit konfrontiert gewesen, zu unserem ererbten Liedgut zu marschieren. Wir verstehen uns. Ich bin nicht viel älter als Sie. Wir mussten nun Konsequenzen ziehen. Es reicht, dass wir hier dieses Gespräch jetzt haben. Das reicht vollauf. Es wird keine weiteren Konsequenzen geben. Ich mache eine Aktennotiz, gebe das weiter. Wir haben jetzt dieses Gespräch geführt, und damit ist die Sache gut. Woran arbeiten Sie gerade, Herr Einzweck?« Ich erwähnte mein Vorhaben einer Sinfonie, auch meine Vorspiele, dass ich daran kontinuierlich arbeitete, dass ich es gar nicht aufhalten könnte. Sie wären mein Eigentliches, diese Vorspiele. »Chopin!«, rief der Stellvertreter, und: »Ja, das ist ein guter Weg. Halten Sie sich an Chopin!« So gingen wir auseinander. Ich wusste nichts. Nichts geschah. Erst nach einer Weile fiel mir auf, dass die Einladungen zu Konzerten ausblieben. Von Kompositionsaufträgen zu schweigen. Nach Monaten erst begriff ich, dass ich neuerdings Kirchenräume füllte statt die Reihen von E-Musik-Aufführungen staatlicher Konzertveranstalter. In dieser Zeit meldeten sich die Schumannbühnen bei mir. Es wären endlich Neuübersetzungen der Stücke von García Lorca in Arbeit. Es gäbe Bedarf für Bühnenmusik. Ob ich dazu bereit wäre, den Auftrag anzunehmen. Ich begriff, was vorging. Sie schränkten einerseits das ein, worauf ich immer wieder aus war, das ich liebte, etwas wie eine musikalische Lanze für die Freiheit zu brechen, so vage oder so

großspurig auch immer und ohnehin nur bei denjenigen, die zuhören mochten bei dieser kleinen Befreiung
durch die Ohren, dem Pfad aus der Ordnung, den ich no-
tiert hatte, die kleine Seligkeit, die ich ihnen verschaffen
konnte mit meiner Musik und mit dem offenen Gespräch
über Musik, darüber, wo sie herkam, wie sie nahm, was da
war, wie sie ausdrückte, was immer Ausdruck wollte, wie
sie auf ihre eigene Art an Tabus rührte, die sie – Vorteil
der Musik – nicht aussprechen musste. Bis auf dieses eine
Mal, bis auf dieses eine explizite Stück, diese Petitesse,
diese Lächerlichkeit, diese musikalische Satire vielleicht,
die ich hier geliefert hatte in einem Furor für Leon, in der
Berührung mit seiner Art des Widerstands gegen die stehende Zeit. Nun war es so gekommen, wie es gekommen
war. Sie boten mir ein Auskommen. Ich nahm an.

Eine dritte Vorladung flatterte mir übrigens auch noch
ins Haus, als Formular auf sehr holzhaltigem, fast grauem
Papier. Sie führte für zehn Minuten in das Gerichtsge-
bäude, dem das Restaurant Zum Schöffen seinen Namen verdankte. In einem der Gänge in einem der Räume
empfing mich eine Vertreterin der Staatsanwaltschaft
und belehrte mich über den Paragraphen Staatsverleum-
dung. Ich war gebannt von ihrer grauen Kostümjacke,
deren Schnitt ihre beträchtlichen Brüste in Form zweier
Pyramiden nachformte. Sie schaute streng, und ich unterschrieb die Belehrung.

36

für Lars Gustafsson

Das größte Möbel in dem Raum war ein Sofa aus den
dreißiger Jahren. Brauner, strukturierter Stoff, helle,
schmale Kordeln auf den Nähten. Es stand mit seiner
dreifach gewölbten Lehne vor der Wand mit der Tapete,
deren Muster pflanzlich war, zigarettenrauchgelb auf hel-
lerem Grund. Von dem Sofa aus sah man den braunen
Wandteppich. Holzschnittartig hob sich darauf die helle
Kontur eines unbekleideten Mädchens ab, kniend vor
einer Kokospalme. In einem großen Fernsehgerät auf
dunklem Tischchen spiegelte sich der Raum, in den Nach-
mittagslicht fiel. Vor dem erkerartigen Ausbau zu den
Fenstern hin wucherten zwei Grünpflanzen, eine Sanse-
vierie und ein Gummibaum. Auf dem Tisch aufgereiht
standen sechs bauchige Gläser, in der Mitte thronte die
Bowle. Auf der dunkelbraunen Anrichte an der verbleibenden Querseite bereitgestellt waren eine Flasche Kräu-
terlikör, eine Flasche Kirschlikör, eine Flasche Kornbrand
und Weinbrand mit den dazugehörigen Gläsern. Das
Schrillen der Klingel an dem anderen Ende der Wohnung,
das von der Wand mit dem Sofa am weitesten entfernt
lag, beendete die geschäftige Stille. Der Mann und die
Frau, die in der Wohnung lebten, ein Paar von etwa dreißig Jahren, trafen sich an der Tür. Die Frau hatte gerade
Salzstangen und anderes Salzgebäck in der Küche in Gefäße gefüllt, die sie abstellte, bevor mit großem Hallo zwei
Frauen mit breiten Hüften und ihre Männer mit vorste-

henden Bäuchen unter karierten Hemden eintraten. Sie traten aber nicht ein. Sie fielen ein. Die jüngere breithüftige Frau fiel dem, den sie als »den Hausherren« ansprach, mit einem Strauß Gerbera um den Hals und gratulierte ihm zu seinem heutigen Geburtstag. Der zu ihr gehörige Mann klopfte demselben die Schulter und hielt ihm eine Flasche von dem Weinbrand entgegen, wie auch eine drinnen auf der Anrichte stand. Die etwas ältere Frau mit der hellgefassten Brille nahm »den Hausherren« auch in den Arm, meinte, er sei dünn geworden im letzten Lebensjahr, und überreichte ihm einen Präsentkorb, aus dem eine Sektflasche schaute und eine Wurst nach ungarischer Art. Der dünne Mann mit Bauch unter kariertem Hemd, der zu ihr gehörte, hielt, während er einen Glückwunsch murmelte, dem Hausherrn eine Flasche Korn entgegen von der gleichen Marke, von der auch eine Flasche auf der Anrichte stand. Die beiden Frauen mit den breiten Hüften nahmen nun der Frau, die sie »Karl« nannten, die Gefäße mit dem Salzgebäck aus den Händen, die sie eben wieder aufgenommen hatte, und in lauter Prozession ging es Richtung Sofa. Die jüngere breithüftige Frau und ihr vierschrötiger Mann besetzten es sogleich. Dazu gesellte sich, noch knapp darauf passend oder besser von der Lehne auf die weiche Sitzfläche hinunterrutschend, der dünnere Mann der anderen Frau, die wiederum sich in den einen der beiden vorhin nicht erwähnten braunen Sessel fläzte, ihrem Cousin gegenüber, dem Geburtstagskind, das am anderen Ende des Rauchtischs den anderen Sessel einnahm, nahe der Anrichte. Karla setzte sich auf den verbliebenen Stuhl vor dem Rauchtisch, mit dem Rücken

234

zum Wandteppich und zur Stubentür. Augenblicks hielten die vier Ankömmlinge ihre Bowlengläser hoch, in denen kleine Spieße steckten, an denen jeweils ein kleines Kleeblatt oder ein Herzchen oder dergleichen lustige Anhängsel baumelten, und schon schenkte der Hausherr ihnen aus der großen Schüssel ein, nicht ohne zuvor kräftig umgerührt, die blassen Früchte vom Boden aufgerührt zu haben, von denen nun die eine oder andere zu der leicht moussierenden Flüssigkeit in die Gläser plumpsten. Heiteres Anstoßen, großes Hallo. »Karl, was ist mit dir? Trinkst du nicht mit uns?« Ihr Mann hatte vergessen, Karla einzuschenken. Das holte er nun nach. Alle tranken auf sein Wohl, und es wurde sofort nachgeschenkt. Als die Bowle zur Neige ging, stand ich in der Tür. Ich trug meine Arbeitshosen und ein nicht ganz sauberes Nicki, weil ich direkt aus der Mine kam, um meinem Stiefvater zu gratulieren. Aus der Tasche fummelte ich die kleine, selbstgeklebte Tüte. Sie riss dabei ein und war sowieso zerknautscht. Ich hatte sie mit Buntstiften bemalt und den Glückwunsch daraufgeschrieben. In der Tüte steckte ein Nugget von dem Amalgam, das ich in meiner Mine nebenan herstellte. Es war Gold und Quecksilber beieinander und leider unansehnlich, aber es war echt. Ich legte es ihm in die Hand und entbot meinen herzlichen Glückwunsch. Er lächelte, dankte etwas lauter, als er es ohne die Bowle getan hätte, und nahm das knittrige Etwas in seine Arbeiterhände. »Wo bleibt denn nun der Schnaps?«, rief in dem Moment die Cousine mit den breiteren Hüften vom Sofa. Meine Mutter sprang sofort auf und ging zwischen mir, der ich dort stand, und dem Sessel mit ihrem

Mann hindurch zur Anrichte, von der sie zwei Flaschen nahm. Sie stellte sie auf den Tisch und wiederholte den Gang noch zweimal, um genug Schnapsgläser bereitzustellen. Bei der Gelegenheit verließ sie auch gleich einmal das Zimmer und leerte die Aschenbecher aus. Mein Stiefvater hatte mit seinem Bowlenspieß das Tütchen geöffnet, nicht ohne vorher laut vorzulesen, was darauf geschrieben stand: »Es gratuliert Dir zum dreißigsten Geburtstag Dein Harry. Ein Gruß von der Insel bei Magora«. »Aus was? Woher? Was ist das?«, tönte es vom Sofa und vom anderen Sessel her gleichzeitig. »Was hast du dir denn da wieder für einen Quatsch ausgedacht?«, fragte laut und doch zum letzten Wort hin sich bremsend die breithüftige Frau, die ich seit dem letzten Jahr, seit der Hochzeit meiner Mutter mit dem Cousin dieser Frau Tante Petruschat nennen sollte und es ohne Frage so hielt. »Zeig mal her!«, forderte sie nun von ihrem anderen Cousin, mit dem sie verheiratet war und der neben ihr das Nugget in der Hand wog, das um den Tisch zu wandern begonnen hatte. Er gab es ihr. »Das ist Amalgam!«, sagte ich stolz, und: »ein Nugget«, sagte ich auch, so, wie es ein Neunjähriger von der Insel nur sagen konnte, einer von denen, die freiwillig unter Tage gingen. Ich schaute meinen Stiefvater an, zwischen dessen Cousine und ihm ein Blick hin und her ging. Er sagte gerade: »Ganz schönes Gewicht hat dein Nugget, könnte eine Unze sein.« Ich nickte und freute mich, dass er das Gewicht so genau angeben konnte. Inzwischen wanderte das Nugget in die Hände der anderen Cousine und ihres Mannes, der wie der ihrer Schwester auch ihr Cousin war. »Ganz schönes

Gewicht«, sagten beide wie aus einem Mund, schauten auf das Amalgam, schauten den Mann an, dessen Geburtstag sie feierten, und gerade, als es wieder in dessen Hand gewandert war und er es wieder in die Tüte gleiten ließ, konnte Tante Petruschat nicht mehr an sich halten. Weil alle sich schon vom Schnaps eingeschenkt hatten und auch sie schon ihr Glas in der Hand hatte, prustete sie nicht nur ein enormes Gelächter heraus, sondern verspritzte zugleich auch den Schnaps in alle Richtungen der nun insgesamt außerordentlich ausgelassenen Gesellschaft. Der Schnaps traf mich nicht. Ich fühlte die Röte, die vom Hals herauf alle Haut mit Beschlag belegte, die sich rund um meinen Schädel spannte. Ich griff nach der knittrigen Tüte auf dem Tisch, doch mein Stiefvater sagte: »Geschenkt ist geschenkt. Wiederholen ist gestohlen.« Das gab noch einmal ein Auflachen. Ich zog mich zurück, ganz langsam. Der Weg zurück auf die Insel bei Magora war nicht allzu weit. Ich ging wieder an meine Arbeit.

37

Weder Blaumannbruder Ralf noch Jürgen hatten mir verraten, dass der Abend mit meinem Konzert Ralfs endgültigen Abschied aus der Gegend zum Anlass gehabt hatte. Er war weg, erwähnte Jürgen beiläufig, als ich wie verabredet in die Atelierwohnung im Parterre in der Trelleborgstraße trat: »Übrigens ist Ralf weg seit einer Woche«, sagte er aus der Bewegung des Korkendrehens und

-ziehens heraus, holte das »Übrigens« aus der Flasche bulgarischen Cabernets, aus der er es in die angeschlagenen Kaffeepötte hineingoss, die er aus der Ofenröhre geklaubt und notdürftig gereinigt hatte. Der Strahl des Weins schien geschraubt und mit dem »Übrigens« weiterfließen zu wollen bis zum Leeren der Flasche und darüber hinaus. »Er war schon seit letztem Jahr in Westberlin verheiratet. Gala durfte nicht mehr einreisen. Wie die das so machen, die Idioten am Drücker. Das war also jetzt nur der Vollzug oder Nachumzug oder so etwas. Und damit du Bescheid weißt, ich werde auch gehen.« Wir kannten uns noch nicht gut. Oder doch? Wir hatten ein wenig kollaboriert, wie ich das zuletzt fröhlich genannt hatte. Ich hatte eine Ausstellung in seinem Atelier eröffnet und auf einer in Dresden etwas gespielt. Ich kannte seinen liebsten Kunsthistoriker, der den Spitznamen »der Arbeiterfürst« trug, die zwei bescheidenen, feinen Restauratoren, mit denen er zusammenarbeitete, die ihm bestimmte Tinkturen brauten an ihren Arbeitsplätzen in zwei städtischen Museen, so etwas. Ich kannte seine Frau, seine Kinder, ein paar Freundinnen und Freunde. Ich kannte seine angenehme, schweigsame, produktive Art. Wenn wir soffen an so einem Abend – und wir begannen auf diese Introduktion hin ohne Nachdenken zu saufen, einfach dieses rote Zeug in uns hineinzugießen –, dann hieß das für ihn nicht, was es für mich hieß. Ich würde kaputt in meinen Hof schleichen, vielleicht noch einen Lärm auf dem Klavier veranstalten, ein Lebenszeichen in die Welt senden, er aber – ich wusste es – würde im Atelier bleiben und den breiten Pinsel schwingen zu einer erkennbaren Figur, zu

238

einer Katze, zu einem Hund, zu einem expressiven Hirschen oder zu einer der Menschenfiguren, die schon von der ersten Kontur her alles wussten, alles ausstrahlten, die durch ihre Gesten dem glichen, was wir meinten, wenn wir miteinander schwiegen, Not vielleicht, Lust und Not, Not und Lust. Schartige Aufschreie oder biegsame Lustschreie – ich wusste es noch nicht genau, ich hatte noch keine Musik dazu gefunden, obwohl er mir einmal gesagt hatte: »Übrigens mag ich dein Zeug.« Obwohl er damit die beinahe nicht, aber irgendwie doch ausgesprochene Aufforderung meinte, dass wir etwas zusammen gestalten könnten in den halboffiziellen Räumen, zu denen er übrigens erstaunliche Beziehungen unterhielt. Und das war es dann auch, so ging das dann auch. Ich sammelte Ideen. Jetzt saß ich aber erst einmal ganz anders auf dem kargen, von verschiedenen Ateliersubstanzen gebeizten Holzstuhl. Er hätte also den Antrag gestellt. Ich müsste es noch keinem sagen. »Mach ich selbst.« Wir tranken. Er habe eine Idee. Er würde gern noch mal wegfahren, solange es noch ginge. Ob ich mir das mit ihm gemeinsam vorstellen könnte. Wandern, hätte er gedacht, und Freunde besuchen. »Nach Prag und in die Slowakei vielleicht, und ein Stück weit runter nach Ungarn.« Er wusste, was er damit sagte, was er auslöste, ohne dass mir ganz klar war, woher. Hatte ich es durchblicken lassen? Ich war, verdammt nochmal, ein viel zu offenes Buch gegenüber jedermann und jederfrau. Sofort brach ich in hemmungslose Schwärmerei aus. Ich hatte ihm nie davon erzählt, hatte das bisher nicht ausgepackt, für nicht wertvoll genug befunden, es vor diesem Mann der Kunst, der trotz

239

seiner jungen Jahre schon mit einer Aura herumging, auszubreiten: meine Musikerlebnisse in Budapest, die Verbindungen dorthin, die auch durch den Meister hier und da geknüpft oder verstärkt worden waren, meine Versuche, die Sprache zu lernen und die Kontakte lebendig zu halten. Die Briefe, die ich mit Petrusz tauschte. Die Kenntnisse von westlicher Musik, die Musiker, die er kannte, Konzerte, die ich an seiner Seite gehört hatte, insbesondere neuer amerikanischer Komponisten. Die Literatur, übersetzt aus dem Ungarischen der Slowakei, Jugoslawiens und Ungarns selbst natürlich, österreichische Autorinnen und Autoren. Ich erfuhr von Zusammenhängen, die sich mir nie eröffnet hätten, wenn ich nicht auf ihn getroffen wäre und nicht den Kontakt gehalten hätte über Jahre. Ich schwärmte von Landschaft und Atmosphäre, die so anders waren, so viel freizügiger als in der Kronkolonie hier, in der wir hockten, in der verklemmten. Ich erzählte vom Grasrauchen an den Hängen über der Donau, von dem so anderen, sonoren Organ dieses Flusses im Unterschied zu jenen der Flüsse, die ich zwar von jeher liebte, aber die nun wirklich nicht erhaben waren, Spree, Havel, Dahme, Oder und, ja, Elbe. Ich schwatzte das bisschen, was ich von der Sprache und ihrer Geschichte mir angelesen hatte, daher, die eine eigene Musikalität erfordere, von den uralten Volksliedern, von den Wachswalzenaufnahmen von Bartók, auch von dem verrückten Maler Csontváry, dem selbsternannten Erfinder der Freiluftmalerei, von dem er, Jürgen, übrigens unbedingt Originale sehen müsste, in Pécs, wenn wir so weit in den Süden vordringen würden. Ich hörte überhaupt nicht mehr auf. Ich bestritt den Abend bis zum Öffnen der vierten Flasche. Es war nicht das erste Mal, dass ich so ausschweifte vor seiner Zurückhaltung, vor dieser manchmal bis zum Eindruck einer Wand wortlosen Haltung. Einen Termin legten wir aber fest, dazu wenigstens kam es noch. Als Jürgen noch mal Kohlen in den zu kleinen Ofen schüttete, schon mit etwas fahrigen Bewegungen der Schaufel, gegen Mitternacht, klopfte es an der Tür. Ein Freund kam, ein hochgewachsener, breitschultriger Mann, den ich flüchtig kannte von der Straße her, von Zufallsbegegnungen, bei denen wir einander zugenickt hatten. In etwa wussten wir voneinander, wer der andere war, was er trieb. Der Mann war viel im Quartier unterwegs, er gehörte zum Stadtbild. In den paar Kneipen, in denen auch ich landete, vor allem in dem nahe gelegenen Café, das wir »In Aspik« nannten, obwohl es Zum Aquarium hieß, hatte ich ihn einige Male beobachtet. Da gab er den einsamen Trinker. Es sah aus wie eine Pose, obwohl er tatsächlich trank, mehr trank als andere, was auch an seinen Wangen und an seiner Nase zu erkennen war, rot von geplatzten Äderchen. Offensichtlich war er aber nicht nur diese Figur des einsamen Trinkers. Seine Skulpturen, auf die mich Jürgen immer einmal hingewiesen hatte, an denen er lange arbeitete und die er in Gruppenausstellungen mit Jürgen und anderen präsentierte, waren unverkennbar nach Modellen gearbeitet, nach solchen, in deren Begleitung er jetzt auftauchte. Sie brachten Weinflaschen aus dem Café mit, das um diese Zeit schloss, rumänischen Rotwein. Die beiden Frauen ähnelten sich, waren hochgewachsen und etwas breitschultrig,

wirkten auf mich wie Zitate einer fremden Welt. Sie sahen aus wie den Umschlagbildern eines Modemagazin
entstiegen, als hingen irgendwelche Konfektionsjacken
über ihren Schultern, ragten ihre langen, knochigen Arme
aus bunt gemusterten Blusen oder wehten Röcke um ihre
starken Knie. So sahen die Frauen aus. Die eine der beiden
lachte ständig mit ihrem großen Mund, der wie blutig in
das ohnehin rote Gesicht geschnitten wirkte. Sie stellte
sich als Studentin vor. Sie hatte gehört, was meine Sache
war, und wandte sich sofort mir zu. Ich war geschmei-
chelt, denn eine Frau wie sie hatte ich noch nie gesehen,
noch nie so große, geschminkte Augen so nahe gesehen,
die immerzu strahlten. Sie begann mich auszufragen. Sie
wollte neben der Ausbildung zur Kunsterzieherin auch
Musiklehrerin werden. Ihr breiter Mund war vulgär. Wie-
wohl auch Susanne, die Sängerin, grob gewesen war. Aber
sie war schließlich die Trägerin einer feinen Kehle. Das
Grobe an der Frau vor mir war zugleich künstlich über-
formt, veredelt, das Grobe war gefasst in eine Kontur, die
ich womöglich elegant genannt hätte, vielleicht dies sogar
dachte, dieses merkwürdige Wort, das nicht zu meinem
Zopfmusterpullover gepasst hätte, wenn ich es ausgesprochen hätte. Ich wurde ganz ernst, fing an, ihr etwas
vom Sound auszumalen, Prinzipien meiner Art Musik zu
erklären. Ich wurde ausführlich. Sie nickte etwas zu eifrig
für so eine Frau, dachte ich, betrunken, wie ich sowieso
schon war. Überhaupt störte mich die Zeit über, die sie
sich mir zugewandt hielt mit diesem starken Interesse, in
der meine Zunge zunehmend langsamer wurde, von der
ich wusste, dass sie längst tiefblau vom Rotwein war, also

242

es störte mich an ihrem Interesse das Angespannte. Sie schien auf etwas aus zu sein. Sie wollte mich ausfragen, etwas wissen, noch mehr und mehr. Ich zuckte innerlich zurück. Dieser seltsame Instinkt, den wir – ich dachte in dem Moment dieses Wir – an uns hatten dort in der Gegend, der aus jeder irritierenden Begegnung leicht eine des Verdachts machte. Die arme Person. Ich hielt sie wegen ihrer Neugier, wegen der Nachfragen, wegen der intensiven Art, in der sie mir nahekam, während sie doch eine Frau war, der ich mich selbst nie, nie nähern würde, die ich nicht anzusprechen, sondern höchstens aus der Ferne zu beäugen wagte, aus diesen unauffälligen, nur meinem betrunkenen Selbst wahrnehmbaren Details ihrer Zuwendung hielt ich sie für einen Spitzel, bastelte ich den Verdacht. Trotzdem brachen wir kurze Zeit später gemeinsam auf. Sie war ja nicht die aktuelle Freundin des breitschultrigen Bildhauers, sie stand ihm nur noch Modell. Sie kam mit zu mir die paar Schritte ums Eck. Katharina gegenüber hatte ich darauf bestanden, endlich einmal wieder einige Nächte hindurch zu arbeiten. Die Frau mit dem großen Mund und dem groben Lachen interessierte sich für alles, was da auf meinem Sekretär herumlag, für meine Art der Notierung, die eher eine Geheimschrift war. Ich deutete ihr mit großen, trunkenen Gesten dies und jenes, erzählte ihr wie im Selbstlauf von Ungarn, dann von meinen Eltern, von der Elbe. Ich war vollkommen blau. Wir legten uns, glaube ich, eine Zeitlang auf meine Matratze, ohne uns auszuziehen. Ich roch sie, und was ich inhalierte, die Schärfe ihres Körpergeruchs, wollte mir genau zu dem Groben passen. Wir berührten uns, nestelten aneinander herum. Sie hatte viele Knochen, besonders am Schultergelenk, irgendwie auch am Bauch und an den Knien sowieso. Irgendwann muss sie gegangen sein. Ich war eingeschlafen. Mittags stand Katharina vor mir. Sie hatte heute nur früh in der Uni zu tun gehabt. Wir waren, dämmerte es mir, zur Besichtigung einer Wohnung verabredet gewesen, in die sie einziehen wollte. Was das hier sei, was ich in der Nacht komponiert hätte, ob überhaupt etwas. Schließlich hielt sie nicht mehr an sich: »Du stinkst nach Suff! Und nach Parfüm. Und guck dir deinen verschmierten Hemdkragen an. Vergiss es. Vergiss mich. Vergiss alles.« Sie warf den Schlüssel auf den Tisch und die Tür hinter sich zu. Erst die Zimmertüre, dann die Wohnungstür, die ich beide wie die Dielen schwarz gestrichen hatte.

38

Angeblich gab es den visafreien Verkehr von unserer Gegend aus in die anderen verbundenen Staaten und Länder. Aber der hiesige Bürger – ich dachte das Wort Bürger, wie es um uns herum, insbesondere von der Polizeibehörde benutzt wurde, zu selten genau, auch wenn ich »Dantons Tod« in einer tollen Inszenierung erst vor kurzem gesehen hatte an der Schumannbühne, mit dem phantastischen Reetlow mit seiner markanten Stimme in einer Doppelrolle als Danton und Robespierre, mein Gott! –, der Bürger konnte nicht so einfach sich an die Straße

stellen in Schöneweide an der Tankstelle, an der Tramp-
stelle von hier aus Richtung Süden, oder in den tschechischen Speisewagen sich setzen und Urquell trinken.
Erst musste er antreten, etwa, wenn er wie ich in dem
hiesigen Stadtbezirk wohnte oder hauste, bei der Behörde
an der Ecke Thälmannplatz dort vorne, gegenüber der
Würstchenbude. Da saßest du lange und wartetest in den
kahlen Räumen mit den Sprelacarttischen, den vierecki-
gen, auf denen du die Formulare auf dem stark holzhal-
tigen Papier ausfülltest, was immer die erfragten von
dir, alles, was sie dort in den Schreibstuben in ihren alten
Rollschränken, mag sein, aus noch viel größerer Zeit als
dieser, in ihren Registraturen viel besser wussten, diese
Frauen in Uniform, die dort saßen. Wer die wohl waren?
Was die waren? Jedes Mal dort fragte ich es mich. Menschen? Ich kuschte aber. Ich konnte ausgezeichnet ku-
schen. Heraufklangen in den geräumigen Wartesaal mit
dem Paneel undefinierbarer Farbe die Straßenbahnen der
Linien 22 und 46 und 49 und 13, tönten herein mit ihrem
Metallklang, den sie von Weißensee und Friedrichshain
oder aus der Stadtmitte hergeschleppt hatten, hierher ge-
schleift, geschliffen, gerumpelt aus ihren jeweiligen Richtungen, die 13 zielstrebig auf die Schienenschleife zu hinten beim Hauptpostamt an der Mauer. Hier musste man
sich das Papier holen, das mit dem Personalausweis an der
Grenze vorzuzeigen wäre und zum Übertritt derselben
berechtigte. Übertritt. Ich dachte sogar an die Verse vom
Sowjetpass von dem russischen Dichter mit dem gewaltigen Schädel, ja, ich gestehe, ich dachte daran, sogar oft.
Ich dachte an den Stolz. Ich wollte – worauf in diesem Zu-

245

sammenhang? – stolz sein. Ich bekam das Papier nicht. Es war irritierend. Jürgen hatte den Antrag zum Verlassen der Gegend gestellt, was nach aller Erfahrung dazu führte, dass solchen Antragstellern erst einmal die Welt noch kleiner zugeschnitten wurde. Ich dagegen hatte doch einen mehr als passablen Start hingelegt als junger Komponist, war der Jugendzentrale aufgefallen, herumgereicht worden, wie es nur ging »zwischen Kap Arkona und dem Inselberg« oder so ähnlich. Ich war doch, dachte ich in diesem Moment und sagte es und lachte dabei mehrmals blöd auf, als ich mit der Nachricht in Jürgens Atelier stand, ich war doch mehr als er ein etablierter Künstler des Landes, jedenfalls bis eben gewesen, bis zu dieser Sache »an der Saale hellem Strande« mit meinem auch witzigen, aber sicher nicht notwendigen Stück »Stern meiner Jugend«. Aber ich hyperventilierte erst, als Jürgen ruhig feststellte, er habe den Wisch zur Einreise in die Tschechoslowakei und nach Ungarn bekommen und damit die Genehmigung zum Geldumtausch für die übliche Menge des einen und des anderen Spielgelds, Mark gegen Kronen und Heller, Forint und Filler für zwei Wochen. Er würde fahren, aber das sollte mich nicht schwer ankommen. Wir würden den Anlauf wiederholen. Er wollte mir unbedingt seinen großen Freund in Prag vorstellen. »Die werden mich nicht so schnell der Gegend verweisen. Bin ja gerade erst aus dem Kunstverband ausgetreten, habe den ja gerade erst abgelegt. Der Werner Schwabe, der weiß doch eben erst Bescheid und regt sich auf und fühlt seine gut geschmierten Westgeschäfte gestört oder auch nicht. Und Prag«, fügte er hinzu, den Korken vom Kor-

246

kenzieher drehend, beiseitelegend, die Henkeltassen voll-
schenkend, »Prag wird vielleicht auch ein Ort für uns.«
Was er meinte, ohne dass er oder ich es aussprachen, waren diese Treffen, etwas, das ich Familientreffen nannte,
etwas, das wie der Tränenpalast hier in der Nähe war, so
etwa, das, was die Stadt Prag sein musste für zerrissene
Familien und Freundeskreise, soweit die Behörden mit-
spielten, dass sie ihre weggegangen Teile dort in Prag wie-
dertreffen konnten, so lange vielleicht, bis sie es selbst
nicht mehr mochten, dieses mehr oder minder verhohlen
tränenreiche Spiel, verordnet von ebenden Behörden,
von ebenden Menschenverwaltern, die mir vorhin ohne
Grund die Ausreise in das befreundete Nachbarland nicht
genehmigt hatten. Ich sah auf das Etikett, Erlauer Stierblut. Wein vom Donauknie. Kein Kommentar. Wir tranken viel und redeten wenig.

39

Hinrich stand draußen vor dem Haus, kontrollierte den
Klappfix, den Campinganhänger, auf dessen Anschaffung
er zuerst einmal stolz war, weil er Renate davon über-
zeugt hatte, die frühere Musikpädagogin in Neustadt am
Neusee, die aber nun Pianistin war und Theaterfrau hier
in der viel schöneren und lebendigen, interessanten Stadt
Seeburg am Großen See, eine Person, die er wirklich und
wahrhaftig achtete, an deren Zukunft er glaubte und
damit durchaus an seine eigene an ihrer Seite, die mit

der Kunst, vor allem der Musik, mit dem Theater, dem er
hier von Berufs wegen sowieso seine Aufmerksamkeit
widmete und wozu er auch Renate, nun ja, rekrutiert
hatte, also mit seinen verschiedenen Hobbys, die sich an
das Berufliche anlagerten, es durchdrangen und beför-
derten, die ziemlich günstig mit seinem gesellschaft-
lichen Engagement, jedenfalls wie er selbst es verstand,
zu tun hatten. Zum anderen war er stolz auf das lächerlich
wirkende, aber mordspraktische Ding, weil er es wahrhaftig aus eigener Kraft bezahlt hatte und es nicht vom
unsichtbaren Arbeitgeber finanziert war, na ja, wie das
Auto eben, auf dessen Anhängerkupplung er es nun hob
und mit etwas fliegenden Händen die Kabel verstöpselte.
Die Mädchen in ihren Sommerkleidern kamen herunter.
Renate ließ sich Zeit. In den letzten Wochen gab es Verzögerungen im Dienstablauf, sozusagen. Er hatte ihre politischen Anwandlungen im Zusammenhang mit der
Riebmann-Ausbürgerung schon gespürt, aber da hatten
sie noch zusammen Berichte geschrieben. Na ja, er hatte
sie geschrieben. Aber sie hatte freimütig beigetragen, was
seine, Hinrichs Vorgesetzte zu ununterbrochenen Prämi-
enzahlungen angespornt hatte. Manch fröhliches Rauchen
im Bett auf Staatskosten war das gewesen. Spannungen
kamen erst jetzt auf. Das Strafrechtsanpassungsgesetz,
der Umgang mit den Komponisten und Schriftstellern im
Lande, die Diskussionen in Verbänden, in deren Vorstän-
den sie, Renate, aktiv war und deshalb so attraktiv als
Quelle für ihn und seine Vorgesetzten. Sie hatte ihre Karriere halb darauf, halb auf ihre Konspiration gesetzt. Ein
Paar wie Blitz und Donner waren sie gewesen. So glaub-

haft kam er nie herüber wie an ihrer Seite. Sie hatte die Leute aufgeschlossen hier in Seeburg wie im ganzen Umland, den ganzen See rauf und runter, das ganze norddeutsche Hügelland mit den edlen Buchenwäldern rauf und runter, wo sie überall in ihren ausgebauten Landhäusern saßen und politisch herumschwadronierten, weil sie keine Ahnung hatten. Aber da – das war es, was jetzt zu seiner Qual wurde, was ihm mehr Kopfzerbrechen bereitete, als dass sie fremdging mit diesem ekelhaften Schauspieler – hatte eben Renate ihnen beiden die Türen geöffnet, um nicht zu sagen die Herzen. Mit ihrer energischen, glaubhaften, ehrlichen Art. Was sie miteinander alles hatten in die Maschine tippen können, er im Gespräch mit ihr, Berichte, Berichte, operativ interessant bis brisant! Diese aufgeblasenen Idioten mit ihrem leider ungerecht verteilten Talent wurden schließlich ernst genommen im Land. Sie hatten Einfluss. Ihre quersitzenden Flatulenzen von Herrn Riebmanns Befinden bis zu Herrn Havemanns Sorgen mit dem Büro für Auslandsrechte nebst seinen Amouren in Grünheide regten die Zentrale der Einheitspartei auf, den Ersten Genossen voran, der mit dem einen verwandtschaftliche Bande teilte und mit dem anderen latente Verbindlichkeiten aus dem Naziknast. Hinrich kochte innerlich und fing auch schon außen an zu glühen wie die Spitze der dritten Zigarette, deren Asche der Wind über seine Jeans verteilte, hier vor dem Haus neben dem Auto mit der offenen Heckklappe, an dem dran der Klappfix wartete, gen Tschechenland gezogen zu werden. Das sind so Theaterdiskussionen, hatte er zu Renate gesagt, als das losging mit ihr, als ihr dies und das nicht mehr genügte, was sie von seiner inoffiziellen Arbeit an Genuss und Vorteil bekommen konnte. Das ist doch Kantinengeschwätz, hatte er sie angeblafft. Sie reagierte von Stund an allergisch auf seine Sprache, lehnte seine Einmischung ab, prangerte seine Ahnungslosigkeit an, meinte, er schmore da in einem Saft von vorgestern, der vermutlich mit der eigenen Biographie, mit seiner kleinbürgerlichen Herkunft zu tun habe. Sie hatte argumentiert, er habe sich verstiegen, opponiere auf Schmalspur gegen die Kultur des Milieus, dem er entstammte, ohne noch genau hinzuschauen. Und er sollte doch endlich einmal kapieren, hatte Renate Becker, die Musikdramaturgin und Theaterfrau an seiner Seite, ihm gesteckt – noch an seiner Seite, noch, wie er ahnte, nein wusste, wie ihm auch seine Genossen in der Burg am Abben Tümpel bestätigten, wenn sie dahockten und seine persönlichen Umstände wieder einmal besprachen, weil der Krach vom Theater und von den verschiedenen, einschlägigen Zünften der Künstler her überall in der Stadt ruchbar wurde oder zum Himmel stank –, er sollte verdammt nochmal sehen, was auf den Straßen des Landes los sei, was die Leute dächten. Darauf hatte er nur hämisch gelacht und war wieder auf die Kantine zurückgekommen, wo er sie hatte sitzen sehen mit diesem Henry, mit diesem Schauspieler, der unter seinesgleichen passte mit seiner zerknautschten Trinkervisage: »Ihr da in euerm Keller unter dem Theater, ihr habt die Weisheit der Straße mit Löffeln gefressen! Ihr wisst Bescheid. Du müsstest mal sehen, was wir für Informationen haben. Du hast unterschrieben, mein Gott, ich kann dich aber nicht reinschauen lassen. Vertrau mir! Der Gegner hat uns schwer am Haken. Die lügen doch wie gedruckt, der ›Spiegel‹ hat doch inzwischen mehr Einfluss in der Hauptstadt als unsere Verlautbarungen. Das ist doch lächerlich, diese Aufnäher ›Schwerter zu Pflugscharen‹, ein verdammt leicht zu schürendes Missverständnis. Auch Harry hatten die Genossen in Berlin schon auf dem Revier. Die machen uns doch alle und alles platt, unsere Jugend, aber nur, weil sie die Medienhoheit haben. Unsere Informationen müssten offensiv verbreitet werden. Wie die uns wirtschaftlich in die Knie zwingen wollen. Wie die unsere unerschöpfliche kulturelle Substanz gegen uns richten, und wie all diese Musensöhne und -töchter mitspielen, weil sie, verdammt nochmal, auch bloß gelten lassen, was der Westen sagt, weil sie reisen wollen nach Paris und an das ewig blaue Mittelmeer statt nach Prag und ans Schwarze, ans Thrakische Meer, weil sie gar nicht wissen, wie es hier in unserem Teil der Welt aussieht, welche Kraft hier im Boden steckt. Es gilt ihnen nichts. Sie sind dumm, sie schwatzen von der Freiheit und nutzen nicht, was wir ihnen hier für Chancen bieten, die Welt zu verändern, die Herzen zu erobern. Die wollen doch alle Happy End à la Hollywood statt Zukunft zu gestalten.« So redete Hinrich Einzweck, so hatte er auf seine Frau eingeredet, die ihn fassungslos angeschaut hatte, doch sicher auch schon mit einem Gähnen hinter der vorgehaltenen Hand. Sie hatte vor ein paar Jahren unterschrieben, im Honeymoon ihrer Ehe, ja, sie hatte seine Sache für ihre gehalten, eine kurze Zeit geglaubt, so gestalte man die Gesellschaft mit, die sie wie er für alternativlos hielt in der Welt ihres Jahrhunderts, mit all den Konsequenzen, die aus der Geschichte zu ziehen waren. Und sie hatte etwas gehabt davon, da war schon einmal ein Stipendium leichter zu haben für eine solche Genossin. Das ahnten zwar und rochen alle anderen irgendwie, tuschelten was, konnten es aber nicht verhindern. Nun hatte sie es sich anders überlegt, hatte eben gelernt an der Seite dieses Kulturoffiziers hier, dieses krummbeinigen. Sie mochte den kriecherischen Sex mit ihm nicht mehr. Sie wollte einen Mann des Dramas, einen, der spielen konnte, ihr den Clown und den Kraftmeier und den großen Geist gab, den Löwen auch. Sie hatte längst einen erkoren. Sie wollte ins Offene, wollte heraus aus den Lügengespinsten an seiner Seite. Sie hatte schon längst verlauten lassen, was los war, am Theater, hatte es dem Schauspieler gesteckt, mit dem sie gut abgefüllt ins Bett ging, selig im Rausch, wild in den aufgewühlten Laken seiner wirklich nicht sterilen Bude da in dem Altbau. Wie pedantisch dieser Typ hier eigentlich war, der das preußische Staatswesen straff und straffer gestalten wollte, angeblich gegen die Spießer. Haha, wie er den Begriff benutzte, wie er selbst so sehr einer war, wie ihre Wohnung war! Man könnte sich erhängen! Mit der Mutter Einzweck an der Wand und Friedrich dem Großen und dem merkwürdigen Säbel, den ihm sein verehrter Westbruder, der große Manager, geschenkt hatte, der vielleicht wirklich was hermachte, mit dem aber irgendetwas los war, mit dem ihr Noch-Mann etwas vorhatte, den er vielleicht am Haken hatte? Da hatte er sie nicht reinschauen lassen. Sie war gut als Türöffner für ihn gewesen, das sah sie jetzt sehr deutlich. Sie hatte es am Anfang spannend gefunden, hatte sich als eine Mischung empfunden aus Bond-Girl und Weltverbesserin. Sie hatte mit vollem Einsatz gespielt. Und auf den vielen Landpartien zum »Abschöpfen« der Künstler, der Freunde hatte der Wein immer gut geschmeckt. Sie hatte beileibe auch nicht immer daran gedacht, dass sozusagen das Tonband mitlief. Sonst hätte sie es nicht durchgehalten die Jahre.

Sie beendete oben rasch das Telefonat mit Henry, holte sich seinen nach durchzechter Nacht erst recht rabiaten, Gänsehaut treibenden Liebesschwur ab, die Mischung aus Romeo und dem absolut unfrommen Heinrich, vor dem es ihr bis tief in den Schoß rein graute. Nun stand sie unten vor dem langweiligen Wartburg mit dem lächerlichen, flachen Kasten dran, vor der Chaise, die zur Abfahrt bereitstand in den Versöhnungsurlaub. Sie schwang ihre unbeschädigte Figur einer nicht mehr jungen Mutter dreier Kinder auf den Sitz neben ihrem Mann und sagte: »Fahr los, du Spießer.« Die Mädchen auf der Rückbank kicherten.

40

Ich fuhr mit in dem Schnellzug, den Jürgen nach Prag nahm für ein paar Tage, begleitete ihn bis zur Grenze, nach Bad Schandau. Er hatte einen Militärrucksack dabei, in dem mehr Skizzenbücher als Hemden steckten, ich ein Tragegestell von Katharina, unten daran gebunden den Schlafsack. Mit den Freunden in Horlewitz hatte ich verabredet, die Wohnung unterm Dach der Villa in der Zeit ihres Sommerurlaubs zu hüten. Das wäre ab morgen. Ich hatte mir eine Nacht im Elbsandsteingebirge verordnet. Katharina arbeitete selbstverständlich. Dass ich die zwei Wochen in Horlewitz endlich wieder etwas tun würde, hatte ich ihr hoch und heilig versprechen müssen: Nur Arbeit, im schlimmsten Fall unter dem Apfelbaum im Garten. Keine Ablenkung. Ich träfe da keinen, insbesondere keine. Ich hätte den Vertrag für die Theatermusik am Hohen Haus in der Schumannstraße unterschrieben, das wüsste sie doch. Wir hatten geschlafen miteinander in der Nacht vor der Abreise, was sich angefühlt hatte wie das Besiegeln neuen Vertrauens. Der Zug hielt eine Weile, Jürgen rauchte, wir schauten auf Wald und Felsen. Ihm war die Landschaft hier vertrauter als mir, er hatte in Dresden studiert. Ich gab ihm jetzt die Kladde mit Vorspielen, die er dem Freund in Prag überreichen sollte als einen Gruß vor der gemeinsamen Reise, hoffentlich bald. Jürgen hatte im Zusammenhang mit ihrem Plan erwähnt, dass der Prager Freund Musiker war und einer derjenigen, die sich seit 68 als Hilfsarbeiter durchschlugen und ihre Kunst im Untergrund trieben. Das war mehr als ein Dutzend Jahre her. Inzwischen gehörte er »übrigens« auch zu den Unterzeichnern der Papiere von 77, organisierte Festivals im Underground. Was für ein Unterschied zu unserem Herumeiern hier in der Gegend, dachte ich und überlegte, was ich Jürgen noch mitgeben sollte als Gedanken für jenen Jaroslav. Was mir einfiel, platzte aus mir heraus: »Wir schämen uns unseres deutsch-deutschen Privilegs, sage ihm das. Wir schämen uns der Privilegien auch als

254

Bewohner der sowjetischen Kronkolonie. Wir schämen uns der Feigheit, was immer die für Gründe hat. Wir schämen uns mit dem Knebel des Antifaschismus in der Fresse.« Seltsame Essenz, die da herausbrach. Der Schnaps aus Jürgens obligatorischer Reiseflasche? Ich war ganz atemlos. Der Anlass, diese Reise, Jürgens ruhige Energie, meine ewige Verhinderung, mein unfruchtbares Auf-der-Stelle-Treten, ließ es einmal auf den Punkt kommen. Blöd klopfte ich dem Freund in Höhe der Schulter die ausgewaschene Arbeitsjacke, die er standesgemäß trug. Er schüttelte den Kopf, während er die schwere Tür des Waggons zuzog.

Somnambul nahm ich die Fähre über die Elbe, hinüber in das schmucke Urlauberstädtchen, während aus Wolkenfragmenten dünner Regen fiel. Die gurgelnde Oberfläche des Flusses war aufgeraut von den Nadelstichen der winzigen Tropfen. Vor Jahren schon einmal von Bad Schandau aus hinaufgewandert, steuerte ich einen bestimmten Grund an. Grund nannten sie hier herum die schmalen Täler zwischen den niedrigen, aber steilen Sandsteinwänden des überschaubaren Gebirges. Der Regen erreichte schon nicht mehr den Boden des Grundes, dessen Eingang ich tatsächlich gefunden hatte. Die Wanderung führte auf einem schmalen Pfad zielstrebig aufwärts dorthin, wo ich eine der vielen Auswaschungen vermutete, einen der vielen Überhänge, die manchmal wie Eingänge zu Höhlen wirkten. Darin ließ es sich gut wettergeschützt übernachten. Mein Ziel erreicht, besetzte ich eine der Boofen, die sich zur Wahl stellten, einen geräumigen, vom Felsen überwölbten Raum mit hellem, sandigem

Boden, der aussah, als hätte er auf mich gewartet. Hier rollte ich den Schlafsack auf der Matte aus, rupfte ein wenig Gras am steilen Hang zu meinen Füßen, das trocken genug war unter den Bäumen, obwohl oben noch immer der kalte Regen die Bäume traf. Ich entzündete ein Feuerchen an der Stelle, die andere schon dafür benutzt hatten. Meinem Bergsteigerfreund, der in Leipzig lebte, Eberhard galten die guten Gedanken bei dem Räuchern und Knistern vor meinen untergeschlagenen Beinen. Die Rufe einer Bergsteigergruppe tönten herüber, die sich gleich mir an ein trockenes Plätzchen verzogen hatte irgendwo auf der gegenüberliegenden Seite in einem noch höher liegenden Winkel des Grundes. Was heraufzog in einer so einfachen Situation, entfernt von der Gewohnheit, immerzu eine oder einen oder etwas zu erwarten, war das Gefühl, wirklich allein zu sein. Dabei hatte ich mich eben erst verabschiedet von Jürgen und damit von einem, mit dem ich das Leben der letzten zwei Jahre immer näher, immer öfter teilte, einem, der ganz zum Großstadtdasein gehörte, wie wir es nicht unbedingt gewählt hatten, aber alle miteinander zu genießen schienen. Ich zückte weder Papier noch Stift, schöpfte nicht als großer Schöpfer losgelassen drauflos. Es war gut, dem Zwang zum andauernden Austausch ausnahmsweise entronnen zu sein, dem ich sonst leidenschaftlich und lautstark und ununterbrochen nachging. Der Sound der Natur, ich hatte ihn vermisst, hörte jetzt, wie er ankam in meinem offenbar abgestumpften Sensorium, wie er um mich waltete, gerade jetzt mit einem Zilpzalp nah und einem, der Antwort gab, entfernter, mit dem ruckweisen Rascheln einer Amsel, einem erregten Häher irgendwo, jedes Solo grundiert vom chorischen Zischeln des Regens auf den Nadeln der Fichten und den Blättern der Birken und Eichen hier unterhalb des Bergsaums. Ich erkannte die Stimmung. Es war dieselbe wie damals, als meine Mutter in die Krankheit tauchte. Es war genau die oder das, dieses Etwas, das mich zum Notieren des Sounds gebracht hatte. Ich ließ es heraufkommen mit den Atemzügen. Ich griff mir sogar ans Herz. Es nahm ungefragt seine Richtung. Ich schaute hoch in den glatten, grauen Himmel, vor dem ein Strahl der Abendsonne die Felskante gegenüber hellgelb einfärbte, golden. Wie das nun hochfuhr in mir. Ich dachte, hier springe ich einmal, in diesem kleinen Gebirge, hier. Eines Tages, wenn es so weit ist, springe ich. Nicht vorn von den Schrammsteinen mit Anlauf Richtung Elbe, wie ich es einmal als Jugendlicher mir ausgedacht hatte, nein, irgendwo mittendrin. Sie würden mich lange nicht finden. Die Nacht schlief ich kaum. Es kam nicht vom Grübeln, sondern von den unregelmäßigen Geräuschen eines Siebenschläfers, der immer wieder mein Gepäck inspizierte, eines kleinen Pelztiers, dessen Namen ich nicht gewusst hätte ohne die Horlewitzer Freunde. Bester Laune ging ich den folgenden, sonnigen Tag an, wanderte in Richtung der Bastei, ohne auf die Karte zu schauen, und fuhr abends Richtung Dresden. Der Bus brachte mich bis Schloss Pillnitz, ich setzte mit der Autofähre über, stieg unter das Dach hinauf, ließ mich in die Wohnung einweisen und winkte am Morgen darauf der Familie bei der Abfahrt in die Ferien eine Weile hinterher. Einen Platz zur Arbeit fand ich sofort an einem Fenster mit Blick in die

Kronen der alten Bäume hinaus. Es wusste niemand, dass ich hier war. Die Theatermusik lag zehn Tage später hinter mir, ich brachte sie zur Post. Ich war die Brotarbeit zufrieden, war es mit mir. Ich fühlte mich so normal. Als die Familie wiederkam, gingen der nach dem Urlaub einerseits aufgeräumte, andererseits auf seinen Arbeitsplatz versessene, das hieß, wie er sagte, angesichts meines tätigen Aufenthalts, mit dessen Ergebnissen ich ihn gleich belagert hatte, neidische und »zerknirschte« Hausvater und ich noch einmal einen Gang. Wir kamen auf einen Baumstumpf am Waldrand zu sitzen. Unser Gespräch hielt sich nicht lange dabei auf, warum, wer in so schöner Gegend wohnte, jemals in die Ferien fuhr. Ich hatte von ihm selbst gehört, dass er bis vor kurzem Mitglied der Einheitspartei gewesen war. Nun kam ich darauf zurück. Ich tat es unter der Ägide des Wir: »Wir sind doch nie in die Verlegenheit gekommen, die haben uns doch gar nicht genommen, gerade wenn wir den langen Marsch antreten und naiv von innen verändern wollten. Wie konnte das gehen, wie war das bei dir, warum?« Was mein bärtiger Freund in seiner ruhigen, fast betulichen Art zu erzählen hatte, klang wie ein Ausschnitt aus der bürgerlichen Geschichte des Landstrichs, in dem die Stadt Dresden lag. Sein Vater war ein kleiner Fabrikant, der ausnahmsweise nicht enteignet worden war, der sich mit seiner Ringelsockenstrickerei behaupten konnte. Da wusste ich schon den ganzen Grund, warum seine Emanzipation erst diese Richtung nehmen musste. Ich verstand es aber nicht. Wie immer verstand ich etwas ganz und gar nicht, wofür sich kein Beispiel in meiner eigenen engeren Welt

fand. Ich unterbrach ihn immer wieder mit ausrufarti-
gem: »Aber!« Er bezichtigte sich selbst der Feigheit. Ich
entblödete mich nicht, ihn zu bestätigen und meine Cou-
rage herauszustreichen. Er klebte auf dem Baumstumpf
fest, ich ging auf und ab. Er ließ den Kopf hängen und griff
sich in den Bart. Ich stand vor ihm als der Gerechte. Wir
einigten uns. Dass es verschiedene Wege gäbe, sagten
wir. Wir lachten. Dass es auf die Musik ankäme. Wie erstaunlich doch seine neoromantische Welt sei, wie fein,
hörbar die feinste Ironie, ganz abgesehen von der hohen
Schule seines Handwerks. Was ich da meinerseits noch
stocherte, unklar blieb, ein eklektischer Neutöner, ver-
glichen mit seiner gelassenen Art. Von meiner eigenen
Geschichte, davon, was mir anhing, sagte ich nichts. Lieber hatte ich den Zufall meines Heranwachsens mit dem
Bergahorn im Hinterhof herausgestrichen. Hätte ich nicht
stattdessen sagen müssen, du, da war etwas, da ist was,
ich habe da einen Klotz am Bein, viel dicker als deiner? Ich
fuhr den Abend ab im Bewusstsein größter Klarheit. Der
Abakus in meinem Schädel brachte es zu den feinsten
Operationen, was Tonlagen, Frequenzen anging, er be-
rechnete, was meinem Sound diente und versetzte mich
in die Lage, all das aufzuzeichnen. Auch höhere Funktionen dessen, was ich Moral nannte, spuckte er spielend
aus. Die Maschine blockierte einzig bei dem, was ich füg-
lich gar nicht benutzte, beim kleinen Einmaleins für
wirkliche Menschen.

41

Ich ließ es nicht auf sich beruhen. Ohne nachzudenken, verfasste ich eine Eingabe an eine höhere Instanz, in dem Fall an den musischen oberen Verwaltungssekretär, dessen Adresse ich vom Meister hatte. Ein üblicher Weg im Feudalstaat, vorausgesetzt, man erkannte die Gepflogenheiten desselben an. Die Gründe bei der lokalen Behörde lägen nicht mehr vor, teilte mir das Büro des Herrn mit. Ich könnte selbstverständlich jederzeit in das befreundete Ausland fahren. Der Meister war vor kurzem das erste Mal und nun noch einmal operiert worden. Bei einem Besuch in der Klinik traf ich zufällig Reiner Wolfsberg und fragte ihn leise, ob es stimmte, was ich vermuten musste. »Selbstverständlich«, sagte er, »ist es Krebs. Was haben Sie denn gedacht?« Schweigend fuhren wir mit dem Fahrstuhl hinunter und trennten uns mit einem flüchtigen Gruß. Er war einer der Seminarleiter gewesen vor sieben Jahren in Ludwigsbaum. Es gab die Einrichtung noch, aber die allgemeine Verachtung der Jugendzentrale gegenüber ließ keinen jemals ernsthaft darauf zurückkommen, auch mich nicht. Ich fuhr zu Katharina, wir lebten zusammen in ihrer Wohnung. Die Helmholtzritze war zum Studio des Komponisten geworden. Das ließ Möglichkeiten offen. Katharina und ich, sagte ich hin und wieder, wenn wir es getan hatten, schliefen zu selten miteinander. Ich sollte es so schätzen, wie es wäre, erwiderte sie. Schön und gut, dachte ich, sagte der Sechsundzwanzigjährige zu sich selbst, zu seinem Willen, das Leben mit dieser Frau zu leben. Wir wollten heiraten, es gab den Termin. Gleichzeitig war ich unterwegs. Die Einladungen in Kirchen nahmen zu, Kontakte mit Studentengemeinden landauf, landab entstanden. Ich nutzte die Gelegenheiten. Ich hielt Ausschau. Ein Kollege lud mich zu einem Privatkonzert ein und merkte gleich an, da gäbe es eine Lehrerin, die wäre Fan meiner Musik. Und auf dem flachen Land hinter dem Petroleumkombinat Schwedt, das hatte ich schon erkundet, da warteten großgewachsene Katzen auf den jungen Mann, standen Spalier an der Stiege, wenn er zu der durchgelegenen Liege emporstieg und empfangen wurde in dieser Kuhle, in diesem tiefen, schaukelnden Nest, in dem er sich nächtelang mit dessen Besitzerin wälzte. Die Gespräche, die geführt wurden, wo immer jemand Auftritte ermöglichte, hatten oft genug die Behinderungen derartiger Auftritte zum Thema. Vor dem Konzert, nach dem Konzert, fast immer suchten die Ausführenden und das Publikum nicht mehr das Gespräch über das, was sie gehört hatten, sondern darüber, dass es dort und hier und da überhaupt nicht zu hören war oder wäre. Daraus wurde geschlossen auf den insgesamt wurmstichigen Zustand der verordneten Lebensweise. Ich hätte es selbst nicht sagen können, was mich, den Wünschelrutengänger eines eigenen, eines beinahe intimen Sounds, zu einem politischen Redner machte. Nach diesem oder jenem Konzert mit Publikumsgespräch, wo ich sagte, was ich meinte, soweit ich wusste, was ich meinte, soweit ich nicht nur redete, wie mir der Schnabel gewachsen war und wie es mir die Rücksichtslosigkeit eines Bewohners vieler Oberflächen eingab, die nur durchbrochen waren vom Austritt feiner Effekte des Sounds, wurde manchmal jemand vorgeladen von den örtlichen Behörden. Sogar Pfarrer erhielten die Aufforderung, die Finger von derlei zu lassen, vom geschäftlichen Umgang mit Einzweck. Ich genoss die Popularität, die damit einherging, verlegen wie schamlos zugleich. Einmal stand bei einem Konzert ein Kerl neben mir, bei einem privaten, den Behörden von der Inneren Abteilung als Nachbarschaftsfest angekündigten Konzert auf einem Ruinengrundstück in meiner Straße, auf dem zwischen Punk und vertonter Konkreter Poesie einiges auf die Bühne kam, da also schlich sich ein Kerl von hinten an mich heran, der sich als Musiker vorstellte, der sagte zu mir: »Wenn die Frauen nur deinen Namen hören, kriegen sie schon feuchte Höschen.« Den Kerl habe ich nie wieder gesehen. Kann auch sein, ich habe mich verhört und der Größenwahn jener Jahre hat mir das eingeflüstert. Am selben Tag war ein Brief von meinem Vater gekommen. Er plante für das Wochenende mit seiner Freundin eine Sightseeingtour in die Stadt. Ob sie wohl bei mir übernachten könnten. Ja, antwortete ich auf einer Postkarte, klar, gerne. Ich freute mich, schrieb ich, seine Wiebke kennenzulernen. Mit Katharina verabredete ich, dass ich dann bei ihr übernachtete. Und vielleicht gingen wir mit meinem Vater und seiner Neuen einmal essen?

42

Es wurmte den Mann, der da vor seinen Genossen saß, nicht vor ihnen, sondern mit ihnen, denn in diesem Augenblick schauten sie alle drei gleich aus, der Genosse W., der inzwischen nicht mehr den Unteroffiziersrang eines Oberfeldwebels, sondern den Offiziersrang eines Unterleutnants bekleidete, und der Genosse R., der schon immer ein Raupenschlepper und leitender Vorgesetzter war, und Werner Weber, der auch mithalten konnte, der ein Hauptmann der Reserve war, wenn er sich gelegentlich militärischen Körperübungen hingab in den Wäldern der Heimat. Selbstverständlich saßen sie hier alle drei in ihren grauen Hemden, und ihre sportlichen Lederjacken hingen am Kleiderständer. Es wurmte die Männer, dass sie mit der M., die eigentlich Renate Becker-Einzweck hieß, nicht mehr in gewissen Objekten sitzen konnten, sich im Plauderton Berichte geben lassen konnten, die Quittungen für die dienstlich gerauchten Zigaretten in die eine Richtung wanderten und die Präsentkörbe oder Umschläge mit Prämien zu den Geburtstagen in die andere. Das war vorbei. Wir schrieben ein späteres siebziger Jahr, und der Dienst war nicht mehr so spannend, nicht mehr so ästhetisch wertvoll, seit die M. ihn quittiert hatte. Hinrich hing der Kopf, wenn nicht sogar eine Träne im Schnauzbart, den er derzeit wieder trug, mit dem er seinem guten Freund, dem Sänger und Schauspieler Ranzmann, ähnlich sah. Das war die richtige Assoziation, damit kamen sie auf den Lichtblick, um den es hier und jetzt gehen musste. Über Ranzmann und dessen aufgehenden

263

Stern ließ sich eine gute Brücke in die Zukunft der Dienststelle bauen, jedenfalls was die Zuständigkeiten Werner Webers anbetraf. Nachdem der Verräter aus der Chausseestraße, wie Hinrich nicht müde wurde festzustellen, dieser Verräter endlich außer Landes war und nicht mehr querschießen konnte, schlug die Stunde des Bernd Ranzmann. Das optimistische Flackern dieses Themas wärmte nicht allzu lange, denn vor den beiden anderen musste Hinrich sich eingestehen, dass eine Scheidung, die in der Dienststelle durchgezogen werden musste aus den bekannten Gründen, von seinen Genossen vollzogen, dass so etwas doch eine Zumutung gewesen war. Er grübelte, wie er die Scharte auswetzen konnte. Er kaute seine Dankbarkeit gegenüber seinem Vorgesetzten zwischen den schmalen Lippen hervor. Seine Härte hatte heute Sprünge. Die Trennung von der ersten Frau war ein Klacks gewesen trotz des Verlusts seines Erstgeborenen, die von der zweiten war eine Befreiung gewesen, ja, obwohl die vier Töchter zurückgeblieben waren, zu denen es seither eine Kontaktsperre gab. Vielleicht, schoss ihm durch den Kopf, jetzt nicht mehr, nachdem die Verursacherin außer Sicht war und er wieder allein lebte. Die Schachtel Zigaretten, die der R. aus dem Schrank zur besonderen Verwendung hatte springen lassen, war aufgeraucht. Renate, schien das Triangel der Männer zu tönen: Renate, mit jedem Wort, das irgendetwas anderes sagte. Da war ihnen ein Fisch von der Angel. Und der Einzweck, der hatte es nicht geschafft mit seiner Männlichkeit, mit seinem Sexappeal. Da hatten sie eine interne Scheidung durchziehen müssen hier, etwas, das in dieser Wachstube, in einem

264

höheren und ernsteren Sinne Wachstube, noch nie vor-
gekommen war. Hatte der W. das wirklich gesagt, Ein-
zwecks »Sexappeal« hätte versagt? R. wies ihn zurecht.
Hinrichs Zigaretten waren alle, er nahm die angebotene.
Nach einem langen Zug, bei dem das brennende Papier
knisterte, konnte er dienstlich praktisch werden: »Wir
haben jetzt keine so hochkarätige Person mehr am Theater. Mein eigener Zugang ist fragwürdig. Die wissen, dass
ich in der Abnahme sitze vonseiten unserer Einheitspartei, das kommt dann nicht mehr so gut. Ich hoffe, dass wir
uns darauf verlassen können, dass meine geschiedene
Frau nicht dekonspiriert. Wenn sie mit diesem asozialen
Typen von einem Schauspieler so weiter säuft, können
wir nur noch auf Holz klopfen.« R. wies ihn grinsend,
aber doch qua Amt darauf hin, dass ein solcher Tonfall gegenüber einer Person, die zwar unter Personenkontrolle
stehe, doch nur entschuldbar wäre durch Hinrichs aktuelle Situation. Zugleich machte er dem W. sehr bestimmt
ein Zeichen mit zwei Aufwärtsbewegungen des Kopfes. Der stand auf und holte eine bauchige, westlich an-
mutende Flasche Weinbrand und drei Gläser sowie eine
neue Schachtel »Club« aus dem besonderen Schrank. R.
schenkte ein, der Grauschopf, dem Hinrich als Werner
Weber den Aufbau seiner ganzen Stellung hier zu verdanken hatte. Ein Kommunist von altem Schrot und Korn,
wie er sie liebte. Mit dem stieß er gern an, schaute ihm ein-
verständig und vertrauensvoll in die Augen. Der würde
ihm helfen, nicht nur mit Zigaretten und Schnaps. Er
würde ihn wieder auf Linie bringen. Heute schwamm er.
»Sag mal, gibt es nicht unter den Dingsingezähnen eine,

mit der du mal ein Wochenende verbringen könntest? Das sind doch offene Mädels, mehr auf unserer Seite als viele andere.« R. und W. grinsten, Hinrich nicht. Erst vor der Tür, nachdem sie noch einen für das zweite Bein und einen für das dritte getrunken hatten – kein alltäglicher Vorgang bei einem so sparsamen Trinker wie ihm, ob nun innerhalb oder außerhalb der Dienstzeit –, stand tatsächlich ein Bild vor seinen Augen. Ein schönes Bild, wie er sich eingestand. Das Auto stand ein Stück weiter entfernt am hohen Bordstein, der die Wiese zum Abben Tümpel von der Straße trennte. Er ließ es stehen und ging in die Gegenrichtung, um die Ecke Richtung Hauptbahnhof. Das schien ihm unauffällig genug. Er achtete selbst bei seinen alltäglichen Bewegungen in der Stadt auf Konspiration, soweit möglich. Sein Stand war ja bis eben sehr gut gewesen. Als Leiter des hiesigen Zentralhauses konnte er sich sehen lassen, hatte keine festen Bürozeiten und viel unterwegs zu sein. Mal sehen, wie sich das anlassen würde nach der Umstellung. Sie suchten noch nach einem freien Beruf für ihn. Außenlektor wäre ideal. Das brächte ihn auch näher an die Komponisten, Maler, Schriftsteller und anderen Kunsthandwerker der Region heran. Er wäre vielleicht wieder ein interessanterer Gesprächspartner für seine Klientel. In einer der Telefonzellen am Bahnhofsplatz wählte er eine Nummer, die noch nicht lange in seinem Kalender stand. Wiebke Vorlanden war zu Hause. Er nahm den nächsten Zug.

43

Das zweite und dritte Jahrsiebt in Nordost hatten aus
mir einen geläufigen Großstädter geformt. Die Trauf-
höhe der Gründerzeitviertel hatte es bewirkt, gemeinsam
mit den bröckelnden Zeichen von Nachkrieg, den Über-
bleibseln der Maschinengewehrgarben der Tiefflieger,
den weißen Zeichen, die in Richtung der Stahltüren der
Luftschutzkeller wiesen, mit den rot gerahmten Zetteln
an der Tür des Hauskellers, die das Auslegen von Ratten-
gift anzeigten. Das spätere, selbst gewählte und gefun-
dene Leben in Dreistadt ergänzte die Form nur, fügte der
Grundbasslinie nichts Wesentliches hinzu. Ein Fuß aufs
Land hinaus war mir bei alldem selbstverständlich nicht
gewachsen. Als Jugendliche waren wir vor die Stadt gefahren, zu den großen Friedhöfen in Nordend, weiter zu
den Riesenbovisten an den Rieselfeldern, das stimmte.
Und einen Teil der Sommerferien verbrachte ich bis zum
Ende des zweiten Jahrsiebts jeweils mit den Eltern an der
Ostsee, in einer Wagenburg aus einfachen Bauwagen, die
von dem großen Betrieb, in dem mein Stiefvater arbeitete, an einem abgelegenen, vollkommen unspektakulä-
ren Bodden einer großen Insel aufgestellt worden waren.
Auch Wanderungen hatte ich eine Zeitlang unternommen über den Harz, den langen Kamm des Thüringer
Waldes und des Erzgebirges, zu Ehren der Herkunft
Sebastian Kreislers sogar über das Lausitzer bis in das Riesengebirge in dem langen Sommer, in dem das Leben als
freier Komponist wie Ferienspiele der großen Freiheit begann. Darüber hinaus gestattete ich mir kein Leben auf

dem Land, hatte ich kein Verständnis dafür und kein Wissen davon. Die Schrebergartenkolonie, durch die ich jahrelang zur Schule gegangen war, lieferte das einzige Grün, die Kirschblüte, das Schmatzen der feuchten Erde, den Klang einsinkenden Komposts. Nun aber, in diesem und dem darauffolgenden Jahr geschah etwas, das mir anfangs gar nicht auffiel. Es erreichten mich Einladungen auf das Land. Sie kamen wie Rauchzeichen daher, nicht zwingend, nicht gleich verständlich, nur interessant durch Wiederholung. Sie insistierten, dass ich sie wahrnähme. Als verbrenne jemand Laub vom Vorjahr und wiese zugleich auf das sprießende, neue an den schwarzgrauen Ästen hin. Als ließe mich jemand wissen, wie das fahle Eichenlaub so eigen raschelte und sich noch zäh an den Zweigen hielt im Frühlingssturm, während schon rings das junge Gras wisperte, fieselte, zischelte, mit dem Wind zu sausen begann. Nein, ich hatte keinen Fuß auf dem Land. Ich wusste nicht, wie sich das anfühlte, die eignen Fensterläden anzustreichen und sich anschließend in den Liegestuhl zu legen mit einem Buch und dem kühlen Getränk zur Seite im Gras. Keine Ahnung, wie die Wiederkehr wäre ins eigene Haus nach langen Wanderungen durch Pappelalleen, auf Wiesen am Fluss. Ich kannte das Gefühl nicht und konnte es nicht vermissen, die Drahtkiepe mit Holzscheiten zu füllen draußen im Schuppen für den eisernen Ofen oder, halbnackt, im Sommer schon Holz zu hacken an der bestimmten Stelle. Von alldem hätte ich womöglich gern eine Ahnung gehabt.

Die erste Aufforderung, der ich nachkam, einen Fuß auf das Land zu setzen, führte gar nicht weit weg. Die Gebiete vor dem Zugfenster, das ich einen Spalt weit geöffnet hatte für einen Strich frischer Juniluft, war flacher als die Moränen, zwischen denen Havel und Spree sich betteten mit der Behauptung, sie mäanderten durch ein Tal. Unsichtbar folgte die Bahntrasse der Spree aufwärts, durch etwas wie Wälder, das Stangenholz der Forste, in die sich vor vielen Jahren schon der Meister zurückgezogen hatte, jedenfalls mit dem Teil seiner Existenz, der produktive Arbeit war. Das Ende des Weltkriegs war in der Landschaft zu fühlen, der Ortsname Halbe sagte es, wo der letzte Widerstand, der versuchte Einsatz der Reichshauptstadt durch die neunte Armee im Frühling vor der Kapitulation, jetzt siebenunddreißig Jahre her, inszeniert worden war, von hier bis zum westlichen Schwielowsee hin. Dort hatten sich schließlich die Rudimente der Armee Wenck gesammelt, die minderjährigen Rekruten, die nicht draufgegangen waren. Das letzte Aufgebot setzte sich zur Zeit des Selbstmords des Führers bereits in Richtung der Amerikaner ab, dem unaufhaltsamen Gang der Dinge, dem Vorrücken der überlegenen Sowjetarmee den Rücken zukehrend. Der Geist der Werwölfe schien noch dazuhocken mit dem Tuch seiner Uniformen und herauszuglotzen aus den endlosen Waldschneisen voll abgestorbener Äste. Vom Zug aus da hineinzublicken, kam mir vor, als blätterte jemand Schlag um Schlag die fahlen Seiten des Geschichtsbuchs dieser Landschaft um. Ich sah es auch vor mir, weil ich unwillkürlich an meinen Vater dachte, an das Foto mit dem Pimpf drauf, das er jedes Mal hervorholte, wenn wir uns sahen. Ablenkung von dem Tagtraum brachten erst der

269

robuste sorbische Kollege in dunkler Landmannskluft und seine Begleiterin im Sommerkleid, die am Bahnhof mit einem Kombi auf mich warteten. Hinter der Sitzbank, auf die ich mich zwängte, lagen zwei Sack Zement, und der geschwungene Stiel einer Schaufel ragte neben mir über die Lehne. Hurtig und ich waren einander in der Akademie der Künste vorgestellt worden nach einem Konzert anlässlich des zehnjährigen Todestags von Wagner-Régeny im letzten Jahr. Mein Gastgeber wurde beim Nachnamen genannt, auch, wie ich eben aufgeschnappt hatte, von seiner Freundin, obwohl der sprechende Name dem Erscheinungsbild nicht entsprach. In den sechziger Jahren war er Meisterschüler des Komponisten gewesen. Ich mochte Hurtigs Lieder. Die entfernten sich von seinem Lehrer, waren weder seriell noch sonderlich dynamisch, doch fein. Sie waren an Volkslieder aus dem Landstrich angelehnt, in dem er lebte und durch den wir fuhren. Sie hatten mir sogar Ohrwürmer eingepflanzt. Das war auch einer der Gründe, warum ich gekommen war, warum ich im Überschwang gesagt hatte, na klar, ich helfe dir beim Umbau deines Hauses. Vom Alter her hätte er mein Vater sein können. Seine Gefährtin war kaum älter als ich. Sie lächelte aus feinem Gesicht unter dem farblosen Haarschopf hervor, während er seine Genugtuung darüber ausdrückte, dass ich seine Heimat das erste Mal beehrte, dann allerdings ohne Umschweife von seinem Bau loslegte. Wir fuhren auch schon vor. Ringsum war nichts, dachte ich und ließ den Blick schweifen von dem provisorisch aufgehängten Maschendrahtzaun über die Weite der Felder und des Nichts. Er lachte: »Unverbaubarer Blick. Das ist Geld wert. Musst einmal von drinnen nach draußen schauen.« Da allerdings, in den fertiggestellten Räumen, von denen bei der Auffahrt auf das kahle Grundstück mit dem halb verputzten, flachen Bau nichts zu ahnen war, schwärmte ich sofort. Wie großzügig und gemütlich zugleich es wäre. Der Blick hinaus durch die verglaste Front in die Weite der Niederlausitz, während der Südwesthimmel sein Vorabendspiel aufführte – was für ein Aufwand zu meiner Begrüßung! Die Frau, Beatrix, lachte hell auf über Hurtigs Bariton, der auf den Tisch wies, wo belegte Brote auf Tellern bereitstanden und Weingläser, aus denen er »die Luft ließ«, der große, schwere Mann von einem Komponisten mit den Haaren auf den Fingern, die auf der Klaviatur, das hatte ich voriges Jahr gehört, ganz vorsichtig werden konnten, ganz zart. Wir saßen auf schwerem hölzernen Mobiliar auf dunklen Kissen, blickten in das Verglühen des Himmels und tranken den Wein. Hurtig redete mehr als ich, Beatrix lächelte und ich manchmal auch.

In der Nacht konnte ich nicht einschlafen wegen der Geräusche. Erst als ich sie zu deuten wusste, ging es einigermaßen. Die Tagebaue waren nah. Das Schreien, Brüllen, Quietschen rührte von den urtierhaften Bewegungen der Bagger und Brücken her. Die Landschaft hier war bekannt dafür, man baggerte sie weg. Hurtig hatte sich lange vorher informiert, so gut es in der Gegend möglich war, ob der Grund, auf dem sein Haus stand, nicht auch in absehbarer Zeit den Baggern zum Opfer fallen würde. Er schien stabil. Aber nebenan, da war schon alles weg. Der Tag begann mit Rührei und Speck, dann mit dem großen Bello, einem Vorschlaghammer. Herrlich war es, eine Wand in dem hinteren Hausteil wegzuschlagen, den Hurtig großzügig umgestalten wollte. Ich sollte dann schon einmal den Mischer anwerfen und Sand und Zement mit Wasser anmischen. Mehr würde ich erfahren, wenn er zurück wäre. Wen er mitbrachte, war ein alter Maurer. Ich hatte mit solchen Kerlen bisher nur beim Militär zu tun gehabt. Er war mager und sehnig, ein stilles Arbeitstier mit Haaren auf der Boxernase. Nachdem er Hurtig etwas bestimmter angesehen hatte, bekam er die verabredete Flasche in die Hand. Nach einem langen Schluck und gehörigem Abputzen reichte er sie mir her. Halb zu Hurtig gewandt, hieß es: »Der Junge darf gar nicht mehr merken, was er tut, dann ist die Mischung richtig.« Ich trank also und tat so, als hätte ich nie anderes getan. Ich hielt mit, so gut ich konnte, und ließ mir am frühen Abend noch den Weg zum Tagebau weisen, sah in die offene Erde zu den Schaufelrädern und den Förderbändern eines Absetzbaggers hin, einer Maschine oder fahrbaren Fabrik von Dimensionen, die ich nie zuvor gesehen hatte. Der Güterzug auf der Sohle, der den Sand anfuhr, mit dem irgendwann der Tagebau aufgefüllt sein würde, entsprach von hier oben der Spur N auf der Modelleisenbahn. Doch das Augenmaß musste versagen vor dem Gigantismus. Vollkommen fertig, fiel ich ohne Abendbrot auf die Liege. Am nächsten Tag war der Körper ganz Schmerz, aber da dieselbe Methode angewandt wurde mit dem Schnaps und die so gut wie stumme, konsequente Art dieses Arbeiters meinen Ehrgeiz anstachelte, ließ es sich an. Gestern hatte die neue Mauer gestanden, heute war sie schon verputzt, eine Wand im Haus. Ich bewunderte den Mann. Für mich war er alt, real vielleicht Mitte vierzig. Ich siebte wieder und wieder den Sand und versuchte, den Mörtel unbedingt genau so zu machen, wie er der Sensibilität dieses Mannes nach sein musste. Sein schweigsames Arbeiten mit der Kelle, wenn ich die Molle nachgefüllt hatte, empfand ich als Auszeichnung. Hurtigs Hin und Her verschwand dahinter. Was er ständig im Haus und auf dem Grundstück bosselte, ging mich nichts an. Beatrix hantierte zwischendurch allein oder mit ihm gemeinsam in der Küche, ich sah sie aber auch ein paar Mal oben an einem der neuen Fenster des Hauses sitzen und hoch in den Himmel schauen. Ich dachte, so sähe es aus, wenn sie dichtete. Ich bildete mir kurz ein, dass sie absichtlich für mich dort so gesessen hätte. Vom leise jaulenden und murmelnden Mischer und vom Durchwurf her gesehen lag ein romantisches Geheimnis darin. Ich wollte wissen, womit sie sich beschäftigte, wenn sie in den Himmel schaute. Die Gelegenheit ergab sich. Hurtig brachte den still betrunkenen Maurer nach getaner Arbeit mit dem Auto nach Hause, nicht ohne dass der sich bei seinem Hucker verabschiedet hätte mit gutem Händedruck. Beatrix und ich gaben an, uns noch ein wenig die Beine zu vertreten. Während wir erst zwischen Feldern, dann an den geraden Zeilen der aufschießenden Birken und Pappeln entlanggingen, erzählte Beatrix von der Gemeinsamkeit mit »ihrem Komponisten«. Er vertonte gerade ihre Gedichte, einen Zyklus mit dem Titel »Der Blick aus dem Fenster«. Ich gratulierte ihr zu dem Miteinander von Arbeit und Liebe. Sie lächelte und nickte unbestimmt. Ich entwarf ausschweifend das Ideal einer solchen Beziehung. Sie schaute aus ihren leicht schräg stehenden Augen skeptisch, so dass ich alles erfuhr, ohne es von ihr zu hören. Dabei wiegte sie ihren Kopf auf eine besondere Weise, wenn sie von den sorbischen Liedern sprach, die Hurtig ihr vorspielte und vorsang. Und wie sie so etwas Einfaches auf einmal nachempfinden konnte und selbst schreiben. Woraus wiederum er einen Zyklus von Liedern komponierte, den sie gemeinsam aufführen würden. Der Termin. Ob ich kommen könnte. Schließlich fragte sie mich: »Verzeih, dass ich dich erst jetzt danach frage. Ich habe einmal einen Mann getroffen bei einem Treffen junger Dichter, bei einem Seminar am Schwielowsee, der hieß fast wie du. Er sah dir sehr ähnlich, die ältere Fassung. Weißt du, wen ich meine?« Ich nickte. »Ihr seid euch erstaunlich ähnlich«, sagte sie. »Wir haben damals über Lieder gesprochen, darüber, wozu Lieder heute taugen. Er kannte sich sehr gut aus. Wir haben uns auch später noch einmal getroffen.« Ich schaute auf, ihre hellen Wangen wurden etwas dunkel. Wir fanden den Weg leicht zurück an den schnurgeraden Böschungen mit den ausgerichteten, jungen Bäumen entlang. Als ich abfuhr am folgenden Montagmorgen, ging mir das Wiegen ihres Kopfes auf dem fragilen Hals nicht aus meinem.

Die andere Landpartie kam anders zustande. Den einen wirklich populären Theaterschriftsteller, den es überhaupt gab in der Gegend, den einen, der den Alltag so gut anzufassen wusste, dass er nicht verdorben war, nicht verlogen, in Worte gesetzt, die jedermann bekannt er-

schienen, brauchbare Münze auf der Straße, dabei sogar
die Würze behielten für Jugendliche wie mich und meine
Freunde aus der Oberschule, den hatte ich durch meine
kleine Anstellung am Theater einmal kennengelernt. Er
zog sich zwar rasch zurück an dem Abend, der der hun-
dertsten Vorstellung seines berühmten Jugendstücks galt,
doch sagte er vorher zu mir: »Hör mal, wenn du Lust hast,
komm doch einmal raus nach Neugroßborg. Das ist mit
der Zuckelbahn gar nicht so weit. Dort haben meine Frau
und ich und der Paul Schlehbier und der Fabian Rademacher und ein paar andere ganz brauchbare Gästebetten. Da
reden wir mal. Vielleicht hat der gute Kreisler auch einmal
wieder Lust dazu, dann kommt ihr zusammen.« Es traten
Verzögerungen ein. Die Zeit verdichtete sich. Ich komponierte nicht, ich sortierte Post. Heute fand ich darin
eine Postkarte von Beatrix. Sie wäre in der Stadt, hätte
eine Veranstaltung zu absolvieren im Zentralhaus, ob ich
Zeit haben könnte und kommen vielleicht oder wir einander anderswo träfen. Ich las ihre umständlich schwei-
fenden Worte, in großen Schwüngen geschrieben. Die
Vorderseite der Karte zierte die Frau am Fenster von Cas-
par David Friedrich. Ich musste lächeln wegen der Remi-
niszenz an das Wochenende auf Hurtigs Grundstück. Katharina war da und hatte für uns gekocht. Ich hatte ihr von
Beatrix erzählt, sie hatte auch etwas gelesen von ihr. Das
war schon in Ordnung. Sie kam, setzte sich hin, lächelte
unter dem farblosen Pony hervor und war sehr lieb. Ich
fragte sie nach der Veranstaltung. Wie sie redete, war
etwas fremd hier im Hinterhof, hier am Kohlenplatz. Sie
war zu zart für uns hier. Vor allem war sie so irritierend

275

einverstanden damit, eine Favoritin der Jugendzentrale zu sein, eine offiziell geförderte und präsentierte Dichterin. Es klingelte, und es kamen weitere Teilnehmer an der Runde, die hier fast jeden Abend stattfand, außerhalb der ich genau betrachtet wenig anderes Leben hatte. Sie traten ein mit mehr oder minder großem Getöse, trugen herein, was die Straße ihnen mitgab, vielleicht Tratsch aus der Nachbarschaft, vielleicht Kuriositäten aus der Hauptzeitung des Landes, Kremlastrologie, vielleicht die Ankündigung der nächsten Lesung von Reader irgendwo im Quartier, Reader, der uns alle in Atem hielt, an dessen Werk wir Anteil nahmen, an dessen politischer Deutung wir alle mitarbeiteten, gewissermaßen. Vor allem aber trugen sie den Wein herein, den es gerade gab, Cabernet aus Bulgarien, Pinot Noir aus Rumänien, Burgunder und Stierblut aus Ungarn, die flüssige Balkanfibel, mit der ich in mein Trinkerleben eingetreten war wie die meisten aus diesem Kollektiv. Einer brachte auch Schnaps mit. Er errechnete jeweils aus Prozenten und Preis die günstigste Dröhnung. Was das für ein Vokabular wäre? Eines, in dem ich auch lebte, schwärmerisch aus dem Fenster hinaus lauschend, der Einsamkeit der Amsel auf dem nächsten Giebel näher als jedem der Freunde ringsum, schmachtend mit jedem Tropfen mehr nach der Zartheit von Beatrix. Katharina blieb das nicht verborgen. Sie forderte mich auf, ihr in die Küche zu folgen, während drinnen das Gespräch seine Bahn nahm, spannend, wie es schien, immer lauter in den Begriffen, die wir aus dem Fernsehen hatten, aus dem dritten Fernsehprogramm des Senders Freies Berlin, wusste ich, aber sagte ich nicht, Ge-

spräch mit den Begriffen, die wir aus den revolutionären
Attitüden des frühen zwanzigsten Jahrhunderts nahmen
und aufhäuften und für gültige Münze nahmen unseres
ganz besonderen und immer neuen und wichtigen Gesprächs. Uns hielt darin niemand auf. Nur Katharina, die
hielt mich jetzt in der Küche auf. Sie hatte gekocht, sie
hatte Fleisch mitgebracht vom Hof ihrer Eltern, sie hatte
alle satt gemacht hier: »Deine Freunde, diese Schmarot-
zer. Was macht ihr eigentlich den ganzen Tag? Künstler,
haha. Was hast du da gemacht, mit dieser Beatrix da
drinnen, wo du angeblich beim Ausbau des Hauses bei
deinem Kollegen geholfen hast, hm? Da habt ihr wohl
romantisch geglotzt, du und die da drinnen, diese Dichterin. Wenn du mit der schläfst, dann hat es sich mit uns.«
Sie nahm die gusseiserne Pfanne von dem zweiflammi-
gen Gasherd, riss sie hoch, soweit sie konnte und schleu-
derte sie Richtung Fenster. Der Holzgriff splitterte, als sie
auf das Fensterbrett aufschlug, zum Glück nicht durch die
Scheibe flog, was Katharinas Absicht gewesen war. Sie
zog stampfend ab. Ich drehte mich um und ging zurück
ins Zimmer zu den anderen. Das war mir doch egal. Unser
Hochzeitstermin stand fest. Das hieß also, der war mir
nicht egal, sie nicht. Was hatte das zu tun mit dem heutigen Tag, mit meinem Tun nebenbei? Ich ließ mir nicht
vorschreiben, mit wem ich was unternahm, gerade nicht,
mit wem ich intim war, wenn es sich einfach so ergab. Es
tat doch keinem weh. Die anderen Leute flossen irgendwann betrunken ab, Beatrix blieb. Am nächsten Morgen
las sie mir eigene Texte, feine Gedichte von den raschen-
den, hauchdünnen Durchschlagpapieren vor, Verse von

Birken und Pappeln, von Haar, und dann nahm ich ihres, den zarten Hinterkopf, die farblosen Locken, den blassen Leib, und wir genossen einander noch einmal auf die von ihr bestimmte, vorsichtige Weise. Irgendwann, am hohen Mittag, sagte sie, es ginge der Zug. Sie zog sich an, winkte im Gehen ganz leicht, und wir sahen einander nie wieder.

Das mit den Reisen auf das Land, ich hatte es unterschätzt. Es war Sommer, Katharina arbeitete, ich steckte tief in den Theateraufträgen, hatte jedoch zugleich unerhört viel Zeit. Ich traf Paul Schlehbier an der Seite einer jungen Frau auf der Wilhelm-Pieck-Straße. Er pendelte durch das bekannte Loch in der Mauer, wie ich von Sebastian Kreisler wusste. Ich hatte auch ein Interview mit ihm im Fernsehen gesehen, natürlich nicht mit dem hiesigen Sender. Er gehörte zu einer Sorte Komponisten, die in seiner Generation und unserer Gegend Exoten waren. Er schrieb handwerklich sehr gute Musik, für Filme, für das Theater. Seine Sachen waren im Radio zu hören. Es gab ein Musical von ihm, das mit einem Selbstmord endete und immerhin hier in der Stadt einmal aufgeführt worden war. Er war beliebt als ein solider, aber unangepasster Musiker. Er hatte nicht bloß palavert, sondern mehrfach Proteste organisiert. Als Jugendlicher hatte ich ihm zugehört bei den Veranstaltungen, auf denen mich der Geheimdienst als Spitzel einsetzen wollte. Seit einer Weile wohnte Schlehbier in einem dieser besetzten Häuser in Südost. Wie es da mit seinen Fans war, wusste ich nicht. Wie ich jetzt direkt aus seinem Mund erfuhr, lebte er trotzdem weiter gern in Neugroßborg. Das hatten sie ihm nicht wegnehmen können, die Behörden, trotz seines Pendelns zwischen Ost und West, und obwohl sie es weiter versuchten. Nun lud auch er mich ein, da einmal hinauszukommen. Auch er erwähnte die Gästebetten. Da musste etwas daran sein. Die junge Frau an seiner Seite mit der roten Mähne schien auch Ahnung davon zu haben. Sie nickte, dann stellte sie sich vor. Sie wäre die Privatsekretärin von Fabian Rademacher, ja, dem Rundfunkmann, und sie hätte da draußen zu tun, wäre kommende Woche auch da. Wir verabredeten uns. Das Land rief unmissverständlich.

44

Er nahm das erste Mal Wiebke mit auf eine Tour, die von außen ganz nach Vergnügen aussah. Es war ein schöner Sonnabendmorgen, sie waren in Radegast angekündigt bei dem Keramiker, der auf seiner Liste stand. Wiebke hatte ausnahmsweise frei am Wochenende. Sonst war die alleinstehende junge Frau oft bereit, auf der Werft die besser bezahlten Wochenendschichten zu fahren. Nun fuhr sie mit ihrem Liebsten über Land, kurbelte am Autoradio herum, hatte einen Schlager gefunden, in dem eine Frau zwar albern von einem Klavier im Wasser sang, aber mit kräftiger, eingängiger Stimme, die ihnen beiden gefiel. Eine bessere Tarnung gab es nicht als Wiebkes Begleitung auf so einer Tour, das wusste Hinrich sicher. Bis letztes Jahr die Kontakte, Ausflüge, Partys und manchmal sogar ein gewagtes unangekündigtes Hereinschneien unter einem Vorwand, das er mit Renate bei den Künstlern auf dem welligen Land nördlich von Seeburg betrieben hatte, sie hatten den Vorteil gehabt, dass sie gemeinsam an derselben Sache mit Geschick und Ironie gearbeitet hatten, sich gemeinsam erbosen konnten über Naivität von Anschauungen, wenn sie darauf trafen, dass sie einander die Bälle zuwarfen vor den Künstlern und Kunsthandwerkern, die sie aufsuchten, deren Freundschaft sie gewonnen hatten, wenn auch oft distanziert, weil sie mit ihrer revolutionären Haltung nicht hinterm Berg hielten, niemals, das war Prinzip, oder aber sie lachten herzhaft hinterher, spotteten über die Opfer der eigenen Gaukelei, mit Verlaub. Das war gelegentlich Renates Stil gewesen. Sie hatte das bei ihm herausgekitzelt, ihn angesteckt, eine ironische, fast zynische Betrachtung seiner Arbeit zuzulassen. Das hatte auf Dauer nicht gepasst. Auf einmal war er froh, es hinter sich zu wissen. Radegast war ein Streudorf, die Anwesen, auf denen sich im Laufe der letzten Jahre einige interessante Objekte angesiedelt hatten, ein Komponisten-Ehepaar, ein Übersetzer, gleich drei Dichterinnen und eben der Keramiker mit dem spanischen Namen, lagen weit auseinander in den Hügeln. Sie betätigten den lustigen Klingelzug am Gartentor. Auf den Ton einer Keramikglocke unter dem Dachtrauf des Hauses trat ihr Gastgeber mit umgebundener Schürze vor die große verglaste Tür der Werkstatt, strahlte aus dem bärtigen Gesicht und bat sie, doch gleich mal hereinzukommen und anzustaunen, woran er arbeite. Er sitze derzeit nicht an der Scheibe, nein! Begeistert zeigte er ihnen sein

280

neuestes Werk. Er baue gerade zwei Objekte. Hier, unter den Tüchern, das sei schon fast fertig. Sie staunten das mannshohe Ding gebührend an, das einer Amphore glich, aber mit Ecken und Kanten aus Tonscheiben zusammengesetzt war. »Ein Auftrag des Hansatheaters, stellt euch das vor! Für den Großen Gesang, für Neruda. Stellt euch das vor! Das ist so richtig etwas für mich.« Er frohlockte. Es hatte sicher auch mit dem Geld zu tun, das er damit verdiente und das ihm erlaubte, seine Teller mit den Zeichnungen mit Friedenstauben in Picassos Stil weiter herzustellen. Die waren weniger verkäuflich. Sie wurden ihm aber immer wieder von Behörden, von Dienststellen oder von Großbetrieben in der Gegend abgenommen, wenn die besondere Beigaben zur Auszeichnung von Kollektiven oder Bestarbeitern benötigten. Wiebke wusste nichts von alldem, freute sich an den Gegenständen, an der Atmosphäre in der Werkstatt, an den Regalen mit Rohlingen, ließ sich den Brennofen zeigen und die Machart erklären. Hinrich achtete auf andere Details, fragte neugierig nach dem grünen Vögelchen, das ganz frisch zwischen sonst staubigem Nippes auf einem Bord stand, ließ sich sagen, dass Besuch aus Nicaragua hier gewesen wäre. »Auch bei anderen im Dorf?«, fragte er gleich. Der Keramiker sagte, ja, er wäre mit den Freunden auch drüben bei Dorothea und Günther gewesen, dem Komponistenehepaar. Ob die zur Zeit da wären oder in ihrer Stadtwohnung. Der Keramiker bejahte auch das und meinte, vielleicht könnten sie nachher gemeinsam einen Spaziergang machen und en passant bei ihnen vorbeischauen. Das neue Reetdach wäre inzwischen fast fertig. »Das ist natürlich eine Attraktion, das wollen wir uns anschauen, nicht, Wiebke?« Sie nickte freudig und sagte, das hätte sie zuletzt einmal als Kind gesehen. Der Keramiker und Hinrich konnten sich vor ihr ungeniert aussprechen. Die Nachfragen hatten für sie den Wert von freundlichem Tratsch, sonst keinen. Hinrich schrieb innerlich mit für einen ausführlichen Bericht zur Lage unter den Künstlern im Bezirk, der abgesehen vom Turnus fällig war nach Erlass des Strafrechtsanpassungsgesetzes und wegen der drei Prozesse, die angestrengt worden waren gegen einen Komponisten in der Hauptstadt, einen Philosophen in Frankfurt an der Oder und einen sogenannten Komponisten unten in Leipzig. Sie, also die Einheitspartei, deren braver Soldat er war, brauchte sichere Informationen, damit sich nicht wieder etwas abspielte wie nach der leidigen Sache mit dem Riebmann, dem Verräter vor drei Jahren. Sie gingen auch wirklich zu den beiden Komponisten hinüber, bewunderten das Reetdach gebührend, zu dem hinauf eine Leiter ragte, obendrauf der Dachdecker, der sich die letzten Bündel bereitgelegt hatte und einpasste. Man fragte nach dem Befinden, redete hin und her, man ging und war heiter. Hinrich hielt die gute Hüfte seiner guten Wiebke, weil sie heute seine Glücksbringerin war, aber auch, weil ihre Festigkeit ihn erregte, etwas, dem er heut Abend nachgehen würde, dem jungen, sauberen Fleisch, das ihm freundlich zugetan war.

45

Ich fuhr auf das Land nach Neugroßborg. Der Theater-
dichter war nicht da, aber bei dem anderen Mann, der, wie
ich wusste, sein Geld beim Rundfunk verdiente mit Hör-
spielen, Reportagen, sogenannten Features, und bei seiner Privatsekretärin erfuhr ich gleich von den Verhältnissen. Als Erstes führten sie mich auf einem Rundgang
zu dem Baum, an dem sich der Sohn eines berüchtigten
Kulturfunktionärs aufgehängt hatte. Warum? Das war
keine Frage. Das hatte so kommen müssen, bei dem Vater! Klar steckte auch ein Drama dahinter mit Frau und
Kind und Prügelszenen. Aber nee, der hatte nicht anders
gekonnt. Nee, sagte der Rundfunkschriftsteller, obwohl
sein Dialekt sonst unverkennbar nicht niederdeutsch war.
Er tratschte gern und sah mich an, als wäre ich dazu aus-
erkoren, für neue Munition zu sorgen. Zugleich wirkte
sein sonnenverbranntes, faltiges Gesicht, als würde ihn
das Alter verächtlich gegenüber den Mitmenschen machen. »Ach, der Schlehbier«, hieß es aus seinem Mund,
»den hat Kreisler ja auch gefördert wie dich, natürlich früher, damals, als er noch Funktionär war und mehr konnte.
Hat sich ja kräftig was getan in den letzten Jahren bei ihm.
Ich lese seine Tagebücher mit großem Respekt. Er weist
wirklich mit fast allen Fingern auf sich. Vom Saulus zum
Paulus. Ich könnte das nicht wie er. Mal sehen, wie lange
sie ihn noch machen lassen.« Ich fragte nach Schlehbier
und erfuhr, dass er im Moment hier gar nicht sein konnte,
weil sein Haus versiegelt worden sei. Es würde darüber
verhandelt. Wäre ja auch eine Pikanterie. Dort bei den

Hausbesetzern die Trommel rühren und hier, wenn es gerade besser passte, auf dem eignen Gut den Hintern wärmen. Ich nickte zu diesen Kommentaren, obwohl mich der Tonfall verdross. Es war nicht zu verstehen, warum ein Freund derart über einen Freund sprach vor einem Menschen, den er kaum kannte. Die Privatsekretärin, die zum Hausherrn mehr Distanz zeigte, als ich mir vorgestellt hatte, obwohl sie ihn bediente wie eine Tochter es mit dem Vater täte und auch mich umsorgte wie ihren eigenen Gast, sie hatte mit keiner Regung gezeigt, wie sie dieses Reden aufnahm. Ihre Ruhe gefiel mir, neben ihrem runden Gesicht unter dem rot gefärbten, sperrigen Haar. Ob ich die Landschaft hier kennen würde, fragte sie. Ich verneinte. Ich war einmal im Oderbruch gewesen, mit Linda, bevor sie schwanger wurde. Vielleicht hatten wir dort sogar unseren Sohn gezeugt, also ihren Sohn, den ich schlecht meinen nennen konnte. Ich redete von etwas anderem: »Nur der obligatorische Ausflug zum Schiffshebewerk Niederfinow, den habe ich zu vermelden.« »Ganz andere Gegend«, sagte, das erste Wort dehnend, der Rundfunkmann. »Und auf den Spuren der Ausflüge«, fuhr ich fort, »die alle mein Stiefvater schon vor mir unternommen hatte als Kind des Nordostens, sind wir auch in Buckow gewesen, wenn ich mich nicht täusche, in diesem August-Berthold-Buckow, wohin der Mann sich verkrümelt hatte, als es damals in Berlin kurz ungemütlich wurde für ihn und die Regierung, um den 17. Juni herum. Wo er dann die kleinen Gedichte geschrieben hat in seinem Häuschen am See. Das liegt ja ziemlich auf halber Strecke zwischen hier und der Stadt, diese Märkische

Schweiz mit ihren paar Huckeln.« »Apropos Stiefvater«, hakte der Rundfunkmann nach, »stimmt es, dass dein richtiger beim Ministerium ist, und dass der irgendwo mit Kultur zu schaffen hat?« Ohne zu staunen bestätigte ich das Gerücht, obwohl ich es hier nicht vermutet hatte. Ich betonte, wie früh sich meine Eltern hatten scheiden lassen und dass ich bei der Mutter groß geworden wäre, in einem ganz und gar proletarischen, und das hieß, der Politik der Einheitspartei mehr oder minder das Hinterteil zukehrenden Haushalt. Wäre es nicht so gekommen, hätte ich eine Kadettenanstalt absolviert und wäre vielleicht bei der Kapelle vom Wachregiment gelandet, merkte ich noch an. Wir lachten. Die Privatsekretärin schlug einen Spaziergang vor. Der Rundfunkmann fand das eine phantastische Idee und riet uns, dem unbedingt nachzugehen, schon, weil er seinen Mittagsschlaf brauchte. »Wir nehmen Freddy mit«, rief sie, als wir aus der Tür gingen. Freddy war der schwarze Hund, den wir hinter dem Haus aus seinem Zwinger befreiten, der das mit unbändiger Freude quittierte und den wir in den kommenden vier Stunden nur von hinten sahen oder als Schatten in den Feldern, auf den Horizontlinien der Hügel, die wir auf und ab wanderten. Der Weg führte durch Senken, an Fließen entlang, wir mussten über Gräben springen, durchquerten helle Pappelhaine, ein Dorf, in dem sie mir kurz ihr eigenes Haus zeigte, das, in dem sie wirklich wohnte, nicht bloß an Wochenenden oder in Ferien, nicht bloß im Winter, sondern eben richtig. Es war ein gewöhnliches, in einer Reihe mit den anderen an der Dorfstraße, unweit vom Anger mit der Backsteinkirche. Ich hatte vorausgesetzt, dass sie wie alle in der Stadt lebte. Sie meinte, sie fühlte sich hier sehr wohl. Neben dem Job als Sekretärin arbeitete sie als Postbotin, ernsthaft. Oberhalb ihres Dorfs kamen wir an einem Haus vorbei, das nirgendwo hingehörte. Wir sahen es schon von weitem auf der Kuppe eines Hügels direkt an der ausgefahrenen Sandstraße liegen. Es war ein ziemlich gewöhnliches Haus, hockte mit seinem spitzen Ziegeldach allerdings hinter einem Zaun aus lauter unterschiedlich langen Latten. Der Besitzer hatte Altholz verwendet, die Latten waren von unterschiedlicher Farbe und in verschiedenen Stadien der Verwitterung verarbeitet. Auf Pflöcken in unregelmäßigen Abständen saßen einfache, grobe Flugzeugmodelle aus Holz. Sie waren hie und da rot oder weiß angestrichen. Die Hauptsache an den Dingern waren ihre heftig sich drehenden Propeller. Sie saßen eins wie das andere so auf den Pfählen, dass sie sich in den Wind drehen konnten. Jetzt schauten sie alle nach Südost. Es wehte kräftig von dort her, wo sich die Landschaft absenkte zur Oder hin. Die Frau an meiner Seite, in deren Haar der Wind spielte, wies auf die bewaldeten Krümmungen vor uns: »Das da sind die Seelower Höhen.« Mehr war nicht zu sagen. »Die Schlacht bei« oder »auf« denselben oder »um« dieselben gehörte zu der Siegergeschichte des letzten Krieges, die uns in der Schule beigebracht worden war, ihr wie mir, uns allen. Mit dem Wind wehte etwas herauf, das stumm machte. »Da oben«, zeigte meine Begleiterin plötzlich zu dem Haus hinauf, »siehst du das Fensterchen? Da ist ein Zimmer frei. Ist klein, aber für einen, der auf Papier arbeitet, brauchbar.« Ich reagierte sofort. Dass ich es mir vorstellen könnte, so ein Arbeitsrefugium zu haben. Dass ich es schon die ganze Zeit gedacht hätte. Dass es mir hier sehr gut gefiele. Es wäre weit genug weg von Nordost, um wirklich seine Ruhe zu haben, mal für eine Woche, für zwei, mit konkreten Vorhaben. Und auch wäre es gut, sich auf das einzulassen, das hier heraufwehte und herüber. Ich meinte das ernst, beides, alles. Schon suchte ich nach der Klingel, die es nicht gab. Sie schob das Lattentor auf, und wir klopften an die offen stehende Türe über dem Ziegeltreppchen. Eine Stimme drang von der Gartenseite her zu uns, wir sollten herumkommen. Von einem Garten konnte nicht die Rede sein. Von der hellen, lehmigen Fläche mit einzelnen Grasbüscheln her gackerten Hühner und fauchten Gänse. Der Mann stand bei einem Hackklotz, in der einen Hand das Beil, in der anderen den Hals eines Huhns. Als er uns sah, setzte er das Huhn auf den Boden. Es stob davon. Freundlich begrüßte er seine Postbotin, und als wäre er auf die Frage nach dem Zimmer vorbereitet gewesen, stieg er mit uns die schmale Treppe hoch. Ich konnte in dem Raum knapp stehen. Es gab einen Tisch, einen Stuhl und eine alte Liege darin, daneben einen Kanonenofen. Der wäre brauchbar, sagte der Mann, indem er die obere Klappe öffnete und auf den Schamott im Innenraum verwies. Ich schaute aus dem Fenster auf die windigen, abschüssigen Äcker und fragte: »Wie viel wollen sie im Monat dafür?« Er knurrte etwas, aus dem Mund meiner Begleiterin hieß es, zwanzig Mark. »Okay«, sagte ich und hatte ein Domizil auf dem Land. Wir verabschiedeten uns freundlich. Als ich das nächste Mal kam, mit Gepäck für eine Woche und einer Mappe

Papier, mit der Miete für die drei Monate, von denen schon zwei vergangen waren, setzte er mir eine kräftige Hühnersuppe vor. Er war Umsiedler, hatte bis 45 unweit der Oder auf der anderen Seite gelebt. Das Haus hatte er damals selbst gebaut, ohne Keller auf den lehmigen Boden aufgesetzt. Seine Frau war schon fünfzehn Jahre tot, sagte er. Als sie im Krankenhaus starb, wäre er das letzte Mal unten in Frankfurt an der Oder gewesen, zwanzig Kilometer von hier. Ich schlief später einmal mit der Postbotin oder zweimal, in einem Winter langer Spaziergänge durch halbmeterhohen Schnee, auf denen uns immer der Hund vom Rundfunkschriftsteller begleitete. Meine Privatsekretärin wurde sie nicht. Ich hatte auch nichts geschrieben hier, den Klang des Seelower Leichenwinds nicht in Noten gebracht. Dabei meinte ich es ursprünglich selbstverständlich ernst mit dem zurückgezogenen Arbeiten. Kein Wunder, dass Leon Rotbart an dem Tag im Frühling darauf sauer war, als ich ihm leichthin erzählte, ich hätte »da etwas auf dem Land gemietet, in der Nähe von Neugroßborg, du weißt schon, wo Schlehbier und die anderen ihre Häuser haben«. Was dachte ich mir eigentlich dabei?

46

»*Die Partei geht den Massen voran*, ohne sich von ihnen zu lösen. Lenin forderte von den revolutionären Parteien der Arbeiterklasse, ihre Beziehungen zu den Massen auf Offenheit und Eindeutigkeit aufzubauen, auf der Übereinstimmung zwischen Wort und Tat, die jedermann nachprüfen kann.« Hinrich schloss mit diesem Zitat aus dem Lehrbuch, das er sich ganz und gar zu eigen gemacht hatte und deshalb auswendig wusste, wie sonst nur noch ein paar Sprüche aus der ihm vertrauten preußischen Tradition, wo jeder nach seiner Fasson selig werden konnte, seinen kleinen Vortrag ab. So redete er da in der Hansestadt, in diesem warmen Juni bei den Allgemeinen Festspielen, die alle zwei Jahre in einem anderen Bezirk stattfanden und zu deren zentralen Beratern und Mitgestaltern er offiziell und inoffiziell gehörte. Er fühlte sich wohl in seiner Haut. Wiebkes Anwesenheit verschaffte ihm problemlos die Legitimation, unter den jungen Arbeitern zu sitzen und offensiv seine Grundsätze zu vertreten. Er hatte auch hier wieder seine Herkunft und seinen eigenen Werdegang in die Waagschale geworfen. Dass er dabei gewesen wäre im Blauhemd, als man den uneinsichtigen Bauern die Vorteile der Genossenschaft beibringen musste. Dass er bei den Maßnahmen der Regierung zur Sicherung des Friedens August 61 an vorderster Front gestanden hätte, als Student, der sich auf dem zweiten Bildungsweg zum Lehrer des Volkes gemausert hätte. Dass er nie ein Duckmäuser gewesen wäre. Er packte gegenüber den jungen Werftarbeitern am Biertisch seine Probleme mit sogenannten Genossen auf den Tisch, die das Einheitsabzeichen nur um der Karriere willen am Revers trugen. Wie er die ablehnte und bekämpfte, die öffentlich Wasser predigten und zu Hause soffen, und wie!, die als Spießer lebten in ihrem Plüschzeug, mit ihrer

Schlagermusik, mit ihrem Operettengeschmack, was er halte von solchen, die nach unten traten als Radfahrer in der Bürokratie da oben, mit solchen, denen man leider, leider!, immer wieder begegnete, wenn man viel unterwegs sei in den Bezirken wie er. Aber denen gegenüber dürfe man nicht klein beigeben. Derlei Phänomene landeten auf dem Müll der Geschichte. Diese wären nicht die Einheitspartei. Sie seien es, mit denen man sich öffentlich, parteilich auseinanderzusetzen hätte, wie er es gehalten habe im Wohnkombinat in Neustadt am Neusee in den sechziger Jahren noch, als er mit Freddy Lowman – kennt ihr den noch? ein Klasse-Mann, Sänger, ein guter Freund aus dem kalten Alaska! – die Idee der Dingclubs auf den Weg gebracht hätte. Eine Ochsentour an Überzeugungsarbeit wäre das gewesen. Oh, da könnte er Geschichten erzählen, von damals, als die Einheitsparteibürokraten die Dingclubs noch für etwas nach amerikanischem Vorbild gehalten hätten, das in unserer Gesellschaft keinen Platz beanspruchen könnte. Auch während seiner Zeit als Leiter des Zentralhauses in Seeburg, das wäre nicht leicht gewesen, sich dort gegen die Verwaltung zu behaupten, wenn man unorthodox wäre wie er. »Wenn man als Leiter, als Genosse eben auch Jeans und Parka trägt«, wies er stolz auf sich selbst, auf die Nähe seiner Kleidung zu jener der jungen Leute, unter denen er hockte beim Bier nach einem großen Auftritt von Dingclubs hier im Hansesaal. Nein, seine wissenschaftliche Weltanschauung verteidigte er gerade in den Widrigkeiten des Alltags. Er hielte es mit Lenin, mit dem vor allem, sagte er, und schloss, die sollten ihn nicht für einen Sprücheklopfer halten, aber ex oriente lux, das gelte noch immer. Wenn von seiner eigenen Einheitspartei nur noch dem Westen nachgelaufen würde mit Westautos für die Besseren und Intershops an jeder Ecke, dann wüsste er sich aufgehoben bei den sowjetischen Freunden, die es schließlich schon ein paar Jahre länger geschafft hätten, seit der Oktoberrevolution, die vor allem eine echte, keine geschenkte Revolution wie die hier auf deutschem Boden erlebt hätten. Wir Deutschen, ha, immer noch Revolutionäre mit Rückfahrkarte, wie schon Lenin sagte. Nachdem die Rote Armee unter Stalin den Sieg über den Faschismus errungen hätte, mit all den Verlusten und Mühen, die das bedeutete, worunter dieses große Volk, dieser riesige Vielvölkerstaat noch heute litte, wofür wir ihm ewig dankbar sein müssten. Schließlich wären sie auch mit der Aufarbeitung des Personenkults klargekommen. Vorbildlich wäre das. Ob sie, die jungen Arbeiter hier, das Buch von Jonas Korowski kennen würden, in dem er seinem eigenen Enkel und damit allen, die es dringend brauchen könnten, seine Weltsicht als marxistischer Historiker und Philosoph wirklich offen erklärte? Das sei großartig, da gäbe es kein Tabu mehr. Die jungen Männer, mit denen Hinrich da saß, mit ihren vom Alkohol geröteten Gesichtern, und die Frauen mit nicht anders klaren Gesichtern als Wiebke, sie sagten nicht viel dazu. Sie widersprachen auch nicht. Sie tranken, die einen den süßen Wein, die anderen ihr Bier. Einer meinte zu Wiebke, als sie auseinandergingen: »Dein Kerl da, na, der hält wenigstens nicht damit hinterm Berg, dass er in der Einheitspartei ist und so weiter. Auch wenn er hinterm Mond lebt, hinter einem, der vielleicht bis 68 noch Licht abstrahlte für diejenigen, die dabei waren. Lass das dir mal gutgehen mit dem und pass auf, dass das Rot nicht abfärbt.«

47

Ich verband die Termine miteinander, wie es sich ergab. Ich hatte die beste Zeit außerhalb des offiziellen Musikbetriebes. Ich blieb immer einmal ein paar Tage weg. Katharina scherte es nicht, weil unser Leben so verabredet war, zwischen ihren Anstellungen und meinem Freiberuflerdasein. Die Zahl von Gelegenheiten, von Einladungen war so groß und hatte ein solches privates Netzwerk über die Gegend ausgespannt, dass ich mir um Unterkunft und gutes Gespräch nirgendwo Sorgen machen musste. Ein Dresdener Freund der Blaumannbrüder hatte mich dazu eingeladen, mit ihm gemeinsam ein druckgraphisches Buch zu gestalten, wozu ich eigene Notationen, eigene Blätter beisteuern würde und er abstrakte Lithographien, die dem Auge wohltaten. Der Musikerfreund aus Horlewitz feierte in derselben Woche seinen Vierzigsten, das traf sich, auch, dass ich so endlich begriff, wie groß der Altersunterschied zwischen uns war. Ich wollte mich wegen meiner anmaßenden Haltung in Sachen seiner früheren Mitgliedschaft in der Einheitspartei auch deshalb entschuldigen. Bei ihm und seiner Familie hatte ich gleich drei Tage Unterkunft eingeplant. Es war mir jedes Mal ein angenehmes Dach überm Kopf. Ein sorbischer Kirchenchor würde passend danach, am vorletzten Tag meiner Reise, einem Sonnabend, in einer sehr schönen Kirche, dem Dom St. Petri in Bautzen, einen Auszug aus den Sächsischen Stücken singen, die ich in Leipzig geschrieben hatte. Wie immer fuhr ich guter Dinge ab aus Nordost. Katharina wünschte mir Erfolg. Wir umarmten uns in der Vorfreude auf unsere Hochzeit, die nach meiner Rückkehr auf dem Kalender stand, die standesamtliche Trauung. Später im Jahr würden wir mit den Freunden feiern.

Die Verhältnisse der Künstler in Dresden untereinander, auch die zwischen der ehrwürdigen Akademie auf der Altstädter Seite und dem, wie ich annahm, Herzen, der Neustadt, den dort eingenisteten Unabhängigen, durchschaute ich nicht. Ich wusste nichts von den Linien, die sich herzogen von dem einen Bärtigen zum nächsten, nichts vom dem Auszug des einen, der Ankunft der anderen, von den Wechseln und Einflüssen der Generationen, von Auseinandersetzungen, auch noch nichts von dem Exodus, der gerade begann oder sich schon fortsetzte, wenn einer die historische Brille, wo, wenn nicht hier, aufsetzte. Wer in Elbflorenz die Alten Meister ausführlich studiert hatte, mit der Lampe Menschen gesucht, der stellte einen Antrag, in den Uffizien weiterzusuchen. Ich hatte schon manche getroffen, die es so hielten. Sie waren peu à peu auch in Nordost aufgetaucht, hatten in irgendwelchen Hinterhofbuden gemalt und privat ausgestellt, einige Jürgens freizügiges Angebot genutzt. Sie hatten Keramik gestaltet in einer der Werkstätten, die ihre Türen ganz weit offen hielten. Mit zwei Dresdenern mit dünnen

Bärten hatte ich auch schon einmal musiziert. Temperiertes Klavier und sägende Elektrogitarre, dazu der Perkussionist aus Horlewitz, der, wie sich gerade eben herausstellte, seinen Broterwerb als Antiquar bestritt. Es war ein Spaß. Wo allerdings jetzt dieser nörgelnde Ton herkam, verstand ich nicht. Was ich sah, war wie urvertraut. Die dunkelgrünen Rhododendronbüsche vor dem Haus, dessen Putz großflächig abblätterte, darin verborgen die Tür mit dem alten, schon splittrigen Anstrich. Erst wurde ich in das Souterrain geführt zu den schwarzen Fahrrädern mit den Karbidleuchten, darauf die schmal gewundene Treppe hinauf in klandestine, unbegreiflich verwinkelte Flure, von denen unvermutet niedrige Türen Durchgänge, Abzweige eröffneten. Atemlos hielt ich inne, begeistert in Vollbärte schauend, die dargebotenen Hände schüttelnd. Druckerpressen entließen weiche, warmfarbige Flächen auf kostbarem Papier oder stachelige, krumme Figuren. Die Wände waren niedrig, die Rücken der Männer beugten sich davor, Schatten mit riesigen Bärten. Sie füllten bedrohlich die Räume aus, die ich wie mit Tentakeln ertastete. Schon verschob einer ein Gemälde mit ägyptisch oder außerirdisch wirkenden Figuren darauf. Es gab den Blick frei auf die Galerie mit dem brennenden Fluss. Bathseba trug Schnurrbart über dem schreienden Brief, dessen Zunge, verbrannt, sich entrollte über den Rahmen hinaus. Das Meer, das nun aufrauschte, war gar keines, aber es badeten hörbar Scharen von Engeln darin, leicht auszumachen mit ihrem sächsischen Engelston, dieses feine, vielfach graue Meer. Ich erkannte das Meer in Sachsen, gewaltig, nur vom Rahmen gehalten, und stieg

auch schon weiter, freundlich geleitet. Der Pfeifendampf
der Männer ließ mir den Sehsinn endgültig schwinden.
Nun hörte ich bewusst das Triangel, das Setzen der feind-
lichen Dame, die Unruhe des Königs. Nun ragte ein Hügel auf inmitten der Stadt, ich dachte, der Kaßberg gehört
doch auch dazu, ja? Wie zartblau eingefärbtes Bütten-
papier, besetzt mit Hölzern von Laubsägebarock. Der
Scharlatan, Signore Zero, strich sein widerwärtiges Haar
zurück, dessen Geruch mich anwehte. Der Zirkus, der
angesagt war, begann in der Kirche zum Gehegten Berg.
Da saßen wir, die geladenen Gäste, mit dem Rücken zum
Altar und redeten Chinesisch, als wären wir drauf und
dran, eine Einheitspartei rundum erneuerten Typs zu
gründen. Frau Löwe hatten sie auch dazu gebeten, Mutter Löwin, aber sie war wieder einmal nicht gekommen,
hatte die Kinder versetzt. So saß der Theaterschriftsteller
dort als Ältester, redete kaum, strahlte nur Wohlwollen
aus. Ich redete natürlich sofort drauflos in der gefüllten
Kirche, vor den tausendeinhundert Menschen, kritisierte
die behördlich anerkannte Kunstausübung im Land, der
ich mich, bei Lichte besehen, nur umständehalber gerade
nicht befleißigte. Ansonsten sprachen sich solche aus,
denen der Mund zugeklebt war. Die Plastikrollen hingen
ihnen zur Seite mit dem hellbraunen Pflasterlappen dran.
Wenn ich die Reihe entlangspähte, tat es mir weh für sie.
Ich schämte mich auch für meinen zwittergleichen Habitus um Ohren, Mund, Nase herum. Darum gebeten, improvisierte ich etwas auf der Orgel. Das sollte klingen wie
Aufstand und wurde verstanden wie ein Schatten auf der
Brust. Der Scharlatan kicherte und strich sich durchs fett-

triefende, stinkende Haar, während hier vorne wohlfeile Begriffe wie Spruchbänder wehten. Etwas stand auf das braune Pflaster geschrieben, das Wort Freiheit naturgemäß, Thema, laviert in Variationen. Die Hiebe gegen die Zensur gingen leicht über die Lippen. Das war stark. Für den Kollegen mit dem Mund, dessen Anblick mir weh tat, fand ich die Worte. Mein Chinesisch klang sächsisch und wurde gut verstanden. Mit nervösem Finger, als wüsste ich mehr als die vor mir Sitzenden, bohrte ich Notenköpfe in das Kirchenschiff, tausendeinhundert. Die standen als Pfingstflämmchen über dem Haarschopf jeder und jedes. Wie begeistert ich von mir war! Der Scharlatan schenkte mir einen Kuchen mit Buttercreme. Den trug ich dorthin, wohin er mich nuschelnd gewiesen hatte, zu einer Künstlerin, wie er sagte. Es wäre ein Muss. Nach Marx hieß die Gasse, die Ecke. Die Frau war, als ich ankam, nackt unter dem Overall, was ich rasch bemerkte, auch, dass es dieselbe war, mit der ich als Horlewitznovize ein Gebüsch aufgesucht hatte. Verschmäht hatte ich sie für den damals kommenden Tag, für ein Stundenleben in Villen, die ihr offenkundig neben diesem Atelier hier zur Verfügung standen. So rollten wir diesmal die Nacht über auf dem schartigen Dielenboden des großen Raumes auf und ab. Ich hatte blaue Flecke überall. Sie hatte zwischendurch ihre Perücke verloren. Ich sah die Zeichnung des Hirns durch die Stoppeln darunter. Noch als ich vor Katharina das nächste Mal nackt stand, drei Wochen später, stieß ein künstliches, steifes Haar von der Perücke aus meinem Schamhaar hervor. Ich hatte der Sache Genüge getan. Die Mappe mit dem Titel »Sound« war im

Jahr darauf noch nicht fertig. Aber das Band von grauem Papier, auf dem die Künstlerin und ich Flecken von Schminke und Rotwein und Säften hinterlassen hatten, das sie irgendwann mitten im Rollen unter uns und um uns herum gelegt hatte, das hing einige Monate in einer kommunalen Galerie, in der später einmal aufzutreten ich gern versprach. An die schließlich folgende Geburtstagsfeier in Horlewitz erinnere ich mich kaum noch, an eine einzige Nacht vielleicht. Die Mischung von Wein, Bier, Sekt und selbstgebranntem Apfelschnaps hatte sonst alles gelöscht. Jene Nacht sah den Verhältnissen ähnlich. Sie behagte mir sehr. Sollte ich sagen, dass ich selig war? Ja, ich war selig. Ich schwebte entfernt von den Hinterhöfen, die mein waren immerdar. Ich schwebte über den Bäumen. Ich hätte dableiben, die Kinder meiner Gastgeber noch einmal zeugen und mit ihnen leben, bei ihnen bleiben mögen. Versteht man mich recht? Die Entschuldigung für meine Schelte wegen seiner Mitgliedschaft in der Einheitspartei brachte ich offenbar in diesem Zustand heraus, nachdem ich den Hausherrn in eine heftige Umarmung verwickelt hatte. Er erwiderte, glaubte ich, etwas, ein ebenso unverständliches Brabbeln. So nah waren wir einander nie, dachte ich. Vor allem dachte ich in meinem glänzenden Suff, mein Vater wüsste auf jeden Fall, wovon ich redete, wenn ich als Bastard, der ich war, in der heilen Familie badete. Meinem Alten war ich in meinem Dämmerzustand nah. Er war bei mir, weil ich gewissermaßen in seiner Spur rollte, seinem Streben nachstrebte, seinen Wünschen, die mir einleuchteten. Nicht wahr? Ich dachte an ihn vor diesen Batikkleidern, unter denen sich prächtige Schöße und Schenkel abzeichneten. Drehten sich die Frauen um und gingen über die Wiesen im Kerzenschein oder in den verkaterten Morgen danach, schien die Sonne auf die Falten des steifen Stoffs, der sich hin und her schob über ihren starken Hüften. Ich dachte an meinen Vater, an Wiebke, deren Namen ich seit kurzem kannte, seit wir uns zu dritt im Schöffen getroffen hatten auf Bier und Eisbein. Wie er das bloß angestellt hatte, grübelte ich, eine solche Arbeiterin abzubekommen, wie sich eine so klare Person, dachte ich, in ihn hatte verlieben können. Davon war es unter meiner schwappenden Hirnschale randvoll, während ich hier mit den Funktionärinnen des Horlewitzer und angrenzenden Untergrunds tanzte, während meine Zunge heraushing nach Art meines Vaters zwischen meinen auch schon brüchigen Zähnen. Manchmal erwähnte ich, betrunken und redselig, wie ich war, wie ich wurde, wie ich nicht mehr zu bremsen war, dass es ihn gab, was für Vermutungen über seine Tätigkeit ich anstellte und welche Gründe ich dafür hatte. Der Scharlatan, der hier im Garten auch ein Gastspiel gab und kurz sein Jojo ausrollte zu aller Vergnügen oder Entsetzen – ich konnte es nicht unterscheiden, weil ich den Humor der Leute hier nicht einschätzen konnte –, der schrieb es sogar in einen seiner Berichte: Der Einzweck kam schon wieder – schon wieder! woher nahm er diese Frechheit – mit seiner Vatersache. Dabei hatte ich es an diesem Abend nur gedacht, umgeben von den Kleidern der Frauen von Horlewitz und der Neustadt, von all dem gestärkten Leinen, nur gedacht.

298

Als ich am Abend darauf dem Chor lauschte unter dem Netzgewölbe der Bautzener Simultankirche, des Doms in der Stadt, die ich jetzt das erste Mal hätte anschauen können, das ganze stehengebliebene Altdeutsche über dem Flüsschen, und lauschte gegen das Elend, das ihren verdorbenen Ruf in der Gegend ausmachte, ging mir stattdessen wieder nur die Sache mit meinem Vater im Kopfe herum, nur die Sache mit seiner jungen Frau. Ich mochte es selbst gar nicht glauben, wie interessiert ich war daran, wusste nicht, wie das zuging. Ich war sehr interessiert. Ich dachte einzig daran, an ihn und sie, wie das wäre, während ich hier wegen meiner Musik, die passabel aufgeführt wurde, doch an Leipzig hätte denken können, während ich langsam auch an die Schauspielerin hätte denken können, peu à peu jedenfalls, die mich später mitnahm, was ich dann auch tat, von einer auffälligen Drehung ihres Kopfes an, eines Haarwurfs, denn ich hatte sie schon von Anfang an gesehen, ihr Lächeln, das ich mir in meine Richtung deutete, während sie meine Töne genoss, durfte ich vermuten, und mir immer deutlicher signalisierte, dass und wie und was tief, tief bei ihr ankam. Mein Kopf war von den Ohrlöffeln an bis hinab in die tierischsten Organellen wie weggetaucht. Oder anders herum, es regierten die tieferen Bereiche, auf die es ankam. Ich ging der Blonden nach. Ich hockte schließlich als ein Kater an der steilen Treppe ihres Häuschens und spritzte Samen auf die Stufen, ihrem nicht blonden Haardreieck so nah wie möglich unter dem hochgeschobenen weißen Kleid, spritzte ächzend zu einem Klang, der wie von Taft war, vielleicht wirklich von Taft. Irgendwann erwachte ich im Gestrüpp hinter ihrem Haus oder vor der evangelischen Pension, in der ich hätte übernachten können. Auch ich war in Sachsen.

48

Die Diskussion fand statt in dem Studio des Mannes, den ich einmal, auf der Blaumannparty vor Ralfs Ausreise, mit seiner Frau und den zwei Kindern beobachtet hatte. Sie waren mir aufgefallen in ihrer Unnahbarkeit, in ihrem besonderen Habitus. Wie ich inzwischen wusste, lebte der Mann, der hier Gastgeber war, als Komponist, wenn auch ohne eine offizielle Aufführung. Ich hatte Enthusiasten seiner Musik unter den Ausübenden getroffen, aber nur solche, die ihn persönlich kannten. Sie schmuggelten etwas ein in ein freies Programm, in ihre Muggen, auch im kirchlichen Rahmen. Er benahm sich hier genauso, wie ich ihn an jenem Abend wahrgenommen hatte, gab sich, als wäre er stumm. Aber er war nur nach innen gekehrt. Das feine Lächeln wich von der Begrüßung an nicht von seinem Gesicht. Er hielt sich im Hintergrund und stellte den Raum zur Verfügung, scheinbar ohne mit den Vorgängen zu tun zu haben. Wohl lauschte er mit den anderen, aber vor allem spülte er regelmäßig Trinkgläser, alte Senfgläser aus in dem alten, riesigen Spülbecken. Ich mochte seine Zurückhaltung, die in unserer Gegend selten war. Besser sollte ich sagen, sie war eine mir vollkommen fremde, mich umso mehr faszinierende Eigenschaft.

Worum es in seinem Studio heute und in insgesamt zwei Wochen gehen sollte, was allerdings nicht stattfand, was nur einige Kolleginnen und Kollegen des Untergrunds und aller möglicher Zwischenreiche angestrebt hatten bei dieser privaten Initiative, es war die Diskussion, das zusammenfassende Gespräch über Belange, für die es kein offizielles Podium gab. Was stattfand vor nun auch meinen Ohren und Augen, war nichts weiter als eine Folge von notdürftigen Aufführungen und Vorführungen, Lesungen, Performances von sogenannter verbotener Musik, von Szenen, die nicht an Theatern angenommen worden waren, von Gedichten, die im interessanteren Fall mit einer Menge Unterleib und schmutzigen Hinterteilen, zumeist aber mit Funden und Versatzstücken aus exotischen, vermutlich französischen Theorien aufwarteten. Um die vierzig Leute saßen in dem staubigen Raum, auf den Hockern bei dem abgewetzten Harmonium, in den abgeschabten tiefen Lederpolstern, auf irgendwelchen schlecht gehobelten Böcken und Latten und Balken, auf den geweißten Ziegelfensterbänken. Getaucht war das Bild in gedämpftes Hinterhoflicht, das durch die kleinteiligen Fenster mit den eisernen Sprossen sickerte. Später wurden Glühbirnen eingeschaltet, die aus vier großen metallenen, innen weißemaillierten Blechschirmen blakten. Das war wirklich Kunstlicht, Licht, das Kunst signalisierte, wie aus Gemälden von van Gogh bis Max Beckmann hereinleuchtend in die Absichten der hier Versammelten. Aber auch dieses starke Licht wurde gedämpft, fast verdunkelt durch Davorsitzende, Herumstehende, durch spürbare Passivität, die mich mit jeder halben Stunde, die ich zuhörte, mehr aufbrachte. Die Diskussion, die, wie einige der Anwesenden, einige von uns meinten, die mein kleiner Freundeskreis für überfällig hielt und wollte, dass sie hier einmal unter den Beteiligten, unter denjenigen geführt werden sollte, die sich ausgesetzt sahen der Verhinderung und Verleugnung und Verleumdung ihrer Kunst, die Rede also sollte sein von den Bedingungen der Musik, der Dichtung und denen, die sie als Gefährten des Wohnorts und der Generation betrieben in dieser Gegend hier. Nur das, was stattfand, hatte nichts zu tun mit dem, was uns auf der Seele brannte, als wir es verabredeten, fand ich, fand Jürgen, fand, wie ich später erfuhr, auch der feine Gastgeber, fanden selbst die, die nicht verhindert hatten, dass es so lief, die es so laufen ließen. Fast alle, die gekommen waren, zückten irgendwann ein Konvolut Papiere und spielten etwas vor oder führten es vor, erklärten auch lang und breit, lasen oft mit monotoner Stimme, dass unklar blieb, was gemeint war. Nachgefragt wurde sowieso nicht. Alles, was daherkam, war sakrosankt. Dass eine und einer »was machten«, genügte vollauf, einander wertzuschätzen. So sah ich es auch, indem ich dazu schwieg, indem ich das Glashaus um mich fühlte, besonders durch meine Stellung, die oft genug als etabliert verschrien wurde. Die schönsten Momente im Ablauf der zwei Tage, die ich es aushielt, verschafften ihren Zuhörern diejenigen, deren Kunst Improvisation gestattete oder darin ganz aufging. Solche gab es selbstverständlich aufseiten der Musiker, das war nicht schlecht, ab und an auch aufseiten der Literatur. Sie holten meist doch irgendwann Papier hervor, eine Menge Papier, und nuschelten Gedichte, die es dem Schriftbild nach waren. Mein Grund, hier zu sein, war ein anderer, meine Intention, ja, ich hatte eine, aber ich stand oder saß, wie es sich ergab, mit allen anderen und hörte nur zu. Jedenfalls hörte ich lange zu, bevor mir der Kragen platzte, am zweiten Tag. Natürlich musste ich mich fragen lassen, wer ich war, welche Rolle ich hier spielte als ein einschlägig veröffentlichter, wenn auch gerade ein wenig kurzgehaltener E-Komponist unter all den Undergroundmusikern in ihren verschlissenen Klamotten, mit ihren geistigen Gesichtern, mit ihren Augenringen der Entbehrung, mit ihren bebenden, gelbgerauchten Händen, dass ich da nur irgendetwas sagen wollte. Ich fragte es mich selbst, doch nur kurz. Dass ich überhaupt dabei sein wollte, war vielleicht eine Form Anmaßung. Ich hatte sogar den Scharlatan, der auf irgendeinem geheimen Pfad zu einem Leben in Nordost her mäandert war und unter Missbrauch eines irgendwoher geliehenen armen Hundes, eines blass gemusterten Foxterriers, den er so lange am Bindfaden statt an der Leine auf öffentlichen Plätzen ausgeführt hatte, es vermocht hatte, eine bekannte Größe im Straßenbild zu werden, ausgerechnet ihn hatte ich angesprochen, wie wir verfahren sollten mit unserer Diskussion. Ich hatte mich als einen der Veranstalter begriffen, einige Wochen lang letzten Winter. Das gerade hatte zu dem geführt, was hier ablief, diese ungenaue, ungültige, scheinbare Absprache unter ein paar Komponisten, immer die Runde herum. Nun spielten alle etwas vor, wurden aufgefordert von selbsternannten Spielmachern. Wir nickten uns gegenseitig zu. Wir signalisierten einander, wir wüssten Bescheid. Schließlich war ich so weit. Ich zückte mein Papier. Es handelte sich nur um zwei Bögen Durchschlagpapier von Butterbrotpapierqualität. Kein Exposé stand darauf für eine neue Arbeit, nicht einmal ein forscher Liedtext, nicht einmal eine Collage von expressionistischen Texten aus der »Menschheitsdämmerung«, wie ich sie schon zweimal unterschiedlich vertont hatte für Aufführungen bei Freunden. Ich kündigte an: »Es ist eine Eingabe. Ich gebe zu, es ist nichts weiter als eine Eingabe, eine Petition an die Herren bei Hofe. Es richtet sich an die Abteilung Kultur der Jugendzentrale.« Ächzen und Stöhnen antwortete. Ich genoss aber Respekt, und so durfte ich vortragen, was mir im Moment wichtig erschien. Der Text hatte Oberschulniveau. Ich wusste es, als ich begann. Er stellte eine Rolle rückwärts dar. War da nicht erstens von Moral die Rede, von dem Milliardenkredit aus Westdeutschland, den aufgenommen zu haben ich den Machthabern vorwarf? Schwankte da nicht zweitens ein Bild von einer besseren Welt durch den Text, die verdächtig nach dem guten alten dritten Weg klang? Stand ich denn selbst noch dazu? War das nicht die Kritik an der Einheitspartei aus Sicht ihrer kritischen Genossen? Ich las das Ding vor und steckte es wortlos weg. »Damit bewirkst du gar nichts. Du erkennst nur die Mechanismen an«, sagte einer der Klugen, einer der Theoretiker des Untergrunds. Er trug sein Haar leider auch im Fett-Look des Signore Zero. Das irritierte mich. Aber er hatte recht, es hakte sich fest, es sickerte ein: der hier mit seiner unangenehmen Frisur, der hatte recht.

Am Tag darauf war ich mit meinem Vater und seiner

Neuen im Restaurant Zum Schöffen verabredet. Ich ging
aus Neugier hin. Und, weil er mich angerührt hatte.
Sie würde mir gefallen, hatte er in einem längeren Brief
geschrieben. Er hatte mich darin ins Vertrauen gezogen, was die Trennung von seiner Frau Renate anging. Er
wusste, dass ich sie schätzte, obwohl wir uns nur dreimal
begegnet waren. Der Ernst seines Briefes gefiel mir, sein
Stil. Die Art der Sätze gefiel mir, der ehrliche Ton. Der
Vater schrieb dem Sohn, der Vater, dem es nicht so gut
gegangen war, der reuig war, der zurückschaute in etwas
anderem als Zorn. Ein Verfahren der Einheitspartei habe
er am Hals gehabt, als sie frisch zusammen waren, eins
habe es gegeben, als sie sich wieder trennten. Sie kamen
mit mir zugleich an auf dem Treppchen zum Restaurant.
Wiebke hatte diesen offenen Blick. Über den hohen, gut
durchbluteten Wangenknochen schauten mich klare Augen an. Ich gratulierte ihm, als wir das obligatorische Eisbein und Bier bestellt hatten, lachend zur Wahl, sagte ihr,
dass sie vorsichtig sein müsste mit dem etwas angeschlagenen Herrn, der vermutlich Schäden unter der Wasser-
linie zu verzeichnen hätte nach erneutem Schiffbruch.
Sie verteidigte sein Äußeres sofort und gestand, dass sie
so einen gesucht habe. Die Jungs auf der Werft wären ihr
bei aller Sympathie zu sehr Milchbuben und oft auch zu
einsilbig. Einen richtigen Mann fände sie meinen Vater,
einen, wie er sein sollte. Er strich sich mit einem Schmun-
zeln, das ich noch nie an ihm gesehen hatte, den Schnauzbart. Na, fragte er dann auf die übliche Art, wie es so stehe
mit der Kunst. Ich erzählte, was ich gerade erlebt hatte,
von der verfehlten Diskussion in Nordost. Ich nannte ein

paar Namen, die er auch kannte, sogar von der Jugendzentrale her, von Seminaren und Workshops, wo die meisten der späteren Wilden doch einmal früher in Obhut waren. Ich rümpfte mal hier die Nase, witzelte mal dort. Und ich schwärmte für meinen Freund, den stillen Malerfürsten Jürgen. Dass Katharina jetzt meine Ehefrau wäre, erwähnte ich auch. Hinrich stieß ein lautes »Hört, hört!« des Staunens und ein leiseres »So ist das also« der Enttäuschung hervor. »Das hättest du deinem alten Vater aber ausnahmsweise sagen können. Da wären wir schon mal mit einer Schachtel Mischka-Pralinen und echtem Schampanskoje vorstellig geworden aus dem Magazin in Seeburg.« Meine Wangen wurden warm. Das Lokal war voll, und seine Selbstverständlichkeiten waren mir peinlich. »Wo werdet ihr denn leben in Zukunft?«, versuchte ich abzulenken. Das wäre noch im Fluss, erklärte er mir. Dann fing er gleich damit an, dass Wiebke bald ein besonderes Frauenstudium absolvieren würde. Hinterher müsste sie nicht mehr die vollen drei Schichten arbeiten. Ich sah, wie er an ihrem Leben herumknetete. Ich deutete mit Ironie an, was ich meinte. Kurz bevor wir uns trennten, sagte er, als Wiebke schon ein wenig abseits stand, er hätte Wind bekommen von einem Brief an die Jugendzentrale, ich hätte mich über die letzte Konferenz mokiert. Ob ich nichts anderes zu tun hätte, fragte er. Und dass der Chef der Zentrale wirklich ein guter Kumpel von ihm wäre. Der wäre nicht blöd, der versuchte etwas, da säßen auch gute Leute in den Gremien. Die Wachablösung, sagte er, die wäre das größte Problem. Die alten Herren hielten sich zu lange an ihren Sesseln fest, das wäre nicht gut für die Sache. So redete er, auch dabei noch zu laut für meinen Geschmack. Wiebke und ich hatten zuletzt einander angeschaut wie Geschwister, die ihre Skepsis gegenüber dem Vater teilen. Ich mochte sie und hatte Bedenken bei den menschenbildenden Vorstellungen des Demiurgen Hildebrand Einzweck. Ob er nicht dieses Idealbild einer Proletarierin, die wie aus einer anderen Zeit gefallen war, zerstörte. Ob er sie nicht in Ruhe lassen sollte. Ich machte mir Sorgen um sie, als ginge mich ihr Leben etwas an.

49

»*Hast du das wirklich getan?*« »Ja«, sagte ich, stumm in meinem Sessel sitzend, der noch knackend nachgab unter dem Hintern. »Du redest nicht nur wieder mit deinem Vater, sondern berichtest ihm obendrein brühwarm über die ach so konspirative Zusammenkunft deiner Künstlerfreunde? Da kannst du gleich selbst bei der Firma anheuern und brauchst ihn nicht die Berichte schreiben zu lassen. Hast du noch alle Tassen im Schrank?« Mir fiel keine Erwiderung ein. Katharinas Gesicht hatte alle Farbe verloren. »Ich scheiße doch keinen an. Ich sage ihm doch nur, was ich vertreten kann. Er kennt doch Felix selbst. Der Erfinder des Nordost-Undergrounds, der war doch auch einmal in Ludwigsbaum in seiner Rockerkluft. Da kannst du doch die Programmlisten der Clubhäuser durchgehen. So wie Leon Rotbart damals, von dem ich dir erzählt habe. Ist überhaupt erstaunlich, wer alles einmal früher einen Start bei der zentralen Jugendkultur hingelegt hat. Redet ja keiner darüber. Will keiner gewesen sein.« Katharina schwieg bestürzt. Ich wusste, was sie meinte. Ich machte es mir im selben Moment zu eigen, auch wenn das nichts half. Da saß ich mit roten Ohren. »Ich werde ihm einen Brief schreiben und den Kontakt beenden.« »Aha!«, erwiderte Katharina. »Aha! Das ist logisch, du teilst ihm schriftlich mit, dass du ihm nichts mehr mitteilen wirst. Extrem logisch.« Mein Magen zog sich zusammen. Ich verkrümelte mich auf das Außenklo. Das Gespräch war ein Abführmittel gewesen, unter stechenden Schmerzen entleerte sich mein sonst sehr deutsches, verstocktes Gedärm. Als ich wieder hochkam, stand sie in der Küche und nahm das Huhn aus für die Suppe von morgen.

Ich hatte die Rede für die Beerdigung des Meisters fertiggeschrieben, über Nacht liegen lassen und früh durchgesehen. Als ich auf der Straße von einem Wandapparat aus die Nummer wählte, meldete sich Herr Weber sofort. Das wäre aber fein, dass ich die Frist eingehalten hätte. Selbstverständlich käme er persönlich und hole die Rede ab, ja, morgen, Freitagfrüh. Zur Koordination, wie gesagt. Ob es mir um neun Uhr recht wäre. Ich sagte zu. Er kam. Die schwarze Lederjacke mit den Achselklappen. Unverkennbar Herr Weber. Die etwas aufgeregte, fast gehetzte Art. Er war ganz sicher ein vielbeschäftigter Mann bei der Akademie, bei der Außenstelle. Ich bot ihm frischen Tee an, er wollte nur Wasser. Umständlich raschelte er mit den Blättern des Durchschlags und brachte sie schließlich in seiner großen Kartentasche unter. »Wissen Sie, der Sebastian Kreisler, der hat uns in der letzten Zeit Sorgen bereitet.« Er schaute dabei so kummervoll, ich sollte also nachfragen. »Er hat sich zu viel mit Leuten wie Ihnen befasst. Sein eigenes Werk, vor allem die große, wie er selbst es nannte, sozial-romantische Oper hat er darüber vernachlässigt. Vorarbeiten von Jahrzehnten sollten in die Krönung seines Lebenswerks einfließen. Pustekuchen! Perdu! Wenn Sie gestatten, dass ich es frei heraus sage: Die Ansinnen, die Anforderungen, die Gnadenlosigkeit von Ihresgleichen hat ihn mehr und mehr abgelenkt vom eigenen Werk und ihn schließlich ausgezehrt und ruiniert. Die sogenannten Komponisten aus Nordost und Neustadt, vom Kaßberg und aus Connewitz, sie waren der Krebs, an dem er uns gestorben ist. Unser letzter großer antifaschistischer Komponist hat sich aufgerieben in dem Gestrüpp des Petitionswesens, das Sie alle ausgelöst haben. Jeden und jede hielt er für unrechtmäßig abgewiesen von unseren Musikinstituten, von den Festivals, den Orchestern, den Verlagen. Jeden fand er großartig, wenn derjenige nur ein wenig von der Linie abwich. Das fing an mit dem Schlehbier, den er für ein starkes Talent hielt, was wir auch so sehen, ging weiter mit der Ingrid, mit diesem hochproduktiven, nicht zu bändigenden Weibsbild«, womit Herr Weber, abgesehen von seinen derart ausgestellten intimen Kenntnissen von Personen und Werken, voraussetzte, ich wüsste, um welche Ingrid es sich handelte. Natürlich wusste ich es, wie alle im Land, die nur irgendetwas von zeitgenössischer Musik verstanden. »Doch dann ging es um die nächste Generation, um den Rotbart, den Felix Machart, erst recht um diesen Buse, um diesen Kriminellen, von diesen Leipziger selbsternannten Arbeiterkomponisten nicht zu reden, vor denen er für meinen Geschmack viel zu sehr auf die Knie ging, sie regelrecht anbetete, na ja, und in gewisser Hinsicht auch um Sie selbst. Es hörte einfach nicht mehr auf. Es war zu viel für einen Künstler, dem doch sein eigenes Werk zuerst am Herzen liegen sollte. Der rote Teppich, der ohne Zweifel vor Ihnen, Herr Einzweck, ausgerollt wurde die letzten drei Jahre lang, den hat unser verehrter Meister Kreisler mit seinen eigenen Händen platziert. Ach, ach.« Sein Engagement rührte mich. Statt mit Selbstbewusstsein gegenzuhalten, stimmte ich zu. Ich sähe das nicht anders als er, sagte ich. Der Meister habe sich aufgerieben für unsere, ja unsere Belange. Die Anthologie junger Komponisten – ob Herrn Weber etwas davon zu Ohren gekommen sei, ob er vielleicht sogar vom Fortgang der Dinge wüsste seit Konrad Wolfs Ableben –, die hätte er ganz am Schluss noch persönlich zu den jeweiligen Hoffnungsträgern geschleppt. »Ach, ach«, seufzte nun ich meinerseits. Die Erinnerung an eine Szene in der Akademie kam mir hoch. Da hatte ich einmal gesessen neben dem Meister bei dem zuständigen leitenden Kollegen. Mein Gott, was für ein blasierter Held seiner weit zurückliegenden, besseren Tage das war. Und da saß nun der Meister, machte sich klein, war bescheiden, wie nur er es sein konnte, und ließ sich gemeinsam mit mir die Unterstellung gefallen, es handelte sich wohl um die Bildung einer Gruppe. Damit hatte der betreffende Kollege und Funktionär seinen Auftrag, den er sicher von der Einheitspartei oder gleich direkt von den unsichtbaren Kulturbehörden hatte, ob man nicht diese und jenen Musiker

310

aus dem Gefüge der Sammlung herauslösen könnte, erfüllt. Teile und herrsche, das war gemeint. Wir hatten das eine verneint wie das andere, hatten die Köpfe geschüttelt über diesen Herrn auf der anderen Seite des Tisches. Der Meister, spürte ich damals körperlich, entstammte einer Welt anderer Absprachen. Er sah sich diesseits wie jenseits des Tisches, hatte selbst zu lange teilgenommen an dem Spiel, das der Ernst der Nachkriegsjahre war. Bis zuletzt gehörte er immer auch zu denen da, kam von diesen Leuten nicht los. Ihre Sicht auf die Weltgeschichte war an einem dramatischen Punkt seine geworden, das Bekenntnis dazu hatte ihn überleben lassen. Damals hatte er sein zukünftiges Werk in den Dienst des Fortschritts nach Maßgabe jener Leute gestellt, und öffentlich nahm er nie Abschied davon. Wie immer er Anlauf nehmen mochte, diese Falle blieb zu. Seinen künstlerischen Hedonismus, seinen Freistil hatte er vielfach aufblitzen lassen in seinem Werk. Aber zugleich war er gescheitert in seiner permanenten Selbstbefreiung. Ob ich das meinem Gegenüber hätte erklären können? Ich wollte es einen kurzen Augenblick. Es war viel mehr, als ich in die Rede geschrieben hatte. Aber ich verwies ihn darauf. Ich sagte zu Herrn Weber, als er aufbrach: »Ich habe ein wenig davon in die Rede geschrieben, von dem, was Sie mir jetzt wie eine Schuld hier hinterlassen.« Ich lehnte es nicht ab, als er vor der Wohnungstür noch meinte, dieses Gespräch wäre vielleicht bei anderer Gelegenheit wiederaufzunehmen.

50

Dass damals an der Ostsee, auf der einzigen Klassenfahrt weit und breit, in dem einzigen nennenswerten Mai, etwas geschehen war, hatte ich vergessen. Genau neun Jahre danach stieß es mir wieder auf. Ich wurde auf dem Treppenabsatz unterhalb meiner Wohnung wach, den Oberkörper schräg auf den Stufen aufwärts. Hinter mir stand die Türe der Außentoilette offen, oben, wie ich zu meiner Verwunderung sah, als ich mich langsam erhob, auch die zu meiner Wohnung. Es war heller Tag. Ich wusste nicht, wie lange ich geschlafen hatte. Der Geschmack im Mund stammte von einer Substanz, die mir zum Abschied aus meiner einjährigen Halbtagsbeschäftigung von dem einzigen männlichen Mitarbeiter des Betriebs eingeflößt worden war. Wir hatten in dem von ihm privatisierten Keller gesessen, in der sogenannten Expedition, der dicke Herbert und seine Frau. Er hatte mit feierlichem Gesichtsausdruck eine große Flasche ohne Etikett auf den Tisch gehievt. Da war es zwölf Uhr mittags gewesen. Das war jetzt, stellte ich fest, zwei Stunden her. Ich hatte gleich einen Verdacht gehabt. Etwas duftete aus der beeindruckenden Flasche heraus, das nicht ganz in Herberts Wort vom eigenen Hausbrand aufging. Hatten wir nicht beim Militär, uns langweilend, wie alle Soldaten der Welt es meistens tun, alle möglichen Methoden der Alkoholbeschaffung erörtert? Einer davon hatte der Geruch aus Herberts Flasche entsprochen: Man nehme Brennspiritus und filtere ihn durch Brot, so lange, bis der Geschmack erträglich wird. An mehr von der Prozedur erinnerte ich mich nicht. Möglich, dass vor dem Filtern doch ein Verdunsten auf niedriger Temperatur sinnvoll wäre. Das nicht ganz saubere Verb für den sowieso unsauberen Vorgang hieß »entgällen«. Auf dem Etikett einer Flasche Spiritus prangte jeweils das Wort vom vergällten Alkohol und auch die Warnung, er sei weder zum Verzehr geeignet noch wäre es rechtens, ihn, eben, zu entgällen. Nun war der Geruch aus der Flasche zum Geschmack in meinem Mund geworden, und was der Schlaf nicht zu tilgen vermochte, zuckte weiter vom Magen bis in die Kehle hoch und erzeugte ein Wabern im Hirn. Aus dem Wabern trat das Bild einer mittelalterlichen Stadt hervor, flimmernd wie eine Fata Morgana. Nun war sie wieder da, die Klassenfahrt. Vielleicht hatten wir eine Ausstellung über die Wikinger besucht. Jetzt beseitigte der Anblick den Schmerz des grausamen Brennspirituskaters wie mit dem Strich einer zärtlichen Hand über Stirn und Augenlider. Heiter trat ich unter dem Tor hindurch. Es war aus farbigem Holz und trug geschnitzte Gesichter in alle Himmelsrichtungen. Die Menschen, die hier und da aus den Fenstern schauten oder mir begegneten auf den sandigen oder holzgepflasterten Gassen, wirkten wie vom Maler Spitzweg gemalt. Ich musste auch an Heinrich Heines Fräulein in dem und jenem Harzer Städtchen denken, die mir in dem Alter, in dem ich an der Klassenfahrt teilnahm, attraktiv wie ihm selbst vorkamen. Sie lächelten mich an, eine und noch eine. Sie luden mich ein. Ich lächelte zurück, der Zwölfjährige, der ich war, kein Märchenheld, kein Recke aus dem Orient, kein Reisender, der ferne Planeten kannte. Das Willkommen

umgab mich körperlich fühlbar als sanfte, warme Wellen.
Die Stimmen der Frauen, der erwachsenen Frauen. Das
Wort guttural. Vom schwingenden Grund her drang eine
Vibration in mich ein. Ein großer Sandplatz öffnete sich
zum Meer, den kreuzten Fußwege, die aus Schwemm-
hölzern gefertigt waren. Die Stunde war blau, und aus
einer Gruppe von Mönchen blieb einer stehen vor den
sanften Wellen des Meers, zu dem ging ich hin. Wir standen nah beieinander. Ich hörte auf seine Rede, er wusste
alles. Vineta, der Name der Stadt, das bedeute Schönheit
und Überfluss. »Du musst deinen Weg gehen«, sagte er,
»aber du kannst auch bleiben. Musst nur eine Münze legen in die Hand des ersten Händlers, der dir begegnet. Die
Münze ist sehr entscheidend, nicht ihr Wert. Wir leben
auf Inseln, wir leben im Meer und mit ihm. Das hier ist die
andere Welt. Hörst du die Stille?« Die Brise des Abends
strich über uns hin. Sie kam von dem halben Sonnenball
her, der in den Horizont hineinschmolz. Ich träumte. Ein
Wagen, zweirädrig, hielt neben mir an. Darauf stand ein
Mädchen. Sie hielt eine Fackel empor, und mit der anderen Hand lenkte sie leicht die schmalen zwei Tiere,
die uns davonzogen in unbekannte Gegenden. Über den
Markt hinaus, denn ich hatte die Münze nicht. Aus der
Stadt hinaus, in einem weiten Bogen am Strand der Insel
hin, unter dem schwarzen Wald, der auf ein paar Hügeln
sich breitete. Das Licht der Fackel wurde geschluckt von
dem Wald und dem Meer. Nur unsre Gesichter standen
nah beieinander im Licht. Ihre feine, geschwungene Nase,
ihr helles, gewölbtes Auge unter der hohen Stirn, der Bogen der Braue.

Sie trieb ihre beiden Tiere an, unverwandten Blicks. Ich
sagte nichts, rief nichts, wenn doch, dann riss es der Wind
von den kalten Lippen weg. Tonloser Schrei. Sie trieb ihre
Tiere an. Der Sanitäter drückte mir fast den Brustkorb ein,
ich hustete um mein Leben. »Die Badehose ist weg, aber
sonst ist noch alles dran an dem Kerl«, rief er in die Runde
der Klassenkameraden und der aufgelösten Lehrerin zu.
»Fast wärst du ersoffen, Mensch!«, krakeelten die beiden
Kumpels mit den roten Augen, mit denen ich oben in der
Düne vorhin heimlich Kornschnaps getrunken hatte. Auf
sie hatte er anders gewirkt, sie hatten gekichert und sich
auf die Oberarme geboxt. Ich hatte tief hineingeschaut in
etwas.

51

Leon beging seinen Geburtstag auf der Party einer Freundin, einem Sommerfest. Wenige wussten es. Später am
Abend würde noch gesungen werden für ihn, wenn alle
blau wären. Ich wusste es auch nicht, hätte es sowieso
vergessen oder hatte es bereits vergessen. Katharina und
ich schlenderten durch den Park, hinter dem die Freundin wohnte. Unsere war es genaugenommen nicht. Ich
kannte sie von wenigen Begegnungen, die immer seltsam
steif verlaufen waren, fast verunglückten, weil jemand
meinte, wir hätten einander etwas zu sagen. Hatten wir
vielleicht gar nicht. Trotzdem waren Katharina und ich zu
der Party eingeladen. Die Gastgeberin und ihr Lebensge-

fährte hatten zwei Wohnungen gemietet in einem frei-
stehenden Gründerzeithaus. Schon vom weiten bot sich
ein malerischer, gar nicht städtischer Anblick, fiel der
Blick durch den hellen Bogen der Tordurchfahrt. In dem
grasbewachsenen Hof war eine lange Tafel aufgebaut.
Darauf standen Schüsseln und Teller, lagen große Brot-
bretter mit allem, was nur Platz darauf fand. Verschiedene
Arten Stühle standen herum, offensichtlich aus den Wohnungen heruntergetragen. Von einem Grill stieg Rauch
auf. Jemand zog Korken aus ein paar Weinflaschen. Mir
wurde auf einen flüchtigen Blick hin eine kühle Flasche
Bier entgegengehalten. Katharina nahm einen Apfelsaft.
Vom Wetter hätte geredet werden können. Aber es ging
um die Theologie der Befreiung: »Wir waren letztes Jahr
in Nicaragua und haben in einem Dorf gearbeitet. Es ist
eine vorbildliche Situation. Eine große Chance für Latein-
amerika, aber endlich auch wieder eine neue Sicht auf
die revolutionäre Situation in der Welt.« Vom habituellen
Unterschied zwischen dem Studenten aus Freiburg im
Breisgau und dem Friedhofsgärtner mit einem Lehrer-
diplom der Pädagogischen Hochschule Grimma, der in
Nordost lebte, hätte man vom Schuhwerk aufwärts sprechen können. Es ließ sich aber auch so herum gut an: »Die
Ergebnisse der Übernahme der Plantagen im Alentejo ist
mit das Großartigste an der Nelkenrevolution. Ich kenne
die Gegend gut, wir fahren da immer durch, wenn wir an
der Algarve Urlaub machen. Kennt ihr nicht? Ach so,
sorry, stimmt ja. Das ist Richtung Südküste. Herrlich, das
Licht zwischen den Korkeichen. Und jetzt eben gibt es
dort vielfach genossenschaftliches Eigentum. Wir haben

im Zuge der Sache auch wieder über die Selbstverwaltung
der Betriebe nachgedacht, über das Jugoslawische Modell.
Das könnte ein Weg sein. Es kommt von den Rändern.
Die Ränder sind es jetzt.« Ein großer, bärtiger Mann trat
mit dem kräftigen Hallo eines gesunden Basses in den
Hof, und da ich zufällig am Bierkasten hantierte, gab ich
ihm auch eine Flasche. Wir nickten uns zu, sagten einander die Namen und stießen an. Er war Drucker, Maschi-
nendrucker, nicht einer, der Handpressen bediente oder
umfunktionierte Wäschemangeln, wie sie mir bisher begegnet waren. Wir standen in der Mitte des Hofs, sperr-
ten die Ohren auf und tranken. »Aber die Konsequenzen,
die wir aus der kambodschanischen Pleite ziehen müssen, sind unverkennbar. Ich meine, das gibt einem doch
zu denken. Natürlich waren das Verbrecher, die sich ein
Fähnchen angesteckt hatten, Wölfe im Schafspelz. Es ist
die Konsequenz der Instabilität in der Region, verursacht
durch die Amerikaner. Die Killing Fields bilden nur ab,
was die G.I.s in Vietnam vorgemacht haben. Und letztlich nützt es auch nur den Strategen in Washington.« Katharina fand ein paar Bekannte und lachte laut mit ihnen.
Der bärtige Drucker erzählte mir von dem Konzert mit
Neil Young, das er im Fernsehen gesehen hatte. »Die sogenannte unabhängige Gewerkschaft in Polen ist es nicht
die Bohne. Sie hängt auf jeden Fall am Vatikan. Ohne
den polnischen Papst gäbe es sie vielleicht gar nicht. Das
hat einen zutiefst katholischen und auch nationalisti-
schen Beigeschmack. Ich komme aus einer katholischen
Gegend, aus Rottenburg. Nein, nicht Rothenburg. Das
kennt hier jeder, dieses kitschige Rothenburg. Nein, Rot-

tenburg, zwischen Tübingen und Rottweil am Neckar. Idyllisch und katholisch. Das muss man sich genau ansehen, wie reaktionär das ist in Polen. Der Name ein reiner Etikettenschwindel, von wegen Solidarität. Es provoziert vor allem die Sowjets. Kann gut sein, dass es umkippt und dass sie den Sozialismus am Schluss selbst verteidigen müssen, notfalls mit dem Ausnahmezustand.« Die Gastgeberin hatte ich noch nicht zu sehen bekommen. Der Kasten Bier war alle. Der Drucker und ich stiegen auf Rotwein um. Alle hatten Wein mitgebracht. Es gab auch welchen aus dem Karton. Davon hatte ich bisher nur gehört. Einer der Wessis, wie der Drucker sagte, also einer der Zoobesucher, wie ich sagte, jedenfalls ein Kenner fummelte das Ding auf und ließ einen dünnen Strahl in unsre Gläser strullen. »Ich finde es stark, wie die Frauen von Greenham Common feministische Themen nicht außen vorlassen bei der Abrüstungsfrage«, sagte eine Frau, die auffiel mit ihrem Leinenkostüm. Katharina wusste, das war eine westdeutsche Filmemacherin, die heute Abend in der Ständigen Vertretung einen Film vorführte, und fragte, warum wir da eigentlich nicht hingingen. Ich wusste noch, dass wir eine Einladung bekommen hatten. Es hatte mich nicht interessiert. »Das ist doch vollkommen egal, wer nun was zugegeben oder zuerst gemacht hat. Die Informationspolitik der Westmächte nimmt sich mit der der Sowjets gar nichts. Sie sind nur cleverer und haben smarte Frontmänner, die das der Welt verklickern können. Wenn es darauf ankommt, verheizen sie uns so oder so beide. Das findet doch auf deutschem Boden statt, wenn es losgeht. Deshalb ist es nicht verkehrt, wenn ihr, meinetwegen parallel zur Aktion ›Schwerter zu Pflugscharen‹, auch die Proteste eurer Führung gegen das Programm der NATO irgendwie unterstützt.« Es war heller, leichter Wein von der Rhône, den der Drucker und ich uns hinter die Binde gossen. Wenn ich Interesse an seltenen Aufnahmen von Neil Young hätte, sagte er eben, er habe alles. Absolut alles! Es wurde kalt, und die Festgesellschaft erklomm nach und nach die Treppe zu einer der Wohnungen. Sie lag in der Beletage. Es hingen Zeichnungen und Bilder an den Wänden, Originale. Katharina und ich standen eine Weile in der Flügeltür eines großen Zimmers. Wir konnten gerade noch einstimmen in das Geburtstagsständchen auf Leon, das in der international geläufigen Version intoniert wurde. Er thronte in einer Ecke auf einem Lehnstuhl und verzog spöttisch den Mund. Die meisten anderen Sänger und sonstigen Partygäste saßen im Schneidersitz oder an Schränken und Wänden entlang auf dem Boden. Aus dem allgemeinen Gemurmel heraus erhob sich plötzlich schwankend einer der engsten Freunde der Gastgeberin. Ich kannte ihn, weil ich ein paarmal zu seinen privaten Konzertabenden eingeladen gewesen war, einmal auch mit eigenen Sachen. Die Behörden saßen ihm ständig im Nacken. Er thematisierte das auch selbst gern, schien mit seinem Erfindungsreichtum mit deren Einfällen zu wetteifern, einen persönlichen Sport daraus zu machen. Einmal war ihm unter dem Vorwand der statischen Überlastung untersagt worden, die Leute einzulassen. Ein anderes Mal wurden unter dem Vorwand von Malerarbeiten auf dem Dachboden über seiner Wohnung Abhörgeräte installiert, die er dann hin-

319

terher in einer Ausstellung in seiner Wohnung präsentierte. Das nächste Mal mauerten Maurer den Eingang zum ersten privaten Kinderladen von Nordost zu, früh, bevor die Kinder gebracht wurden. Er hatte zu den Initiatoren gehört. Da stand der politische Kopf, schwankte ein wenig, sah zu Katharina und mir herüber, und rief über die Köpfe der anderen hin: »Na, einer ist doch immer dabei.« Wir drehten uns um und gingen nach Hause.

52

Hans Weber hatte seine Lederjacke im Objekt nicht ausgezogen, obwohl es wie immer überheizt war. Er riss das Fenster auf und überflog den Befehl, den er vorhin beim Obersten Stellvertreter in Uniform entgegengenommen hatte. Dass die Sache hoch angebunden war, befriedigte ihn persönlich. Unschön war nur, dass der übliche Tagesverpflegungssatz für die an der Maßnahme Beteiligten nicht aufgestockt war. Die Finanzschranzen hätten ruhig einen Schnaps draufschlagen können. Es ging schließlich um die Beerdigung einer Persönlichkeit mit einem gewissen Ansehen. Ein Zug Fußvolk war ihm für den Tag unterstellt. Er müsste sie einweisen in die spezielle Materie. Wer aus dem Operativgebiet auftauchen würde, darauf hatte er leider keinen Einfluss. Das wäre ihm einmal ein Vergnügen. Am Tag selbst würde man ihn allerdings laufend informieren. Er dachte an den Schlehbier, diesen erstaunlich populären Mann, der inzwischen in einem besetzten Haus in Südost wohnte und gelegentlich pendelte. Er tippte, dass sie dem nichts am Visum flicken würden, er ließ sich vor keinen Karren interessierter Seiten spannen, tauchte kaum im Fernsehen des Feindes auf. Seiner Ehefrau aber, der würden sie wohl diesmal ausdrücklich die Einreise verweigern. Die hatte den Mund zu weit aufgemacht. Dafür, das wusste er aus erster Hand, hatten sie ihr im Tränenpalast das ein und andere Mal schon in die Intimwäsche gefasst. Alles im Rahmen der Gesetze, versteht sich, aber ausführlich und peinlich genau. Natürlich gäbe es auch diese und jenen, die dem nichtsozialistischen Gebiet entstammten. Kreisler hatte Menschen um sich gesammelt wie eine Eiche Jahresringe bildet, musische Menschen aus dem Schwarzwald und von der Schwäbischen Alb, akademische Freundinnen und Freunde aus Tiergarten und Charlottenburg, nicht zu vergessen diese Kulturjournalisten von den Zeitungen, vom Radio, vom Fernsehen zwischen Hamburg, Hannover, Goethes Frankfurt, Stuttgart und wiederum aus Schöneberg. An deren Fersen würden sie sich vom Robert-Koch-Platz weg sowieso heften. Die Zahl der Kraftfahrzeuge im Einsatz war bestätigt.

Der 14. kam. Ein kalter Tag. Das war nicht schön für die Genossen. Ein Regentag. Das steigerte die Auffälligkeit schon wegen der gleichen Schirme. Sollte ja auch in drei Teufels Namen so sein, oder, Hans? Weber sprach zu sich selbst, um den Überblick zu behalten. So weit lief alles nach Plan. Am Vormittag hatten die in der Akademie gesprochen, die da hatten sprechen sollen. Frau Löwe, die Löwin hatte Brauchbares gesagt. Die Veröffentlichung des einen und des anderen Beitrags war bereits vorab besprochen. Der Beitrag des Redners am Grab, des jungen Herrn Einzweck, würde zu spät bei der Redaktion der Zeitschrift der Akademie eingereicht werden. Genau, würde zu spät eingereicht werden. Das hatte er koordiniert, und es gefiel Hans Weber. Hier draußen, in Wendisch-Lichtfall, hatte sich alles schon ausgedünnt. War auch eine weite Strecke vor die Stadt. Sie hatten ein paar Fahrgemeinschaften observiert. Der Stellvertreter Zensur hatte es sich nicht nehmen lassen, mit einem Kranzträger hier anzutreten. Vom Komponistenverband hatte sich Kreisler gezielt zwei ihrer Leute vom Grab verbeten. Weil es so war, hatten die für den Friedhof gleich ganz abgesagt. Gute Instinkte hat er gehabt, der Mann. Zwei auf einen Streich von den unsrigen. Er hatte Hans Weber und seine Leute auf Trab gehalten mit seiner Produktion, mehr noch mit dem Geflecht seiner Beziehungen in Ost und West, vor allem auch mit seiner Briefschreiberei. Überfordert hat er mich, beinahe, grinste Weber. Und die Fans des »Meisters«, na ja, das am Rande, das hatte ja nichts mit Wirkung zu tun, mit Einfluss. Die junge Generation wie dieser Einzweck, wenn sie denn Talent hatten, wenn sie denn durchhielten, durchhalten würden trotz der Maßnahmen, die tagtäglich anhand ihrer durchschaubaren Schritte unsichtbar eingeleitet und durchgeführt wurden, tja, da ginge es um Differenzierung. Nur mit Zentraljugendlichen zu arbeiten, würde zu künstlerischer Auszehrung führen. Was sollte da aus der Musik des Landes werden? Weber betrat nun direkt hinter der Witwe, dem Sohn, dem Enkelsohn und dem Einzweck den Friedhof.

Ich war nicht ganz bei mir auf dem Kirchhof von Lichtfall. Da standen Eichen, und, halb verdeckt von einer Eiche, stand da der Sarg von Eichenholz mit Beschlägen in Form von Eichenblättern. Wo ich stand, auf dem feuchten Sand, neben dem umfänglichen Stamm einer Eiche, pendelten Eichenblätter mir in das Gesichtsfeld. Tropfen lösten sich mal von dem einen, mal von dem anderen Blatt, so dass sie zurückschnellten und pendelten. Sollte ich reden im Maß dieses Metronoms? Neben meiner Stimme war nichts laut. Kein Vogel sang. Das Klangerlebnis eines großen Raums, den einer zu füllen hatte, der es aber nicht vermochte, weil ihm die Stimme aus dem Hals krächzte, zersplitterte in dissonante Obertöne. Einen großen Raum füllen, das konnte ich. Aber der hier hatte keine Wände, keine Decke, keinen Grund. Auf der Weite der Fläche des Friedhofs waren Menschen aufgestellt wie unachtsam in den Sand gesteckte Puppen. Es musste einen Zweck geben für die Installation. Ich wusste ihn nicht. Vor mir die Familie. Ich redete etwas über die Familie. Ich wollte ihnen allen gerecht werden. Ich redete etwas über das Land. Für diesen Moment hatte ich offenbar konstruiert, in einem solchen zu leben. Ein Land, wie stolz das, mag sein, klänge. Doch stand ich auf einem Flecken in einer Gegend, nichts sonst. Es tropfte von den Eichen auf die Versammelten nieder, auf den Sand. Mir fiel das Wort Schweigen ein. Ich redete davon. Suchte etwas auszudrücken, von dem ich annahm, dass es mit Sebastian Kreislers Kunst zu tun hatte. Von der schönen Arithmetik stammelte ich, die hinter der Vielfalt seiner Kompositionen steckte. Wo im Weiteren von der Geometrie des Klangs zu reden gewesen wäre, sagte ich wind-schief Unbestimmtes. Ein Rufer, ein Soundgenerator mit hängender Zunge am Rand der euklidischen Zwänge – das Bild des Meisters wurde immer undeutlicher in mei-nen Übertreibungen. Ich sprach hochgradig identifiziert und war zugleich vollkommen neben mir. Die Teilneh-mer an der Zeremonie standen da wie Zinnsoldaten, wie ausgestanztes Blechspielzeug, wie die angemalten höl-zernen Gänse und Kühe und Hirten der Bauernhöfe, die aus Sperrholz ausgesägt waren und die ich als Kind lieb-hatte. Uns alle könnte der Wind umschubsen wie die schiffsähnlichen, kippligen Wände, die Klein Hadi hoch aus Legosteinen gebaut hat. Pappkameraden waren wir aus dem Papier der Bücher, gelesen und vergessen, rasend schnell umgeblättert, vergessend, was auf der vorigen Seite stand, niemals wiederlesend, nie zurückblätternd. Leser von 1984. Ich wusste nichts von dem Mann, der in dem Eichensarg geborgen vor mir lag, gebettet zur ewi-gen Ruh. Er hatte keine Ruhe gegeben. Er war mitten im Leben immer wieder zum Anfang vorgestoßen. Oder zurückgefallen? Ich suchte den Anfang einer Rede auf ihn und faselte nur etwas von mir, mag sein, von anderen auch, die ihm die Kraft geraubt hatten. Bestimmt, gewiss. Wir hatten seine große Oper verhindert, wir, die zwei-dimensionalen Klugtöner, die sich um seinen Geist ge-tummelt hatten, um seinen eisbrechenden Bug im Eis der stehenden Zeit. Ich erwähnte die Zeit. Viel weiter kam ich nicht. In der Nähe stand Hans Weber, die Koordination. Mit einem nervös ausbrechenden Auge schielte ich zu dem Kranzträger des Zensurstellvertreters, mit dem ich das letzte Gespräch noch in Erinnerung hatte. Ein nervöses Lachen schüttelte mich, als es vorbei war, ich zur Seite treten konnte, zu Paul Schlehbier hinüber. Er nickte freundlich. Gute Rede für Sebastian, sagte er, ohne dass ich verstand. Wohin jetzt? Wer führe schnell zurück in die Stadt? Ich kam in einem farblosen Auto zu sitzen neben einem in schwarzer Lederjacke. Sein Zigarettenatem aus dem schmalen Mund, als er sich mir zuwandte und mir noch einmal dankte für die Rede. Dass ich mich an die Verabredung gehalten hätte, rechnete er mir hoch an. Katharina hatte sich die Zeremonie geschenkt. Sie stand meinem Kreisler-Kult, wie sie es nannte, skeptisch gegenüber.

53

Hinrich bekam den rettenden Brief in einer hässlichen Flaute. Dienstreisen gab es kaum noch über den Bezirk hinaus. Die Abteilung, der er mit seinen knapp dreißig Informanten im Wesentlichen zuarbeitete, war einerseits groß und wichtig, andererseits erschien sie manchen zu aufgeblasen. Es gab innerhalb des Dienstes Gespräche über die wirtschaftlichen Probleme, über den Einfluss des Devisenhandels, der sogenannten Ökonomischen Koordination auf das Gesamtgefüge. Was sollte das eigentlich mit der Kultur? Da ging doch manchem das Messer in der Tasche auf. Dingclubs waren kein Thema mehr. Er musste sich nach Stücken fragen lassen, die er nicht kannte. Er

musste möglichst kriminelle Machenschaften »seiner«
Künstler, wie R. und W. aus Gewohnheit und inzwischen
ohne Augenzwinkern sagten, aufdecken, um seine gute
Bezahlung, seine Sachprämien, sein Kilometergeld zu
rechtfertigen. Es lief nicht mehr nur unausgesprochen
darauf hinaus, dass sie ihn hier streichen wollten. Er berichtete weiter korrekt. Da konnten sie einem Preußen
wie ihm nicht am Zeuge flicken. Aber er gab den Unmut
fast unverblümt weiter. Die Ursachen der Ausreiseanträge
oder der Drohung, dass solche gestellt werden könnten,
formulierte er genauer. Es ging bei den Musikschaffenden
auf dem flachen Lande kaum noch um anderes. Dass er
vieles nicht in der Konsequenz, aber in der Beschreibung
der Missstände nachvollziehen konnte, schrieb er inzwischen auch auf. Allerdings mit dem Gefühl, dass nicht nur
das Papier seiner Berichte geduldig sei, sondern mit der
Ahnung, dass sie keiner mehr läse, der Entscheidungen
treffen wollte. Der Brief nun, dieser Brief, den er beinahe
unter Wiebkes Augen geöffnet hätte, begann damit, dass
die Person seine Adresse von seinem Sohn Hadubrand
Einzweck erfragt habe. Der sei schließlich zu finden im
Telefonbuch, der nicht ganz unbekannte Komponist. Danach ging es weniger ironisch weiter, in einem ernsthaft
liebevollen Ton, in einer Sprache, die ihm entgegenkam
und sofort vertraut war. Die drei Abende und Nächte, die
er mit der Person auf dem Internationalen Festival verbracht hatte, standen ihm vor Augen, keine Frage. Beate
Brinkmann war abgereist deswegen. Sie hatte das erste
Mal ihre Contenance verloren. Es war beinahe zu einem
Auftritt gekommen. Ein paar zu laute Sätze fielen am

Stammtisch der Jugendzentrale auf dem Festival. Das hatte er aber inzwischen bereinigt. Er war zu Beate gefahren. Schwamm drüber. Sie hatten ein schönes Wochenende verbracht wie in alten Zeiten, sich ihrer Vertrautheit versichert, die neben dem sonstigen Leben eine Konstante wäre. Alt, na ja, älter waren sie eben auch geworden. Beate hatte sieben Jahre Vorsprung vor ihm. Ihrer unverändert sportlichen Figur sah man nicht an, dass sie kurz vor der Rente stand. Die Person in dem Brief bezeichnete ihn, Hinrich, als den Vater des Kindes, das sie »unter dem Herzen« trug. Was er davon hielte. Ob sie sich einmal unterhalten sollten, könnten, wollten in ihrer Stadt, in Dessau. Da gäbe es einen schönen Park in der Nähe, sie lüde ihn gern zu einem ausführlichen Spaziergang ein. Im fünften Monat kein Problem. Der Brief, dachte Hinrich atemlos, war seine Rettung. Wiebke hatte kurz nach ihrer überstürzten Heirat spitzgekriegt, dass sie nicht die Einzige war, mit der er ins Bett ging. Sie hatte ihn in ihrer klaren Art zur Rede gestellt. Die Tränen, aber auch die Direktheit, die moralische Überlegenheit dieser einfachen Frau bedrängten ihn, dass er allein deshalb so weit gehen wollte, die Ehe mit Hilfe seiner Genossen zu annullieren. Seit der Trennung von Renate fand er Seeburg ohnehin nicht mehr so prickelnd. Das Pflaster wurde auch manchmal heiß für ihn, die Stadt zu klein für die Aufrechterhaltung seiner verschiedenen Legenden. Es gab zu viele Leute, die mitten auf dem belebten Boulevard zwischen dem Abben Tümpel und dem Theater einen Bogen um ihn machten. Er galt als ein Funktionär der Einheitspartei, und zwar als einer von der harten, ideologischen Sorte.

Das hatte er nun davon, dass er aus seiner Weltanschauung keinen Hehl machte. Das war der Lohn des offensiven Auftretens. Er kuschte eben nicht wie die ganzen lauen Typen von der Kreisstelle der Einheitspartei und von der Bezirksabteilung. Mit dem Brief hielt er die Einladung zum Wechsel in Händen. Stadt und Frau. Das Muster kannte er, okay. Aber jetzt, in diesem Fall: Die Briefschreiberin war jung wie Wiebke. Sie war, fiel ihm ein, so alt wie sein Sohn. Aber sie war auch ganz anders. Sie leitete den Dessauer Zentralclub. Sie kam aus der Dingbewegung. Sie hatte ihm mit kritischer Schärfe imponiert. Sie hatten schon in der Hauptstadt einander ertappt bei dem Gedanken, dass sie vom gleichen Kaliber waren. Hinrich war diese Formulierung ganz selbstverständlich. In ihm schlug das Herz eines Offiziers, der sich der Aufgabe stellte, die mit seinem siebten Kind auf ihn zukam.

54

Am Tag der Beerdigung des Meisters sagten die Leute, wie sonst nur Bergmänner, sie fuhren, wenn sie vor ihre Häuser traten und ganz normal gingen. Links und rechts der Straße stand Katzengold an, das ich kannte seit den Spielen auf dem Kohlenhof der Heilstätte in Benndorf. Sonst hätte ich mich verwundert und hätte Herrn Fahrrad-Linke von der Helmholtzstraße gefragt, was es damit auf sich hat. Der Fahrradmann alterte nicht, solange ich ihn kannte, und war, fand ich, schon deshalb in der Lage, auf alle Fragen Antwort zu wissen. Auch ich fuhr, nachdem ich vors Haus getreten war und das Fahrrad durch die zwei Durchfahrten geschoben hatte, aber wirklich, hoch sitzend auf dem alten Ledersattel. Es sollte des Fahrrads letzter Tag sein. Metallicblau. Ein Straßenrennrad 28 Zoll von Diamant. Als ich es übernahm, mit vierzehn, ging es in sein zweiunddreißigstes Jahr, jetzt hatte es fünfundvierzig auf dem Buckel respektive auf dem Stahlrohrrahmen. Ich fuhr unter dem Regen zur Akademie der Künste hin. In Schwarz und Weiß und bunte Karos gekleidet, standen dort Menschen Schlange, Schuhe an den Füßen, die sahen aus wie Gondeln. Mit denen waren sie über das Wasser der Pfützen gefahren. Alle trugen Hüte. Die waren hoch oder breit oder beides und von dem Regenwasser aufpoliert. Sie glänzten silbern, golden und marmorweiß. Nur einer trug einen spitzen schwarzen Hut mit einer roten Feder daran. Die wippte bei jeder seiner Bewegungen und stach den Leuten in ihre Augen. Er vollführte große Gesten beim Reden. Jedermann schaute ihm auf die Hände. Doch lag, bemerkte ich nach einiger Konzentration auf das Geschehen, seine Linke ganz ruhig auf dem Griff des Degens, der unter seinem schwarzen Paletot hindurch bis zu den Schäften seiner Stiefel reichte. Das tiefrote Futter des Umhangs leuchtete ab und an bei seinen Bewegungen hervor. Die Augen des Mannes lagen im Schatten des Huts und blitzten, schien mir, nur kurz auf, wenn er die Hand einer Dame zum gespitzten Mund führte und einen Kuss andeutete. Das Wort, das er dabei herausstieß, klang wie »Choke«, oder er näselte es im kakanischem Tonfall: »Küss die Hand, gnädige Frau, küss die Hand.« Durch die Menge der Gestalten bahnten sich eine kleine, dunkelhaarige Frau den Weg und ein Mann mit auffallend grauem Gesicht. Ich kannte sie beide. Sie würden gleich drinnen die Reden halten. Ich hatte aber die weite Strecke nach Wendisch-Lichtfall vor mir und zurrte die Lederriemen der Spurthaken fest. Angekommen, ging ich vom Wehr des Dahme-Umflutkanals weiter zu Fuß. Der Apfelschimmel, der gewartet hatte, nahm denselben Weg. Der Müller trat aus der Wassermühle mit seiner flachsblonden Tochter, und sie schlossen sich an. Die Dächer des Orts grüßten mit ihrem edlen Grünspan. Die Kohlentrimmer, wischte ich mir die Augen, von der Kohlehandlung aus meiner Straße standen Spalier. Sie hatten ihre Lederüberwürfe nicht abgelegt und sich nicht die Gesichter gewaschen. Das Grüppchen Cellistinnen in gedeckten Farben hätte ich übersehen, aber zu überhören waren sie nicht. Jedes Fräulein eine kleine trostlose Terz. Der Erdarbeiter vor dem Friedhofstor klatschte das nasse Zeug von der Schaufel in seine Karre, was ein sattes Schmatzen ergab, rupfte ein paar Blüten vom Löwenzahn und trat zu der Trauergemeinde. Jäger im Freischützkostüm schossen aus altmodischen Flinten Salut und lösten einen stärkeren Schauer aus, so dass meine Rede verrauscht war. Ich war dankbar dafür, schob das Fahrrad in den Hohlraum, der sich in der uralten Linde gegenüber dem kleinen Rathaus des Städtchens auftat, und ging hinüber zur Bushaltestelle.

55

Die sogenannte Ausreisewelle, die im Frühjahr 1984
das Quartier Nordost und ihm verwandte Abrissgegen-
den in anderen Städten erfassen würde, kündigte sich an
mit wachsendem Druck. Der Verkauf der Landeskinder,
wie wir den Begriff aus dem Geschichtsunterricht auf das
anwandten, was die herrschende Zentrale mit denjenigen
tat, die Anträge stellten, die offiziell nirgendwo zu stellen waren, jedoch bei den inneren Organen zunehmend
gestellt wurden, fand hinter den Kulissen schon immer
statt. Es gab eine Routine darin, von der nirgendwo zu lesen oder zu hören war. Die Willigen stellten Anträge.
Viele von ihnen redeten mit gesenktem Kopf und leiser
Stimme darüber. Manchen zuckte in den Mundwinkeln
das Lachen der Freiheit in einer Art Larvenstadium, als
Unsicherheit. Redeten sie nicht davon, schwiegen und
schauten sie denjenigen anders an, der ihnen gegenübersaß, so dass es dem irgendwann schwante oder aufstieß,
was die Ursache für so einen veränderten Habitus sein
könnte. »Du etwa auch?« oder »Ihr auch?« So wurden die
Fragen am Kneipentisch gestellt bei »Mutter Dengler«
oder im Café »In Aspik« oder am Küchentisch bei dem sogenannten türkischen Kaffee. Jürgen hatte seinen Austritt
aus Werner Schwabes Kunstverband nach der Antrag-
stellung in einen Schub an Malerei, an Lust, an Spaß verwandelt. Wir soffen in diesen Tagen fast jeden Abend zusammen, zu zweit oder zu dritt oder in größeren Runden,
und Jürgen stellte im selben Takt, als brauchte er den Be-
triebsstoff dazu, großformatige Gemälde fertig. Wann tat

er, was er tat? Ich fürchtete um seine Gesundheit. Zu sehen waren nur die Spuren des Alkohols. Damit unterschied er sich nicht von den anderen. Aber die Serien entstanden, Zyklen, deren Bildprogramm ich pauschal »Ritter, Tod und Teufel« nannte: »Du malst die wilde Jagd der Lebenden als Tote und umgekehrt«, sagte ich. Eine Graphikserie kam nach der nächsten vom Drucker. Krumme Hunde, arme Hunde, alle Arten Strolche streunten vor dem Auge des Betrachters auf den Blättern herum, das Elend bekam keine Namen, es wurde Bild, wurde Gesicht der Kreatur in seiner Kunst, wurde schön. Schön hieß es manchmal aus dem Mund einer Frau, die wusste, wovon sie sprach, die genau hinschaute und das Schöne sah. Vom Schönen sprachen die Männer der Kunst untereinander selten. Den Betrachtern erging es wie mit dem Film »Stalker«. Es gab zu alldem nichts zu sagen. Es genügte, das anzuschauen. So sah unsere Welt aus. Diese Kunst war unmissverständlich. Sie schuf realistische Metaphern und Metaphern des Realismus entgegen den Behauptungen der Macht. Steindruck und Kaltnadel wechselten sich ab. Großformatige Siebdrucke feierten für eine Ausstellung Jürgens inzwischen etabliertes Alter ego. Der Kerl mit der Zigarette zwischen den krummen Fingern, mit der Bierflasche am Straßenrand, der wurde sein Markenzeichen. Ein klumpfüßiger, diabolischer Fex mit großen Ohren und traurigen Augen. Ein Freund, der seit einem Jahr in Amsterdam lebte, hatte mir eine Postkarte mit einer brutalen Windmühle von Piet Mondrian geschickt. Daran erinnerten Jürgens große Blätter in ungestümer, gewalttätiger Farbkombination. Der Freund in Amsterdam war, wie es in unserer Gegend hieß, »hinausgeheiratet« worden. Eine Niederländerin hatte sich auf eine Scheinehe mit ihm eingelassen. Nun aber lebten die beiden, hatte er mir glücklich geschrieben, zusammen als Mann und Frau. Jürgens unerhörte Produktivität setzte mich unter Druck. Ich lebte im Wechsel von trunkener Euphorie und Katerstimmung. Wenn ich auf seine Energie hinwies, schluckte ich an der eigenen Lähmung. Er kam auf die gemeinsame Reise zurück. Er sagte: »Jetzt oder nie. Letzte Gelegenheit. Jaroslav will seinen jungen, deutschen Kollegen kennenlernen. Und wandern werden wir auch, damit du auf deine Kosten kommst.« Katharina hatte nichts dagegen. Aber ich fragte sie auch nicht ernsthaft. Sie arbeitete. Ich nahm zwei Wochen später mein Monatsstipendium, traf Jürgen auf dem Bahnhof Trichterberg und kletterte mit ihm in den Zug. Trichterberg war der betrüblichste Bahnhof der Stadt, und das wollte etwas heißen. Leipzig hatte einen echten, großen Bahnhof, Dresden sogar zwei. Es gab Städte mit ganz normalen Bahnhöfen in der Gegend. Aber auch andere. Und tief unten, tief unter den Un-Bahnhöfen gab es eben die Unterwelt von Trichterberg. Um dessen lastender Atmosphäre nicht zu erliegen und, für den Fall, es hätte einer von uns beiden Reisefieber, hatte Jürgen einen Flachmann gekauft. Hinter dem unwirtlichen Verkaufstresen in der schäbigen Halle hatte er wirklich und wahrhaftig eine Flasche Falckner entdeckt. Es handelte sich um den einzigen Whisky, der hier produziert wurde. Wir hatten die Hälfte davon schon intus, als wir in die Polster des tschechischen Speisewagens fielen. Zwei Flaschen Urquell standen vor uns und Biergläser mit dazu passendem Aufdruck, als der Zug den Bogen durch die Wuhlheide hinaus nahm. Nach der Station Schönefeld schenkten wir uns aus den nächsten Bierflaschen ein, und der Whisky war alle. Ich redete auf Jürgen ein, selbstverständlich über Musik. Etwas ritt mich, stachelte mich an, der Alkohol befeuerte es und die Begeisterung der Unternehmung, dass wir auf einmal gemeinsam eine wirkliche Reise unternahmen, dass wir wirklich im Zug saßen. Ich schlug mir auf die Schenkel. Und zugleich versuchte ich, ihm Gustav Mahler nahezubringen. Der interessierte ihn nicht. Ich kam mit dem Stück, das ich mit vierzehn im Kino das erste Mal gehört hatte, dem Adagio aus der Fünften. Der Film hatte mir nichts gesagt, aber die Musik. Dass ich anfing, mir die Platten zu kaufen, alle Sinfonien. Dass ich nach einer Woche mehr Schallplatten besaß als meine Eltern. Ich erwähnte das Herauswachsen aus dem Milieu meiner Eltern. Ich redete lauthals über etwas wie Initiation. Wie unberechenbar das alles wäre. Die Rolle der Genetik für das Talent. Womöglich. Er tat so, als hörte er zu. Wie ich gesehen hatte, führte er zugeschnittene Bleche in der offenen, sackartigen Tasche, die sein ganzes Gepäck abgab, mit sich. Seit einer Weile lag eines davon auf dem Tisch. Mit einem Stichel arbeitete er an dem Porträt des zerknitterten Kellners, der außer uns keine Gäste hatte und es sich in der Ecke mit seinen Zigaretten und einer tschechischen Zeitung bequem gemacht hatte. Ich diente Jürgen zur Deckung. Ich mochte die Art, wie er immer wieder aufschaute und an mir vorbei mit prüfend zusammengekniffenen Augen zu dem Mann sah. Es wirkte, als schätzte er die Proportio-

334

nen des Wageninneren, des plüschigen Interieurs. Mein
Schwatzen hatte den Gang der Uhr, jedenfalls der in mir,
beschleunigt. Wir passierten inzwischen Hänge, an denen Wein wuchs, der nächste Halt hieß Dresden-Neu-
stadt. Je näher wir der Grenze kamen, umso mehr wurde
mir bewusst, dass ich mir etwas vorgenommen hatte. Es
war nicht auszusprechen. Das war schlimm, weil ich das
Aussprechen brauchte, um zu begreifen. In einem meiner
Pamphlete, die ich in der letzten Zeit an Behörden geschrieben hatte, stand die grundehrliche, wie manche
meinten, naive, nach anderer Leute Ansicht strohdumme
Formulierung: »Es geht um das offene, tabulose Gespräch
in unserer Gesellschaft.« Im Umgang mit meinen Freunden, aber auch bei öffentlichen Auftritten bestand dieses Gespräch, ohne dass ich einen Gedanken daran ver-
schwendete, ohne dass es mir bewusst gewesen wäre
oder dass ich dafür Kritik ernten würde, in meiner eigenen Suche nach Ausdruck. Ich redete, so auch bis eben.
Ich hatte die ersten drei Stunden der Zugfahrt mit Gedanken zu Musik, Film, zu Nordost und Neustadt und den
Vorstellungen, die ich mit unserer Wanderung, mit den
Orten, die wir sehen würden, verband, so gefüllt, dass
wir – so sah ich es jäh, und es trieb mir die Röte bis in die
Ohrspitzen empor – auch hätten aussteigen können. Ich
hatte Sinn und Zweck der Reise, alles, was wir erleben
könnten, bereits abgehandelt. Meine Vorstellungen waren bildhaft gewesen, für mich selbst jedenfalls. Sie hatten Personen, Umstände, Landschaften eingeschlossen,
Aspekte der Sprachen, der Geschichte des habsburgi-
schen Raums, in den wir geraten würden, besonders wie-

derum der Musik – ach Wien, dem wir bei Bratislava so unglaublich nah sein würden –, alles hatte ich abgehandelt, rausgelassen, überzogen, zusammengezogen, gedehnt, überdehnt in der Suada meines Mitteilungszwangs. Ich saß stumm da. Die Ohren glühten. Vom Schnaps. Vom Bier. Von aufkommender Müdigkeit. Aber ich dachte auf einmal, ich dachte darüber nach, wie ich redete, wie ich das Gespräch meinte und wie ich es führte, wie idiotisch das war. Es dämmerte mir, dass ich ein Vorhaben mit dieser Reise verband, mit unserer Reise. Ich wollte etwas wissen über die Freundschaft und über die Kunst. Ich suchte allen Ernstes, vielleicht das erste Mal im Leben, bewusst das Gespräch.

56

Verdammt altmodisch, dass seine Genossen ihm jetzt den Storch braten wollten, verdammt altmodisch war das und sah auch so aus. Sollten sich doch an die eigene Nase fassen. Hatten sich doch alle auf ein Doppelleben eingelassen, der W., die alle. Genosse R., sein Vorgesetzter, sein treuer alter Kamerad, hatte eine Landpartie vorgeschlagen zum Reden. Sie waren auf einem Feldweg zum Waldrand abgebogen und saßen bei strömendem Regen im Auto. Es war schon vorher losgegangen: Dass er mit der jungen Arbeiterin Schindluder getrieben hätte. Wie er geschwärmt hätte. Ob er sich erinnerte, hm? Das wäre doch keine drei Jahre her! Dass er nun eine offenbar sehr anerkannte junge Kommunistin geschwängert habe. Dass er offenbar jede Gelegenheit nutze. Wenn er seinen Schwanz nicht unter Kontrolle hätte, sei er ein Sicherheitsrisiko, sowieso. Wie er ihn immer gedeckt habe. Was alles möglich gewesen wäre. Und schließlich, um einmal auf den Punkt zu kommen, was für eine Vorstellung von der Moral eines Genossen der Einheitspartei er eigentlich hätte. »Das ist doch ein roter Faden in deinem Leben, Mensch, Hinrich. Blutig ist der vom vielen Abschneiden von Chancen. Das waren und sind doch alles immer wieder ganze Leben, große, gute Chancen auf ruhiges Fahrwasser, die sich dir bieten. Bist doch immer wieder ein Glückspilz. Ein echter Frauenschwarm, wie und warum auch immer! Was ist das mit dir, dass du eine Familie gründest mit allem Wenn und Aber, dich richtig reinschmeißt, und dann geht es schief und wieder schief und immer schief? Schon einmal drüber nachgedacht? Hättest als Romeo dienen sollen. Das haben wir, deine Freunde, nicht rechtzeitig bedacht. Aber deinen Freistil immer wieder gedeckt, das haben wir, Scheiße, ja, das haben wir. Kleben doch zusammen wie Pech und Schwefel. Wenn schon nichts zu kaschieren war, dann wenigsten die Einheitsparteiverfahren abgekürzt. Oder? Konntest dich doch immer auf mich verlassen. Aber dieser Mist jetzt steht mir hier. So ein patentes Mädchen vor den Kopf stoßen, so viel Zukunft drangeben wegen einer Nacht mit fast demselben Modell.« Hinrich war nicht gerade nah ans Wasser gebaut. Sein Selbstbewusstsein litt nicht unter der Situation. Aber er wollte nicht R.s Loyalität verlieren. Sie zündeten sich eine an und kurbelten die Fenster einen Schlitz weit runter. »Ich werde die Konsequenzen ziehen«, sagte er mit Grabesstimme. »Ich gehe zu ihr. Ich wechsele die Dienststelle, die Legende, den Job. Ich lasse mich ein. Ich verspreche es dir. Mit Renate habe ich es schließlich auch gekonnt. Dass sie mich verlassen hat, ging nicht auf meine Kappe, nicht nur jedenfalls. Aber jetzt, mit Roswitha, das ist schon etwas anderes, weil sie genau weiß, was sie will. Hast den Brief doch gelesen. Da muss ich mich an keiner Stelle krumm machen, auch nicht tiefstapeln wie mit Wiebke zuletzt. Die Dessauerin und ich, wir sind von derselben Feldpostnummer.« »Schade nur, dass du deine dazu wechseln musst. Wir haben das eine und andere Feld hier gut gemeinsam bestellt. Findest du nicht?« Auf dem Waldweg vor ihnen war ein Wildschwein aufgetaucht. Es schob seine Nase die saftige Grasnarbe zwischen den Spurrinnen entlang und wackelte dabei beträchtlich mit dem haarigen Ringelschwanz. R. startete den Motor. Nun brachen mehrere Schwarzkittel von der Seite hervor und setzten den Weg lang, dass es spritzte. R. legte den Rückwärtsgang ein. Er sagte noch: »Ich seh das so moralisch, ich kann dir gar nicht sagen, wie. Es macht mich traurig. Fahr morgen. Ich will, dass es keiner deiner Informanten mitbekommt. Der Boden geht auf, und weg bist du. Deine Wiebke wird wieder Fräulein Vorlanden, wir werden sie noch ein wenig über die Werft betreuen. Ich weiß schon, wer das übernehmen kann.« Es gab Hinrich einen Stich, aber er schwieg. Tatsächlich rief er Roswitha gleich nach den Abendnachrichten an. Es wäre hier Sauwetter. Für morgen hätten sie südlich der Elbe Sonnenschein angesagt, er beantrage Asyl. Sie lachte zurück-

338

haltend, aber sie lachte und sagte, dass er willkommen
wäre bei ihr und seinem Kind. Wörtlich lautete das so:
»Du bist jederzeit willkommen bei mir und bei unserem
Kind.« Es gab einen Stoß in seiner Brust, und das Herz
wummerte weiter, als er längst aufgelegt hatte. Wie alt
sollte er werden, dass ihn das nicht mehr erreichte? Es
war groß, einfach groß. Das wirkliche Leben! Er packte
eine kleine Reisetasche. Er schlief kaum. Er war kurz nach
sechs auf der Autobahn.

Sie hatten verabredet, dass er direkt ins Clubhaus käme.
Da wüsste er gleich, woran er bei ihr sei und »was hier Sache ist«. Es war seine Sprache. Er stand auf der Baustelle,
in dem halb verfallenen Gebäude, in ihrem Büro darin,
und sie strahlten sich an. Vor den Mitarbeiterinnen erklärte sie ihn zum neuen Leiter des Kulturaufbaus in Dessau. Das wurde er kurze Zeit später. Ihr Vater hatte das
arrangiert. Zu dem Spaziergang, zu dem sie ihn eingeladen hatte, kam es nicht. Er schlug ihr vor, stattdessen
gleich eine richtige Reise zu unternehmen. Sie waren sich
so nah, aber auch so fremd. Es wäre klug, redete er in ihre
offenen Ohren, eine Zeit jenseits der Routine füreinander
zu haben. Sie besaß ein Zelt. Er wusste da einen Stausee in
der Slowakei. Von Genossen empfohlen an Genossen, der
Zeltplatz, gesichert. Letzteres sagte er aus Gewohnheit
nicht.

57

Jaroslav hatte uns am Hauptbahnhof in Empfang genommen. Der Haushalt, in dem der bärtige Mann mit dem leicht gebeugten Rücken und seine Frau lebten, seit ihre Kinder aus dem Haus waren, schien mir bekannt und unbekannt zugleich. Der Flur, in den wir freundlich mürrisch hereingebeten wurden von einem, der Gäste gewohnt und dessen Gastfreundschaft echte und gute Routine war, kam mir unerhört schmal vor. Rechts die Fenster zu dem Hof mit den Umgängen, links Regale bis an die Decke. Mehr Bücher als Luft zum Atmen. So in der ganzen Wohnung. An jedem Flecken Wand, der sich dennoch zeigte, in der Küche und über dem Klavier mit den Kerzenhaltern Stahlstiche, wenn ich mich nicht täuschte, romantische Veduten italienischer Landschaften und Ansichten der Stadt, in der wir eben angekommen waren, mit den vielen Türmen, auch Porträts von Philosophen und Dichtern, Sokrates bis Dante, in einer Ecke Wagner. Wir redeten über Musik, eine Weile, die slawische Schule, dann aber über das kakanische Wesen auch dieser Stadt, über die Vorteile eines Vielvölkerstaats. Was das wohl für ein Europa war damals, Traum und Alptraum in einem, wie sie es uns übermittelt haben. Und wie aus dem Humus Rilke wuchs einerseits und Kafka andererseits. Ich wollte noch etwas zu dem Kult um John Lennon wissen, aber auf mein ironisches Grinsen hin sagte Jaroslav nur, das sei eben so, ahoi! Wir tranken slowakischen Weißwein, die Flaschen nahmen kein Ende. Der war gut, sehr gut, und doch war der Kater beträchtlich. Der Haus-

herr war selbstverständlich zu seiner Hilfsgärtnerarbeit
aufgebrochen. Wir waren auf uns gestellt. Es lief auf Kaf-
feehausbesuche hinaus, ich saß wie vorher im Zug und
deckte den Mann mir gegenüber, der konzentriert Porträts ins Blech stichelte oder Konstellationen im Raum
hinter meinem Rücken in sein Skizzenbuch strichelte.
Mir blieb nur, die Ohren aufzustellen, kakanisches Löffel-
klimpern, das strenge Idiom der livrierten Kellner und
später ein wenig vom Murmeln der Moldau zusammen-
zufügen zum Tableau für die Erinnerung. Schwer fiel mir
das, alles, was nicht intensiv war, nicht gebunden an Auf-
wallungen, an Begeisterung. Schwer zu erinnern, wusste
ich schon, während ich noch mitten darin saß. Erleben
und Vergessen waren eins bei mir. Kein Sound, nur Geräusch. Sicher ein einmaliges Geräusch, ein Gemisch, das
einging in die Sammlung, in die records of acoustical his-
tory. Ich bastelte mir willkürlich eine ganz genaue, deut-
liche Vorstellung, nach Hause zu kommen, die Töne auf
den Tisch hinzuschütten, auf Papier zu sortieren, zu re-
konstruieren, so natürlich wie möglich, so kunstvoll, wie
ich könnte, ihnen nachzugehen mit Instrumenten und
Stimmen. Ich sammelte also, möglichst stumm, während
mein Freund Jürgen schweigend aktiv war. Das war der
Stand unseres Gesprächs in Prag. Jaroslav hatte kaum
Zeit, abends traf er sich mit Freunden vom Club 77, für
uns müßig teilzunehmen wegen der fremden Sprache.
Was er uns anbot, war ein Videogerät. Wir wählten Fel-
linis »Casanova«. Was mir da geschah, wollte ich nicht
wahrhaben. Mitleid überkam jeden, der diese groteske
Vorführung des Alterns eines klugen und getriebenen,

341

schließlich nur noch von den Schatten seines eignen, früheren Tuns gejagten Mannes mitansehen musste. Aber
ich identifizierte mich, nicht minder grotesk, mit dem
Helden des Films, ich, Harry Einzweck, in meinem sie-
benundzwanzigsten Jahr, aufs Schönste gebunden, frisch
verheiratet. Wenn es auch, ja, den Stachel gab, die Unklarheit, eine seltsame Offenheit noch immer. Als wartete ich, als käme noch von irgendwoher eine Frau auf
mich zu, mein Leben lang stets auf mich zu, mir auf meiner Straße entgegen, von der ich nichts wusste, nur, dass
sie die eine wäre, dann sein wird, dann ist. Romantischer
Käse. Käme so eine hier den Wenzel herunter? Vom
Hradschin? Ein Techtelmechtel mit Folgen im Wallen-
stein-Garten? Nein, sicher nicht, hier nicht. Aber doch
überall! Jürgen schlug ein wenig Tourismus vor. Wir be-
sichtigten das Jagdschloss des Kronprinzen Franz Ferdi-
nand. Ich dachte: Den hätte ich auch umgebracht, nur so,
als Freund der Natur, insbesondere der Tierwelt. Gern
hätte ich ihm zuvor noch das Fell des letzten Bären der
Gegend zum pelzigen Alptraum werden lassen. Mit sol-
cherlei Phantasien ging ich in Park und Wald um das
Schloss herum spazieren.

Einen Tag später begann das Abenteuer. Jürgen hatte
mir eine Wanderung versprochen. Er löste das Versprechen ein. Jaroslav meinte lakonisch, wir sollten dort, wo
wir hinführen, gut Ausschau halten. Es sei dieselbe Gegend, durch die 1968 die Russen einmarschiert wären.
Davor, im Juli, habe es dort Verhandlungen mit Moskau
gegeben, und im August wurden verhaftete tschechische
Regierungsmitglieder dort gesammelt, in Ushgorod. Mit

diesen Hinweisen bestiegen wir den Zug und fuhren Richtung Osten, nach unserem Dafürhalten weit, sehr weit. Als die Hügel höher und die Wälder dichter wurden, unserer Vorstellung und meiner mitgeführten Landkarte dieser Gegend nach die ukrainische Grenze nicht mehr weit sein konnte, stiegen wir aus und gingen los. Wenn wir auch erst einmal standen in einer kleinen Stadt vor dem lokalen Neubaucafé und dem Neubaulädchen, eines der grauen Brote kauften, eine unbekannte Sorte Käse und Rotwein. Wir betrachteten die alten Männer, dunkelhäutig und drahtig, die überall saßen und standen und ihr Palaver kaum unterbrachen, als sie unserer ansichtig wurden. Sie schauten nur. Wir auch. Dann schob ich mit der Hand die Kraxe zurecht, Jürgen warf seinen schwarzen Sack um, und wir wanderten. Tatsächlich. Hügelaufwärts. Dass mein Freund das Versprechen einlöste, tat mir so gut, dass ich alle zuvor mit mir selbst erörterten Ansprüche erst einmal aufsteckte. Wir erreichten einen See, den die Karte unter dem schönen Namen eines Meerauges verzeichnete. Erst am nächsten Morgen sahen wir, was es damit auf sich hatte, perfektes Blau. Wir verfielen nebeneinander in Andacht und lösten sie mit keiner Geste auf. Daran änderte auch das laut prustend genossene Bad in dem eiskalten Blau nichts. Wir wanderten Richtung Süden auf dem schmalen Pfad am Ufer, auf dem knorrigen, trockenen Wurzelwerk der Laubbäume, und staunten zur Seeseite hinaus. Am Rand des kreisrunden Lochs in der Welt, eines Stück Himmels, das sich auf die Erde gesenkt hatte, tummelten sich Molche. Jürgen war begeistert, als hätte er Verwandte von E. T. A. Hoffmanns

Salamander und den Schlangen mit blauen Augen aus Dresden leibhaftig getroffen. Voll davon, stiegen wir einen Tag lang schweigend ab von dem kleinen Gebirge. Unten in der Ebene lag ein Stausee mit einem Zeltplatz. Mit Mühe fanden wir ein Fleckchen Rasen nah am See für die Nacht. Der Maschendrahtzaun war leicht zu überwinden. Das Bad am Abend und das lange Dahocken am See machten mich verwegen genug, nun Jürgen doch ein einziges Mal nach seinem Woher und Wohin zu fragen, nach Eltern, Geschwistern, nach seiner Herkunft eben, von der ich nichts wusste, obwohl wir schon Jahre miteinander zu tun hatten. Er wies meine Fragen als zu privat zurück. Die Herkunft sei das Uninteressanteste am Menschen. »Es zählt nur, was einer macht. Meinetwegen zieh noch in Betracht, wie er sich zur Welt verhält, also zur Macht, das Politische. Dass du kein Schwein bist, das ist die Entscheidung, die du irgendwann triffst. Oder eben nicht. Aber alles andere ist rundum uninteressant. Es geht einen nur selbst an. Und auch das nicht einmal. Alles nur Murks. Man steckt es weg. Man streift es ab wie alte Klamotten, alte, stinkende Stiefel. Ist doch alles Kommis-Scheiße.« Ich nahm das Letzte hin, obwohl es wieder eine seiner typischen Andeutungen war, die ich nicht auflösen konnte. Nach einer Pause fragte er: »Geht es dir nicht gut mit Katharina?« Ich antwortete: »Doch, sehr gut. Aber ich kann selbst das nicht ganz ohne ihre Herkunft sehen. Sie entstammt früherem Landadel, sie ist auf einem großen Hof aufgewachsen. Na, das weißt du ja. Hast ja ihre Kochkunst beim Geflügel kennengelernt. Ich bin sicher, dass sie mich erdet, dass sie ein wesentliches Element

344

mitbringt gerade durch ihr anderes Heranwachsen. Ich bin gern mit ihren Leuten zusammen, gern bei ihren Eltern, bei ihrem großen Bruder. Ich hatte selbst ja keinerlei, sagen wir einmal: echte Zusammenhänge. Alles zerrissen, fremd, ein Kuckucksleben.« »Na, mach ruhig so weiter. Aber lass mich damit in Ruhe. Ich mag Katharina, das weißt du, und dich auch. Mir genügt, was ich von euch weiß. Mehr interessiert mich nicht. Gib mir deine Musik zu hören, darauf kommt es an. Und zur Martinsgans komme ich dann auch wieder gern.« Ich schenkte mir die naheliegende Frage, ob er am Martinstag wohl noch nicht weggezogen wäre. Wir öffneten den Schraubverschluss der nächsten Literflasche Wein und schauten in den Himmel über dem See. Direkt vor uns hing die nördliche Krone, und weiter nach links, sagte ich, ostwärts über den sich abzeichnenden bewaldeten Hügeln, Richtung Ushgorod in der großspurigen Topographie unserer Wanderung, dort standen die Ecksterne des Sommerdreiecks. Zur anderen Seite, das Helle wäre wohl ein Planet, sagte ich vor mich hin. Ich wusste nicht, welcher. Wollte ja auch keiner wissen.

Am Morgen darauf sollte es Autostopp sein für eine Beschleunigung in Richtung der nächsten Stadt und zur ungarischen Grenze. Das Auto, das anhielt, unterschied sich nicht von anderen farblosen Modellen. Es saß allerdings mein Vater darin mit einer jungen, mir unbekannten Frau. Während er ausstieg, rief ich halb zu Jürgen hinüber: »Sieh an, mein Vater im Urlaub.« Wir umarmten uns. Sein graues Hemd von militärischem Schnitt. Die Knie stachen aus kurzen Hosen. Der Zigarettenatem. Er

345

lief herum zur Beifahrertür, aus der die junge Frau schon ausgestiegen war. Ich sah sofort, dass ihre Statur und ihre Größe ziemlich denen Wiebkes glichen, nur mit dem Unterschied, dass sie schwanger war. Sie trug weite Leinenhosen und ein hellrotes Nicki, das sich über den Bauch spannte. Mein Vater setzte an, etwas zu sagen. Aber sie hatte mich schon von unten her angeschaut und stellte sich vor: »Ich bin diejenige, die die Adresse deines Vaters brauchte. Jetzt weißt du, warum.« Jürgen begrüßte sie freundlich, sie schüttelte seine Hand. Er bemerkte etwas zu dem richtigen Plätzchen, Urlaub zu machen und dass sie bestimmt hier irgendwo zelteten. Mein Vater bestätigte das und lud uns ein, dorthin mitzukommen. Es gäbe eine gute Cafeteria für ein zweites Frühstück. Ob wir es eilig hätten. Ich überließ es Jürgen, der Einladung nachzukommen. Da wir noch keinen Kaffee gehabt hatten, fügte es sich. Die Konstellation war mir vom ersten Moment an in die Glieder gefahren. Das Gespräch von gestern Abend hatte ja nur bestätigt, was Jürgen die ganze Zeit ausstrahlte, wie er mit Freundinnen und Freunden umging, vor allem, wie er damit umging, was er privat fand oder, dachte ich, intim. Er setzte seine Grenzen deutlich anders als ich. Ich war ein Waschweib im Kontrast zu seiner Verschlossenheit. Aber mein Naturell, soweit es mit Hirnfunktionen zu schaffen hatte, glich den Nachhall des Abends hier, jetzt, an diesem Morgen, in diesem selben Moment schon wieder aus. Dass ich noch einmal daran dachte, führte unmittelbar dazu, dass ich es vergaß und das erste Schamgefühl los war. Das zweite schlich mit. Jürgen wusste, was ich von der Berufsausübung meines leiblichen Vaters ahnte und mir zusammenreimte. Ich ergab mich aber dem Augenblick. Ich staunte den Erfolg meines Vaters als Mann an. Wir verbrachten eine heitere Stunde miteinander. Weder war von seiner Vergangenheit, von verflossenen Beziehungen oder Ehen die Rede noch von seiner Tätigkeit. Die Rede war von der Landschaft, von diesem besonderen Dreiländereck, von der Mehrsprachigkeit der Leute, dem Wandern von Grenzen in der Geschichte, von der Rolle des Zufalls dabei. Kein ideologisch besetztes Wort fiel. Obwohl es unmissverständlich durchklang, für mich und eindeutig auch für Jürgen, dass die junge Frau die Positionen meines Vaters teilte. Wir saßen mit zwei Genossen der Einheitspartei am Tisch, und es war nur so lange möglich, weil das Wetter gut und neutrale Themen für die Zeit ausreichend vorhanden waren. Ich fragte nach dem weiteren Gang der Dinge in ihrer beider Leben, genauer gesagt, in ihrem Leben zu dritt. Nachdem von dem jetzigen Wohnort der jungen Frau die Rede war, wir also Bauhaus, Wörlitz, Luther, die Elbe an sich und als solche, lächelnd auch in Bezug auf die Erfahrungen meines Vaters als Binnenschiffer abhandeln konnten, hieß es, sie würden zusammen dort leben. Ich gratulierte und nuschelte etwas von anstehenden Besuchen. Der nächste wäre zur Hochzeit fällig, kam es deutlich und mit einem besonderen Blick von ihr zurück. »Du kommst doch? Versprochen?«, fragte sie. Und ich versprach es als der brave Erstgeborene schon wegen des guten Verhältnisses zu dem Nachzügler oder der Nachzüglerin da in ihrem Bauch. Sie brachten uns daraufhin tatsächlich bis nach Košice. Da saßen wir dann in glühender Sonne zwischen den Neubauten. Wir schwiegen lange. Jürgen schwieg ausdrucksstark. Nach kurzem schon wusste ich, worum es ging. Ich konnte und wollte es aber nicht zurücknehmen. Unsinn! Ich wollte es gern, für ihn, Jürgen, in der Welt, in der wir uns doch selbstverständlich bewegten, in Nordost, in der Kunst, im Netz der Freunde, wie es insbesondere Jürgen immerzu knüpfte, als wäre das ein Teil seiner Arbeit. Aber es rebellierte in mir. Ich hörte die naheliegende Frage: »Warum gehst du mit denen um?« Ich konnte es nicht sagen, sagte es aber, antwortete mit dem Satz, den ich immer parat hatte dafür: »Ich habe sonst keine Familie. Ich kann mir weder eine andere Mutter noch einen anderen Vater backen. Es ist eine Grundsatzentscheidung. Also rede ich mit ihm über das Wetter. Dafür kann ich mit meinem nächsten Verwandten auf dieser Seite umgehen. Die anderen, auf der Seite meines Stiefvaters und meiner Mutter, die haben keine Ahnung. Die halten meine Musik, meine Arbeit am Sound für durchgeknallt und erklären hinter mehr oder minder vorgehaltener Hand gleich diejenigen Leute für ebenso verrückt, die mich überredet haben, einen Broterwerb darauf zu gründen. Mein Vater ist der Einzige weit und breit, der überhaupt kapiert, was ich mache. Er ist stolz auf mich.« Jürgens Hand griff den Riemen seiner Tasche. Ich nickte zur Bestätigung. Er nickte zum Abschied. Ich würde nach ihm zum Bahnhof gehen. Die gemeinsame Wanderung war zu Ende.

58

Dass wir ein halbes Jahr zuvor geheiratet hatten, wollten
Katharina und ich auch als Hochzeit feiern, ohne dem
Kind den Namen zu geben. Wir schrieben Herbstfest
darüber und luden die fünfzig Freundinnen und Freunde
ein, deren Namen sich nicht hatten streichen lassen von
einer Liste, die doppelt so lang gewesen war. Ich bat den
Drucker um Hilfe bei der Einladungskarte. Katharina zog
schwarze Handschuhe an. Wir tanzten miteinander. Es
wurde überhaupt viel getanzt. Fast alle, die mir damals,
als ich in Jürgens Atelier auftrat, fremd waren, die ich
beäugt hatte und sie mich, tanzten auf meiner, pardon,
auf unserer Hochzeit. Auch der bärtige Drucker drehte
seine Runden. Rock'n Roll Will Never Die! Ein Tango von
der original Schellackplatte aus Katharinas ehrwürdiger
Sammlung vom Gutshof, »Envidia« in der Originalauf-
nahme von Francisco Canaro, der lief wohl an die zwanzig Mal. Oder dreißig Mal? Auf keinen Fall mit Überset-
zung. Und an mehr erinnerte ich mich nicht. Für mich
endete der Abend mit Filmriss. Mein Meisterschülersta-
tus war nach dem Tod Kreislers noch einmal für ein Jahr
bestätigt worden. Katharina lebte nun mit mir in einer
gemeinsamen Wohnung mit zwei hintereinanderliegen-
den Zimmern. Wir hatten uns dort nach dem üblichen
Verfahren eingemietet, die Tür aufgebrochen, monatelang die Miete an die Kommunale Verwaltung gezahlt
und irgendwann einmal bei einer grimmigen Dame auf
dem Amt den Vertrag unterschrieben. Es war eine Zeit
der Anspannung, ohne dass einer es so genannt hätte. Ein

halbes Jahr vor unserer Party hatten die Behörden die Schleusen geöffnet und wieder einmal ein großes Geschäft auf dem Gebiet des Menschenhandels getätigt. Vierzehntausend Menschen aus der ganzen Gegend, aus Ostelbien und dem sonstigen Gebiet des Rainfarns, der Mauerschau und des beliebten Zoogefühls für Durchreisende, so eine Zahl ging um, vierzehntausend waren in drei Monaten gegangen. Die wirkliche Zahl war fast doppelt so hoch, und zwar in denselben drei Monaten, im Frühling. Wir hatten es mehr gespürt als aus den Fernsehberichten von jenseits gesogen. Nicht, dass wir an denen nicht hingen. Nicht, dass Katharina, die verbliebenen Freunde und ich keine großen Filmabende inszenierten nach der Tagesschau. »Mein Essen mit André« war ein ähnlicher Hit wie »Themroc«. Hochgradige Identifikation. Und das Kino, das Kino der Herren Visconti, Fellini, Pasolini, Bergman, Tarkowski, des Herrn Zanussi mit dem bösen, finalen Ziegelstein und des Herrn, der mit dem Komponisten Peter Schneider uns »Messer im Kopf« bescherte, was wir beinahe nicht durchstanden. Danach, keine Frage, war ich endlich bereit, das Zentralhaus in der Mitte der Stadt zu sprengen. Mir zitterten die Knie. Vom Kino weg ging ich mit gesenktem Kopf die Stalinallee entlang. Nicht etwa mit dem Gefühl, mit meiner sofortigen Attacke die üblen Machthaber, die mächtigen Greise zu treffen, sondern aus dem der perfekten, luftdichten Ohnmacht. Sponsored by Westgerman Know-alls. Sie nahmen uns alles, die Freunde, die meinten, wir säßen, wo wir saßen, in unserer Gegend, in den Quartiers der nachkriegszerfressenen, beinahe einstürzenden Altbauten ganz richtig, und sie da – wir hier, wir säßen doch alle im selben Boot Richtung Fortschritt. Katharina blieb ganz ruhig, wenn ich diesen Anfall hatte: »Mein kleiner Revoluzzer!«, sagte sie zärtlich und strich mir, wenn es schlimm kam, obendrein über den Kopf. So musste sie auch die zwanzig Postkarten aus Budapest entgegengenommen haben, fünf pro Tag, als ich dort trotz Genuss des grünen Cannabiskuchens meiner Freunde, eines deutschstämmigen Ehepaars, nicht von der Kettenbrücke sprang, nicht das gelbe Unterseeboot Richtung Wien nahm, von dem ich ihr heiter schrieb, nicht in der amerikanischen Botschaft serielles Musikasyl beantragte, sondern brav ins Liszt-Konservatorium gepilgert war zu einem Konzert mit Steve Reich ganz weit oben auf dem Sockel. Einhundertachtzig Menschen hatte ich auf der Bühne gesehen und gehört, wie sie mit Schlaginstrumenten durchschaubare, doch wunderschöne Reihen aufbauten und abbauten, kommen und gehen ließen, Marionetten mathematischer Musik. Ich wollte so etwas unbedingt hervorbringen können. Doch es entsprach mir nicht, wusste ich im selben Moment. Es widersprach dem intuitiven Teil meines Sounds, der aus trivialem städtischem Boden kam, von einer ausgeschliffenen, ausgeschlagenen Schiene her, von regennassen Pflastersteinen aus Lausitzer Granit. Ich bekannte mich zu meinem Geräusch, verleugnete die Herkunft nicht. Mein Sound hatte Dreck an den Sohlen, durchseuchten Mulch aus den Rattengiftkellern des Stadtteils Nordost und des Leipziger Ostens. Die Züge, die Reichs Vereinigte Staaten durchfuhren, sie waren dagegen aus rostfreiem Stahl. Ich hatte dort Kristall mit kristallenen Ohren gehört, klingenden Glanz. Aber im selben Atemzug, noch auf dem Sitz im ehrwürdigen Budapester Konservatorium hatte ich den Sand aus dem Kindersandkasten zwischen den Zähnen gespürt und wusste meinen Magen aufs Neue gereinigt. Auch hatte ich, während ich Katharina die Postkarten schrieb, mückenzerstochen auf der Margareteninsel, ein anderes Bild gesehen. Aber das ertränkte ich mit dem hier üblichen Grauen Mönch, einem Weißwein vom Plattensee, hatte es schon ausführlich mit Stierblut getan oben in Eger, wo ich, von Košice kommend, zuerst gelandet war. Ohne das Westgeld im Strumpf wäre ich gescheitert. So aber half mir das Entgegenkommen der Leute aus der Kufsteiner Straße, vom Rundfunk hinter der Mauer, nun hier in der Ferne, kurz vor den Karpaten. Ich überließ mich meiner Störung, sah immer nur sie vor mir, den eindeutigen ersten Blick. Ich schmeckte der Einladung zur Hochzeit nach: »Du kommst doch, ja?« In einer Nacht hatte ich in Szentendre nach dem Besuch eines Weinkellers ins Gebüsch masturbiert, heftig, mit dem verbotenen Bild vor Augen. Was hieß verboten? Ich wusste, was ich wollte. Ich sah eine erfüllte Zukunft vor mir und stieg mit dieser Gewissheit am Ostbahnhof in Budapest in den Zug, um Bahnhof Trichterberg anzukommen mit der hässlichsten Übelkeit. Katharina, die ich gestern im Büro angerufen und ihr meine Sehnsucht hingewispert hatte, sie holte mich tatsächlich ab, die Retterin. Ich fiel ihr entgegen. Sie nahm mir die Kraxe ab in der Stadtbahn. Sie schob mich unter die Dusche. Sie ließ mich schlafen, drei Tage, nachdem ich das Lieblingsessen nicht zur Hälfte heruntergebracht hatte. Sorgenvoll und mit strengem Blick trat sie ans Bett nach der Arbeit im Stadtmuseum, die sie vor kurzem erst aufgenommen hatte, als Büroleiterin beim Chef. Sie war Frau Tausendsassa. Ich brauchte die Krankenschwester, und sie war da. Ich hatte es wirklich gut. Als die dicke Dame aus Dresden, die aus dem anstrengenden Liebesspiel mit Einwickelpapier ein Kunstobjekt gestaltet hatte, einmal vor der Türe stand – »Bist du seine Frau? Ich muss einmal etwas mit deinem Mann klären!« –, ließ Katharina sie offenbar gerade noch in den Flur herein, aber als ich den Weg vom Schreibtisch bis nach vorn bewältigt hatte, konnte ich nur noch die Wirkung einer Ohrfeige beobachten, die nicht von schlechten Eltern, das heißt direkt vom gutsherrlichen Misthaufen war, inklusive des ganzen Anlaufs von dort bis auf diese pralle Wange. All das Rosige, das mich eine Nacht lang in seinem Bann gehabt haben musste, war heulender, zeternder Abgang, zu hören die ganzen drei Treppen hinab, durch unsere zugeworfene Wohnungstür hindurch. Ich zog mich zurück, ohne die Szene zu kommentieren. Katharina beließ es dabei, eine Stunde später über dem Abendessen den Mund zu verziehen. Für den norddeutschen Knigge lag erstaunlich viel Schmerz in dem Ausdruck ihres Gesichts. Ich ging stumm nach hinten, während sie vor der Türe den Fernseher anschaltete und laut stellte. Ich hatte zum Gebrauch an der Dresdener Staatsoperette ein sächsisches Intermezzo versprochen, drei Monate Zeit gehabt, und sollte tags drauf liefern. Die Probenzeit für die Musiker für das unbekannte Stück war entsprechend kalkuliert, die Uraufführung und weitere Termine im Rahmen einer

Spätsommerbespielung im Park von Pillnitz angesetzt. Dass es sich um vierundzwanzig Instrumentalisten handeln sollte und um welche Instrumente, das hatte ich selbstverständlich frühzeitig mitgeteilt. Nun fühlte ich mich wie die Müllerstochter am Spinnrocken in der ersten Nacht. Durch mein langes Zögern hieß es heute alles oder nichts. Gleichzeitig musste ich mich vom Quäken des Kofferfernsehers isolieren, gegen das ich leider schlecht einschreiten konnte. Das Szenario, das Bildprogramm, das ich brauchte, hatte ich schon lange parat und rief es nun ab:

Die Gastgeber kamen auf die Idee, als alle betrunken waren. Der Zug der Partygäste war lang, dreiundzwanzig Personen setzten sich in Richtung des Flusses in Bewegung, unter den alten Bäumen und den spärlichen Straßenlampen hindurch, der Biegung der grob gepflasterten Straße folgend. Voran gingen die Gastgeber, es folgten Paare um Paare, dazwischen ging ich allein. Der Fährmann rauchte auf dem Steg. Hier gab es weit und breit keine Brücke, der Posten war vierundzwanzig Stunden besetzt. Es war gegen ein Uhr. Fast lautlos, ab und an murmelnd im Selbstgespräch über Unregelmäßigkeiten des Grunds unter ihm, zog das bräunliche Wasser des Flusses vorüber. Wir bildeten einen kleinen Stau, ein unschlüssiges Häuflein mit Absichten, den Fluss betreffend, nach dem und auf den hinaus wir schauten, uns mit Fingern im Dunkel etwas wiesen. Dort oben die dicht bewachsene Insel. Hier unten, kaum auszumachen, der Schatten des Kirchleins. Das hohe Kreuz davor, das zu dem Kirchhof gehörte, der schemenhaft hinter seiner Mauer lag. Zu ahnen ein Giebel, ein Aufschwung der Chinoiserie am Dach des nahen Schlosses. Zart hob sich vor dem kaum helleren Himmel der Saum der Hügel oberhalb des jenseitigen Ufers ab. Nach einer Weile zog der Fährmann das Gatter zum Einstieg beiseite. Geruhsam machte er die Leinen los, nahm die zwei festen Schlaufen der Taue von den niedrigen Pollern. Die Schraube wirbelte kurz Schaum auf, dann tuckerte das Gefährt mit uns los. Die Deckslampe und die Positionslichter beleuchteten in einem engen Kreis die Fläche des Flusses mit den Verwirbelungen. Das Schwatzen des Grüppchens verebbte. Unsere zarte Gastgeberin redete leise mit dem Fährmann, rückte dem reglos am Steuerruder Stehenden näher, sagte ihm, sich auf die Zehenspitzen stellend, etwas ins Ohr. Er schaute sich um, in die Runde der Leute, verzog keine Miene. Ich glaubte zu sehen, dass wenig später doch ein Lächeln seine Lippen umspielte, als er das extra Entgelt entgegengenommen hatte, einen Hebel umlegte, so dass die Schiffsmaschine etwas lauter brummte. Der Nachen verließ seinen Kurs und fuhr ein kleines Stück gegen die Strömung flussaufwärts. Das Schwatzen verstummte ganz. Ich nahm das Pochen meines Herzens wahr. Zuerst kamen wir der gelben Tonne nahe, dann der stromab weisenden Spitze der Insel, des Werders. Das hochgewachsene Ried, von dem es gesäumt war, beugte ein leichter Wind. Wir hörten es immer lauter wispern. Auch durch die Wipfel der Weiden und Pappeln fuhr eine Bewegung und fast in Reichweite unserer Arme durch einen blühenden Holunder, der mit den hellen Dolden zu winken schien. Der Urwald auf der unbewohnten Insel ragte hoch auf in dem seltsamen, bleichen Licht. Teils kam es von dem weißen Schein der Lampen am Ufer, teils von dem, was der graue Hochnebel abstrahlte, der den Himmel besetzt hielt. Das Dampfschiff, auf dem wir uns eventuell befanden, hielt mit dem Werder gleiche Höhe. Nebeneinander nahmen sie Fahrt auf. Die Geräusche gewannen an Deutlichkeit. Nun war der Wind zu vernehmen von den Baumwipfeln her und etwas vom Rascheln der Kleider der schweigsamen Frauen. Ich konnte das Flappen des Wimpels am Bug unterscheiden vom Schlagen der Fahne am Heck. Die Maschine arbeitete stetig. Der Fährmann stand als feiste Puppe da, als Rudergänger in seinem dunklen Ornat. Auf einmal Stille, wir fielen zurück. Der dunkle Schemen der Freitreppe am Schloss zog vorbei, drauf Schatten einer Gesellschaft, in deren Mitte eine Frau, die Köpfe aller in barocken Perücken. So fein war die Stille, dass das Schleifen der Wassergräser vom Boden des Schiffes heraufklang. Ein Knirschen auf einmal wie Sand, schließlich ein Stein. In dem Ruck, der den Nachen durchfuhr, ging ich über Bord. Vor hellem Erstaunen angesichts der drei Wasserschlangen, die nahe der Bordwand schwammen, vergaß ich um Hilfe zu rufen. Jede der Schlangen trug zwei Kronen übereinander wie der König Wenzel vom Oberlauf des Flusses. Eine hatte blaue Augen. Nun wusste ich, wer sie waren, Libuše und ihre klugen Schwestern aus dem Riesengebirge. Sie sprachen die stimmhafte Sprache des Elbquells. Hier collagierte ich einen Teil, das kürzte das Verfahren ab. Zu Ehren Sebastian Kreislers fügte ich zwei Reihen aus böhmischen Fragmenten ein und ließ sie im Flusslauf mitziehen. Libušes Gesänge vor ihrer nicht ganz freiwilligen Heirat mit dem Mann, der beim Mahl am eisernen Tische gefunden ward. Der Fährmann oben über mir legte das Steuer um und machte die Fähre bald am Anleger fest. Die ganze Gesellschaft verschwand zurück in den Garten. Ich vernahm noch das hübsche Klingeln der Gläser in den Händen der wieder schwatzenden Leute. Ich trieb mit den Außenflächen der Hände über den weichen Grund des Flusses hin, ein wenig schleifte auch mein Hinterteil darüber, was nicht unangenehm war. Ich wusste ganz genau, wohin die Reise ging. Ich nannte das Stück »Der nachlässige Charon«. Ich hatte kein Rumpelstilzchen gebraucht für den Satz für dreiundzwanzig Streicher und Glockenspiel, nur zweier romantischer Herren Einbildungskraft. Kurz schlief ich doch zwischen vier und sechs Uhr früh, schaute das Ganze noch einmal durch und brachte es zur Hauptpost an der Schienenschleife der Straßenbahn 13. Schön, dass Katharina den Fernseher irgendwann ausgeschaltet hatte.

59

Der Einladungsbrief zur Hochzeitsfeier meines Vaters für den 6. Oktober traf einen Monat vorher ein. Ich wusste nicht, wie ich gegenüber Katharina damit verfahren sollte. Sie kam wie derzeit an jedem Wochentag halb sieben. Und sie kochte auch jeden Abend. Sie wollte es so, sagte sie. Mein schlechtes Gewissen beruhigte sich täglich neu. Ich fing sofort das Gespräch an, in der Küche. Von der Auseinandersetzung mit Jürgen und unserer scheinbar endgültigen Trennung in der fernen Slowakei hatte ich ihr, soweit es ging, berichtet. Sie hatte seine Position eingenommen. Das konnte ich ihr nicht verargen. Nun fuchtelte ich mit der aufgeklappten Karte mit dem silbernen Aufdruck herum: »Stell dir vor, jetzt heiratet er sie wirklich. Das ist das fünfte Mal.« Katharina antwortete vom Herd her: »Das ist doch in Ordnung. Wenn ich dich richtig verstanden habe, kommt das Kind spätestens im November. So wird es ehelich.« »Ja, ist doch Wahnsinn. Ich meine, er hat doch diese Wiebke eben erst geheiratet. Die hättest du kennenlernen sollen. Die war in Ordnung. Die war einfach und klar. Die hat er aus ihrem einfachen Leben rausgerissen, ihr so ein Frauensonderstudium angedient, das hat sie brav aufgenommen, ihr Leben geändert, und nun ist Pustekuchen. Er kommt vorbei, hält seinen Schwanz rein, an dem ein paar Privilegien hängen, und dann zieht die Karawane weiter. Ich meine, er hatte doch schon beim Wechsel von der Zweiten zur Dritten ein Einheitsparteiverfahren am Hals, als er die vier Mädels sitzen ließ. Die Trennung von Renate, die hat ihn fast fertiggemacht. Danach haben ihn sich, soweit ich weiß, auch seine Genossen zur Brust genommen. Erinnerst du dich nicht? Haben Typen wie er so ein Ticket, so wie der Karl-Eduard von Koks, dieser Fernsehclown? Nix da mit den Zehn Geboten der volkstümlichen Moral? Renate war sein Kaliber, da habe ich gedacht, er ist gerettet, sozusagen. Der vorliegende Fall hat wirklich etwas mit dem Angrabschen blauer Blusen zu tun. Sie ist mein

Jahrgang, stell dir das vor.« Ich kam ganz außer Puste.
»Was du dich aufregst! Bist auch schon das zweite Mal
verheiratet und hast zwei Kinder sitzengelassen. Oder?«
Ich setzte zu einer Erwiderung an, aber ich fand nichts zu
erwidern. »Ich überlege mir noch, ob ich da hinfahre. Was
soll ich dort eigentlich?« »Es ist dein Vater, aber du musst
wirklich nicht auf allen seinen Hochzeiten tanzen. Ich
jedenfalls komme nicht mit. Ich kann sein ideologisches
Geschwafel nicht hören. Und wenn seine neue Flamme
aus dem Dingclubmilieu kommt, dann weißt du doch
auch über sie Bescheid. Dann siehst du doch die ganze
Gesellschaft schon vor dir. Viel Spaß dabei.« Das hatte
geklappt. Sie würde auf keinen Fall mitkommen. »Ich
überlege mir das. Irgendwie neugierig bin ich schon. Ist ja
noch Zeit«, sagte ich und steckte die Karte weg.

60

Bei mir meldete sich eine gewisse Beate Brinkmann. Sie
stand in der Helmholtzstraße vor der Tür meiner Arbeits-
wohnung. Es war Mittag. Sie wäre eine Bekannte meines
Vaters. Die sehr schlanke Frau, vermutlich in seinem Alter, mit kurzgeschnittenen, grauen Haaren und einem
schmalen Gesicht, sah mich aus ihren braunen Augen un-
sicher an. Ich ließ sie herein. Gemusterte Bolerojacke über
einer hellen Bluse, enge Jeans und Sandalen mit dicker
Korksohle. Merkwürdig war das wahrnehmbare Zittern
am ganzen Körper. Ich bot ihr Tee an. Wir setzten uns in

meine Korbsessel an den runden Tisch. Ihre langgliedrigen Finger und Hände mit den Adern, die hoch auf den Knochen verliefen, trugen schon ein paar Altersflecken. Konventionell fragte ich, ob es von meiner Seite etwas für sie zu tun gäbe. Dass der Kontakt zu meinem Vater nicht allzu eng sei, wisse sie vermutlich. »Ja«, begann sie zu reden: »Wenn es anders wäre, wären wir uns sicher schon einmal begegnet. Ich kenne Ihren Vater schon sehr lange. Wenn ein Mann so etwas haben könnte, wäre ich wohl seine beste Freundin. Aber ja, ich bin es. Ganz sicher.« Ungeduldig unterbrach ich ihr Selbstgespräch. Was das mit mir zu tun hätte und weshalb sie gekommen sei. »Das ist, weil, das ist, weil er verschwunden ist, auf eine gewisse Art jedenfalls. Er ruft nicht mehr an. Ich mache mir Sorgen. Es gibt da eine Geschichte, also wenn die stimmt! Unsinn. Also, um gleich ehrlich zu sein, ich war dabei, als die Sache begann. Und nun hasse ich mich dafür, dass ich nicht wirklich eingeschritten bin.« Was für eine Geschichte, wollte ich wissen. Was nun herauskam, war mir bekannt, die Sache mit der Dessauerin, mit der Schwangerschaft. Es stimmte alles. Ich bestätigte es ihr, sagte, dass ich die beiden vor kurzem getroffen hätte und wo. Darauf ging sie hoch: »Diese Hure! Ausgerechnet dort, ausgerechnet an der Zemplinska Širava, die ich ihm gezeigt habe, wo er mit mir, mit mir das erste Mal war, fernab der großen Straßen, unspektakulär, für den Rückzug für unsereinen ideal. Da ist er später mit allen seinen Frauen hingefahren, das habe ich ihm auch gestattet. Nun also auch mit der. Dieser Idiot! Aber die Hauptsache: Ich weiß, von wem sie das Kind hat. Das ist die erste Frau, an

360

die er nicht hätte geraten sollen. Sie wissen, Ihr Vater war und ist kein Kind von Traurigkeit. Ich habe ihn oft genug verdammt dafür. Aber er hat auch immer die Konsequenzen gezogen. Wir haben alle Diskussionen zu dem Thema geführt, die Sie sich vorstellen können oder vielleicht auch nicht. Ich kenne ja Ihr Leben nicht so genau. Obwohl ich ein wenig von Ihrer Musik gehört habe und auch von Hinrich oft genug Berichte über Ihre Auftritte, von Konzerten zugeschickt und gezeigt bekommen und darüber mit ihm gesprochen habe. Er mag Ihre Arbeit, das wissen Sie hoffentlich. Ich weiß, was er alles für Sie getan hat. Sogar gelitten hat er, mitgelitten. Er tut es immer, wenn Sie wieder einmal querschlagen, wenn Sie seinen, also unseren Genossen in die Quere kommen, sozusagen. Mal waren das Sachen, wo wir die kleinlichen Reaktionen der Verantwortlichen blöd fanden, bei den Offenen Briefen zur Kulturpolitik, so etwas. Anderes haben wir so gesehen, dass Sie sich selbst sehr viele Schwierigkeiten machen. Sie wissen, was ich meine, Harry? Darf ich Sie so nennen, oder darf ich gleich du sagen? Ich bin die Ältere, ich heiße Beate.« – »Angenehm, Harry«, ging ich darauf ein. Seit dem Ausfall gegen die Neue meines Vaters zitterte sie nicht mehr. »Ich habe ihn mehr als einmal trösten müssen in all den Dramen, die er seit der Trennung von deiner Mutter durchmachen musste. Ich kenne ihn ja seit der zweiten Ehe. Ich war seine Dozentin damals beim Fernstudium. Wir teilen viele Interessen, sehr viele. Ich mag ihn. Wir mochten einander vom ersten Moment an, erkannten einander am Geruch. Es ist so, als stammten wir aus demselben Stall, als hätten wir Schweine gehütet

361

miteinander. Eigentlich haben wir es auch in den vielen Jahren seither. Wir haben eine Menge Schweine gehütet. Und auch dafür gesorgt, dass einige ums Haus getrieben wurden, einige richtige Schweine. Ja, dein Vater und ich, Hinrich und ich, wir sind ein ganz altes Gespann.« »Verzeih die Frage, aber warum hast nicht du ihn zwischendurch einfach geheiratet, wenn er gerade frei war? Seid ihr nie darauf gekommen?« »Oh, doch. Weißt du, entschuldige, er und ich, wir sind seit unserer ersten Begegnung einander sehr nahe. Aber ich wusste immer zu genau, dass er die Nähe nicht aushält, dass ihn etwas reiten wird, auch wenn wir uns zusammenschmissen. Übrigens waren ja auch die Lücken zwischen einer und der nächsten nicht allzu groß. Letztlich habe ich das aber allein für mich und nur für mich entschieden, damals, nach der Trennung von Renate in Seeburg. Die kennst du, ja? Da war Hinrich wirklich am Ende. Er ist zu mir gekommen, als sie es ihm gesagt hatte, ist zum Glück heil angekommen. Hat sich besoffen und geheult einen Abend und eine Nacht. Irgendwann wollte er wieder ins Auto steigen und vor den nächsten Baum fahren. Ich habe ihn regelrecht gepflegt, ja, er war krank. Wir waren da sehr eng zusammen. Aber gerade in dem Zusammenhang habe ich es endgültig ausgeschlossen. Ich will es so behalten, wie es zwischen uns ist. Es geht mir gut damit. Wir gehören auf diese einzigartige Weise zusammen. Aber eben deshalb stehe ich hier, also sitze jetzt. Danke. Ich bitte dich, tu etwas. Diese Frau ist eine Hyäne, eine selbstische Person. Sie wird ihn nehmen und ausnutzen, durchkauen und ausspucken. Das Kind ist nicht von ihm. Ich kenne sie von ferne aus der Dingszene. Ich weiß, von wem das Kind ist. Ich konnte ihn nicht mehr warnen. Ich war ja dabei, als es passiert ist, habe gesehen, wie er mit ihr abgezogen ist. Ich hätte einen viel größeren Aufstand machen sollen, aber es ging schon weit über das hinaus, was gut ist vor den Genossinnen und Genossen vom Jugendrat. Schließlich hält man uns dort einfach nur für alte Haudegen, für so etwas wie Pat und Patachon. Aber ich will das nicht. Ich kenne deine Verhältnisse nicht so genau. Ich sehe aber, dass dein Vater und du, dass ihr euch gewissermaßen doch sehr ähnlich seid. Und ich ahne, dass es ein bisschen mehr ist als nur die Optik.« Jetzt stutzte ich das erste Mal und schaute sie an. Ich konnte nicht anders, als zu grinsen, als ich nachfragte: »Was stellst du dir vor?« »Verhindere, dass sie heiraten. Er ist dort. Ich weiß nicht genau, wo, ich habe die Adresse noch nicht. Ich werde auch ums Verrecken dort nicht vorstellig werden. Aber ich weiß, wie das läuft bei ihm. Er ist von Sinnen. Er schwört ihr alles und wird auch alles einlösen. In dieser Phase ist er am besten. Er wird Nest bauen mit ihr, konsequent, effektiv, schnell. Das kann er, hat er immer gekonnt. Ist seine Spezialität. Ich selbst habe zum Glück mein Nest ganz alleine gebaut, und da kommt er auch immer gerne hin.« Mein Grinsen musste inzwischen sehr breit geworden sein. Es wich nicht, ich bekam es nicht unter Kontrolle. Ich sah die junge Braut meines Vaters vor mir, die weite Leinenhose um ihre Schenkel, das Bäuchlein unter dem Nicki. Als schaute sie mich jetzt das erste Mal an, von unten herauf, weil sie nicht sehr groß war, zwischen den Locken hindurch, die ihr helles Gesicht rahmten. »Wie, meinst du, soll das gehen?«, fragte ich, musste ich fragen, obwohl ich etwas vor mir sah, das aber doch nicht der Gedanke der fremden Frau hier vor mir sein konnte. Oder? Ohne genau zu wissen, wie ich die Hochzeit verhindern sollte oder, ob ich das sollte oder wollte oder könnte, wenn überhaupt, der ich selbst verheiratet war und ein eigenes, ganz anderes Leben lebte, der ich in den Verhältnissen meines Vater der Fremdeste war, bin, bleiben wollte, da partout nicht hineinwollte. »Hast du Wein im Haus?« Ich schaute ihr direkt in die Augen, die sich auch beruhigt hatten und, schien mir, im Vergleich zu ihrem Gesicht, sanft wirkten. Es wäre noch mitten am Tag, oder?, fragte ich nach und dann: »Rot oder weiß?« »Erst einmal weiß«, kam die Antwort in einem anderen Tonfall, als sie ihn bis hier hatte vernehmen lassen. Wir stießen an. »Was machst du beruflich?« »Alles, was dein Vater auch macht, mit einer Ausnahme. Ich habe keine Hidden Agenda.« So nannte sie das also. Sie war die Erste, die es ohne Umschweife bestätigte. Mehr war daran nicht überraschend. »Ich bin in der Einheitspartei etwas länger als er. Aber das liegt nur daran, dass er aus dem Westen zu uns gekommen ist. Ich verbinde etwas mit diesem Projekt hier, in dieser Gegend, auf diesem Grund östlich der Elbe, in dem zu gutem Recht besetzten Landstrich. Immer noch. Du nicht?« Ich fing an zu eiern. Ich ließ es mich fragen. Immer noch. Ich ließ es mich fragen von einer Genossin meines Vaters, die es vermutlich auch hin und wieder im Bett war. Jedenfalls wies ich die Frage nicht ab. Es war mir viel zu ernst. Die Zusammenhänge in Nordost, die meiner Freunde in Dreistadt, überall um mich herum, all derer, die meine politischen »Einbettungen« der Konzerte mochten, goutierten, die Radikalität aus lautem Hals, den Furor beklatschten, diese Zusammenhänge schienen mir nicht so spannend wie diese Frage jetzt. Dass ich nicht sicher war, lag auch an einem wie Jürgen. Es lag an dem Schweigen. Ich lebte in einem Kokon des Ungesagten. Unter uns herrschte ein grausamer Mangel an Konkretion! In unseren engen, versoffenen Zusammenhängen – oder, wie es der Scharlatan mit dem italienischen Künstlernamen nannte, in unserer Situation – herrschte Mangel an Genauigkeit. Wir sagten nichts aus, nichts, verdammt noch einmal, gar nichts. Während hier vor mir eine Vertreterin der Sprache saß, die noch existierte in der Gegend, die aber auf der falschen Seite gehandelt wurde und deshalb nur falsch sein konnte, benutzt wurde von denen da, so dass sie auf meiner Seite unbenutzbar war, eine Vertreterin der Fragen, die ich mir aber doch selbst stellte und die, wie ich fand: w i r uns auch stellen müssten oder hätten stellen müssen vor dieser Ausreisewelle eben, vor diesen Abgängen allüberall oder Weggängen. Nicht schon vorher? Doch, auch vorher schon. Doch halt! – ich wusste auf einmal, woran es lag, das Schweigen. Warum ging ich denn jetzt und mit dieser Person so weit in mich? Warum im Dunstkreis meines Vaters? Ich wusste, dass all die, mit denen ich enger zu tun hatte, etwas Ähnliches betrieben. Sie lebten ja mit denselben Fragen. Aber sie beantworteten sie nicht. Sie schwiegen sich aus darüber. Aus all den Kneipen und Hinterhöfen der Altbauquartiere klang immerzu ein jämmerliches »Nein« hervor, aber längst nicht mehr die Frage und schon gar nicht eine Antwort. Ich ahnte plötzlich, dass es auch daher kommt, dass jede und jeder seinen Vater hatte oder seine Mutter. Auch Jürgen, ja, gerade auch er, der große Mann aus dem Nichts. In seinem Dunstkreis hatte ich sicher nicht zufällig Musiker und bildende Künstler kennengelernt, deren Eltern zum Staatsapparat gehörten bis hinauf zur Nomenklatura. Lauter Väter, lauter Täter, lauter grausame Mütter in nächster Nähe, wenn man nur einmal bereit wäre, es so zu nennen. Aber bezogen auf Fragen, die das Scheitern der Utopie, nüchtern gesagt das Ende des volkstümlichen Projekts zur Antwort hätten mit allem, was daraus folgt, wurde von all diesen hochproduktiven, dauernd erregten und dauernd besoffenen Menschen, von diesen süßen somnambulen Neurotikern, die sich freiwillig in Hinterhöfen und Souterrains angesiedelt hatten, nichts zu Ende gedacht. Es fehlten am Schluss immer die Aussagen. Wir nickten den Zustand ab. Es wurde tunlichst vermieden, über frühere Anträge auf Mitgliedschaft in der Einheitspartei zu reden. Tabu war, dass man sich den Hintern doch bei diesem und jenem Konzertmeister oder Intendanten plattgesessen hatte, dessen Tür sich allein schon beim erlauchten Nachnamen geöffnet hatte. Ich durfte mich da einschließen, nicht, weil es einen Provinzgeheimdienstler meines Namens gab, sondern weil sich eine Zeitlang Türen vor mir geöffnet hatten, zu denen ich nur im Windschatten des Meisters vorgedrungen war. Ich mochte meine Freunde. Ich lebte und liebte das Wir, das dauernd verkaterte, auf gewisse Weise gar nicht alternative Gemeinwesen, das sich erst mit den Ausreisen um mich herum aufzulösen begann. »Sieht so aus, als hätten wir den Aperitif hinter uns«, hörte ich mitten in meinen Gedanken die leise Stimme von Beate Brinkmann. »Du hast hier eine hübsche Flasche zu liegen. Meinst du, wir könnten davon probieren?« Sie hatte das Mitbringsel von der Reise entdeckt. Als verbände ich damit einen Plan, hatte ich die Flasche nicht mit nach Hause genommen, sondern hier in meiner Bude zwischen den Schallplatten ins Regal gelegt, dort, wo Beate saß, auf ihrer Augenhöhe. Ich hatte sie vor Katharina versteckt, ohne es mir selbst einzugestehen. Es klebte ein Gefühl an dem schwarzroten Etikett mit dem Stier darauf, eines, das ich von dem Stausee mitgenommen hatte zum Donauknie. Ich grinste schon wieder, versuchte ein Lächeln, lachte verlegen, während sie mir die Flasche herüberreichte. Ich drehte den Korkenzieher tief hinein und zog mit Aplomb, so dass der dunkle Wein mit der roten Spitze des Korkens heraus-spritzte. »Ich verbinde mit dem Projekt durchaus etwas«, versuchte ich, mit aller Ernsthaftigkeit auf das unsichere Terrain zu gehen. »Sicher etwas anderes als die Führung der Einheitspartei und vermutlich etwas anderes als mein Vater und vermutlich auch du. Ich sehe den utopischen Geist gestorben, erdrückt von der Ignoranz der Macht und von der Unfreiheit. Es geht uns allen so, ob Einheitspartei oder nicht, dass wir vom Antifaschismus nicht absehen können, nicht wollen. Die allererste Voraussetzung für jeden Gedanken, den ein Deutscher nach Nationalsozialismus und Zweitem Weltkrieg haben kann, teilen alle, die wir uns hier überhaupt äußern. Das ist in gewisser Hinsicht also geschenkt. Kaum mehr als eine Geschäftsgrundlage. Wir formulieren sie nur unterschiedlich. Und damit fällt das Kartenhaus der gleichen Denkrichtung schon wieder zusammen. Nehmen wir die Haltung der Einheitspartei zum Staat Israel. Mit mir ist das nicht zu machen. Israel anzuerkennen, zu unterstützen, sein Partner zu sein, es wenigstens in Worten zu beschützen, davon gehe ich aus, das tue ich. Das hat mich nie ein Nachdenken gekostet. Das ist selbstverständlich. Was aber offenbar in der UNO geschehen ist, 1975, wenn ich mich recht erinnere, was von den ostdeutschen Herren mit den antifaschistischen Hemdenkragen mit unterzeichnet worden ist, die Gleichsetzung des Zionismus mit Rassismus und Apartheid, womit der Staat Israel an den Pranger gestellt werden sollte, nachdem diese Gegend hier doch gerade erst den Kopf dort in New York herausstrecken durfte ein Jährchen vorher – das ist abscheulich. Findest du nicht?« »Verstehe«, sagte Beate Brinkmann, ohne Bewegung zu zeigen auf meinen etwas lauteren Ausbruch hin, »aber du siehst doch nicht etwa die amerikanische Art von imperialem Anspruch, mit Cowboystiefeln in Vietnam oder im südamerikanischen Hinterhof wie damals in Chile, als es gegen den demokratisch gewählten Präsidenten ging, die siehst du doch hoffentlich nicht besser an als das, was die Sowjetunion dummerweise mit Stiefeln in Afghanistan angezettelt hat, oder?« Es war die übliche Schleife. Es war eine Falle. Die Art, wie sie Israel, Amerika, Imperialismus aneinanderklebte, kam daher wie die rhetorische Übung, die jemands Friedensliebe in Frage stellte, wenn er etwas gegen militärische Übungen im Schulunterricht hatte fast vierzig Jahre nach dem letzten Krieg. Ich wusste nicht weiter. Jetzt sagte ich ihr, dass ich eine Einladung zur Hochzeit meines Vaters erhalten hätte. »Oh«, machte sie und »Ach, na, das ist doch gut. Das ist doch etwas. Zeig doch mal.« Ich sagte, die hätte ich nicht dabei, sondern zu Hause. Jetzt sagte ich ihr auch, dass ich nicht mehr hier lebte, sondern eigentlich woanders, mit meiner Frau. »Ja, sicher«, kam es von ihrer Seite, und: »Das ist schön. Was macht deine Frau?« Ich erzählte ein wenig von Katharina, als leistete das einen Beitrag zur Entspannung. Das tat es auch. Seltsam genug. Irgendwann zog sie eine Flasche Rotwein aus der Ledertasche, die sie vorhin, vor nun schon drei Stunden an ein Bein des Tisches gelehnt hatte. Sie zeigte sie fragend vor, und ich nickte. Die Flasche wurde nicht so rasch alle, weil sie mir vorher, ohne ausdrücklich darauf zurückzukommen, zeigte, dass sie doch dasselbe gemeint hatte, was ich nur dachte, nur dass ich es ja nicht so meinte, also nicht aus diesem Grund würde tun wollen, wenn ich es jemals täte, sondern eben nur daran gedacht hatte, es zu tun, weil ich, vielleicht, dachte ich gerade noch, mich verliebt hatte in der fernen Slowakei. Ohne Grund war ich aufgestanden und zu ihr hinübergegangen, dorthin, wo sie im Sessel saß und mir aufmerksam entgegensah. Ich war vor ihr stehen geblieben und witterte ihren Duft. Sie hatte den Hosenschlitz meiner Jeans aufgeknöpft, und nun spürte ich ihre Lippen und ihre Zähne. Wenn ich die Einladungskarte recht verstanden hatte, die hinten in meiner Hosentasche steckte, hatte die Trauung in Dessau schon stattgefunden. Mein Vater und seine fünfte Frau luden aus diesem Anlass vor der Geburt ihres Kindes zu einer Feier mit Angehörigen und Freunden ein.

61

In den zwei Jahren, die seit der Sache mit dem »Stern meiner Jugend« auf der Novaplatte vergangen waren, hatte ich trotzdem den Kontakt zur Schallplatte nicht abreißen lassen. Im Gegenteil, ich hatte sogar eine Menge Kaffee im Reichstagspräsidentenpalais, das hieß, meistens im Café Kisch Unter den Linden getrunken und über Musik gesprochen mit meinem vertrauten Redakteur, Herrn Schröder, wie ich ihn mit Begeisterung nannte, Walter Schröder. Sobald die Kellnerin sich zurückgezogen hatte, zog er die Thermosflasche aus seinem bedeutenden Nylonbeutel und goss daraus eine hellbraune Flüssigkeit in den Kaffee. Obwohl ich das schon ein paar Dutzend Mal gesehen hatte, erklärte er jedes Mal, er hätte den Kaffee »korrigiert«. Er war einer der wenigen, denen ich im Dauerreden unterlag und denen ich zuhören musste. Er gab sich mit kurzen Antworten auf seine Anfangsfragen zufrieden, dann legte er los. Ich hatte keine Chance. Zwischen seiner immer frischen norddeutschen Heimatkunde und den regelmäßigen Reisen zu seinen Freundinnen und Freunden in Moskau war alles dabei. Ich klappte den Mund auf und lauschte. Was ich allerdings über sein Vorleben wusste, hatte er nie selbst erzählt: In meinem Geburtstagsjahr war er als Student in Leipzig wegen »Staatsverrats« verurteilt worden. Er hatte sechs Jahre in Bautzen gesessen. Man verweigerte dem ungebrochen Redlichen danach selbstverständlich die akademische Karriere. Er schrieb, und immerhin publizierte er auch große Essays zur Musik. Mit seinem exzellenten Russisch und verheiratet mit einer Russin, wurde er der Verbindungsmann zu Melodija in Moskau. Er bereitete die Übernahme von Produktionen mit vor, von denen auch ich mich nährte, von den Oistrachs bis, aktuell, verriet er mir, zu Wyssozki. Er sei da dran, endlich, endlich, man könnte das doch nicht diesen Dingclubfuzzis überlassen. Ob ich das »Album« gesehen hätte, frisch erschienen. Ja, die Oksana, seufzte er aus irgendeinem Grund. Damit jedenfalls hatte er sein Auskommen in der besten der denkbaren Nischen. Aber doch, fand ich, während ich Tränen lachte über seine Anekdoten und seine Seufzer, die auf Frauennamen folgten, mitseufzte, eine tragische Existenz. Die Korrektur des Kaffees hatte Spuren in seinem Gesicht hinterlassen, in der Fahrigkeit seiner Hände. Ich begleitete ihn zurück zu seiner Arbeitsstelle. Er sagte, der alte Chef nähme seinen Abschied. Ich kannte ihn aus meiner kurzen Glanzzeit, auch aus Bad Saarow. Man nannte ihn ehrfürchtig den Vogt. Da ginge eine Epoche zu Ende, sagte Herr Schröder. Wir gingen gemeinsam die Hermann-Matern-Straße entlang zu dem alten Gebäude direkt an der Mauer. Oben in den Fluren und im Konferenzsaal herrschte schon Trubel, Tische waren aufgebaut und gedeckt. Herr Schröder geleitete mich, bis wir vor seinem langjährigen Direktor standen, der sich zur Feier des Tages mit Baskenmütze zeigte, dem Markenzeichen seiner frühen Jahre. Er war sehr gebrechlich. Als Schröder mich vorstellen wollte, unterbrach er ihn, den jungen Mann kenne er. Der hätte ihn sehr erfreut und sehr enttäuscht in kürzester Zeit. »Aber«, sagte er, »warten Sie einmal. Ich habe etwas für Sie.« Er tuschelte

371

mit einer Assistentin, die kurz hinter einer schweren Tür verschwand, während ich ihn meiner Ehrerbietung versicherte. Sie kehrte mit einem rosa Pappmäppchen zurück, in das er nicht hineinsah, es mir nur in die Hand gab und sagte: »Behalten Sie es.« Schon wurde er fortgeleitet in den Saal, ich winkte Herrn Schröder und den Damen mit den aufgewickelten Frisuren, mit denen er stand, deren Funktionen und Büros in der Schallplatte ich zumeist kannte, und stieg die breite Treppe hinab, während die Zeremonie ihren Lauf nahm. Vor dem niedrigen Diensteingang des Gebäudes schaute ich in die Pappmappe. Es lag ein sechs mal sechs Zentimeter großer Zeitungsausschnitt darin, laut handschriftlicher Randnotiz aus einer westdeutschen Zeitung von Ende Mai 82. Die paar Zeilen einer Agentur besagten, die Immunität zweier sozialdemokratischer Bundestagsabgeordneter sei aufgehoben worden. Sie hätten Kontakte gehabt zum ostdeutschen Geheimdienst, zu einem Doktor Fischer vom Boehning-Verlag.

62

»*Warum hast du eigentlich* deinen Sohn so genannt, wie du ihn genannt hast? Dass du selbst etwas altmodisch heißt und deshalb lieber anders genannt wirst, da geht es dir ja wie manchem Eddi oder Adi, den es schlimmer getroffen hat. Aber sag mal was dazu, warum du dieses irgendwie teutonische Etikett auf deinen Erstgeborenen geklebt hast? Wenn wir gerade so dabei sind.« Sie schaute Hinrich an mit derselben Unverblümtheit, die ihn auf dem Festival magnetisch zu ihr hingezogen hatte. Sie hatte die Rechnung von dem Hotel in Hřensko, dem kleinen Grenzort in der Böhmischen Schweiz, wo sie auf der Rückfahrt aus dem Kurzurlaub noch Station gemacht hatten, umgedreht vor sich zu liegen. Oben links hatte sie das männliche, rechts das weibliche Zeichen hingemalt. Sie mochte das Namensspiel sehr, obwohl sie beide es in den letzten Wochen schon ein paar Mal gespielt hatten. Er brummte etwas vor sich hin. »Nun sag doch mal«, ließ sie nicht locker, so dass er sich etwas ausdenken musste: »Ich mochte das Hildebrandslied als Schüler, ich konnte es auswendig.« Er fing an zu rezitieren, zwei Verse, drei. »Ich habe damals nicht lange nachgedacht. Aus meiner Perspektive des Elbschiffers waren das vor allem zwei so ähnliche Namen, die miteinander verbunden sind, zueinander gehören. Jeder assoziiert etwas damit, zwei Helden, Vater und Sohn. Nun ist mein Sohn ja so etwas wie ein Minnesänger geworden, ich meine, immerhin Komponist. Dass er schon Verse vertont hat, das passt doch. Und dass er kämpferisch ist wie sein Vater, ein Dickschädel, das macht ihn doch auch dir nicht unsympathischer, oder?« Sie neigte kurz ihren Kopf auf seine Schulter, und er küsste ihre Locken. Im Wechsel sagten sie Namen, die schon gefundenen, die gut im Rennen lagen, aber auch ein paar neue, die sie aufschrieb. Dabei schüttelte sie immer wieder den Kopf über ihn, boxte ihm einmal sogar auf die Schulter. Zwischendurch aber nahm sie seine Hand und führte sie zu ihrem Bauch. Er sollte die Bewegungen fühlen. Guter Dinge saßen sie auf dem Balkon des Neubaus in der Siedlung nah an dem alten Mulde-Hafen. Sie hatten vor wenigen Wochen fünf Zimmer in der oberen Etage bezogen. Wenn Hinrich aufstand und sich an der Trennwand zum Nachbarn vorbeibeugte, konnte er die Elbe sehen.

63

Herr Schröder hatte mir bei unserer letzten Begegnung eine sowjetische Schallplatte geschenkt, Aufnahmen mit der estnischen Pianistin Laretei. Am Abend vor der Abreise nach Dessau hörte ich mit Katharina hinein. Eine Seite nur Chopin. Sie spielte hervorragend. Beim Prelúde a-Moll sprang ich auf. Katharina wusste gleich, warum. Wir hatten genau diese Art, es zu spielen, bisher beide nur einmal gehört, und zwar kurz nach der Sprengung, die uns zusammenbrachte, gut zwei Wochen nachdem wir uns kennengelernt hatten. Damals lief der Film »Herbstsonate« im Kino. Wir fanden ihn gut, nur irgendwie anstrengend. Aber das Stück Musik, wie es Liv Ullmann in der Rolle der Tochter der böse typisierten Konzertpianistin ihrer angereisten Mutter vorspielte, erwischte uns voll. Es war genau diese Interpretation. Kalt mechanisch stellte die Mutter als Profi dasselbe nun in den Raum, Ingrid Bergman im Profil, und der verzweifelte Blick ihrer Tochter auf ihr. Herr Schröder, Herr Schröder, mein Gott! Und wie sich die Dinge oft fügten.

Wir frühstückten an dem Sonnabend ausführlich in unserer kleinen Küche. Katharina würde eine Abendveranstaltung im Museum zu betreuen haben. Ich nahm gegen elf die Stadtbahn, bestieg in Schöneweide einen Eilzug und musste nur noch einmal umsteigen, um pünktlich zwei Uhr mit meinem Angebinde von hellen Astern an der Tür im neunten Stockwerk zu klingeln. Irgendjemand machte auf.

Die Klingel ging, die Tür. Es war wieder jemand gekommen, aber ich hatte keine Zeit. Ich hatte es nicht mehr ganz im Griff und musste das auch nicht. Ich schenkte Sekt nach, kümmerte mich darum, dass sich endlich jemand ans Buffet traute, was seit einer Stunde nicht geschehen war. Ich forderte noch einmal dazu auf. Der Anzug saß, hellgrau, ein rosa Tüchlein schaute heraus, na, das stammte noch von meiner Mutter. Mir gingen etwas die Knie und der Schweiß begann zu rinnen. Doch alles war in Ordnung, auch, weil ihre Brüder und die Massen von Cousins und ihre jeweiligen Mädchen und Frauen sich rührend kümmerten. Sie hatten mich hier alle aufgenommen, die Eltern, die Onkel und Tanten, die Geschwister, das alte wie das junge Volk. Was für ein Trubel. Was für eine Ankunft in einer neuen Welt. Was für ein Gefühl, an der richtigen Stelle zu sein. Viele hatten das Zeichen unserer Einheitspartei am Revers wie ich. Das war ein Heimspiel, nicht wie dieser Stellungskrieg bei Renates Leuten. Mein Gott, wie ich das gehasst habe. Ständig drängten mir ihre Eltern Gespräche darüber auf, was es nicht im Laden gab und wo wieder ein schwarzer Volvo gesichtet worden wäre, ein Privileg der Privilegierten. Als wäre ich Ulbricht und Honecker in einem und der Konsumchef und Jesus obendrein. Bei Harrys Großeltern war es auch schon so gewesen, aber zum Glück nicht so lang. Graue Vorzeit. Heute war heute. Ich liebte. Da saß sie, meine junge Frau im Kreis von Freundinnen und Verwandten, in ihrer weißen Kosakenbluse über der weißen, weiten Hose, saß da mit der Kugel von einem Buddhabauch. Achter Monat. Ich freute mich auf das Kind. Da stand Harry in der Stubentür. Ich sagte: »He, immer herein in die gute Stube. Darf ich vorstellen? Mein Großer, der Komponist Hadubrand Einzweck.« Er wurde rot wie früher als Kind. Er sah gut aus in dem weißen Hemd zu Jeans und schwarzen Schuhen. Er machte die Runde. Ich war stolz, was hier für einer von meiner Seite kam. Er war ja sowieso der Einzige.

Ich hatte nichts gesehen, als sie mich zur Stubentür durchgeschoben hatten, nichts außer ihrem Blick. Es war dumm, aber mir stieg die Wärme die Wangen hoch. Sie saß da, ich ging durch den Raum, gab ihr die Hand, gratulierte laut den beiden zur Hohen Zeit, machte einen Spruch daraus, verlegen, wie ich war. Das kleine Päckchen mit der Tonbandkassette, mein Geschenk für sie, fiel zuerst auf den Boden. Ringsum freundliches Lachen. Sie schaute. Ihr Blick ruhte auf mir. Aber das stimmte nicht. Ihr Blick langte in mich hinein. Beunruhigend war das. Vor der Fensterfront aufgereiht saßen neben ihr ihre Eltern und andere ältere Verwandte. Ich gab brav Pfötchen. Mir fiel auf, dass einige der Herren das Bonbon am Revers ihrer grauen oder braunen Sakkos trugen. Eine Versammlung der Einheitsparteizelle von Dessau. So war das mit ihrer Familie. Aber es blieb dabei, sie schaute mich an. Und sie führte das Wort, sie beherrschte den Raum. Ich schrieb es der fortgeschrittenen Schwangerschaft zu. Sie konnte ja nicht herumlaufen und Leute bedienen oder mit Knicks die Gratulationen beantworten. Sie saß und nahm entgegen, was kam, mit selbstverständlicher, herrschaftlicher Geste. Sie thronte, obwohl sie auf einem langweiligen, neuen Wohnzimmerstuhl saß, wie die anderen auch. Ich nahm ein Glas Sekt entgegen und zog mich möglichst weit an die Wand zurück, die von ihrer Position am weitesten entfernt war. Mein Vater, mächtig geschäftig, kam in einer Pause her zu mir. Was sollten wir reden? Ich wollte gern die Wohnung anschauen. »Beeindruckend!«, sagte ich ehrlich. Nicht nur für eine Neubauwohnung hatte das hier Ausmaße eines Palasts.

Als ich ihn herumführte und wir hinter dem Schlafzimmer in den zweiten Flur kamen, fragte er, wie viele Kinder wir zusammen geplant hätten. Ich lachte: »Sechs, ist doch klar.« »Ja, ist doch klar«, antwortete er, »du willst verdoppeln.« »Mit deinen beiden hätten wir dann eine Fußballmannschaft mit drei Auswechselspielern. Perfekt.« Das Lachen meines Sohnes war nicht ganz offen, dachte ich. Aber er gab sich Mühe. Auch wenn er noch immer wie ein Knabe aussah, dieses bleibend Studentenhafte an sich hatte, war er erwachsen. Und ich heiratete vor seinen Augen eine Frau seines Jahrgangs. Wir gingen auf den Westbalkon, sagte ich ironisch großsprecherisch. »Was für ein Blick. Deshalb hast du diese Wohnung gewählt, nicht wahr?«, fragte Harry. Ich konnte nicht recht nein sagen, obwohl es die Beziehungen meiner jungen

Frau waren, die uns zu dem edlen Apartment verholfen hatten. Die Aussicht war herbstlich klar und schon oktoberfarben trotz der milden Temperatur. Ich stand neben meinem Sohn. Wir schauten auf die mehr oder minder verfallenen Hafenanlagen. Ich zeigte mit weit ausgestrecktem Arm zur Mündung der Mulde, die nicht genau auszumachen war. »Und das da, siehst du den Streifen glänzendes Wasser? Das ist die Elbe. Unser Fluss.« Es war mir herausgerutscht. Er streckte sich über den Beton hinaus, hatte aber nichts gesehen. Ich hatte es schon vereinnahmt, es zu meinem Zuhause erklärt, war sanft gelandet, war, dachte ich genau jetzt, wo Harry neben mir stand, glücklich. »Weißt du, wie es Wiebke geht?«, fragte er. Da hatte er mir eine kalte Dusche verpasst. Ich schaltete um: »Oh, da mach dir keine Sorgen. Die ist sehr gesund. Sie ist schon drüber weg. Soweit ich weiß, gibt es da einen von der Werft, und mit dem Studium ist sie nächstes Jahr fertig. Aus ihr wird etwas. Da habe ich mir nichts vorzuwerfen. Und was meinst du, wie hättest du dich in meiner Lage verhalten?«

Ich hatte gar nicht an die Übernachtung gedacht. Noch könnte ich zurückfahren. Es war früher Abend. Stattdessen fragte ich meinen Vater. Er hätte drüben in seinem Büro beim Kulturaufbau eine Liege, sagte er, aber das wäre ja dumm. Er könnte mich mit den Getränken im Bauch auch nicht mehr gut dort hinüberfahren. Das wäre doch gelacht, sagte er und, ich könnte selbstverständlich bei ihnen übernachten. Er ging mit mir noch einmal in den Raum, den er vorhin als sein Arbeitszimmer bezeichnet hatte, obwohl dort vor allem Kartons aufgestapelt waren. Der Sonnenuntergang flutete durch die nackten Fenster. Das schwarze Ding, meinte er, könnte man ausklappen. Nebenan lag das zweite Bad, zwar ohne Badewanne, aber mit einer Duschtasse. Ich staunte, verstärkt durch Sekt und Wein, die mich schon den Nachmittag über mit allen über das Leben an sich und als solches hatten reden lassen. Wir gingen zurück zur verbliebenen Gesellschaft. Das mit dem Tanzen wurde abgeblasen. Um Kopf und Kragen geredet, was hast du wieder palavert mit denen hier, dachte ich gerade noch. Es gab Rosenthaler Kadarka. Den hatte ich bisher einmal probiert und seither gemieden. Es war ein Wein, der als wertvoll galt, aber süß war, schwer und süß. Ich ließ mir selbstverständlich einschenken und betonte im Chor mit den anderen, dass man hier wohl an der Quelle des Guten wäre. Ich gab selbst den Mundschenk für die verbliebenen, zumeist jüngeren Gäste. Bei der zweiten Runde schwappte es über den prallen Bauch. Sie hatte mich nie aus den Augen gelassen, wenn ich im Raum war. Einmal kam sie hinterher nach nebenan, sagte mir atemlos, was das für ein schöner Tag wäre. Meinetwegen, durch mein Hiersein, sagte sie leise, ging, und ich stand da, wieder vom Donner gerührt, wie ich es schon die ganze Zeit war und blieb. Nun hatte ich also ihre lange, feine Kosakenbluse mit dunklem, edlem, eigentlich süßem, klebrigem Rotwein gefärbt. Es lief alles nach Plan. Sie machte sich von allen los, sagte, sie ginge dann sowieso sich einmal frisch machen nach dem langen Tag. Allgemeines Verständnis folgte ihr. Ich schlüpfte mit einem Ruf des schlechten Gewissens hinterher, durch die Zwischentür, die sie hinter uns abschloss. Sie warf das Kosakending von sich mit den Hosen zugleich. Wir fetzten ab, was noch zwischen uns war, hängten die laufende Dusche ein und standen in der Duschtasse. Ich küsste ihren wie aufgerissenen Mund unter den Augen, die nicht abließen von meinen, die mich festhielten wie Zangen. Ich leckte die riesigen Höfe der Brüste unter dem warm strömenden Wasser. Die ganze Zeit hielt ich den Bauch, hielt mich daran fest. Sie rieb langsam und fest meinen Schwanz. Ich knickte ein und war in ihr. Ich hielt dabei ihren Bauch fest, nun ihre kleinen Backen da hinten und kam und hatte den Bund besiegelt, auch mit dem Kind in ihr, erst recht mit dem Kind, das nun auch unseres war.

Er hatte ihr Rotwein über das feine Kosakenhemd mit der Stickerei geschüttet. Ich nahm das für ein gutes Zeichen. Mein guter alter, heidnischer Aberglaube gab zu verstehen, damit wäre die Zukunft besiegelt. Meine junge Frau ging sich umziehen. Ich sprach mit ihren attraktiven Freundinnen vom hiesigen, sehr bekannten Dingclub und von der Clubhausleitung über die Lage auf dem kulturellen Sektor hier in Dessau und in der Gegend. Es juckte mich, Pläne zu machen. Ich würde den Status des Clubs durch meine Beziehungen anheben können. Wir, sagte ich, die jungen Leute einschließend, würden die bürokratischen Hemmnisse beseitigen. Wir würden das Kind schon schaukeln. Harry stand in der Türe mit glühenden Wangen. Ich sah, dass seine Hand zitterte mit dem neuen Glas Kadarka, als er zu uns trat. »Was ist los, junger Mann?«, fragte ich. Er redete von der Peinlichkeit mit dem Überschütten der weißen Braut, und er sollte vielleicht kürzer treten mit dem Wein. »Aber der schmeckt«, trompetete er. Wir stießen fröhlich an, er leerte das Glas mit einem Zug. Nun war sie wieder da. Ich sah es ihr an. Ich sah ihr etwas an. Ich wusste nicht, was es war. Eben etwas. Ich folgte ihrem Blick, aber sie sah weder mich noch Harry an. Sie ging zu den halb leer geräumten Schüsseln hinüber, nahm sich einen Teller und aß. Das erste Mal seit Beginn des Nachmittags. Sie war blass, nur die Ohren rot. Sie hatte ein Kleid angezogen, das kurz über den Knien endete. Ich konnte mich nicht mehr konzentrieren. Die netten Mädels und Jungen um mich herum spannen den Faden weiter, machten Pläne, krempelten die Stadt um. »Harry?« Er kam gleich mit. Auf dem Balkon zündete ich mir eine an. Er nahm auch eine. Das war mir neu. Wir schauten auf den Rest Bluts, der vom Sonnenuntergang übrig war über dem flachen Land. Es war nur überragt von den hohen Essen des Kraftwerks Vockerode. Dahinter lag Wörlitz. Ich lebte jetzt in einer Kulturlandschaft. Ich schwatzte etwas davon in die Richtung meines Sohnes. Wir standen aber nur da. Ich dachte nicht, ich dachte nichts, ich dachte mir besser ein Nichts. Er, neben mir, die Nase, das typische Kinn von meiner Mutter Seite her, der höheren Tochter aus dem ehemals industriellen, ehemals kapitalträchtigeren Zweig der Familie. Was sollte ich sagen? Ich hatte es genau so gewollt.

64

Katharinas Absicht, sich scheiden zu lassen, überraschte mich doch. Obwohl wir das mit meinen Ausflügen so weit geklärt hatten, dass sie mich gewähren ließ. Sie ihrerseits hatte einen Schauspieler und passionierten Leser kennengelernt, der nichts als mit ihr in den Westen wollte. Es klappte. Ich antichambrierte weiter bei der Schallplatte und hinterlegte dort regelmäßig meine neuesten Arbeiten. Die Gespräche mit dem neuen Chef des Unternehmens mit seiner Fönfrisur erquickten nicht so sehr. Er nannte leider einen komponierenden Sohn sein eigen, mit dem er mich, meine Art, die Dinge zu sehen, regelmäßig verglich. Aber ich hatte auch den Eindruck, für Kollegen aus Nordost etwas tun zu können. Ich wollte in gewisser Hinsicht die Vermittlung des verstorbenen Meisters wieder aufnehmen. Die Gespräche drehten sich um die Möglichkeit einer Sammelplatte bei Nova, die Arbeiten der meisten, wenn auch nicht aller Vertreter der jungen Generation vereinen könnte. Wir blieben dran. Ich zog Freunde dazu heran, die vorher keine Chance hatten. Sie nahmen die Gelegenheit wahr wie ich. Meine Reisen im Dreieck der Dreistadt nahmen ab. Aber ich suchte mein Publikum und fand es. Im Frühjahr trat ich in dem frisch renovierten Club in Dessau auf. Das war das erste Konzert in einer staatlichen Einrichtung nach fast genau drei Jahren. Mein Vater starb zwei Jahre später auf einer Dienstreise bei den Allgemeinen Festspielen in Magdeburg. Ich stellte mir vor, dass es in Beate Brinkmanns Armen geschah. Nach einem halben Jahr heirateten Roswitha und ich. Sie war schwanger, und weil wir es nicht sagen konnten, ob von ihm oder von mir, erkannte ich den Sohn lieber gleich als meinen an.

Der Autor dankt der Person, die die Fertigstellung dieses Buches erzwungen hat, weil sie anderes von ihm erwartet.